Luisa Binder

Eigentlich sind wir nicht so

Ein kauziger Familienroman

KNAUR

Besuchen Sie uns im Internet:
www.knaur.de

FSC
www.fsc.org
MIX
Papier aus verantwortungsvollen Quellen
FSC® C083411

Originalausgabe August 2015
Knaur Taschenbuch

Ein Imprint der Verlagsgruppe
Droemer Knaur GmbH & Co. KG, München

Redaktion: Leena Flegler
Umschlaggestaltung: ZERO Werbeagentur, München
Umschlagabbildung: Stefan Kahlhammer
Satz: Adobe InDesign im Verlag
Druck und Bindung: CPI books GmbH, Leck
ISBN 978-3-426-51669-0

2 4 5 3 1

Versuch zu kriegen, was du liebst,
sonst musst du lieben, was du kriegst.

Frei nach George Bernard Shaw

1

Das Kassettendeck hustete, als hätte es sich verschluckt. Dann klickte es ein paarmal im Innern des betagten Autoradios – ein Zeichen, dass die Kassette umdrehte. Aus den Lautsprechern knisterte es, bevor ein geschmeidiger Swing-Rhythmus einsetzte, begleitet von einem jazzigen Klavierintro. Wie Fahrstuhlmusik, nur irgendwie heiterer. Marie zog die Handbremse, kuppelte aus und stellte den Motor ab. Mit den Händen auf dem Lenkrad hielt sie inne, schloss die Augen und atmete zweimal tief durch, während Chris Rea die ersten Liedzeilen sang. Jetzt, da sich das Band wieder erholt hatte und ruckelfrei lief, konnte man sogar den Text verstehen: »I'm driving home for Christmas ...«

Marie schaltete das Autoradio aus. Ein Weihnachtslied im August! Nach Hause fahren – ganz ohne Geschenke, dafür aber mit dem gesamten Hausstand im Kofferraum. Willkommen in Langweiler, einem Kaff bei Idar-Oberstein irgendwo im Hunsrück.

In ihrer Tasche piepte es. Marie steckte die Hand hinein und zog das Handy heraus. Keine Nachricht, aber nur noch drei Prozent Akku und kein Empfang. Das könnte auch die Beschreibung meiner letzten Monate sein, dachte sie und löste den Sicherheitsgurt.

Die Stimme ihres Vaters klang ihr schon in den Ohren. Was machst du denn hier? Wie, du ziehst hier wieder ein? Vorübergehend? Wie lange soll dieses Vorübergehend denn sein? Und ihre Mutter würde sagen: Schön, Mäuschen, du bist wieder da. Dann machen wir es uns jetzt richtig gemütlich.

Widerwillig hievte Marie die müden Glieder aus dem mintgrünen Fiat Panda, zog ihre große Umhängetasche vom Beifahrersitz und drückte leise die Autotür ins Schloss. Es war mitten in der Nacht, und sie kam nach zehn Jahren wieder nach Hause zurück – richtig zurück, nicht nur auf Stippvisite wie sonst gelegentlich. Der Panda war fast genauso voll wie damals, als sie nach dem Abi und dem freiwilligen sozialen Jahr nach Köln aufgebrochen war. Am Tag, der der Beginn ihres neuen Lebens hätte werden sollen, hatten ihre Eltern in der Tür gestanden und ihr hinterhergewinkt. In Empfang nahm sie heute niemand. Das war vielleicht auch besser so. Marie war seit jenem Tag vor zehn Jahren zwar um zahlreiche Erfahrungen und einen Studienabschluss, aber auch um die Erkenntnis reicher, dass das Leben als solches doch unerwartet schwerer war, als sie immer gedacht hatte und als ihre Eltern stets behaupteten. Klar hatte ihr Vater sie wiederholt darauf hingewiesen, dass ein Studium der Kunstgeschichte und Kulturanthropologie, noch dazu auf Magister, nicht gerade nach steiler Karriere klang – es sei denn, man hatte Verwandtschaft bei Sotheby's oder bei den Hottentotten, deren Krempel es zu katalogisieren galt. Auch dass ein Blumenstrauß an unbezahlten Praktika nicht automatisch ein verzücktes Lächeln auf jedes Personalergesicht zaubern würde, hatte er ihr immer wieder prophezeit. Aber es war eben doch etwas anderes, diese Erfahrung selbst machen zu müssen.

Marie öffnete das Türchen im Zaun und schlich auf Zehenspitzen über die steinernen Bodenplatten aufs Haus zu. Die kleinen Kiesel knirschten unter den Sohlen ihrer Zehentreter, und außer dem leisen »Flupp-flupp-flupp«, das die Gummilatschen beim Gehen von sich gaben, war in der Stille nichts zu hören. Eine ganze normale Nacht im Hunsrück – in Köln machten jetzt gerade mal die Supermärkte zu.

So leise wie möglich steckte Marie den Schlüssel ins Schloss, doch kurz bevor sie ihn umdrehte, zögerte sie. Irgendwann, dachte sie und drehte den Kopf zur Seite, um einen Blick auf das handgetöpferte Namensschild zu werfen – »Hier leben, lieben und streiten die Schröders« –, irgendwann muss ich eine falsche Abzweigung genommen haben, und seitdem laufe ich neben dem Weg her, der die anderen zu Glück, Reichtum und Erfolg führt.

Sie seufzte, drehte den Schlüssel um. Die Tür gab keinen Mucks von sich – natürlich nicht, denn wenn es etwas gab, worauf Olaf Schröder den gehobensten Wert legte, dann darauf, sämtlichen quietschenden Türen, Scharnieren und Schlössern im Haus den Kampf anzusagen.

Marie zog die Zehentreter aus und tippelte barfuß die Treppe zum ersten Stock hinauf. Heute Nacht wollte sie niemandem mehr begegnen – nicht ihrer Mutter, die sie seit Wochen nicht mehr zurückgerufen hatte, nicht ihrem Vater, der nichts ahnte von ihren Ex-Mitbewohnern Klara und Luke und der Tatsache, dass man in der WG mehr Wert auf eine Spülmaschine als auf eine nette Mitbewohnerin gelegt hatte.

Sie schlich mit angehaltenem Atem am Elternschlafzimmer vorbei den Flur entlang, bis sie an der letzten Tür zum Stehen kam. Behutsam drückte sie die Klinke hinunter, stahl sich ins Zimmer und atmete erst wieder aus, als sie die mit alten Aufklebern aus Duplo-Riegeln übersäte Tür geräuschlos hinter sich geschlossen hatte.

In ihrem Zimmer war es stickig, das Bett ungemacht. Kein Wunder – ihre Mutter hatte ihr mal prophezeit, sie würde diese Kammer des Schreckens nie wieder betreten, nicht einmal, wenn die Apokalypse unmittelbar bevorstünde und sich in Maries Kinderzimmer die ultimative Waffe gegen den drohenden Untergang befände. Damals hatte Maries Mutter herausgefunden, dass ihre Tochter die belegten Brote, die sie ihr in der Unterstufe noch jeden Morgen geschmiert hatte, in der Schule nicht etwa aufgegessen, sondern nach Schulschluss in der untersten Schublade ihres Schreibtischs deponiert und sich selbst und den Naturgesetzen überlassen hatte. Was Maries Mutter damals falsch verstanden hatte: Marie wählte die Schublade nicht aus mangelnder Wertschätzung, sondern gerade *weil* sie sensibel genug war zu wissen, dass es nicht die feine Art gewesen wäre, die Brote der Mutter einfach wegzuwerfen. Was konnte sie dafür, dass man mit Reformhauslebensmitteln so schlechte Karten an den Tauschbörsen der großen Pause hatte? Ein staubtrockenes Roggendinkel mit einer geschmacklosen vegetarischen Paste wollte nun mal niemand gegen ein saftiges Sesambrötchen mit Salatblatt, zwei Scheiben Gouda und einem halben Ei eintauschen. Das war kein Geheimnis, das war freie Marktwirtschaft. Doch das war Maries Mutter ziemlich egal gewesen – und sie hatte ihr die Geschichte bis heute nicht ganz verziehen. Im Gegensatz zu den vielen anderen kleinen Dingen, die ihre Mutter gerne mal vergaß, konnte sie sich daran sogar noch nach zwanzig Jahren erinnern.

Was besonders bitter an der ganzen Sache war: Nur wenige Jahre später war Marie zu einer echten Umweltaktivistin geworden, mit »Atomkraft? Nein danke«-Aufnähern auf dem grünen Armeerucksack und einer guten Dekade ohne Fleisch. In dieser Zeit hätte sie das Roggendinkel ihrer Mutter gelobt und gepriesen, ehe sie es andächtig verzehrte – aber was wusste man als Zwölfjährige schon über die Qualen des Erwachsenwerdens.

Marie hatte das kleine Zimmer mit ein paar Schritten durchquert, vorbei an den wackligen Holzregalen mit den alten Kinderbüchern, der Kommode von IKEA, die sie in einem Anfall von geistiger Umnachtung irgendwann einmal sonnenuntergangsrot gestrichen hatte, und dem Schreibtisch, auf dem ihr Vater, der mit Pausenbroten oder der Intimsphäre seiner Tochter nie ein Problem gehabt hatte, die Post für Marie sammelte, die immer noch hierhergeschickt wurde: Briefe von der Kreissparkasse in Idar-Oberstein zum Beispiel, wo sie vor mehr als zwei Jahrzehnten ihr erstes Taschengeldkonto eröffnet hatte. Wenn sie sich nicht täuschte, hatte sie das Konto nie aufgelöst, und genau aus diesem Grund wurde ihr wohl auch immer noch Monat für Monat das KNAX-Heft zugeschickt, genau wie die Kontoauszüge. Allen Inflationsgerüchten zum Trotz hielt sich auf ihrem Sparbuch Jahr für Jahr stabil die beachtliche Summe von 117,42 Euro.

Sie machte das Fenster auf und ließ warme Nachtluft in das Zimmer strömen. Dann öffnete sie Knopf und Reißverschluss ihrer Hose, streifte sie ab und ließ sie einfach zu Boden fallen, drehte sich zur Kommode um und wühlte in der obersten Schublade nach einem Schlaf-T-Shirt, dem vom Schwarzenbruch-Lauf, bei dem sie vor ein paar Jahren einmal mitgelaufen war. Nicht weil sie eine begnadete Läuferin gewesen wäre, sondern weil ihr Vater sich erst angemeldet und unmittelbar darauf unglücklicherweise einen Bänderriss zugezogen hatte. Damals hatte er sich wohl gedacht, dass es Verschwendung wäre, wenn das Startgeld von dreißig Euro einfach so flöten ginge, und Marie kurzfristig per SMS den Termin mitgeteilt. Kommentar- und anstandslos war sie an einem Wochenende im Mai von Köln nach Idar-Oberstein gefahren und hatte sich an den Start gestellt.

Natürlich war sie allen frenetischen Anfeuerungsversuchen ihres Vaters vom Wegesrand aus zum Trotz niemals am Ziel angekommen. Genervt und frustriert, kurz vor dem

Kollaps und schwer kurzatmig war Marie irgendwann in den Wald abgebogen und hatte sich hinter einer Buche versteckt, bis alles vorbei gewesen war. Als sie schließlich die Ziellinie erreicht hatte, war ihr Vater längst verschwunden gewesen. Angesprochen hatte den Schwarzenbruch-Lauf seitdem glücklicherweise niemand mehr. Nur noch das T-Shirt war stummer Zeuge.

Marie zog vorsichtig die Zimmertür wieder auf und schlich über den Flur in Richtung Badezimmer. Sie wusste, irgendwo in einem Fach des Spiegelschranks lagerte immer noch eine alte Zahnbürste, außerdem ausrangiertes Waschzeug und ihre Bürste – alles zwar tief aus den Neunzigern, aber für heute Nacht würde es reichen. Morgen würde sie ihren Eltern dann in aller Ruhe und mit der nötigen erwachsenen Haltung erklären, dass sie für kurze Zeit hier zwischenlanden wollte – natürlich nur übergangsweise, bis sie etwas anderes gefunden hätte. Maximal für zwei Wochen. Auf gar keinen Fall länger.

Vor der Badezimmertür blieb Marie verwundert stehen. Das Mondlicht fiel durch das Fenster im Flur und erhellte den langen Gang, doch unter der Tür hindurch, die ins Badezimmer führte, fiel ein Streifen goldfarbenen Lichts auf den dunklen Teppich. Marie stutzte. Hatten ihre Eltern vergessen, das Licht im Bad zu löschen? Vermutlich – in den letzten Jahren war es gerade ihrer Mutter immer häufiger passiert, dass sie Schlüssel in Türschlössern stecken ließ, die Brille im Gefrierfach verlor oder in Pantoffeln das Haus verließ. »Ich hab halt immer so viel im Kopf«, rechtfertigte sie sich, aber Marie hatte sich nicht nur einmal gedacht, dass Älterwerden offenbar so manche Tücke mit sich brachte.

Noch während unten im Wohnzimmer die große Standuhr anschlug und Marie ungefragt mitteilte, dass es inzwischen halb zwei war, schüttelte sie die Gedanken an ihre schusselige Mutter ab, drückte die Klinke zum Badezimmer hinunter und schob die Tür auf.

Auf der Toilette saß jemand. Und dieser Jemand war kein Mitglied von Maries Familie. Sie kannte niemanden, der großgeblümte Nachthemden trug, und sie hatte auch noch nie in ihrem Leben jemanden *so* auf der Toilette sitzen sehen: auf Zehenspitzen, die Füße fast senkrecht aufgerichtet, die Knie aneinandergedrückt, Oberschenkel zusammen, mit kerzengeradem Oberkörper und ein paar Blatt ordentlich gefalteten Klopapiers in der Hand.

»Papier ist alle«, sagte die Frau mit dem verwuschelten rotbraunen Pagenschnitt und zog ihr Nachthemd mit beiden Händen so weit wie möglich über die Knie.

»Ich geh holen«, erwiderte Marie, ohne auch nur darüber nachzudenken, machte zwei Schritte rückwärts in den Flur und zog die Tür hinter sich zu. »Entschuldigung«, raunte sie noch – dann hielt sie abrupt inne. War sie im falschen Haus gelandet? Diese Eigenheime aus den Siebzigern sahen ja irgendwie alle gleich aus. Links neben der Eingangstür das Gäste-WC, gegenüber die Garderobe, dann eine Tür, die zur Küche mit Durchreiche, Esszimmer und offenem Wohnzimmer führte. Im Obergeschoss drei Zimmer, ein großes für die Eltern, zwei kleinere für die deutschlandweit durchschnittlichen 1,38 Kinder, die in jeder gutbürgerlichen Familie zu erwarten waren, außerdem ein Bad mit zwei Waschbecken, Badewanne, Dusche und Bidet. Mit etwas Glück gab es noch einen Dachboden, den man irgendwann, wenn die Kleinen aus dem Gröbsten raus waren, ausbauen konnte, und einen trockenen Keller, den man in einem Alter, in dem man jeder sportlichen Aktivität eigentlich längst abgeschworen hatte, zu einem Fitnessraum umfunktionieren konnte.

Aber nein. Ein Irrtum in puncto Haus war ausgeschlossen. Ihr fielen die Duplo-Klebebilder an ihrer Zimmertür wieder ein.

Doch wer war dann die Frau? Marie erschauderte, als sie unwillkürlich an ihre Ex-WG denken musste. Da hatte es ständig passieren können, dass man irgendeinen wildfremden Besuch im Bad überraschte – die Badezimmertür abzuschließen hatte bei Klara und Luke als bourgeois und Merkmal egozentrischen Rückzugsdenkens gegolten. Doch nicht bei ihren Eltern, in Langweiler, wo Zucht und Ordnung herrschten. Konnte es sich um eine vergessene Verwandte handeln? Prinzipiell war das möglich, aber unwahrscheinlich, denn seit der Sache mit dem Familiengrab – oder besser: dessen zwanzigjähriger Miete, die Tante Gudrun gern mit ihrem Bruder geteilt hätte, der jedoch seine Überreste lieber auf dem Meer verstreut wissen wollte – war zumindest der väterliche Teil der erweiterten Familie für die Schröders Luft. Erika Schröder war Einzelkind gewesen, weshalb ihr Stammbaum längst zu Brennholz hätte verarbeitet werden können – wenn da nicht noch irgendeine angebliche Cousine in Neuseeland wäre.

Nachdem die Frau auf der Toilette ein Nachthemd getragen hatte – wenn auch ein scheußliches –, konnte Marie einen Einbruch so gut wie ausschließen, und weil ihre Eltern nur Freunde vor Ort hatten und kaum jemanden von weiter weg kannten, konnte es sich wohl auch nicht um einen Übernachtungsbesuch handeln. Demnach, schlussfolgerte Marie, musste die Frau – von wegen Zucht und Ordnung, ha! – die Geliebte ihres Vaters sein. Oder ihrer Mutter. Und das wiederum war eine mehr als spannende Angelegenheit, die Marie dazu veranlasste, die Tür mit Schwung wieder aufzustoßen.

Die fremde Frau saß immer noch mit angezogenen Beinen auf der Schüssel. Wenn das die Liebhaberin meines Vaters ist, dachte Marie mit rein akademischem Interesse, dann wäre hiermit zumindest die Theorie widerlegt, dass Männer bei ihren Affären eine bessere oder zumindest jüngere Version der eigenen Ehefrau zu finden hoffen. Stattdessen nehmen sie die alte Version mit weniger Busen und größeren Pfingstrosen auf dem Nachthemd.

»Entschuldigung, wenn ich noch einmal störe«, sagte Marie betont freundlich, »aber wie, sagten Sie gleich wieder, war Ihr Name?«

Zu Maries Überraschung stiegen der Frau Tränen in die Augen.

»Mein Mann hat mich verlassen«, wimmerte sie, und eine Sekunde später liefen ihr die ersten Sturzbäche über die Wangen. »Ich dachte, wenn ich nur ein wenig …«

Marie machte schnell einen Schritt ins Bad hinein und schob die Tür hinter sich zu, bevor das Gewinsel noch jemanden aufweckte. Ein gewaltiger Weinkrampf schüttelte die Frau inzwischen so heftig, dass Marie die Luft anhielt.

Vielleicht war sie ja doch im falschen Haus gelandet. Vermutlich war sie einfach nicht die einzige renitente Jugendliche gewesen, die ihre Zimmertür mit Aufklebern bepflastert hatte. Oder sie war im richtigen Haus, aber ihre Eltern lebten nicht mehr hier – was zwar bemerkenswert wäre, aber immerhin erklären würde, wieso ihre Mutter in den letzten Wochen so oft versucht hatte, sie zu erreichen.

Sie kam nicht mehr dazu, diesen Gedanken weiterzuverfolgen, denn im selben Moment ging die Tür erneut auf, und Maries Vater betrat mit nacktem Oberkörper und knappen Shorts das Bad.

Die Frau auf dem Klo verschluckte sich und hustete laut auf, und Marie wäre fast das Gleiche passiert. So an- oder, besser gesagt, ausgezogen hatte sie ihren Vater zuletzt im Bodenseeurlaub 1996 gesehen.

»Was ist denn hier los?«, polterte Olaf Schröder, der seiner Meinung nach der Einzige in der Familie war, der Situationen anstandsgemäß aufzuklären vermochte. Sogar in diesem Aufzug.

»Wer ist das?«, entgegnete Marie betont ruhig und ließ sich nicht anmerken, wie sehr der Anblick des nackten väterlichen Oberkörpers sie verstörte. Und die Shorts waren wirklich mächtig knapp. Auch wenn sie zugeben musste, dass ihr Vater immer noch beeindruckend gut in Form war. Die kurzen grauen Haare standen ihm, sie ließen ihn weicher wirken – auch wenn es sich dabei um eine optische Täuschung handeln musste. »Deine Geliebte?«

»Geliebte?« Jetzt drang auch die Stimme von Maries Mutter ins Badezimmer, und gleich darauf quetschte sich der kleine, kräftige Leib von Erika Schröder in zartrosafarbenem Jersey ins Badezimmer, das für vier Erwachsene eindeutig zu eng konzipiert war, selbst wenn eine dieser Personen gerade auf der Toilette saß. »Wo ist Papas Geliebte? Ich will sie sehen.«

»Erika«, hob Olaf Schröder beschwichtigend an, doch vom stillen Örtchen her ertönte ein immer lauter werdendes Schluchzen, das ein klärendes Gespräch mehr oder minder unmöglich machte.

Marie stand wie vom Donner gerührt da, sah abwechselnd von ihren Eltern zu der fremden Frau und hätte nicht sagen können, was sie mehr verwirrte: dass ihre Eltern nun doch noch hier wohnten oder dass sie mittlerweile zu dritt waren.

»Mich würde viel mehr interessieren, was *du* hier machst«, sagte Maries Vater, der die Frage seiner Tochter entweder überhört oder ignoriert hatte oder beides, und aus seinem vorwurfsvollen Tonfall schloss Marie messerscharf, dass sie die drei wohl wirklich in flagranti bei irgendetwas erwischt hatte, was Eltern ihrer Meinung nach für sich behalten sollten.

»Wonach sieht es denn aus?«, gab Marie zurück. »Ich besuche euch.«

Das war nicht *ganz* gelogen. Wenn man zu jemandem fuhr und ein paar Tage blieb, ohne tatsächlich dort zu wohnen, dann war das ein Besuch. Fand Marie.

»Hast du zugenommen?«, schob Erika Schröder die Frage dazwischen, die sie offensichtlich am brennendsten interessierte, und musterte Marie dabei von oben bis unten.

»Hast du keine Arbeit mehr? Bist du deswegen hier?«, legte Maries Vater sofort nach.

»Hat irgendjemand Klopapier?«, kam es von der Toilette.

Marie stemmte die Hände in die Hüften. »Ich habe *nicht* zugenommen. Und einen Job habe ich auch. Also, demnächst. Aber jetzt sag mir bitte endlich jemand, wer diese Frau auf meiner Toilette ist.«

»Auf *unserer* Toilette«, verbesserte Erika sie.

»Auf *meiner*, um genau zu sein«, ergänzte Olaf, und Marie seufzte auf.

»Ich bin Britta«, sagte die Frau auf dem Klo und strich sich verlegen das Nachthemd über den Oberschenkeln glatt. »Ich bin ebenfalls zu Besuch.« Dann fing sie wieder an zu weinen.

»Sie *wohnt* hier«, erklärte Erika über das Schluchzen hinweg.

»Kurzzeitig. Eine Notsituation«, sagte Olaf.

»Das erklärt immer noch nicht, warum du zugenommen hast.« Maries Mutter beugte sich interessiert nach vorn.

»Ich *hab* nicht zugenommen, verdammt noch mal«, stöhnte Marie, doch da hatte die Mutter ihr schon in die Hüfte gekniffen.

»Pah! Hast du wohl.«

Nur Maries gute Kinderstube und die Tatsache, dass eine Frau in einem Pfingstrosennachthemd vor ihr auf der Toilette saß, verhinderten, dass Marie der Hüfte ihrer Mutter die gleiche Behandlung angedeihen ließ.

»Du kriechst hier unter«, stellte Olaf Schröder fest.

»Ich krieche *nicht* hier unter«, entgegnete Marie und biss die Zähne zusammen. »Ich *besuche* euch.«

Sie versuchte sich an einem Lächeln, doch es wollte ihr nicht recht gelingen, das konnte sie im Spiegelschrank an der gegenüberliegenden Wand nur zu genau erkennen.

»Fragt sich nur, für wie lange«, fiel Erika ein und beugte sich verschwörerisch zu ihrem Mann hinüber. »Der Panda steht vor dem Haus und ist voll bis unters Dach. Ich hab aus dem Fenster geguckt.«

»Du hast ...«, wollte Marie schon ansetzen, wurde aber erneut unterbrochen.

»Kann ich *bitte* mehr Klopapier haben?«, fragte die Frau auf der Schüssel.

Marie trat vor ans Badezimmerregal und griff nach der dort deponierten Ersatzrolle, die sie Britta kommentarlos hinhielt. Der ganze schöne Plan mit der unauffälligen Ankunft, das Einschleichen – alles umsonst. Es stimmte, Marie hatte ihr gesamtes Hab und Gut dabei, all ihre Besitztümer. Kisten voller Unterlagen, CDs, handgeschriebener Glückwunschkarten, Ordnern mit Sozialversicherungs- und Steuer- und Studienunterlagen, ein paar Teller, Tassen und Gläser, Taschen und Tüten mit Klamotten, sogar die für den Winter, ihr Lieblingsbild von Sanne und ihr, als sie in Sannes altem Opel Astra vier Wochen lang durch Italien gefahren waren, geschlafen, gegessen und gelebt hatten, bis Sanne in Reggio Calabria Lucio kennengelernt und beschlossen hatte, mit ihm nach Sizilien zu gehen.

Warum bin ich nicht einfach bis nach Italien durchgefahren?, fragte Marie sich jetzt im Stillen.

»Hab ich's doch gewusst«, beendete Olaf die Diskussion, »du kriechst sehr wohl hier unter.« Dann machte er auf dem Absatz kehrt und verschwand aus dem Badezimmer.

In der Ecke auf dem stillen Örtchen seufzte Britta vernehmlich, und Erika beugte sich zu ihrer Tochter vor. »Mach dir nichts draus, du kennst ihn ja. Morgen früh sieht die Welt schon wieder anders aus. Schön, dass du da bist, Mäuschen! Jetzt machen wir's uns alle zusammen richtig nett. In deinem Zimmer kannst du allerdings nicht schlafen. Da wohnt jetzt Britta.«

Marie sah auf, erst in das freundliche Gesicht ihrer Mutter, dann hinüber zur Toilette, wo der Pfingstrosenalptraum zum Zeichen der Dankbarkeit die Hand erhob.

»Ihr habt ihr *mei…*«

Doch schon zum zweiten Mal an diesem Abend wurde Marie unterbrochen. »Es ist nicht mehr *dein* Zimmer.«

»Aber es steht mein Name an der Tür.«

»Da stehen auch die Namen von Gary, Howard, Jason, Mark und Robbie, und trotzdem erheben sie keine Besitzansprüche. Geh in Tinas Zimmer, Mäuschen! Gute Nacht, Kuss, Kuss!«

Die Mutter warf ihr zwei Luftküsschen zu und verließ im Rückwärtsgang das Badezimmer.

Marie stand noch einen Augenblick lang schweigend in der Tür und gratulierte sich insgeheim zu der Entscheidung, die große Offenbarung auf den morgigen Tag verschoben zu haben. Dann verließ auch sie das Bad und lief über den Flur bis zu der Tür, in die sie vor einer Ewigkeit die Namen der fünf Take-That-Mitglieder eingeritzt hatte. Das hatte Ärger gegeben, und bis heute schien die Angelegenheit brisant genug zu sein, um bei der erstbesten Gelegenheit erneut aufs

Tapet gebracht zu werden. Aber zum Glück, dachte Marie, werde ich mich mit derlei uralten Vorwürfen nicht mehr lange herumschlagen müssen. Ich bin fast dreißig, habe einen Uniabschluss und stehe auf eigenen Beinen. Wenn auch knietief im Dispo.

Sie packte die wenigen Habseligkeiten aus ihrem alten Kinderzimmer zusammen und wanderte nach nebenan ins Zimmer ihrer Schwester, legte sich in das ordentlich gemachte Bett und starrte die Leuchtsterne an der Decke an.

Zwei Wochen, dachte sie, allerhöchstens. Dann bin ich wieder weg.

2

Marie wurde wach, als ein Sonnenstrahl, der durch das Dachfenster an den Jalousien vorbei direkt ins Zimmer ihrer Schwester fiel, sie an der Nasenspitze kitzelte. Draußen zwitscherten zwei Vögel um die Wette, irgendwo in der Nähe tuckerte ein Traktor über die Straße. Durch das geöffnete Fenster drang der Geruch von Sonnenmilch, Kaffee und frisch gemähtem Gras. Es hätte herrlich und ein richtig schöner Sonntagvormittag im August sein können, hätte in just diesem Moment Erika Schröder nicht die Stimme erhoben und zu einer ihrer berühmt-berüchtigten Arien angesetzt: *»FRÜÜÜHSTÜCK! ALLE MANN AN DEN TISCH, SONST SETZT'S WAS!!!«*

Marie hatte im Studium eine ganze Menge über Rituale und Bräuche in familiären Systemen gelernt. Deshalb wusste sie genau, dass es kein Entrinnen gab, wenn die Frau des Hauses zum Essen rief, wollte man die interne Ordnung nicht vollkommen auf den Kopf stellen. Marie hatte jedes einzelne Ausrufezeichen in dem Frühstücksruf gehört, und auch die Großbuchstaben hatten ganz sicher ihr gegolten. Sie fügte sich ihrem Schicksal und schlug die Augen auf. Unweigerlich fiel ihr erster Blick auf die bei Tageslicht beinahe unsichtbaren Leuchtsterne an der Decke, die sie in der vergangenen Nacht angefunkelt hatten. Selbstverständlich hatte Tina sie nicht einfach kreuz und quer geklebt, sondern nach Vorlage der echten Milchstraße, was – das musste Marie zähneknirschend zugeben – durchaus apart aussah.

Mit einem Seufzer setzte sie sich im Bett auf und sah sich um. Was die gnädige Dunkelheit der gestrigen Nacht verborgen hatte, wurde jetzt nur allzu offenbar. Ihre Schwester war seit frühester Kindheit eine ausgemachte Pferdenärrin gewesen, und selbst das Abitur, vermeintlicher Absprung in die Erwachsenenwelt, hatte sie nicht dazu bewegen können, ihre geliebten Poster abzunehmen. Nicht dass das bei Marie anders gewesen wäre. Aber während in ihrem Zimmer immer noch ein Dutzend BRAVO-Starschnitte mit diversen Größen der Neunziger an den Wänden hing, war in Tinas Zimmer der einzig handfeste Beweis, dass sie überhaupt so etwas wie ein musikalisches Geschmacksempfinden besaß, das einsame Foto einer gecasteten Mädchenband mit aufgesetztem Lächeln zwischen ein paar kitschigen Interpretationen des Motivs »Verliebte Pferde auf Koppeln«.

Marie stemmte sich stöhnend von der Matratze hoch und schlurfte aus dem Zimmer in Richtung Bad. Dort putzte sie sich die Zähne mit der alten Zahnbürste, die sie im Spiegelschrank gefunden hatte, und bürstete sich die dunklen, glatten Haare. Sie betrachtete ihr Gesicht im Spiegel. Was noch vor ein paar Jahren als erste Ansätze von Lachfältchen um die Augen herum hatte gedeutet werden können, ging inzwischen nicht einmal mehr als Krähenfüße durch. Sie sah zerknittert aus und irgendwie auch müde. Die vergangenen Monate hatten ihre Spuren hinterlassen, und die Zukunftssorgen hatten sich in vertieften Nasolabialfalten manifestiert. Das mit der Vorzeigetochter im besten Alter, die morgens eine Pfirsichhaut und abends eine Festanstellung hatte, war schon gelaufen – dabei war sie doch gerade erst seit fünf Minuten wach.

Sie ging zurück in Tinas Zimmer und durchwühlte den Kleiderschrank ihrer Schwester, in dem sich allerdings nur Klamotten befanden, die ihr entweder nicht passten oder die sie nie im Leben anziehen würde. Leider lag ihre gesamte Garderobe immer noch in dem kleinen Panda, der zum Bersten voll draußen vor der Haustür stand. Schweren Herzens beschloss sie, einfach das alte Schwarzenbruch-T-Shirt anzubehalten, und wankte die Treppe hinunter in die Küche.

Dort traf sie ihre Mutter, wie zu erwarten gestiefelt und gespornt, in ihrem besten Sonntagsoutfit an, das darauf schließen ließ, dass das Ehepaar Schröder zu einer Fahrrad- oder Wandertour aufzubrechen gedachte. Funktionskleidung. Immer wenn Marie in Köln in der Tchibo-Ecke im Supermarkt gelandet war, hatte sie sich gefragt, ob es ihrer Mutter eigentlich manchmal passierte, dass ihr Frauen in exakt dem gleichen Outfit begegneten. Oder ob es ihrem Vater gelegentlich widerfuhr, dass er sich im Eifer des Gefechts oder beim flüchtigen Aufsehen vom Radwanderführer einer falschen Frau in identischer Montur zuwandte und sie nach einem Schluck aus der Powerpulle bat. So nannte Maries Vater die uralte Gatorade-Flasche, die er seit den Achtzigern an jedem halbwegs sonnigen oder nur mäßig verregneten Sonntag des Jahres befüllte, um dann seine Damen einmal mehr dazu zu nötigen, einem Familienausflug beizuwohnen. Eben jene Powerpulle befüllte Erika Schröder gerade mit einer isotonischen Plörre, die – Marie wusste es genau – nach einer merkwürdigen Mischung aus vergorener Bluna und alkoholfreiem Bier schmeckte.

»Morgen, Mäuschen«, flötete Erika Schröder gut gelaunt und fuhr dann nahtlos fort: »Aber sicher, Olaf, sie hat ein bisschen zugelegt. Besonders um die Hüften.«

Marie ging gar nicht erst darauf ein, genauso wenig wie ihr Vater, der offenbar überhaupt nicht zugegen war, was ihre Mutter aber nicht daran zu hindern schien, munter weiterzuplappern. Bedächtig ließ Marie die Luft aus den aufgeblasenen Backen entweichen und öffnete den Hängeschrank links von der Spüle. Doch dort, wo seit Jahr und Tag ihre Lieblingstasse mit ihrem Namenszug und den ausgeblichenen Diddl-Mäusen gestanden hatte, war gähnende Leere. Irritiert stellte sie sich auf die Zehenspitzen und inspizierte das Regal – doch von Diddl-Mäusen keine Spur. Notgedrungen nahm sie sich einen anderen Becher und machte sich an der Kaffeemaschine zu schaffen.

»Wie hast du geschlafen, Mäuschen?«, rief Erika Schröder gegen den Lärm an, den die Kaffeemaschine beim Zerkleinern der Bohnen veranstaltete.

Marie knurrte irgendetwas Unverständliches, und ihre Mutter machte ein zufriedenes Gesicht – offenbar hatte sie das verstanden, was sie verstehen wollte. Wie immer.

Die Maschine hatte sich inzwischen eingestimmt und spielte jetzt zum ersten angenehmen Geräusch des Tages auf, dem rasselnden Ausspucken des heiß ersehnten Zaubertranks. Marie seufzte erleichtert und schlurfte aus der Küche in Richtung Esszimmer, das an das offene Wohnzimmer grenzte, den größten Raum im Haus, und aus dem sie die Stimmen ihres Vaters und der fremden Frau vernahm.

Im Türrahmen blieb sie wie angewurzelt stehen. Vor dem ersten Kaffee des Tages gab es nicht viel, was sie tatsächlich aus der Fassung bringen konnte. Dass Britta dort auf Maries Stammplatz saß, konnte einem auf nüchternen Magen schon mal schlechte Laune bereiten. Dass sie aber obendrein einen Becher mit der Aufschrift »Marie« in Händen hielt, von der verblasste Diddl-Mäuse winkten, war wirklich grenzwertig, und die Art und Weise, wie ihr Vater den Arm um diese fremde Frau gelegt hatte und ihr zum Trost den Rücken tätschelte, versetzte Marie einen schmerzhaften Stich – und zwar ausgerechnet an der Stelle, wo ihre Schwester Tina einen regelrechten Trampelpfad auf ihrem Herzen hinterlassen hatte.

Warum fiel es ihrem Vater eigentlich bei allen so viel leichter, Fürsorglichkeit zu zeigen, als bei seiner Erstgeborenen? Warum konnte er bei Tina und sogar bei Britta den Superdaddy raushängen lassen und bei Marie bloß die nervige Version mit den ewig gleich klingenden Vorwürfen?

Unwillkürlich musste Marie an eine ihrer letzten Sitzungen bei Frau Dr. Müller-Friese denken, ihrer Psychotherapeutin aus Köln. Die hatte ihr geraten: »Schütteln Sie ab, was Sie belastet. Lassen Sie hinter sich, was Sie lähmt. Begrüßen Sie mit Euphorie das Leben und die Möglichkeiten, die es Ihnen bietet.«

»Morgen«, murrte Marie, was allerdings niemand bei Tisch zu bemerken schien. So viel dazu, Frau Dr. Müller-Friese. Ihr Vater hatte seine Aufmerksamkeit ganz und gar auf Britta gerichtet, die sich gerade vernehmlich in eine der bunten Stoffservietten schneuzte. Natürlich in die mit dem eingestickten M im spitzenbesetzten Stoffzipfel. Kurz überlegte Marie, ob sie einfach wieder in ihrem oder vielmehr in Tinas Zimmer verschwinden sollte, entschied sich dann aber dagegen. Es half ja nichts. Früher oder später musste sie mit ihren Eltern reden.

»Und da hat er gesagt, dann soll ich mir doch einfach einen Anwalt nehmen«, wimmerte Britta. Tränen strömten ihr über die Wangen und hinterließen dunkle Kleckse auf der spätsommerlichen Tischdecke.

»Du musst jetzt sehr stark sein«, sagte Maries Vater verständnisvoll und tätschelte Britta weiter den Rücken.

Das müssen wir wohl alle, dachte Marie, ließ sich auf der Eckbank nieder und starrte abwechselnd auf die Sonntagsausgabe der Nahe-Zeitung Idar-Oberstein, den Inhalt ihres Kaffeebechers und die weinende Fremde in den Armen ihres Vaters.

»Aber ich hab doch kein Geld, weil, also, ich hab doch immer bei ihm im Geschäft …«, jammerte Britta, und dann brach ihre Stimme unter einem neuerlichen Heulkrampf.

»Wir können dir was leihen, Britta«, sagte Olaf Schröder beruhigend.

Marie hob den Kopf. Sie wollte ihren Ohren nicht trauen. Vor ein paar Wochen hatte sie ganz vorsichtig bei ihrer Mutter angefragt, ob die Eltern ihr nicht zumindest fünfhundert Euro vorstrecken könnten. Nachdem ihr Volontariat in dem kleinen Kunstbuchverlag zu Ende und somit auch das Geld rapide zur Neige gegangen war, hätte ihr das wenigstens für einen weiteren Monat den Hals gerettet. Sie hätte in der WG bleiben können und zumindest einen Monat mehr Zeit gehabt, um einen neuen Job zu finden. Doch ihre Mutter hatte zum ersten Mal in Maries Leben nein gesagt. Die Zeiten hätten sich geändert, waren ihre Worte gewesen, und auch die Schröders müssten die Gürtel allmählich enger schnallen. Es wären keine fünfhundert Euro da, die man mal eben so verleihen könnte. Der Wohnwagen müsste zum TÜV, die nächste Rate für Papas Gleitsichtbrille wäre fällig, aber, na ja, vielleicht könnte man ja die lang geplante Kanarenreise im Frühjahr stornieren, wenn es wirklich so dringend wäre. »Ich hab zwar fünf Jahre gebraucht, um ihn dazu zu überreden, aber dann fahren wir eben wieder mit dem Tabbert an die Müritz«, hatte Erika Schröder erklärt und schwer geseufzt, und Marie hatte sich wie ein Aasgeier gefühlt und das Thema nie wieder angesprochen.

Offensichtlich hatte ein spontaner Geldsegen die Kassen der Schröders geflutet, zumindest war für Britta genug Geld da. Genug jedenfalls, um es ihr anzubieten. Marie atmete tief durch und besann sich ihrer guten Manieren. Es hatte schließlich auch sein Gutes, dass diese fremde Frau hier war. Sie lenkte mit ihren Problemen von Maries Dilemma ab.

Und wer wusste schon, wofür es gut war, dass Britta ihre Eltern gerade so fürsorglich und milde stimmte?

Sie gab sich einen Ruck, streckte die Hand aus und brummte in Brittas Richtung: »Unser Zusammentreffen gestern Abend war ja nicht so ... glücklich. Vielleicht fangen wir einfach noch mal von vorne an. Also, ich bin Marie.«

Britta starrte sie aus glasigen Augen an, dann zog sie die Nase hoch und nahm über den Tisch hinweg Maries Hand. »Britta«, hauchte sie. »Wie der Wasserfilter.«

Brittas Hand war warm und feucht. Von Hände*druck* konnte nicht ernsthaft die Rede sein – es kam Marie eher so vor, als hätte Britta ihr ein warmes, unpaniertes Putenschnitzel reichen wollen. Sie widerstand dem Drang, sich die Hand an der Hose abzuwischen.

Olaf Schröder segnete den Waffenstillstand mit einem wohlwollenden Kopfnicken ab.

»Also, ich habe irgendwie den Anfang deiner Geschichte nicht mitgekriegt«, fuhr Marie fort. »Wie kommt es, dass du hier bist?«

»Ts, ts, ts«, machte Olaf Schröder, dem offenbar ganz plötzlich Empathieantennen gewachsen waren. »Mal wieder ganz der Elefant im ... Na ja. Siehst du nicht, dass Britta gerade nicht in der Verfassung ist, um ...«

»Ist schon guhuhuuut«, heulte Britta auf. Wieder stiegen ihr Tränen in die Augen, und Marie befürchtete schon, eine neuerliche Jahrhundertflut stünde ihnen bevor. Doch Brittas Stimme war erstaunlich klar, als sie schließlich sagte: »Mein Mann hat eine andere.«

Kommt in den besten Familien vor, dachte Marie und ließ den Blick über die Szene vor sich schweifen.

»Also, das ist jetzt aber schon ein bisschen knapp formuliert.« Erika Schröder kam herein und stellte ein Tablett mit vier Tellern, einem Brotkorb, diversen Marmeladengläsern, der Butterdose und einer Platte mit Aufschnitt auf den Tisch. Dann ließ sie sich auf die Bank plumpsen und fing an, das Tablett zu entladen. »Britta und Jörg sind im November seit siebzehn Jahren verheiratet. Aber vor zwei Jahren hat Jörg Britta verkündet, dass er sich in eine andere Frau verliebt hat.«

»Jutta«, zischte Britta und sah für einen Moment nicht mehr annähernd so mitleiderregend aus. Selbst Maries Vater zuckte unter der Wucht des herausgekeiften Namens zusammen und lockerte seine Umarmung.

»Aber Britta hat sich nicht einfach so geschlagen gegeben und ist bei Jörg geblieben«, fuhr Erika fort.

»Ähm, er hat sich doch von ihr getrennt?«, hakte Marie nach.

»Na ja, das hat er nie so ausgesprochen«, verteidigte sich Britta, und Olaf Schröder nickte erneut verständnisvoll – eine Geste, die Marie zutiefst verstörte. Genau wie damals, als sie ihren Vater zum ersten Mal am Herd stehen gesehen hatte. Das hatte sich ihr genauso tief ins Gedächtnis eingebrannt wie der Kartoffelbrei, in dem Olaf Schröder gerührt hatte, in den Topfboden – denn natürlich hatte ihr Vater bei seinem einmaligen Einsatz in der Küche samt und sonders versagt. Die Szene war derart befremdlich und seltsam gewesen, dass Marie nicht hatte wegsehen können – fast wie bei einem Verkehrsunfall. Zum Glück war es danach nicht mehr allzu häufig vorgekommen, dass Olaf Schröder sich in der Küche betätigt hatte. Warum auch – er hatte schließlich Besseres zu tun. Zum Beispiel sein Bauingenieurbüro zu leiten, das im nahe gelegenen Morbach seinen Sitz hatte. Oder für seine Frau die Buchhaltung des kleinen Ladens zu erledigen, in dem sie Socken und Strumpfhosen verkaufte. Die »Laufmasche« war ein kleines Geschäft in der Innenstadt von Idar-Oberstein. Wenn es schon nicht genug Geld abwarf, um davon zu leben, sorgte es doch zumindest dafür, dass sich Maries Mutter kein Taschengeld auszahlen lassen musste und Olaf Schröder so tun konnte, als wäre er emanzipiert.

»Dann ist Jutta bei Jörg eingezogen«, fuhr Maries Mutter fort.

Marie dachte scharf nach. »Aber da wohnte doch Britta.«

»Ganz genau«, schniefte Britta.

»Oh.«

Für einen kleinen Moment fand Marie es nicht mehr gar so schlimm, ihre Diddl-Tasse abzutreten und im Zimmer ihrer Schwester übernachten zu müssen. Sie verspürte – das musste sie etwas beschämt feststellen – sogar ein kleines bisschen Dankbarkeit, dass es jemanden gab, der noch elender dran zu sein schien als sie selbst. Vielleicht war Brittas Jammerklage ja so laut, dass sie Maries eigene Hiobsbotschaften übertönen würde?

»Und weil Jutta neuerdings bei Jörg wohnt, bist du jetzt hier eingezogen?«, fragte Marie teilnahmsvoll.

»Nein. Jutta ist schon letztes Jahr eingezogen.«

»Letztes Jahr? Dann hast du ja … *wie lange* mit deinem Mann und seiner neuen Freundin unter einem Dach gelebt?« Marie nahm sich eine Scheibe Brot und beschmierte sie mit Butter.

»Fünfzehn Monate«, schluchzte Britta.

»Polyamore Liebe«, seufzte Marie.

»Was?« Ihr Vater sah auf, und in seinem Blick schien die Skepsis der ganzen Welt zu liegen. »Was ist das denn jetzt wieder? Hast du das aus deinem Studium? Kein Wunder, dass es mit der Wirtschaft bergab geht, wenn die sogenannte intellektuelle Elite …«

»Ach, vergiss es«, fiel Marie ihm ins Wort und wandte sich wieder Britta zu. »Aber warum hast du das denn so lange mit dir machen lassen?«

Sie war, gelinde gesagt, schockiert. Kurz vor ihrem Auszug aus der WG hatte es eine Zeit gegeben, in der sie sich das Zimmer mit ihrem Ex-Freund hatte teilen müssen. Na ja, erst war er noch ihr Freund gewesen, jedenfalls einigermaßen. Er war erst zum Ex geworden, nachdem er Marie offenbart hatte, dass er gerne mit mehr Partnern – bevorzugt ihren Mitbewohnern – verkehren wollte. Im wortwörtlichen Sinne, wie sich herausgestellt hatte. Selbst die wenigen Wochen, in denen sie sich mit Bernd das Zimmer hatte teilen müssen, weil sie auf die Schnelle nichts Neues gefunden hatte und Bernd, Luke und Klara mit dem Arrangement so unglücklich ja nicht gewesen waren, hatten Marie gereicht, um sie davon zu überzeugen, dass es sich für keinen Mann der Welt lohnte, sich derart unter Wert zu verkaufen. Gut, sie hatte ein paar Tage gebraucht, bis der Samen der Erkenntnis zu voller Blüte herangereift war, aber dann hatte sie nicht lang gezögert und war gegangen. Warum eigentlich so spät?, fragte sie sich jetzt. Immerhin keine fünfzehn Monate. Aber warum hatte sie sich das alles überhaupt so lange bieten lassen und Bernd, die WG und Köln nicht schon viel früher verlassen?

»Weil ich ihn liebe«, donnerte Britta nun und riss Marie aus den Gedanken über den Ex, die Kombucha-Kultur auf dem Fensterbrett in der versifften WG-Küche und all das, was ihre Eltern ihr ganz sicher an den Kopf werfen würden, wenn sie wüssten, wie billig sich ihre Tochter hatte verschachern lassen.

»Liebe – Präsens? Du liebst ihn immer noch?«

»Natürlich!« Brittas Gesicht war mittlerweile vor Wut und Verzweiflung ganz verzerrt, und Marie musste sich eingestehen, dass diese Frau in ihrer derzeitigen Gemütslage nicht mehr annähernd so harmlos aussah, wie es die aufapplizierten kleinen, grinsenden Eichhörnchen auf dem gelb-weiß gestreiften T-Shirt vermuten ließen.

»Woher kennt ihr euch eigentlich?«, fragte Marie in dem Versuch, in ein anderes Fahrwasser zu gelangen, und zeigte abwechselnd auf ihre Eltern und Britta.

Diesmal ergriff der Herr des Hauses persönlich das Wort. »Von den Landfrauen.«

Marie klappte der Mund auf. »Mama ist bei den Landfrauen?«

»Oh ja«, zwitscherte Erika Schröder.

Marie starrte ihre Mutter an. »Äh – und was willst du da? Da wolltest du doch niemals mitmachen, in dem Verein.«

Erika Schröder zuckte mit einer Schulter. »Seit ihr nicht mehr bei uns wohnt, ist es hier ziemlich ruhig geworden. Und du weißt ja, wie das so ist auf dem Land …«

»Aber du hast doch die ›Laufmasche‹?«

Maries Mutter winkte ab. »Ach, geh mir weg mit Socken. Die fragen mich am Ende einer anstrengenden Woche nicht, wie es mir geht und wie mein Tag war.«

»Aber das macht Papa doch auch nicht.«

»Deswegen bin ich jetzt ja auch eine Landfrau.«

Erika nickte zufrieden, Britta schneuzte sich – diesmal in ein Papiertaschentuch –, und Olaf ließ endlich ihre Schulter los.

»Aber eigentlich wollten wir nicht über Mama oder Britta sprechen«, wechselte er mit der Eleganz eines Vorschlaghammers das Thema.

Maries Herzschlag beschleunigte sich, als ihr Vater sie mit dem gleichen Blick bedachte, den er zum ersten Mal aufgesetzt hatte, als er hatte herausfinden wollen, wer die Kartoffel in den Auspuff seines alten braunen VW Passat gesteckt hatte. Seit er in Erfahrung gebracht hatte, dass es Marie gewesen war, war dieser Blick exklusiv seiner Ältesten vorbehalten – selbst dann, wenn diese gar nichts ausgefressen hatte.

»Warum bist du hier?«

Marie überlegte fieberhaft – sollte sie wirklich die ganze Geschichte erzählen? Das hätte den Vorteil, dass sie sich in den kommenden Tagen nicht permanent auf die Zunge beißen müsste, wenn sie auf die Fragen der Eltern reagierte, die sie garantiert nach allen Regeln der Kunst ausquetschen würden. Andererseits konnte sie sich schon denken, was sie sagen würden, sobald sie das ganze Ausmaß des Scheiterns erfassten, das ihre Tochter dazu bewogen hatte, wieder zu Hause aufzuschlagen. Sie beschloss daher, vorsichtshalber erst einmal so wenig wie unbedingt nötig ins Detail zu gehen. »Ich orientiere mich um.«

»Sexuell?«, wollte ihre Mutter wissen. »Bist du jetzt Lesbierin?«

»Nein. Herrgott ...«

»Lass den aus dem Spiel!«, blaffte ihr Vater sie an.

»Schade«, sagte Maries Mutter. »Das hätte zu dir gepasst.«

»Lesbisch zu werden?«

»Vielleicht sollte ich das auch versuchen«, sagte Britta mehr zu sich selbst als zu den anderen und nahm sich eine Scheibe Brot aus dem Körbchen.

»Na ja«, erklärte Maries Vater, ohne auf Brittas Einwand einzugehen, »angesichts deiner männerfeindlichen Ausstrahlung könnte man durchaus auf den Gedanken kommen.«

Marie atmete tief ein und wieder aus und zwang sich zur Ruhe, bevor sie erklärte: »Ich habe mich von Bernd getrennt.«

»Halleluja!«, rief Maries Mutter. »Das ist ja noch tausendmal besser, als Lesbierin zu werden. Der Kerl war ein Schmarotzer. Bist du seinetwegen aus der WG ausgezogen?«

»Auch.«

Ihr Vater taxierte sie mit einem konzentrierten Blick. So leicht kam sie ihm wohl doch nicht davon. Die Zeiten, in denen ihre Eltern sie trotz aller lautstark geäußerten Bedenken hatten machen lassen, was immer sie gewollt hatte, waren offensichtlich endgültig vorbei. Immerhin hatten sie – mit größtem Widerwillen – mitangesehen, wie Marie in der Oberstufe jedes naturwissenschaftliche Fach abgewählt hatte, ihr ein freiwilliges soziales Jahr finanziert und selbst die vagesten Aussagen auf die Frage, was Marie mit ihren Studienfächern einmal anfangen wollte, kommentarlos hingenommen.

Hinzu kam, dass Marie nicht unbedingt in Rekordzeit studiert hatte, sondern ihren Magister erst nach stolzen sechzehn Semestern in der Tasche gehabt hatte. Dass sie nach dem Volontariat nicht übernommen werden würde, hatte ihr Vater von Anfang an prophezeit – und sein »Hab ich's doch gewusst«-Gesicht aufgesetzt, als sie die Bombe schließlich hatte platzen lassen. Hoffentlich sparte er sich und allen Anwesenden zumindest heute seine »Hättest du mal auf mich gehört«-Predigt.

»Na komm, ein bisschen mehr musst du uns schon verraten«, sagte er.

»Ich bin fast dreißig, und müssen muss ich überhaupt nichts mehr«, setzte Marie an, aber da war ihre Mutter bereits abrupt aufgesprungen, zum Sekretär gewieselt, der in der Esszimmerecke stand und eigentlich nicht wesentlich mehr als all den Krimskrams beherbergte, der in einer Familie nun mal anfiel. Sie zog eine der obersten kleinen Schubladen auf und holte einen Bogen Papier heraus. Mit diesem Blatt in der Hand kam sie zurück an den Tisch und legte es der Tochter übers Butterbrot.

Marie hob den Zettel an, auf dem handgeschriebene Ziffern zu sehen waren.

0-6 Jahre	35 000
7-12 Jahre	40 000
13-18 Jahre	50 000
FSJ	10 000
16 Sem. à 600/Mon.	57 600
Volontariat	3600
	196 200

»Du hast uns bislang knapp zweihunderttausend Euro gekostet«, erläuterte Maries Vater und tippte auf das Papier.

»Die tausend Euro vom letzten Jahr, die du dir von mir geliehen hast, als du nach dem Magister nach Italien fliegen wolltest, hab ich natürlich nicht dazugerechnet«, erklärte Erika Schröder mit einem generösen Lächeln. »Die waren ein Geschenk.«

»Ihr ... Ihr habt ...« Marie fehlten die Worte. Ihr fehlte jeder Buchstabe. Sogar die Luft wurde knapp. »Ihr habt ausgerechnet, wie viel ich euch bislang gekostet habe?«

»Reine Neugier, ja. Bei deiner Schwester haben wir das auch gemacht. Die war übrigens deutlich billiger«, sagte Maries Vater und nickte in Richtung der Auflistung.

Weiter unten stand tatsächlich eine sehr viel kürzere Rechnung.

0-6 Jahre	20 000
7-12 Jahre	28 000
13-18 Jahre	35 000
FSJ	------
8 Sem. à 600/Mon.	28 800
Volontariat	------
	111 800

»Um es kurz zu machen: Du warst fast doppelt so teuer wie deine Schwester. Sie hat kein unbezahltes freiwilliges soziales Jahr absolviert, und bei einem Volontariat mussten wir ihr auch nicht unter die Arme greifen. Tina hat einen dieser dualen Studiengänge an der Berufsakademie gemacht und wurde währenddessen bezahlt, anstatt zu kosten.«

Marie, die ihre ach so perfekte kleine Schwester, die schon immer alles richtig gemacht hatte, in diesem Augenblick noch weniger leiden konnte denn je, protestierte. »Aber die Rechnung stimmt doch hinten und vorne nicht! Warum soll Tina denn in ihrer Kindheit weniger gekostet haben als ich?«

»Sie hat deine Sachen aufgetragen«, erklärte Olaf Schröder trocken und zuckte mit den Schultern.

»Mäuschen, es ist so«, setzte jetzt Maries Mutter zu einer Erklärung an, »wir haben schon seit Längerem das Gefühl, dass du ein bisschen die Richtung verloren hast. Eigentlich sind wir ja nicht so, aber irgendwann haben wir beschlossen, dass wir jetzt genug in dich investiert haben, und als du dann neulich wegen dieser fünfhundert Euro angefragt hast, hat Papa sich mal hingesetzt … Na ja. Du weißt ja, dass er ein großer Freund von anständiger Buchführung ist.«

Oh ja, das wusste Marie. Ihr halbes Studium über war sie bei ihrem Vater im Bauingenieurbüro als Sekretariatsaushilfe angestellt gewesen, nur damit seine Geschäftsausgaben stiegen und er ein bisschen Steuern sparen konnte. »Wenn ich schon ausgepresst werde wie eine Zitrone, will ich wenigstens auch was davon haben«, hatte er immer zu sagen gepflegt.

Marie musste an den Tag zurückdenken, da ihr seine Kündigung ins Haus geflattert war. Sie hatte kurzzeitig mit der Fassung ringen müssen. Irgendwie kam ihr die momentane Situation sehr ähnlich vor.

»Du bist ein finanzielles Himmelfahrtskommando, Schatz«, erklärte Olaf Schröder freundlich. »Eine Non-Profit-Organisation, wie man es auch dreht und wendet.«

»Aber wie könnt ihr …« Marie war fassungslos. Kinder kosten, das wusste man doch. »Ihr habt mich doch freiwillig gekriegt.«

Ihr Vater zog die Augenbrauen hoch. »Na …«

»Liebling, bitte«, sagte Maries Mutter und legte ihrem Mann die Hand auf den Arm. »Nimm's nicht persönlich, Mäuschen.«

»Nicht persönlich? Wie soll man so was denn nicht persönlich nehmen? Was soll das Ganze überhaupt? Wollt ihr das Geld jetzt zurückhaben oder was?«

»Jetzt werd nicht gleich hysterisch«, wiegelte Olaf ab. »Wir wollen dir auf diese Weise nur verdeutlichen, dass du deine Geldreserven bei uns aufgebraucht hast. Der Herr hat's gegeben, der Herr hat's … Jedenfalls musst du endlich lernen, auf eigenen Beinen zu stehen. Deswegen gibt es von uns von nun an keinen Cent mehr. Du musst schon selbst sehen, wie du über die Runden kommst, oder dir endlich einen ordentlichen Job suchen.«

»Aber Geben ist doch seliger denn Nehmen …«

»Da hast du recht. Trotzdem hat alles mal ein Ende. Nur die Wurst … Ach, du weißt schon. Betrachte es als Chance.«

»Und was für eine Chance soll das bitte schön sein?«

»Wir bringen dir bei, wie das richtige Leben funktioniert. Ist das nicht toll?« Und dabei lächelte er sogar.

3

Marie lag auf dem Bett ihrer Schwester und bedachte die Shetlandponys um sich herum mit einem finsteren Blick. Sie war frustriert und musste wieder an Frau Dr. Müller-Friese denken. Die hatte ihr in jeder einzelnen der sechsunddreißig Therapiesitzungen dazu geraten, sich vom elterlichen Druck und der Erwartungshaltung zu lösen. Na sicher, nichts leichter als das. *Loslösung von den Eltern in zehn Schritten. Ein Handbuch mit Tipps für den Hausgebrauch.*

Zum Glück hatte sie ihnen nie mehr von Bernd erzählt, als unbedingt nötig gewesen war. Oder warum sie sich jetzt dazu gezwungen gesehen hatte, ihre Beziehung zu beenden. Die Sache mit ihm und ihren Mitbewohnern hätte ihren Eltern – da war Marie sich sicher – nicht gefallen. Zu allem Überfluss hatten sie auch noch geahnt, dass dieser Kerl mit Vorsicht zu genießen war. Sie hatten ohnehin gemutmaßt, dass Maries WG eine Art Kommune mit wildem Sex und freier Liebe wäre – und ganz abstreiten konnte man das nach der Geschichte mit Bernd nun auch nicht mehr.

Bernd war Marie in einem Forum über veganes Essen sozusagen virtuell über den Teller gelaufen und nach dem dritten Treffen in der Reality direkt zu ihr in die WG gezogen – was wirklich ungewöhnlich für Marie gewesen war, denn im Grunde zählte sie eher zu den Angsthasen auf dem Parkett der Liebe. Sie ging in der Regel kein Risiko ein, wenn sie einen Mann kennenlernte, sondern lieber auf Nummer sicher. Nur bei Bernd, da hatte sie alles riskiert – und noch mehr verloren.

Ihr Handy klingelte, und Marie schreckte zusammen. Wer wollte was von ihr? Bestimmt Tina, die sich darüber beschwerte, dass Marie in ihrem Bett lag. Oder Sanne, der sie als Nächstes würde beichten müssen, wohin sie geflüchtet war. So oder so – wer sie an einem derart sonnigen Sonntagnachmittag anrief, hatte Unangenehmes im Sinn.

Es sei denn, es war …

Sie richtete sich auf der Matratze auf. Ja, genau! Vielleicht war es ja gar niemand, der Geld oder fadenscheinige Ausreden von ihr wollte, sondern Bernd, der ihr sogleich verkünden würde, dass alles nur ein ganz gewaltig großes Missverständnis gewesen wäre.

Maries Herz fing an zu rasen. Sicher würde er sie gleich unter Tränen und vielen, vielen Entschuldigungen bitten, wieder zu ihm zurückzukehren. Dann wäre sie in Nullkommanichts unter der Dusche und würde anschließend in den Panda springen, und dann könnte ihr Vater mit seiner beknackten Aufstellung ihr so was von gestohlen bleiben.

Sie rappelte sich auf und tastete nach ihrem Handy, das auf dem Nachttisch lag und vor sich hindudelte. Auf dem Display stand in riesengroßen Lettern »NICHT RANGEHEN«. Maries Herz verhaspelte sich vor Aufregung, und sie fing an, unkontrolliert zu kichern. Er war es wirklich – Bernd! Sie hatte seinen Namen im Adressbuch geändert, erst in *Arschloch,* dann in *Nicht rangehen,* und jetzt rief *Nicht Rangehen* allen Ernstes an, und Marie wurde binnen Bruchteilen von Sekunden in den siebten Himmel katapultiert.

Er holt mich hier raus, dachte sie noch, dann drückte sie auf das grüne Hörersymbol und hauchte in den Apparat: »Hallo?«

»Hallöchen«, sagte *Nicht rangehen.*

Dieses »Hallöchen« … Junge, Junge, das hatte sie schon immer auf die Palme gebracht, bereits von Anfang an. Wer bitte schön sagte denn »Hallöchen«? Schwule Friseure. Und Hausbesetzer mit dicken Wollpullovern. Vielleicht hatten ihre Eltern sie genau deswegen vor ihm gewarnt. »Wenn der erst mal in deiner Bude drin ist, kriegst du ihn nie wieder raus«, hatte ihre Mutter am Telefon zu ihr gesagt, und im Hintergrund hatte sich ständig Maries Vater in das Gespräch eingemischt, das die Mutter überflüssigerweise über Lautsprecher hatte führen müssen.

»Sei nicht so naiv, Mariechen! Jetzt fühlt sich das alles noch ganz aufregend und richtig an, aber was ist in ein paar Wochen? Da liegt er dir auf der Tasche, und da ist doch so schon nichts drin.«

»Und ehe du dich's versiehst, bist du dann schwanger«, hatte Erika Schröder geunkt.

»Was, Marie ist schwanger?«, hatte der Vater gerufen, allerdings nicht an die Tochter, sondern an seine Frau gewandt.

»Ich bin nicht schwanger«, hatte Marie erwidert, aber das war im darauffolgenden aufgeregten Gezänk der Eltern untergegangen.

Die Worte der Eltern hatten an ihr genagt. Zielte Bernd wirklich nur auf eine günstige Bleibe ab? Nutzte er Marie am Ende tatsächlich nur aus? Nichts dergleichen hatte sie feststellen können. Und als Bernd ihr dann gestanden hatte: »Mit dir würde ich mir sogar eine Zahnbürste teilen«, hatte Marie ganz weiche Knie bekommen, ihre Bedenken über Bord geworfen und sich in seine veganen Arme sinken lassen. Dabei war das mit der Zahnbürste alles andere als metaphorisch gemeint gewesen.

»Hallo, Bernd.« Mit einem Mal hatte Marie keinen einzigen Tropfen Spucke mehr im Mund. »Schön, dass du anrufst.«

Sie lauschte in den Hörer, hörte aber nur das Rauschen in ihren Ohren. Bernd am anderen Ende sagte erst mal gar nichts. Dann räusperte er sich.

»Ja, hallo, Marie. Und, hast du dich schon gut eingelebt in … Wie heißt der Ort noch mal?«

»Langweiler«, antwortete sie. »Und, nein, ich hab mich noch nicht eingelebt.«

Du kannst mich jederzeit zu dir zurückholen! Innerhalb von Sekunden sitze ich im Auto und sinke wieder in deine Arme!, säuselte ihre Sehnsucht durchs Telefon.

Zum Glück hörte Bernd es nicht.

»Langweiler, ja, richtig. Lustiger Name.«

Marie hielt die Luft an. Sie war sich sicher, gleich würde er ihr sagen, dass sie wieder nach Hause kommen soll, oder – noch besser – er würde ihr sagen, dass er hier war, unten, vor dem Haus, dass sie nur aus der Tür zu treten brauchte, und da wartete er, er, Bernd, blind und vernagelt, nunmehr geheilt und erleuchtet …

Aber nein. Bernd hatte ja gar keinen Führerschein. Und erst recht kein Auto.

Entgegen aller Befürchtungen der Eltern waren die ersten Wochen mit Bernd der Himmel auf Erden gewesen, und Marie war nur für die allernotwendigsten Erledigungen überhaupt aus dem Bett gekrochen. Ihr neuer Freund und Mitbewohner war leidenschaftlich, aufmerksam, sensibel und naturverbunden gewesen – alles Eigenschaften, die Marie an anderen Menschen schätzte. Er hatte ihr morgens, noch ehe sie sich aus den Federn gewühlt hatte, eine Tasse Kaffee ans Bett gebracht, mit Klaras Kajal honigsüße Sätze auf den Badezimmerspiegel geschrieben und Marie die Haare aus dem Gesicht gehalten, als sie am Abend ihres letzten Arbeitstags im Verlag aus lauter Frust etwas zu tief ins Glas und anschließend in die Kloschüssel geblickt hatte. Mit ihm hatte sie über die kleinen Dinge des Alltags oder die großen Fragen der Menschheit philosophieren können, und wenn sie ihn manchmal gefragt hatte, wie er sich das Leben vorstellte, dann hatte er immer geantwortet: »Vor allem mit dir.«

Marie, die bis zu diesem Zeitpunkt schon einige am Anfang mehr, gegen Ende hin eher weniger erfolgreiche Beziehungen geführt hatte, hatte das alles als Liebe gedeutet. Und wieso auch nicht? Sie hatten über das Haus auf dem Land gesprochen, in das sie einmal ziehen wollten, über den kleinen Nutzgarten, den sie sich beide wünschten, und über die Vorstellung, noch ein paar richtig gute Freunde mit ins Boot zu holen, damit sie alle unter einem Dach wohnen konnten. »Auf dem Land mit lieben Menschen leben, ganz nah an der Natur«, so hatte Bernd es einmal beschrieben, und Marie war sich nach wenigen Monaten sicher gewesen, dass sie endlich den Einen, den Richtigen gefunden hatte. Ist doch toll, wenn sich jemand so schnell entscheidet und eine ernste Verbindung eingeht, hatte sie gedacht, wann immer ihr die pechschwarze Prognose ihrer Eltern wieder in den Sinn gekommen war. Und keinen Tag lang hatte sie bereut, dass sie ihn zu sich in ihr WG-Zimmer hatte einziehen lassen.

Blöd nur, dass sich wieder einmal das alte Vorurteil bestätigt hatte, dass alles, was zu gut klang, um wahr zu sein, genau das am Ende eben auch war. Bernd hatte die eine oder andere Tagträumerei ganz offensichtlich anders gemeint, als Marie es verstanden hatte, und verhältnismäßig bald nach der fulminanten Ouvertüre war die Musik schlagartig verklungen, nachdem er sie in einer ruhigen Minute nach dem Abwasch gefragt hatte, ob es für sie okay wäre, wenn sie ihre Beziehung auch »für andere Partner öffneten«. Er wollte damit seinen Horizont erweitern.

Andere Partner? Beziehung öffnen? Horizont erweitern?

Marie hatte die Welt nicht mehr verstanden. »Aber was ist mit unserem Haus im Grünen und dem Gemüsegarten und den Freunden, die mit uns zusammen dort wohnen?«

Bernd hatte sie lange angesehen. »Ich glaube, ich verstehe die Frage nicht ganz. Haben wir nicht die ganze Zeit genau über dieses Konzept gesprochen?«

»Über welches Konzept?«

»Polyamore Liebe.«

Marie hatte sich beinahe an ihrer eigenen Entrüstung verschluckt. »Wir haben über Zucchinipflanzen und Ponys für die Kinder gesprochen.«

»Ist das nicht ein und dasselbe?«, hatte Bernd gefragt, sich gedankenverloren die Hände abgetrocknet und der halb nackten Klara, die gerade in die Küche geschlurft kam, schamlos auf den Baumwollschlüpfer gestiert.

Nun, in diesem Licht war die Vorstellung, gemeinsam mit vielen Freunden in einem Haus fernab der Stadt zu leben, natürlich nicht mehr ganz so beschaulich gewesen. Marie war sich sicher, dass ihre Eltern Bernd, sein »linksliberales Gedankengut« und die Vorstellung, plötzlich nicht nur einen Schwiegersohn, sondern gleich eine ganze Schwiegerkommune zu bekommen, nicht gutgeheißen hätten. Sie hatten wieder mal den richtigen Riecher gehabt.

Das alles schoss ihr durch den Kopf, als sie der Stille im Telefonhörer lauschte und sich fragte, ob Bernds grandioser Rückeroberungsversuch vielleicht doch nur eine Wahnvorstellung ihrerseits sein mochte. Zumindest war jetzt der Beweis erbracht, dass Marie und Bernd nicht nur in der Frage, wie viele Personen zu einer Paarbeziehung gehörten, unterschiedliche Antworten gaben.

»Wir haben uns gefragt«, ergriff er vorsichtig das Wort, und Marie konnte geradezu hören, wie er sich wand, »ob du uns vielleicht eine kleine Einschätzung geben könntest, bis wann wir mit den fünfhundert Euro rechnen dürfen.«

Mir blieb die Spucke weg. So hatte sie sich sein Zu-ihr-Zurückkriechen gewiss nicht vorgestellt. Und überhaupt – was sollte dieser demonstrative Plural? Das leichte Ziehen in der Brust erinnerte sie wieder daran, dass es immer noch weh tat, wenn sie an das Wir dachte, für das sie selbst sich gehalten hatte. Das Wir, in dem sie aufgegangen war, bevor Bernd auch die Zimmertüren der anderen aufgeschoben hatte.

»Sieh es mal so«, hatte ihr Sanne in einem ihrer langen, viel zu selten stattfindenden Telefonate später gesagt, »er hat immerhin gefragt. Die meisten Männer, die ich kenne, holen sich nicht erst die Erlaubnis ein, bevor sie fremdgehen.«

Da hatte sie ihr recht geben müssen. Doch trotz aller Höflichkeit, die Bernd mit seiner Frage durchaus unter Beweis gestellt hatte, hätte er die finale Prüfung im Rahmen des Schwiegermuttergesamtchecks nicht bestanden. Darüber hinaus konnte Marie niemanden brauchen, der ihren ohnehin schon nicht ganz unanstrengenden Alltag mit alternativen Lebensentwürfen unnötig verkomplizierte. Sie war genug für einen Mann, fand sie, und ihre Aussteuer war mehr als hinreichend: ein Studium ohne Berufsaussichten, ein schwieriges Verhältnis zum Vater, zehn Jahre Vegetarismus und eine Mitgliedschaft bei den Grünen. Wenn Bernd die vier Pakete, die er da zum Preis von einem bekam, nicht zu schätzen wusste – sein Problem. Und genau deshalb hatte Marie Bernd und die WG verlassen. Deshalb, und, na ja, wegen der Spülmaschine.

»Ich weiß es nicht«, schnarrte sie jetzt ins Telefon. Die Temperatur in ihrem Innern war innerhalb der letzten Sekunden um diverse Grade angestiegen. Allerdings nicht aus überkochender Leidenschaft. Marie war sauer, und zwar so richtig, weil sie schon wenige Stunden nach ihrem Auszug wegen des elenden Geldes angehauen wurde. Durfte man vielleicht mal kurz Luft holen? Nachdem man mehr oder weniger auf die Straße gesetzt worden war?

»Oh, okay, verstehe«, sagte Bernd. »Es ist nur so, wir wollen nächstes Jahr zu diesem Festival … und könnten das

Geld wirklich gut brauchen. Ich bin mir sicher, du hast dafür Verständnis …«

Marie atmete tief durch. Sehr tief. Bis in den Bauch, so wie sie es in der Yogastunde gelernt hatte, die ihre Mutter ihr zu Weihnachten geschenkt hatte. Genau genommen waren es zehn Yogastunden gewesen, aber über die eine Stunde war Marie niemals hinausgekommen.

Dann erhob sie die Stimme. »Nein, ich hab kein Verständnis. Und ich hab auch kein Geld. Ich hab noch nicht mal meine Sachen aus dem Auto geholt, und schon ruft ihr an und treibt die Schulden ein?«

Sie war fassungslos. Bernd wohl auch.

»Du hast noch nicht das Auto ausgeräumt? Was hast du denn den ganzen Tag gemacht?«

Anstatt ihm zu antworten, starrte sie durch das Dachfenster in den Himmel, der sich an den Rändern ihres Sichtfelds leicht zu röten schien. Im August merkte man immer am deutlichsten, dass sich das Jahr dem Ende zuneigte. Die Tage waren immer noch heiß, aber die Nächte zunehmend kühl, und jeden Abend wurde es ein bisschen früher dunkel.

Ja, sie hatte den ganzen Tag verplempert. So würde selbst Bernd es sehen, wenn sie ihm davon erzählen würde – und er war ein wahrer Fachmann im Verplempern.

Nach dem Frühstück hatte sie sich in Tinas Zimmer zurückgezogen, ein langes Bad in ihrer eigenen Tranigkeit genommen und sich anschließend auch noch eine Schaumkrone aus Selbstmitleid aufgesetzt. Nachdem ihr Widerstand aufgeweicht und ihr Stolz schon ganz schrumplig gewesen war, hatte sie die alte Kiste mit Andenken hervorgekramt und sich die Bilder aus den Neunzigern angeguckt. Wie lange das schon her war! Damals hatte sich alles so einfach angefühlt. Studieren, einen netten Typen und sich selbst kennenlernen, einen coolen Job finden, das eine oder andere

Kind kriegen, und zack war man glücklich bis ans Ende seiner Tage. Inzwischen fragte sie sich, was sie in den vergangenen Monaten eigentlich zustande gebracht hatte – von minutiösem Durchforsten diverser Jobbörsen und unzähligen Bewerbungen einmal abgesehen, die sie ohne Aussicht auf Erfolg geschrieben und verschickt hatte.

Ein Vogelschwarm zog jenseits des Fensters über den Himmel hinweg. Vermutlich machte er sich auf in Richtung Süden. Da wäre sie jetzt auch gern. Überall, nur nicht hier. Mit leichtem Gepäck reisen, das wäre derzeit nicht mal ein Problem. Aber ob der Panda bis Sizilien durchhalten würde? Was Sanne wohl gerade machte?

»Also, hör mal«, ergriff Bernd wieder das Wort, »eigentlich geht mich das ja nichts an …«

»Sehr richtig«, giftete Marie zurück. Die Wut blubberte ihr fast zu den Ohren hinaus, und nur mit Mühe konnte sie sich einige sehr unanständige Beleidigungen verkneifen, die ihr auf der Zunge lagen und nach draußen drängten.

»Ich wollte dir auch nur sagen, dass wir uns freuen, wenn du uns die Kohle überweist, aber, ähm …« Er hielt inne.

»Was?«, zischte Marie.

»Nichts. Lass dir Zeit. Komm erst mal gut an und so. Peace. Bis bald!« Dann legte er auf.

Sie saß lange da, mit dem Handy in der Hand. Dann rief sie das Adressbuch auf und änderte Bernds Eintrag wieder in *Arschloch*.

Wie konnte es nur so weit kommen?, fragte sich Marie mit wachsender Verzweiflung, als sie sich wieder auf die Matratze zurücksinken ließ. Es hatte einmal eine Zeit gegeben, da war sie felsenfest davon überzeugt gewesen, dass sie alles hatte, was sie wollte. Dass sie wie Diogenes in der sprichwörtlichen Tonne leben und sich von nichts als Luft und Liebe würde ernähren können. Aber während die anderen

Karriere gemacht, Kinder gekriegt und Häuser gebaut hatten, hatte sie auf der Stelle getreten, und zwar so lange, bis sich unter ihr ein Loch im Boden aufgetan hatte, in dem sie gerade liebend gern versinken würde. Es hatte einmal eine Zeit gegeben, da hätte sie Stein und Bein geschworen, dass sie nie wieder nach Langweiler zurückkehren würde, und trotzdem lag sie hier auf Tinas Bett, mittel-, beziehungs- und arbeitslos, und starrte ins Nichts.

Ihre Eltern hatten ihr schon vor Monaten gesagt, dass sie es nicht schaffen würde, sich über Wasser zu halten, wenn sie ihren Studentenstatus erst einmal verloren und das Volontariat beendet hätte. Marie hatte damals gelacht und zu ihrer Mutter gesagt, sie müsse sich keine Sorgen machen. Auch wenn ihr – zugegeben – schon damals das Lachen fast im Hals stecken geblieben war.

In einer Stadt, in der es mehr als fünfundsiebzigtausend Studenten gab, war es gar nicht so leicht, einen Nebenjob zu finden, hatte sie festgestellt. Sogar für den Schalter bei McDonald's gab es immer jemanden, der besser qualifiziert und motivierter war als sie. Und so war acht Wochen nach ihrem letzten Arbeitstag im Verlag – in denen Marie die Anzeigen studiert und immer wieder neu ihre Unterlagen zusammengestellt hatte, in denen Klara und Luke ihr den Rücken frei gehalten und ihr versprochen hatten, sie könnte die anteilige Miete für das zwölf Quadratmeter große Kabuff, das sie ihr als WG-Zimmer zur Verfügung gestellt hatten, auch abstottern, wenn sie eine Arbeit gefunden hätte – Schluss gewesen. Die Spülmaschine war kaputtgegangen, und Klara und Luke hatten Geld gebraucht.

»Ich kann den Abwasch machen, kein Problem, ich hab ja eh nicht viel zu tun«, hatte Marie gesagt, aber da hatten ihre beiden Mitbewohner schon beschlossen, dass ihnen langfristig doch eine Spülmaschine lieber war als eine Mitbewohnerin mit Geldsorgen. Praktischerweise hatte auch schon ein Nachmieter parat gestanden. Mit Bernd waren Klara und Luke nämlich ganz prächtig ausgekommen, weil er ihre für Marie unbegreifliche Vorstellung, wie eine Beziehung im einundzwanzigsten Jahrhundert auszusehen hatte, genauso geteilt hatte wie das gemeinsame Nachtlager. Außerdem hatte er einen Job in der Unibibliothek gefunden, auf der Fensterbank Sprossen und andere Gewächse gezogen, die man angeblich essen konnte, und für seine Dreadlocks das gleiche Kokosfett wie Klara verwendet. So etwas verband natürlich irgendwie. Also war Marie höflich, aber unmissverständlich dazu aufgefordert worden, das Zimmer zu räumen und die fehlenden fünfhundert Euro so bald wie möglich auf das WG-Konto einzuzahlen. Das war der Abschiedsgruß an sie gewesen.

Maries Blick fiel auf die Leuchtsterne über ihr, und sie musste an ihre Schwester denken. Sie war sich sicher, Tina würde nie in die Verlegenheit geraten, wieder nach Langweiler zurückkehren zu müssen – allerhöchstens zu Besuch. Tina hatte, soweit Marie es beurteilen konnte, im Leben schon immer alles richtig gemacht. Sie hatte Betriebswirtschaft mit Schwerpunkt Controlling studiert, praktischerweise in einem dualen Studiengang, was bedeutete, dass sie sich die Jobsuche nach dem Examen hatte sparen können, denn die große Baumarktkette, bei der sie ihre Ausbildung absolviert hatte, hatte die junge und zielstrebige Führungskraft in spe mit Handkuss weiterbeschäftigt. Auch ohne Frauenquote.

Olaf Schröder war ganz offensichtlich froh, dass sich seine Zweitgeborene nicht nur an persönlichen Neigungen, sondern auch an der prognostizierten Wirtschaftslage orientiert hatte, als es nach dem Abitur um die Wahl ihrer Ausbildung gegangen war. »Kein Mensch studiert Betriebswirtschaft, weil er es unbedingt will und so rasend spannend findet«, hatte er nüchtern erklärt, »sondern weil man das eben so macht, wenn man später mal Erfolg haben will.« Und mit einem Seitenblick auf Marie hatte er hinzugefügt: »Natürlich bleibt es jedem selbst überlassen, ob er materiellen Besitz oder individuelle Selbstverwirklichung als Ziel im Leben betrachtet. Was wolltest du mit dieser Fächerkombination gleich wieder anfangen, wenn du mal fertig wirst?«

In den seltensten Fällen war Marie eine gute Antwort eingefallen, und bis heute hatte sich an dem schalen Geschmack im Mund nichts geändert, wenn sie genötigt wurde, über ihre berufliche Zukunft zu sprechen, was meistens im Beisein ihrer Eltern geschah. Sie hatte manchmal sogar jenen Geschmack im Mund gehabt, wenn sie an daheim allein nur hatte denken müssen.

Sie setzte sich auf. Dass ihre Schwester immer schon die kleine Miss Perfect gewesen war, musste doch wenigstens einmal im Leben von Vorteil sein.

Ihr Blick schweifte durchs Zimmer und blieb am ordentlich sortierten Inhalt des Regals hängen, das neben dem ebenso aufgeräumten Schreibtisch an der Wand stand. Vor einer akkurat und unter Garantie mit dem Lineal ausgerichteten Buchreihe stand ein Bilderrahmen, der Maries Aufmerksamkeit erregte. Sie stand auf, durchquerte den kleinen Raum, nahm den Rahmen vom Regal und betrachtete das Foto. Es war mindestens fünfzehn Jahre alt und zeigte Tina und Marie und einen großen, fetten Rammler.

Rübezahl.

Wie eklatant unterschiedlich die beiden Schwestern waren, hatte sich schon früh in ihrer Kindheit abgezeichnet. Als Marie dreizehn gewesen war, hatten sie und Tina von ihren Eltern ein Kaninchen geschenkt bekommen – was einzig und allein Maries monatelangem Bitten und Betteln zu verdanken gewesen war. Die Jüngere hatte sich diesbezüglich stets in Schweigen gehüllt und Desinteresse geheuchelt. Doch als das anfangs kleine, flauschige Ding endlich da gewesen war, war auch Tinas Herz erweicht, und sie hatte ihre Liebe auf ganz eigene Art und Weise demonstriert. Schon wenige Stunden nach der Ankunft von Rübezahl, wie das neue Familienmitglied getauft worden war, hatte sie einen minutiösen Plan ausgearbeitet, der sowohl die Fütterung und Fellpflege des Kaninchens, die Reinigung des Stalls – vermutlich nach EU-Richtlinien –, die regelmäßige ärztliche Vorsorge auf Grundlage der PETA-Empfehlungen als auch die anteiligen Kosten beider Schwestern unter Berücksichtigung der Inflation beinhaltet hatte. Zumindest hatte Marie dieser Eindruck beschlichen, als sie die mit wackligen Querlinien unterteilte Aufstellung betrachtete, die Tina ihr hinhielt.

»Ich stehe viel häufiger als du im Plan«, stellte Marie fest, nachdem sie sich vom ersten Schock erholt hatte, »und ich muss auch viel mehr bezahlen.«

Tina pflichtete ihr bei, ohne auch nur mit der Wimper zu zucken. »Ich habe deinen Anteil mit dem Faktor 1,7 multipliziert. Das entspricht in etwa dem ermittelten Wert deiner Unzuverlässigkeit.«

Es hätte nicht viel gefehlt, und Marie wäre an diesem Tag handgreiflich geworden. Doch Kinder mit Brillen durfte man nicht hauen – und zehnjährige Schwestern mit einem abgeklebten Auge erst recht nicht. Außerdem hatte sich schon bald herausgestellt, dass Tinas Kalkulation sogar noch optimistisch gewesen war, denn hauptsächlich sie hatte sich fortan um Rübezahl gekümmert. Marie hatte tatsächlich unterschätzt, wie teuer so ein kleines Wesen am Ende doch sein konnte, selbst wenn man es mit Kompostabfällen aus der Küche fütterte. Aber wenn man die Tierarztbesuche, das Stroh und die Impfungen mit einbezog, hatte das Vieh wirklich unverhältnismäßig viel gekostet. Geld, das Marie nicht besessen hatte.

Rübezahl war nur vier Jahre später gestorben – aufgrund eines Zuchtfehlers, hatte der Tierarzt gesagt. Tina jedoch hatte stets behauptet, es sei das Herz gewesen, das angesichts der Nichtbeachtung durch Marie gebrochen war. Als ihr Vater Tina kurz darauf ein Pferd hatte kaufen wollen, hatte die jüngere Schwester dankend abgelehnt. Vier Jahre Stallausmisten seien genug, hatte sie erklärt, und auf Marie sei diesbezüglich kein Verlass. Marie hatte sich gewundert, denn das Reiten war schon immer Tinas Ding gewesen. Das Voltigieren, um genau zu sein. Turnen auf einem Gaul. Bescheuerter ging es doch wohl kaum, fand Marie, die schon an einem einfachen Handstand scheiterte.

Immerhin war das Voltigieren nicht seltsam genug gewesen, als dass es der Arterhaltung im Weg gestanden hätte. Tina hatte im Gegensatz zu ihrer Schwester einen Job *und* einen festen Freund. Einen echten, ganz nett anzusehenden sogar, mit abgeschlossenem zahnmedizinischem Hochschulstudium und vorzeigbarer Familie. Jackpot. Ein paarmal hatten die Schröders Kais Eltern nun schon bei sich eingeladen, und jedes Mal hatten sie anschließend verzückt im Wohnzimmer gesessen und sich selbst zu diesem geradezu vorbildlichen Schwiegersohn in spe samt Anhang gratuliert. Sie konnten es gar nicht abwarten, dass Kai endlich auch offiziell Teil der Familie wurde. Sogar ihren Namen wollte er annehmen. Kein Wunder, dachte Marie. Ein Oralchirurg mit Namen Fleischhauer war sicher nicht die allerbeste Wahl.

Frau Fleischhauer war Vorsitzende irgendeines Frauenvereins und spielte Bridge – eine, wie Maries Mutter behauptete, nahezu unlernbare Sportart, ja, *Sportart*, denn nichts anderes als mentales Jogging sei dieses verteufelt schwere

Kartenspiel. Und kaum zu beherrschen, beinahe wie Ungarisch. Ein Wunderweib, diese Frau. Dass sie es mit Mitte fünfzig noch mit Bridge aufgenommen hatte.

Kais Vater, der irgendeinen nichtssagenden Doppelvornamen trug, den Marie im selben Moment wieder vergessen, da er sich ihr vorgestellt hatte, war ein hohes Tier bei der Bank, was Maries Vater wiederum zufrieden hatte aufatmen lassen. »Falls ihr mal bauen wollt, sind das doch die besten Voraussetzungen«, hatte er ein ums andere Mal zu Tina gesagt. »Zeig ihm doch mal deine Finanzen, der kann doch sicher noch was rausholen für dich.«

Maries Finanzen hatte der Vater niemandem zeigen wollen. Ohnehin wäre da weniger ein Bankvorstand als vielmehr ein Schuldnerberater vonnöten gewesen – und das, wenn Marie ehrlich war, eigentlich schon, seitdem sie aufs Gymnasium gekommen war. Sie wusste, dass Tina das Geld, das beide Schwestern zu Weihnachten und zu Geburtstagen von den Omas und Opas bekommen hatten, immer brav auf ihr Sparbuch eingezahlt hatte. Wie viel sie in der Zwischenzeit wohl angehäuft hatte? Wenn sie – wovon auszugehen war – jede noch so geringe Zuwendung vonseiten der Familie, womöglich sogar das Babysittergeld, das sie drüben bei den Kirschners erwirtschaftet hatte, nicht ausgegeben, sondern gespart hatte, war dabei sicher eine fünfstellige Summe zusammengekommen.

Marie dagegen hatte ab der fünften Klasse hohe laufende Kosten gehabt. Gummitwists, Tamagotchis, die neuesten BRAVO-Hefte – das waren Investitionen gewesen, die man einfach hatte tätigen müssen, wenn man dazugehören wollte. Glücklicherweise hatte Marie nur kurze Zeit später erkannt, dass Mitläufertum nicht ihr Ding war. Mit fünfzehn hatte sie eine 180-Grad-Wende hingelegt, war Attac und Greenpeace beigetreten und hatte ihr Taschengeld fortan für selbst gedrehte Zigaretten und Hennafarbe ausgegeben, was aber im Endeffekt auf dasselbe hinausgelaufen war: einen dauerhaft leeren Geldbeutel.

Erika Schröder hatte einmal zu ihren Töchtern gesagt: »Marie ist wie eine Geldvernichtungsmaschine. Der gibst du fünf Mark in die Hand, und eine halbe Stunde später sind nur noch zehn Pfennig übrig. Tina ist das genaue Gegenteil. Der gibst du fünf Mark, und nach einer Stunde hat sich das Geld verdoppelt. Ist das nicht komisch?«

»Der Apfel fällt nicht ... Also, von mir hat sie das nicht«, hatte ihr Mann gemurmelt und schleunigst überprüft, ob sein Geldbeutel immer noch in der Gesäßtasche steckte.

Maries Blick wanderte über die Pokale, die fein säuberlich und – wie sie zu ihrer größten Verwunderung feststellte – kein bisschen verstaubt im obersten Regalfach standen. Ob man sie vielleicht zu Geld machen konnte? Einschmelzen vielleicht. Sie nahm einen Pokal aus dem Regal und klopfte prüfend auf den goldfarbenen Kelch. Hmm. Leider kannte sie sich mit Besitztümern jeglicher Art nicht aus. Aber das Klopfen hatte nicht billig geklungen. Vermutlich war das blöde Ding tatsächlich etwas wert. Aber wer gab schon Geld für einen Voltigierpokal vom Hellertshausener Reitstall aus, den er nicht selbst gewonnen hatte? Eben.

Sie stellte den Pokal wieder zurück und betrachtete die Buchrücken, die nebeneinander aufgereiht und allem Anschein nach auch noch alphabetisch sortiert waren. Noch so was. Tina war, soweit Marie das beurteilen konnte, die einzige Person in ihrem näheren Umfeld, der es irgendwie gelang, Taschenbücher so zu lesen, dass kein Knick im Buchrücken entstand. Das Buch sah nach der Lektüre immer noch völlig unbenutzt aus, wohingegen Marie die Seiten in stilvolle Origamikunstwerke verarbeitete und stets einen Stift zur Hand hatte, um sich besonders gute Passagen anzustreichen. Maries Bücher »lebten«, wohingegen Tinas literarische Besitztümer problemlos als ungelesen wiederverkauft werden konnten.

Aber nicht nur das unterschied die beiden Schwestern. Marie war Tina nämlich nicht nur in Charakter und Art unähnlich, sie sahen auch aus, als kämen sie nicht nur aus verschiedenen Familien, sondern stammten aus unterschiedlichen Ländern, wenn nicht Kontinenten. Während Tina eine üppige blonde Lockenmähne hatte, waren Maries Haare so glatt, gerade und dünn, wie sie nur sein konnten. In natura irgendwo zwischen Dunkelblond und Mittelbraun beheimatet, hatte Marie bereits als Teenager angefangen, sich die Haare zu färben. Mit unterschiedlich zufriedenstellenden Ergebnissen. Erst als ihre Haare einmal aus Versehen grün statt hübsch blond geworden waren, hatte sie beschlossen, es gut sein zu lassen. Immerhin – hieß es nicht, dass Brünette hielten, was Blondinen versprachen? Das musste einfach auch für Allerweltsbraun gelten, hatte sie für sich entschieden.

Und sie hatte Busen. Immerhin in dieser Disziplin war sie der spindeldürren Tina ein paar Körbchen voraus. Denn im Gegensatz zur Älteren hatte sich bei Tina einfach nie etwas entwickeln wollen, sie war immer schmalhüftig und flachbrüstig geblieben. Insofern hatte das mit dem Auftragen der Kleidung, wie Maries Vater es behauptet hatte, auch nur eingeschränkt gestimmt – allerhöchstens, bis Marie eingeschult worden war, denn danach war sie ihrer Schwester buchstäblich über den Kopf gewachsen.

Marie schnüffelte. Mist. Sie trug immer noch dasselbe T-Shirt, und geduscht hatte sie auch noch nicht. Irgendwie hatte sie sich nicht dazu durchringen können, zum Auto zu gehen und ihre Taschen und Kisten auszupacken. Das hätte schließlich bedeutet, dass sie tatsächlich wieder einzog, und das war nun wirklich das Letzte, was sie beabsichtigte. Nicht nur vor ihren Eltern, sondern ganz im Ernst: In spätestens zwei Wochen wollte sie wieder weg sein. Drei Wochen maximal. Keinen Tag länger.

Aber dafür brauchte sie Geld. Und einen Job. Ein neuer Mann wäre natürlich auch nicht verkehrt. Aber im Augenblick war die Reihenfolge wesentlich. Sie war sich sicher, ihre Eltern wären nicht begeistert, wenn sie zwar weiterhin arbeitslos bliebe, dafür aber einen neuen Typen nach Hause brächte. Der womöglich auch noch bei ihnen einziehen wollte. Himmel, hilf! Und überhaupt – einen potenziellen Lebensgefährten in die Casa Schröder einladen? Das ginge maximal nach dem Halbjährigen. Oder anlässlich der Verlobung. Da durfte man kein Risiko eingehen. Eltern hatten ja so ihre ganz eigene Art, Schwiegersöhne auf die Probe zu stellen.

Zum Glück war weit und breit kein Kandidat in Sicht, weshalb Marie sich wieder der Geldbeschaffung widmen konnte. Wie würde sie an ein paar Euro kommen? Fürs Babysitten war sie mittlerweile zu alt – und außerdem würde sie dabei hier in der Gegend ausgerechnet jenen jungen Paaren in die Arme laufen, mit denen sie einst in dieselbe Klasse gegangen war. Wer in der Heimat geblieben war, war im wahrsten Sinne des Wortes zurückgeblieben, und wen man vor zwanzig Jahren schon nicht gemocht hatte, war in der Zwischenzeit vermutlich nicht mal marginal spannender geworden. Und außerdem – wie würde das denn aussehen? *Ledige, arbeitslose Endzwanzigerin sucht Beschäftigungsverhältnis mit Kindern, gerne langfristig.*

Und stattdessen? Zum Bedienen hatte sich Marie dank einer gewissen angeborenen Grobmotorik noch nie berufen gefühlt, und das Rasenmähen in Nachbars Garten war definitiv den pubertierenden Halbstarken vorbeihalten. Vielleicht konnte sie ja ein paar Sachen auf eBay verticken, die sie nicht mehr brauchte. Spontan fiel ihr die alte Lederjacke ein, die sie nicht mehr anzog, und die jungfräuliche Skiausrüstung im Keller. Die Nähmaschine, die sie sich zum Abitur gewünscht hatte, als sie für eine Weile mit dem Gedanken gespielt hatte, Modedesignerin zu werden. Marie griff nach ihrem Handy und öffnete den Browser, dann surfte sie auf die Seite eines Online-Auktionshauses und tippte die unterschiedlichsten Stichworte ein.

Zehn Minuten und einige anstrengende Kopfrechenaufgaben später hatte sie grob überschlagen, dass sie mit maximal zweihundert Euro für ihr überschaubares Hab und Gut rechnen konnte. Das klang nicht gerade nach einem Bombenstart in eine bessere Zukunft. Das war sogar weniger als die Hälfte dessen, was sie ihrer Ex-WG schuldete.

Marie ließ den Blick weiter durch Tinas Zimmer streifen. Wenn sie sich nicht irrte … Sie sprang vom Bett auf. Neben dem Bücherregal in einer großen Holzkiste bewahrte Tina ihre Hörspielkassettensammlung auf. Marie wusste, dass ihre Schwester die gesammelten akustischen Werke von *Bibi und Tina* besaß, ihrer damaligen Lieblingsserie. Außerdem die Gesamtausgabe der *Bille-und-Zottel*-Romane im edlen Schuber, quasi ungelesen. Die musste mittlerweile ein Vermögen wert sein.

Sie kniete sich vor die Kiste und zog den Deckel auf. Da lagen sie. Fünfzig Hörspielkassetten, fein säuberlich aufgereiht nebeneinander. Sie sahen nagelneu aus. Nagelneu und vielversprechend.

Marie zögerte. Es fühlte sich nicht richtig an, sich an der Sammlung ihrer Schwester zu vergreifen. Und bei genauerer Betrachtung war es das auch nicht. Es war verkehrt. Es war gemein. Tina hatte Jahre auf diese Sammlung verwendet, selbst dann noch, als Marie sie mit Spott und Häme überschüttet hatte, weil sie eigentlich schon viel zu alt dafür gewesen war. Und jetzt spielte Marie tatsächlich mit dem Gedanken, sich diesen fremden Besitz anzueignen und im Internet zu verscherbeln?

Wie tief bin ich eigentlich gesunken?, fragte sie sich und warf den Deckel der Kiste mit Nachdruck wieder zu. Bei allem, was recht ist, aber das geht zu weit, beschloss sie. Es würde sich eine andere Möglichkeit eröffnen, wie sie sich irgendwie über Wasser halten konnte.

Dann fiel ihr Blick auf Tinas alten Discman. Was sie dafür wohl noch bekommen würde?

4

Trautes Heim, Glück allein, dachte Marie fünf Tage später. Eingekeilt zwischen Britta und ihrer Mutter saß sie auf dem Sofa, als der Mörder des ZDF-Freitagskrimis unter Tränen gestand, den erfolgreichen Kinderarzt und selbst erklärten Weltretter mithilfe eines Kleiderspendensacks erstickt zu haben – ausgerechnet vom Deutschen Roten Kreuz.

»Und ich sag es noch, das war der Bruder«, freute sich Olaf Schröder, der in seinem Sessel wie auf einem Thron saß und die Fernbedienung wie ein Zepter in der Hand hielt. Er war ganz in seinem Element.

»Aber die Ehefrau hatte doch ein viel besseres Motiv«, wandte Britta ein und seufzte dann schwer.

Maries Mutter warf ihr über die klappernden Stricknadeln hinweg einen mitleidigen Blick zu. »Sei froh, dass er weg ist.«

»Aber er ist ja gar nicht weg«, wimmerte Britta leise. »Ich bin es doch, die gegangen ist.«

»Psst, die Auflösung!«, murrte Olaf, und in den folgenden Minuten lauschte alles mal mehr, mal weniger aufmerksam und begleitet vom monotonen Klackern der Stricknadeln der minutiösen Schilderung des Tathergangs aus dem Munde eines Kommissars mit knittrigem Gesicht und Hemd. Der Fall war gelöst, der Täter eingebuchtet, und nur im wahren Leben hatte sich nicht allzu viel geändert, seit Marie am Wochenende ihren Panda vor dem elterlichen Haus abgestellt hatte.

Der Panda war im Übrigen noch immer nicht ausgeladen – einerseits weil Marie nach wie vor nach dem Krümelchen Motivation dafür suchte (wobei ihr da die Selbstachtung im Wege stand), andererseits weil Olaf Schröder eine ebenso geniale wie fiese Erziehungsmaßnahme in den Sinn gekommen war.

»Lass die Sachen ruhig mal im Wagen, das erhöht den Druck, wieder auszuziehen«, hatte er gesagt, als es am Montagmorgen erneut zur Diskussion mit Maries Mutter gekommen war, die ihre Tochter eindringlich darum gebeten hatte, wenigstens das T-Shirt zu wechseln. Daraufhin hatte Marie die nötigsten Dinge aus dem Wagen in einen Wäschekorb gepackt und in ihr Zimmer gebracht – beziehungsweise ins Zimmer ihrer Schwester. Dort hatte sie ein Fach in Tinas Kleiderschrank freigeräumt und genau sieben Unterhosen, sieben Paar Socken, sieben T-Shirts und zwei Hosen hineingelegt. Genug für eine Woche.

Inzwischen waren nur noch drei saubere Schlüpfer übrig, aber dem Auszug von den Eltern war sie keinen Schritt näher gekommen. Allerdings gab es Neuigkeiten aus dem Finanzsektor – zumindest etwas. Sie hatte, wie sie es sich vorgenommen hatte, die Lederjacke, die Nähmaschine und noch einige andere Gegenstände wie ihre alte Kompaktkamera bei eBay zum Verkauf angeboten, und wie es aussah, würde sie heute Abend alles losgeworden sein.

»Das bringt doch nichts«, hatte ihr Vater gesagt, als er von ihrem Plan erfahren hatte. »Beschäftige dich lieber mit der Jobsuche.« Das hatte Marie natürlich auch getan. Sie hatte im Internet die einschlägigen Seiten durchforstet und war zum immer gleichen Schluss gekommen: Niemand, wirklich niemand weit und breit suchte Kunsthistoriker und Kulturanthropologen mit geringfügigen Erfahrungen im Verlagswesen. Für die klassischen Lektoratsstellen kam sie nicht in Frage, weil der kleine Kunstbuchverlag, in dem sie das Volontariat absolviert hatte, keine große Nummer in der Branche war. Mauerbruch Verlag – das klang nach Alt-Achtundsechziger und Gesundheitslatschen, und genau so war es dort auch zugegangen. Der Chef persönlich hatte das Vorstellungsgespräch mit Marie geführt und dabei tatsächlich Birkenstocks getragen – mit Socken –, und er hatte gleich zu Anfang darauf bestanden, dass sie ihn Uwe nannte. Persönlich war Marie gut mit ihm klargekommen, doch in beruflicher Hinsicht hätte sie sich etwas mehr von ihm erwartet.

Uwe hatte Marie in den zwölf Monaten ihrer Zusammenarbeit zwar das Verlagswesen näherbringen, nicht aber die entscheidenden Kontakte vermitteln können, die nötig waren, wenn man sich im Haifischbecken der freien Marktwirtschaft einen Topjob angeln wollte. Er war einer derjenigen gewesen, die der Meinung waren, dass »die da oben« ohnehin schon viel zu viele gute Leute abbekamen, ohne dass sie sich auch nur für fünf Pfennig anstrengen mussten. Dass er Marie darüber hinaus nur einen Bruchteil des normalen Volontärgehalts hatte zahlen können, lag gleichsam auf der Hand, ihr war aber, zumindest bis zu ihrem ersten Arbeitstag, nicht klar gewesen, dass das Versprechen in der Stellenanzeige, sie werde »alle verlagsrelevanten Bereiche durchlaufen«, durchaus wörtlich zu verstehen gewesen war. Außer Uwe arbeitete noch ein Hartz-IV-ler im Mauerbruch Verlag, und der kochte eigentlich nur Kaffee und ging montags und donnerstags auch mal ans Telefon.

Ihr Volontariat, das war ihr in der ersten Woche zu Hause bei ihren Eltern wieder einmal bewusst geworden, war das Papier nicht wert, auf dem Marie ihre Bewerbungsschreiben ausdruckte. Die Personaler in den großen und kleineren Verlagen sahen das offenbar ähnlich. Deren müdes Lächeln hatte Marie in der vergangenen Woche durch den Telefonhörer hindurch regelrecht hören können, wenn sie auf eine Anzeige reagiert hatte und telefonisch vorstellig geworden war. Doch sie würde den Teufel tun und ihren Eltern von den herben Rückschlägen bei der Jobsuche berichten.

»Wollt ihr noch Jauch?«, riss Olaf sie aus ihren Gedanken.

Die drei Damen auf dem Sofa schüttelten einhellig den Kopf, und der Herr des Hauses drückte auf den Ausschaltknopf.

»Nun, meine Lieben, was steht in den nächsten Tagen an?«

Willkommen daheim, seufzte Marie. Diese Frage wurde so zuverlässig gestellt, wie das sprichwörtliche Schweizer Uhrwerk vor sich hintickte, und zwar immer nach dem Freitagskrimi und sonntags nach dem *Tatort*. Wahlweise konnte man dann die Agenda für den folgenden Tag oder die Pläne der Woche zum Besten geben, die im Kreise der Familie besprochen und abgenickt oder optimiert wurden. »Rituale und Bräuche in der deutschen Durchschnittsfamilie« – so hatte eines der Seminare geheißen, das Marie an der Uni besucht hatte. Überflüssig eigentlich, denn über dieses Thema hätte sie auch aus dem Stegreif eine ganze Dissertation niederschreiben können.

»Ich muss mich endlich um den Fotokalender kümmern, den ich den Landfrauen zu Weihnachten schenken will«, sagte Erika.

»Gute Idee«, meinte Maries Vater, »dann wird es im Dezember nicht so hektisch. Und was sollte ich gleich wieder tun?«

»Die Bewässerungsanlage im Garten müsste abgebaut werden. Der Schlauch ist undicht, und ab jetzt geht es auch gut mit der Hand.«

Olaf Schröder nickte. »Richtig. Wird gemacht. Britta, wie sieht's bei dir aus?«

»Ich werde die Scheidungspapiere fertig machen und vielleicht einen Käsekuchen backen.«

»Hervorragend! Aber, sag, wolltest du das nicht schon letzte Woche machen?«

»Käsekuchen backen?« Britta sah schuldbewusst zu Boden.

»Du bist uns doch keine Rechenschaft schuldig!«, schob Olaf Schröder eilig hinterher, und Britta warf ihm einen dankbaren Schmachtblick zu.

Womit wir bei mir angekommen wären, dachte Marie.

»Und du, Schatz?«

Mit »Schatz« konnten theoretisch alle gemeint sein. Marie stellte sich vorsorglich taub, bis Britta sie sanft anstupste.

»Ich, äh ... Also, es gibt da zwei Verlage, die Praktika vergeben. Ich wollte mir die Ausschreibungen noch mal genauer ansehen. Eigentlich am Montag ...«

Ihre Mutter hüstelte.

»... aber morgen geht genauso gut. Samstag hat man ja eh nicht so viel zu tun. Und lieber gleich zu den ersten Bewerbern gehören.«

»Sind diese Praktika bezahlt?«, wollte ihr Vater wissen.

»Ähm ...«

»Dann kommen sie nicht in Frage. Wovon willst du denn leben? Meine Tochter wird nicht mehr umsonst arbeiten, das kommt mir nicht mehr in die Tüte«, verkündete Olaf und wedelte dabei energisch mit der Fernbedienung.

Das war zwar rührend gedacht (auf eine schräge Art, wie sie sich eingestehen musste), legte Marie aber noch mehr Steine in den Weg, als sie ohnehin zu überwinden hatte.

»Wenn ich jetzt auch noch eine Bezahlung haben will«, wandte sie vorsichtig ein, »dann wird es umso schwerer, was zu finden.«

»Ich hab's dir gleich gesagt ...«, erhob er die Stimme, verstummte aber, als er den strengen Seitenblick seiner Frau auffing.

Marie schmatzte unwillkürlich. Schon wieder dieser schale Geschmack im Mund. Widerlich.

»Soll ich mal über deine Bewerbungsunterlagen drübergucken?«, fragte die Mutter.

»Was soll das bringen? Ich komm ja nicht mal an der Telefonzentrale vorbei. An meinen Unterlagen kann es nicht liegen.«

»Kunstgeschichte und Kulturanthropologie«, murmelte der Vater und schüttelte den Kopf. »Ich hab drei Jahre gebraucht, um das richtig auszusprechen. Weißt du vielleicht, was man damit macht?«

Die Frage war an Britta gerichtet, die pflichtschuldig den Kopf schüttelte.

»Ich auch nicht«, sagte Olaf Schröder. »Meine Tochter ebenso wenig. Und der Rest der Welt schon mal gleich gar nicht.« Er wandte sich wieder an Marie. »Es ist ja nicht so, als würde ich es nicht verstehen *wollen* …«

»Na ja.«

»Aber ich frage mich immer noch, was du gegen den Beruf des Ingenieurs hattest. Das ist doch ein solider Job, da weiß man, was man hat. Du hättest ja nicht gleich Bauingenieur werden müssen – das wäre für dich vielleicht auch ein bisschen zu hoch gegriffen gewesen. Aber Maschinenbau? Biotechnologie? Elektrotechnik? Das sind doch alles tolle Bereiche.«

Marie zog ärgerlich die Augenbrauen zusammen. »Ach, Papa, jetzt lass doch mal gut sein«, sagte sie genervt. »Wie oft willst du noch damit anfangen? Ich bin in Naturwissenschaften nicht begabt.«

»So was kann man doch lernen!« Er tippte sich mit dem Finger an die Schläfe. »Von nichts kommt nichts. Und mit ein bisschen Fleiß und Spucke kriegt man das schon in den Kopf.«

»Da hab ich andere Dinge drin.«

»Flausen!«

»Unsinn«, warf seine Frau ein und kicherte.

»Rosinen?«

Über Brittas Vorschlag musste Olaf Schröder herzlich lachen. »Sehr gut, meine Liebe, sehr gut!«

»Wie lange wird sie denn nun bei uns bleiben?«, wollte Britta jetzt wissen.

Marie klappte die Kinnlade herunter. Das klang ja fast, als wäre Britta die Tochter und Marie die Fremde.

»Sobald sie – wie auch immer – einen Job gefunden hat, wird sie wieder ausziehen«, verkündete ihr Vater.

»Was allerdings noch dauern könnte«, fügte Erika Schröder mit einem schiefen Lächeln hinzu und tätschelte Maries Hand.

»Ich bin doch gar nicht eingezogen«, entgegnete Marie erbost, »ich bin nur zu Besuch.«

»Na ja«, erwiderte ihre Mutter und zwinkerte ihr zu.

»Es war so nett zu dritt«, flüsterte Britta.

»Hallo? Ich sitze hier«, fuhr Marie zu ihr herum. »Ich kann dich durchaus hören.«

»In spätestens zwei Monaten hat sie etwas gefunden«, versprach Olaf Schröder. »In zwei Monaten findet jeder einen Job. Dann mach ich aus Tinas Zimmer endlich das Arbeitszimmer, das ich immer haben wollte.«

»Aber ich darf in meinem Zimmer bleiben?«, fragte Britta hoffnungsfroh und sah Olaf Schröder flehend an.

»In *meinem* Zimmer«, mischte sich Marie wieder ein.

»Es ist nicht mehr dein Zimmer«, entgegnete ihr Vater. »Und selbstverständlich darfst du bleiben, Britta. So lange du willst. Marie kommt derweil in Tinas Zimmer unter. Es ist ja nicht für immer. Höchstens für ein paar Wochen.«

»Vier maximal«, brummte Marie. »Und überhaupt, wieso darf sie so lange bleiben, wie sie will, und ich werde rausgeschmissen?«

Endlich wandte sich Olaf Schröder zu ihr um. »Britta wurde *eingeladen*. Du bist einfach so … gekommen. Und wir werfen dich ja auch nicht raus.«

»Technisch gesehen schon.«

»Papperlapapp!«

»Ich bin deine Tochter …«

»Dann betrachte es als väterlichen Schubs in die richtige Richtung.« Er machte eine aufmunternde Geste, und Marie war sich in diesem Moment sicher, dass er das, was er da sagte, tatsächlich selbst glaubte.

Ihre Mutter legte das Strickzeug beiseite. »Also, ich finde es nett, so zu viert. Endlich ist wieder ein bisschen Leben in der Bude.«

»Erika, das ist aber doch kein Zustand«, meinte Olaf Schröder. Dann wandte er sich wieder seiner Tochter zu. »Was sind denn deine Stärken?«

»Meine … was?«

»Du weißt schon. Was kannst du gut? Was zeichnet dich aus? Was machst du besser als andere?«

Marie dachte kurz nach. »Ich, äh …«

»So, und das wäre der Moment, in dem dich der Personaler vor die Tür setzt«, meinte ihr Vater.

»Erstens: Woher willst du das wissen? Du bist selbstständig und hast noch nie im Leben ein Vorstellungsgespräch gehabt.«

»Aber geführt!«

Sie ließ sich nicht beirren. »Und zweitens will ich ja auch nicht bei *dir* anfangen.«

»Man soll den Tag nicht vor dem Abend …«, erwiderte Olaf Schröder, verlor dann wie so oft den Faden und nickte stattdessen vielsagend. »Also, was kannst du? Computer?«

»Was? Äh … ja.«

»Fein. Aber gewöhn dir dieses Stammeln ab. Was kannst du noch? Steno?«

»Papa, kein Mensch kann heutzutage mehr Steno.«

Erika Schröder klapperte plötzlich vernehmbar wilder mit den Nadeln. »Ich schon.« Den überraschten Seitenblick ihres Mannes erwiderte sie mit einem Lächeln.

»Okay«, setzte Marie erneut an, »kein Mensch *braucht* heutzutage mehr Steno.«

»Bei der UNO schon. Oder bei Gericht.« Olaf Schröder wiegte den Kopf hin und her. »Was haben sie dir im Studium denn beigebracht? Was kannst du?«

Marie pustete die Backen auf. »Mensch, Papa, das ist doch keine handwerkliche Ausbildung, in der man irgendwelche Techniken lernt – und es ist auch nicht vergleichbar mit deinem Bauingenieurkack, von dem du immer schwärmst.«

Er nickte. »Das hatte ich befürchtet. Wir haben immerhin noch was gelernt. Wie man Häuser baut zum Beispiel. Statik.« Maries Vater hielt kurz inne und kniff die Augen zusammen. Seine Denkerpose. »Aber vielleicht kannst du ja doch noch was aus deinen Fähigkeiten machen. Du malst doch ganz gut.«

»Bitte was?«

»Sie hat früher sehr schön gemalt«, wusste Erika zu kommentieren.

»Da war ich fünf …«

Ihre Mutter zuckte mit den Schultern. »Na und?«

»Also nichts mit Malen«, schlussfolgerte ihr Vater leicht enttäuscht. »Aber du bist doch sonst so kreativ. Vielleicht kannst du damit ja was anstellen.«

Marie zog skeptisch die Augenbrauen hoch. »Was stellst du dir vor? Soll ich jetzt Bastelkurse an der VHS geben? Kastanienmännchen und Topfuntersetzer oder was?«

»Sie hat früher sehr schön gebastelt«, warf Erika Schröder ein, ließ dabei aber ihre Maschen nicht für eine Sekunde aus dem Blick.

»Mama, ich bin fast dreißig. Ich hab einen akademischen Abschluss von einer angesehenen Universität in zwei geisteswissenschaftlichen Fächern – ich werde *keine* Bastelkurse anbieten.«

Olaf Schröder erhob sich seufzend aus dem Sessel. »Na, uns wird schon noch was einfallen. Irgendwo kriegen wir dich unter, Schatz.«

»Ach, jetzt bin ich wieder Schatz? Und überhaupt, du musst mich nirgends unterbringen.«

»Jetzt sei doch nicht so kleinlich. Ich kann dir doch ein bisschen unter die Arme greifen. Mir fällt schon noch was ein. Und damit du dich nicht so langweilst, könntest du mir morgen helfen, die Bewässerungsanlage im Garten abzubauen.«

»Das war doch deine Aufgabe«, erwiderte Marie schnippisch. »Mama hat sie *dir* gegeben.«

»Aber ich teile sie gern mit dir.«

Mit diesen Worten machte sich Maries Vater von dannen, und auch Erika Schröder erhob sich ächzend von der Couch. »Macht nicht mehr lange. Ab dreißig braucht man jede Stunde Schlaf.«

Britta blieb auf dem Sofa sitzen, Marie ebenfalls. Schlimm genug, wenn man im Erwachsenenalter mehr oder weniger wieder zu Hause einziehen und den Freitagabend mit seinen Eltern verbringen musste. Wenn man dann aber obendrein an so eine Familie geriet, war man quasi dem Untergang geweiht. Aber denen würde sie es noch zeigen. Irgendwie.

Ihr Handy piepte. Die Lederjacke war für dreißig Euro mehr weggegangen, als Marie sich erhofft hatte. Auf die Nähmaschine wurde nach wie vor fleißig geboten. Und die Fremdauktion, die Marie aktuell beobachtete (die *Bille-und-Zottel*-Gesamtausgabe im Schmuckschuber, wirklich nur aus Interesse), war schon bei einem dreistelligen Betrag angekommen – dabei lief die Auktion noch eine ganze Woche.

»Tut mir leid, dass deine Eltern so streng mit dir sind«, unterbrach Britta die Stille.

In den vergangenen Tagen hatten Marie und sie zwar beinahe jede Mahlzeit miteinander eingenommen, eine direkte Annäherung allerdings tunlichst vermieden. Zu sehr ärgerte es Marie, dass Britta – die Mittvierzigerin, die Getrennte, Arbeitslose, ja, nicht mal Arbeits*suchende* – die Rolle der Lieblingstochter eingenommen hatte, jetzt, da Tina nicht mehr da war. Auch wenn sie den halben Tag auf einer der Klappliegen aus Omas Zeiten im Garten lag und einen Charlotte-Link-Roman nach dem anderen verschlang, auch wenn sie de facto nichts zum Haushalt beitrug, war ihr offenbar ein zeitlich unbeschränktes Aufenthaltsrecht erteilt worden, während Marie sich fühlte wie auf einem Schleudersitz. Obwohl sie selbst so schnell wie möglich wieder wegwollte, kratzte es doch sehr an ihrem Ego – das musste sie unumwunden zugeben –, dass ihr Vater keine Gelegenheit ausließ, ihren Besuch daheim mit einem Ablaufdatum zu versehen. Sollten Eltern ihren Kindern die Tür nicht sperrangelweit aufhalten? Wie ihre Mutter es ja auch tat. Das war tatsächlich nett, das konnte man nicht anders sagen. Wenn sie sich nur nicht permanent von ihrem Vater ausgeladen fühlte, fiele es ihr vielleicht sogar ein bisschen leichter, sich mit mehr Engagement um einen Job zu kümmern. So aber war sie hin- und hergerissen zwischen dem Wunsch, es ihrem Vater zu beweisen, und der Angst, in Bälde wirklich wieder als Aushilfstippse in seinem Büro anheuern zu müssen – obwohl sie befürchtete, bei ihm ohne Steno mittlerweile keine Chance mehr zu haben.

»Sie zeigen es vielleicht nicht so, aber sie halten sehr viel von dir.«

Marie lachte trocken auf. »Ja, klar.«

»Doch. Deine Mutter spricht ständig davon, wie geschickt du deinen Kopf immer wieder aus der Schlinge ziehst. Und sie sagt, dass du schon noch herausfinden wirst, wo deine Stärken liegen. Du bist eben eine Überlebenskünstlerin.«

Marie kniff den Mund zusammen und nickte. Diesem wohl etwas schrägen Kompliment war nicht viel hinzuzufügen, wenn das mit der Kunstgeschichte schon nicht von Erfolg gekrönt gewesen war.

»Und du hast auch Liebeskummer?« Britta sah Marie mit großen Augen an.

»Äh … nein. Es ist … Es *war* kompliziert. Aber das ist vorbei. Zum Glück.«

Was nicht ganz stimmte. Denn trotz all der Demütigungen, die sie durch Bernd erlitten hatte, hatte er etwas in ihr ausgelöst, und dieses Etwas vibrierte immer noch, sobald sie an ihn dachte. Dann musste sie mit Willenskraft, ja fast schon Willensgewalt an die WG und die Spülmaschine, an die Kombucha-Kultur und die leicht müffelnden Dreadlocks auf seinem Kopf denken, damit das Ziehen in ihrer Brust zumindest teilweise verklang.

»Was ist denn überhaupt passiert?«, wollte Britta wissen.

Die Standuhr klickte, und dann erklang zehnmal hintereinander der Gong.

»Er hat mir vorgeschlagen, unsere Beziehung auch für andere Partner zu öffnen. Polyamore Liebe nannte er das. Ich nenne so was krank«, sagte Marie in das verhallende Echo hinein.

»Mein Mann hatte mir vorher nicht Bescheid gegeben. Er hat einfach so unsere Beziehung geöffnet. Und seinen Hosenstall.«

Marie kam wieder in den Sinn, was Sanne gesagt hatte, und sie schluckte. »Das ist bitter.«

»Nein«, sagte Britta. »Bitter ist, wenn die Neue bei dir einzieht und du selbst ins Bügelzimmer verwiesen wirst.«

»Wie konntest du das zulassen?«

»Was hätte ich denn tun sollen?«, gab Britta zurück. »Ausziehen? Die Scheidung einreichen? Die beiden rauswerfen? Einen Kampfsport lernen?«

Britta zuckte mit den Schultern. Sie schien schon wieder ganz klein zusammengesunken zu sein. »Ich wollte ihn doch bloß zurück. Und wenn ich ehrlich bin …« Sie zögerte und warf Marie einen unsicheren Blick zu. »Wenn ich ehrlich bin, hoffe ich immer noch, dass er mich wieder zurücknimmt.«

Marie sah sie ungläubig an. »Wie bitte? Er hat dir Leid angetan. Dich gedemütigt. Dich verlassen. Und du würdest ihn zurückhaben wollen? Männern und Bussen läuft man nicht nach – das hat meine Tante Gudrun immer gesagt. Und die muss es wissen, die war schon ein paarmal verheiratet.«

Britta seufzte. »Ich kenne ihn, seit ich fünfzehn Jahre alt war. Er war mein erster Freund und der einzige Mann in meinem Leben. Ich habe meine Ausbildung abgebrochen, als ich ihn geheiratet habe, danach hab ich ihn immer unterstützt, hab im Büro die Ablage gemacht, die Abrechnungen, die Steuer …«

»Wow. Klingt ja … super. Ihr habt eine Dachdeckerei, hat Papa erzählt?«

»Ja. ›Wir steigen Ihnen aufs Dach.‹ Das hat er sich einfallen lassen. Er war schon immer ein …« Sie verstummte.

»Arschloch?«

»… ein einfallsreicher Mann.« Britta schniefte.

Marie knibbelte an ihrer Unterlippe. »Du solltest nach vorn blicken«, sagte sie langsam, »und dich davon nicht derart runterziehen lassen. Wer bis zum Hals in der Scheiße steckt, der darf den Kopf nicht hängen lassen.«

Das weiß niemand besser als ich selbst, dachte Marie und richtete sich unwillkürlich auf.

»Da hast du recht«, sagte Britta leise. »Ich geh dann mal ins Bett. Gute Nacht.«

»Gute Nacht.«

Britta stand vom Sofa auf, nahm die zwei Gläser in die Hand, die noch auf dem Couchtisch gestanden hatten, und schlurfte in Richtung Küche. Bevor sie den Raum verließ, blieb sie noch einmal stehen. »Vielleicht könnten wir ja Freundinnen werden, du und ich. Oder so was wie Schwestern. Ich hatte nie eine Schwester.«

Sicher, dachte Marie. Nichts lieber als das. Das Letzte, was sie in ihrer bislang schon aussichtslosen Lage brauchen konnte, war eine weitere Schwester, die ihr das Leben schwermachte.

Sie stand ebenfalls auf, knipste die Lampen im Wohnzimmer und im gesamten Erdgeschoss aus und stieg langsam die Treppe in den ersten Stock hinauf. Britta war mittlerweile im Bad, aber aus dem Schlafzimmer der Eltern drangen leise Stimmen. Sie schlich näher und lauschte an der einen Spaltbreit geöffneten Tür.

»... siehst doch, dass sie sich Mühe gibt«, hörte sie ihre Mutter sagen.

Geht es da etwa um mich?, fragte sie sich.

»Du hast ja recht«, gab der Vater zu. »Sie verkauft ihren Krempel auf eBay.«

Es geht um mich.

»Und in der Zeitung hat sie ein paar Stellenanzeigen markiert«, fuhr ihr Vater fort. »Stell dir vor, sogar was bei McDonald's! Ist das nicht schrecklich? Ich will nicht, dass meine Tochter am Drive-in die Zeit totschlägt. Wofür haben wir ihr denn das Studium finanziert – damit sie am Ende in einer Frittenbude landet?«

Marie verdrehte die Augen. Der Job in der Frittenbude war in Wahrheit eine Stelle bei einer Werbeagentur, die einen Texter für Kampagnen eines Fast-Food-Herstellers suchte – eine der wenigen Stellen, für die man nicht jahrelange Beschäftigungsverhältnisse vorweisen musste und die auch für Quereinsteiger interessant waren.

»Immerhin tut sie was«, sagte ihre Mutter.

»Das stimmt. Sie war sogar beim Arbeitsamt. Da war ich in meinem ganzen Leben noch nicht. Wo ist das überhaupt?«

»Und sie steht jeden Morgen mit uns auf, nicht so wie der Nils von den Kirschners, der nach seinem Zivi ein halbes Jahr im Bett liegen geblieben ist.«

»Der hatte Depressionen.«

»Na und?«

Dann hörte Marie ihren Vater sagen: »Ich mach mir Sorgen, weißt du?«

Sie spitzte die Ohren. Das waren ja ganz neue Töne.

»Ich weiß, mein Schatz.«

»Was, wenn sie nichts mehr findet? Also, gar nichts mehr?«

»Das wird nicht passieren.«

»Und wenn doch? Dann muss sie wohlhabend heiraten. Was sie nicht will, so wie ich sie kenne. Oder aber sie endet irgendwann im alten Kinderzimmer von Freunden, weil ihr Mann sie nach Strich und Faden betrogen hat.«

Marie wich ein Stück zurück. Einerseits war sie gerührt, weil ihr Vater zum ersten Mal, seit sie denken konnte, seine Sorge um sie nicht in einen Vorwurf, sondern in echte Anteilnahme verpackte. Andererseits empfand sie eine gewisse Genugtuung, dass sie im Kampf um den letzten Platz in der familiären Hackordnung doch noch vor Britta zu rangieren schien.

Bevor er irgendetwas hinzufügte, was sie verletzen konnte, schlich sie so leise wie möglich hinüber in Tinas Zimmer und drückte lautlos die Tür hinter sich zu. Vielleicht würde ja doch alles gut werden. Zumindest mit ihrem Vater. Der Anfang war ja offenbar gemacht.

5

Du darfst so bleiben, wie du willst, mein Schatz, hab ich gesagt, und nicht: Du darfst *so lange* bleiben, wie du willst.« Maries Vater kniete im grünen Blaumann zwischen Bougainvilleen und Hortensien und zog an einem schwarzen Gummischlauch.

»Was soll das heißen – ich darf so bleiben, wie ich will?« Marie stand in unmittelbarer Entfernung, zum Hiwi degradiert allemal gut genug, um Werkzeug anzureichen, ansonsten aber lediglich dazu verdonnert, ihrem Vater zuzuhören, der eine Lebensweisheit nach der anderen von sich gab. »Müßiggang ist aller Laster …« war dabei noch eine der weniger schlimmen.

»Wieso geht dieser verdammte Schlauch …« Olaf Schröder zog heftig an einem Ende, doch die Konstruktion bewegte sich kein bisschen. Stattdessen raschelten nur die Sträucher.

»Wenn wir ihn bis zum Frühling liegen lassen, ist er vielleicht noch poröser – dann geht er womöglich leichter kaputt, wenn wir dran ziehen, und wir können ihn einfacher entfernen«, schlug Marie vor.

»Schaffst du im September nichts in den Keller, schaust du im Winter auf …«, stöhnte ihr Vater. Er war schon ganz rot im Gesicht, so heftig zerrte er an dem Schlauch. Der aber rührte sich nicht.

»Wie bitte?«

»Ach, Marie, nun stell dich doch nicht so an! Was du heute kannst besorgen … Du weißt schon.«

Ah. *Der* Spruch. Ja, den kannte Marie. Zumindest die erste Hälfte.

»Gib mir mal die Astschere, ich muss da unten rein ...« Und nur wenige Augenblicke später lag Olaf Schröder mit dem gesamten Oberkörper bäuchlings im Blumenbeet. Nur seine Beine schauten noch heraus, und die Büsche schüttelten sich vor Widerwillen. Seine Stimme klang gedämpft, als er sagte: »Was macht denn nun die Jobsuche?«

Das war mal wieder typisch. Keine zwölf Stunden war es her, dass sie von den wenigen brauchbaren Anzeigen erzählt hatte, und schon erwartete ihr Vater handfeste Ergebnisse.

»Was hast du gesagt?«

Einen Versuch war es wert, fand Marie.

»Du hast mich schon gehört.«

Es machte Klack, und kurz darauf brach ein großer Hortensienast aus dem Busch.

»Mist!«

»Kann ich irgendwie helfen?«, rief Britta vom Rasen herüber. Sie hatte in einem geblümten Bikini auf der Sonnenliege gelegen und in einer weiteren Geschichte geschmökert, die von der Liebe in ihrer erfüllenderen Version handelte, war aber bereits drauf und dran, aufzuspringen und Olaf zu Hilfe zu eilen.

»Nein, lass nur, Britta«, rief er gedämpft aus den Büschen. »Marie kann sich ruhig auch mal nützlich machen.«

Marie sah hinüber zu Britta, die mit den Schultern zuckte, die Sonnenbrille gerade rückte und sich wieder ihrer Herzschmerzschmonzette zuwandte.

Ihr Vater zappelte mit den Beinen und schob sich tiefer in das Gewirr aus Ästen und Buschwerk hinein. »Glaub ja nicht, du entwischst mir.«

Marie seufzte. Na gut. Reden wir also über die Jobsuche. Immerhin hatte sie gestern Abend wohlweislich nicht alle

Karten offengelegt – um im Notfall noch etwas in der Hinterhand zu haben.

»Ich hab mittlerweile drei Bewerbungen fertig, die bring ich heute noch zur Post. Falls wir hier irgendwann mal fertig werden.«

»Bewerbungen in welchem Bereich?«, drang es dumpf aus dem Gebüsch. »Reich mir doch mal die Harke.«

Marie wühlte in der Schubkarre, in der das Werkzeug lag, und schob die Harke von oben zwischen den Blättern in den Hortensienbusch hinein. »Kultursektor.«

Na ja. Wenn man eine Druckerei, die jemanden an der Pforte suchte, eine Laienspielgruppe, die einen Auftrag zur Plakatgestaltung ausgeschrieben hatte, und ein Musiklabel in Düsseldorf, das ein gering vergütetes Praktikum vergab, so nennen konnte.

»Miststück!«, fluchte Olaf.

Marie zog die Augenbrauen hoch. »Weißt du, es sieht vielleicht nicht so aus, aber ich gebe mir wirklich Mühe …«

»Ah! Hab ich dich«, drang es von unten herauf. Olaf Schröder kämpfte sich wieder ins Freie. Ein Blatt hatte sich an seinem rechten Ohr verfangen und schmückte das ergraute Haupt wie das Überbleibsel eines Lorbeerkranzes. Er sah fast aus wie Peter Lustig, nur ohne die Brille und irgendwie römischer. In seiner Hand hielt er das Ende des Bewässerungsschlauchs. »Dieser kleine Schlingel hier hatte sich um einen der Äste geknotet. Ich musste ihn durchschneiden. Fragt sich nur, wo jetzt das andere Ende ist.« Mit diesen Worten ging er zwei Meter weiter zwischen den Büschen erneut auf Tauchstation.

Man hörte es rumpeln und fluchen, sah, wie sich die Pflanzen hin- und herbogen, und dann rief Olaf Schröder aus dem Unterholz: »Mariechen, dreh mal Wasser auf! Ich kann den Schlauch nicht finden.«

Sie ging zum Wasserhahn, der wenige Meter hinter den Büschen aus der Hauswand ragte, und drehte ihn auf. Zuerst geschah überhaupt nichts, dabei konnte Marie das Wasser rauschen hören.

»Ist schon an?«, rief der Vater unter den Bougainvilleen hervor. »Wasser, marsch!«

»Jahaaa. Ich hör doch, dass es läuft, aber …«

»Aaaaaarrrhrhrhrhrhrhr!« Ein schrilles Kreischen fuhr ihnen durch Mark und Bein.

Marie versuchte, einen Blick über die Büsche zu erhaschen, sah aber nichts außer einer Wasserfontäne, die in einem mindestens drei Meter hohen Bogen nicht eben gemächlich von links nach rechts schwenkte.

Ein weiterer Schrei ertönte.

»Der Rasensprenger«, rief Olaf Schröder entsetzt. »Mach das wieder aus, Marie, na los!«

In Windeseile hastete sie zurück zum Wasserhahn und drehte ihn in die entgegengesetzte Richtung. Doch sosehr sie sich auch abmühte, das Schraubrad schien nicht mehr zu greifen. »Es funktioniert nicht«, rief sie zum Rasen hinüber, wo der Rasensprenger immer noch auf Hochtouren lief. Immer dann, wenn er nach links schwenkte, erklang ein hysterischer Schrei.

Endlich hatte sich Maries Vater aus dem Gebüsch befreit und kam zu ihr gelaufen. In seiner Latzhose steckten Zweige, und sein kurzes Haar stand in alle Richtungen ab. »Lass mal sehen.« Er kniete sich hin und machte sich am Wasserhahn zu schaffen. Aus den geheimen Taschen seines Blaumanns zog er eine Rohrzange, die er am Hahn ansetzte. »Hab's gleich, Britta, eine Minute noch«, rief er mehr sich selbst als der Frau auf der Sonnenliege zu – und tatsächlich: Nur wenige Sekunden später wurde der Strahl des Rasensprengers immer dünner und flacher, bis er schließlich vollends versiegte.

»Klemmt manchmal, das olle Ding«, erklärte Olaf Schröder mit einem flüchtigen Seitenblick auf Marie.

»Was aber nicht erklärt, wieso der Rasensprenger und nicht der Bewässerungsschlauch angegangen ist.«

Er machte ein Gesicht, als wäre er die Unschuld in Person. »Muss jemand wohl falsch angeschlossen haben.« Dann kam er aus der Hocke hoch.

»O Gott!«, tönte es von der Grünfläche. Und dann: »Hatschi!«

»Was ist denn hier los?«, rief Maries Mutter, die über die Terrasse gelaufen kam. »Olaf, wieso hast du denn Britta unter Wasser gesetzt?«

Zögerlich kamen Marie und ihr Vater hinter den Hortensienbüschen hervor. Erika Schröder stand mit dem Handy in der Hand mitten auf dem Rasen, neben ihr Britta, die bibberte und die Arme eng um den Körper schlang. Wasser tropfte aus ihren Haaren und von der breiten Krempe ihres Sonnenhuts. Sie war von oben bis unten nass. Sogar das Buch in ihrer Hand triefte.

»Das war …«, setzte Olaf Schröder an. Dann sah er zu seiner Tochter hinüber. »Marie.«

Marie schnappte nach Luft. »Das ist doch gar nicht …«

Ihr Vater breitete die Arme aus und lief auf Britta zu. »Entschuldige bitte, meine Liebe! Das war bestimmt nicht ihre Absicht, dass du nass wirst.«

»Mäuschen, hol doch schnell was zum Abtrocknen«, schlug Erika Schröder vor.

Marie schnaubte. Ihr war klar, dass es sich nicht lohnen würde, es auf eine Diskussion mit ihren Eltern ankommen zu lassen. Wenn sie in all den Jahren mit ihrer Schwester eins gelernt hatte, dann, dass es gelinde gesagt wurscht war, wer die Wahrheit sagte und wer nicht. Marie war die Ältere und deswegen per se erst einmal schuld, wenn irgendwer etwas verbockt hatte. Wobei irgendwer in aller Regel wirklich Marie bedeutete. Tina machte ja ohnehin meist alles richtig. Trotzdem – ein Leben lang unter Generalverdacht zu stehen, das hatte ihr schon immer gestunken. Aber sie wusste auch, dass gegen dieses Gift kein Kraut gewachsen war. Also gab sie sich geschlagen und marschierte ins Haus, um ein Handtuch für Britta zu holen. Sie entschied sich für eins aus der Gästetoilette – ein kleines, das man eigentlich nur fürs Händetrocknen benutzen konnte.

Als sie wieder in den Garten zurückkehrte, standen ihre Eltern und Britta immer noch zusammen. Marie hielt ihrem Gast das Handtuch hin.

»Das ist sehr nett von dir, danke«, sagte ihre Mutter. »Aber warum ich eigentlich hier bin … Stellt euch vor, Annette hat gerade angerufen. Erinnerst du dich noch an Annette?«, fragte sie ihren Mann.

»Ist das nicht diese Rothaarige mit dem großen Busen?«

»Nein, das ist Angelika. Annette ist die Zierliche mit den dunklen Haaren. Pagenschnitt.«

Olaf Schröder runzelte die Stirn. »Was ist ein Pagenschnitt?« Dann schien es ihm wieder einzufallen. »Ach, die! Die ist doch mit diesem reichen Schnösel zusammen.«

»Ganz genau. Und jetzt ratet mal, was passiert ist.« Erika zog die Kunstpause dramatisch in die Länge – so lang, bis sie es selber kaum mehr aushielt. »Der reiche Schnösel hat sie sitzengelassen. Für eine Jüngere. Eine Bedienung aus dem Solarium. Dreißig Jahre alt, irgend so eine Südländerin. Ist das zu fassen?«

Olaf Schröder sah seine Frau erwartungsvoll an, als würde er immer noch auf die Pointe warten. Britta schüttelte mitfühlend den Kopf und nahm das triefende Buch fest in beide Hände.

»Jedenfalls«, fuhr Maries Mutter unbeirrt fort, »jedenfalls hab ich Annette eingeladen, heute Nachmittag vorbeizukommen.«

»Wohnt die nicht in Wiesbaden?«, fiel Marie ein.

Ihre Mutter nickte.

»Sie fährt anderthalb Stunden für eine Tasse Kaffee?«

»Und für Kuchen«, erwiderte Erika, als würde das alles erklären. »Ich musste sie ganz einfach einladen – sie ist ja sonst allein in diesem großen Haus. Ihr Mann ist ausgezogen.«

Von einem Haus zu sprechen, war die Untertreibung des Jahrhunderts. Marie erinnerte sich wieder. Sie war schon einmal dort gewesen – in einer riesigen Jugendstilvilla direkt am Kurpark. Die Bude hatte zwanzig Zimmer, ein eigenes Stück Park und außerdem gleich drei Wohnzimmer: eins zum Fernsehen, eins zum Lesen und das sogenannte »Musikzimmer«, obwohl keiner in der Familie auch nur eine einzige Note lesen konnte. Annettes Söhne waren damals auf ein Internat gegangen, weshalb Marie sich den ganzen Besuch über gefragt hatte, wofür in aller Welt zwei Leute drei Wohnzimmer brauchten.

»Volker hat ihr gesagt, sie soll das Haus behalten. Zwei Komma sechs Millionen ist das Ding wert, sagt sie. Aber was hat sie davon, wenn sie allein drin hockt?« Erika Schröder wiegte den Kopf hin und her. »Ach, jetzt guckt doch nicht so – damit sie mal rauskommt, dachte ich. Und außerdem – das wird bestimmt nett. Dann können sich Britta und Annette ein bisschen austauschen.«

Britta riss erschrocken die Augen auf. Die Aussicht, dass ihr gebrochenes Herz vor sämtlichen Schröders und auch noch einer Wildfremden seziert würde, schien sie regelrecht mit Entsetzen zu erfüllen, was Marie nur allzu gut verstehen konnte.

Maries Mutter bekam von der Reaktion indessen gar nichts mit. Sie war ganz hibbelig vor Freude. Ihrer Meinung nach gab es nichts Schöneres als eine richtig volle Bude und ein zum Bersten gefüllter Kühlschrank. »Wer will Kuchen backen?«, rief sie in die Runde.

»Ich muss noch in die Stadt«, beeilte sich Marie zu sagen. »Bewerbungen wegschicken.«

»Ich muss noch« – Britta sah sich panisch um, doch weit und breit war keine Ausrede in Sicht – »die Scheidungspapiere fertig machen.«

»Wolltest du nicht sowieso einen Käsekuchen backen?«, fragte Marie und erntete einen alles andere als netten Seitenblick. »Aber wenn du dich natürlich erst mal scheiden lassen musst … Mama, warum backst du eigentlich nicht selbst?«

»Ich? Nein, das geht nicht. Ich hab noch so viel zu tun. Ich muss das gute Geschirr abspülen, Sahne schlagen, die Tischdecke wechseln, außerdem hab ich gleich auch noch einen Friseurtermin … Nein, ausgeschlossen.«

»Das gute Geschirr? Wer kommt – die Queen?«, meinte Olaf Schröder lakonisch.

»Ts«, machte seine Frau.

»Dann muss Papa eben Kuchen backen«, sagte Marie.

Ihre Eltern lachten beide erheitert auf. »Sicher«, sagte Olaf Schröder und wackelte mit den Augenbrauen.

»Aber natürlich«, gluckste Erika, als hätte ihre Tochter einen Witz erzählt.

Marie sah von einem zum anderen. »Und wer macht dann den Kuchen?« Keiner reagierte. »Okay, dann gehe ich zum Bäcker und kaufe einen.«

»Das kommt *überhaupt nicht* in Frage«, sagte ihre Mutter entschieden. »Dieses abgepackte Zeug vom Fließband? Nein, du wirst einen backen, mein Schatz. Einen Käsekuchen. Das kriegst du doch wohl hin.«

»Abgemacht«, sagte Olaf Schröder und nickte seiner Tochter aufmunternd zu.

»Ich geh duschen«, meinte Britta.

Und urplötzlich stand Marie allein im Garten. Die anderen waren in alle Himmelsrichtungen davongewuselt.

»Ist der Käsekuchen mit Boden?« Marie stand an der Theke von Bäcker Götz und begutachtete die Auslage.

Die Frau hinter der Glasvitrine nickte. »Ja. Und mit Rosinen.«

Super. Genau wie ihn ihr Vater hasste.

»Und Sie haben keinen ohne Boden und ohne Rosinen?«

Die Verkäuferin schüttelte bedauernd den Kopf.

»Gut, dann nehme ich den.«

Marie ließ sich den Kuchen einpacken und bezahlte. Sie ahnte, dass ihr billiger Trick im Handumdrehen entlarvt würde. Wobei »billig« relativ war: Fünfzehn Euro für einen Kuchen, dessen einzelne Bestandteile im Supermarkt gerade einmal einen Fünfer kosteten, strapazierten das postakademische Budget über die Maßen. Doch der nächste Lebensmittelladen wäre in Morbach gewesen, und außerdem hatte Marie keine Lust gehabt, sich in die Küche zu stellen und selber Käsekuchen zu backen. Am Ende würde sie ja doch wieder alles falsch machen, das wusste sie von vornherein. Der Boden wäre zu trocken, der Quark nicht fluffig genug, so war es immer, wenn sich jemand anderes als Erika Schröder höchstpersönlich an die Küchenmaschine wagte. Also würde Marie es darauf ankommen lassen – gemeckert würde schließlich so oder so. Und der Friseurtermin ihrer Mutter war geradezu eine Einladung zum Betrug …

Sie verließ die Bäckerei und machte sich auf den Nachhauseweg quer durch das Dorf. Langweiler war, genau wie der Name vermuten ließ, nichts weiter als eine Siedlung aus den fünfziger und sechziger Jahren, die aus Versehen eine eigenständige Ortschaft geworden war. Es gab eine Kirche, einen Friedhof, eine Bäckerei, das Wirtshaus *Zum tiefen Grund* und das Kloster – der einzige Anreiz, warum Menschen von außerhalb überhaupt je herfanden. Das Dorf selbst war alles andere als eine Augenweide, und Marie hatte ihren Eltern die gesamte Pubertät über die schlimmsten Vorwürfe gemacht, dass es sie ausgerechnet in diese Einöde gezogen hatte. Immerhin – das alte Kloster, das auf einer Anhöhe über dem Ort thronte, war halbwegs hübsch anzusehen. Nicht dass sich Marie auch nur eine einzige Nacht im Kloster Marienhöh hätte leisten können, in dessen altehrwürdige Mauern vor einigen Jahren ein schickes Wellnesshotel eingezogen war. Aber der Blick auf das Gemäuer, umgeben von den sanften schwarzen Hunsrückhügeln, den nahe gelegenen Steinbachsee und die Wildenburg ließen in Marie, auch wenn sie es sich ungern eingestand, fast so etwas wie Heimatgefühle aufkommen.

Sie bog um die Straßenecke – und stolperte fast über einen Buggy, den irgendjemand dort stehen gelassen hatte. Nur mit Mühe konnte sie den verpackten Kuchen, den sie auf der geöffneten Handfläche vor sich hertrug, so ausbalancieren, dass er nicht auf dem Bürgersteig landete. Das hätte ihr gerade noch gefehlt.

»Herrgott, wer hat denn hier …« Sie wollte gerade zu einer Schimpftirade ansetzen, als ihr Blick auf den etwa dreijährigen Jungen mit karottenroten Haaren fiel, der in dem Buggy saß und neugierig zu ihr aufblickte.

»Hallo!«

Marie starrte auf den Kinderwagen hinab. »Hallo, wer bist denn du?«

»Oskar«, sagte der Kleine.

»Wo ist denn deine Mama?«, wollte Marie wissen und ging in die Hocke, um auf Augenhöhe mit dem Jungen zu reden. Sie warf einen Blick über die Schulter, konnte jedoch nirgends einen zugehörigen Elternteil erspähen.

»Mama?«, fragte Oskar.

»Ja, genau, deine Mama. Wo ist die denn?«

Der Kleine sagte zwar nichts, lächelte sie aber so entwaffnend an, dass ihr ganz warm ums Herz wurde.

»Marie?«

Erschrocken fuhr Marie herum. Aus der Hocke heraus blickte sie nach oben und sah vor sich einen Mann in ihrem Alter, der gerade um die Straßenecke gebogen war.

»Oh, hallo …«

Sie stand auf. Den Kuchen balancierte sie immer noch wie ein Tablett vor sich her.

»Marie Schröder – ich werd verrückt! Das ist doch bald zehn Jahre her!«

Elf, um genau zu sein, dachte Marie. Immer noch viel zu kurz, wenn sie ehrlich war.

In ganz Deutschland, an jeder Schule, in jeder Klassenstufe, gab es einen männlichen Superstar. In amerikanischen Highschool-Filmen waren diese Typen immer die Quarterbacks oder wichtigsten Spieler im Basketballteam – im Gegensatz zur Schauspieltruppe, Marching Band oder zum Debattierklub. An Maries Schule war dieser Superstar Daniel Kessler gewesen. Obwohl Marie nicht irgendwo in den USA aufs Gymnasium gegangen war, sondern im verschnarchten Idar-Oberstein, wusste sie genau, wie frenetisch, irrational und hysterisch heranwachsende Mädchen werden konnten, sobald sie einem Kerl wie Daniel Kessler begegneten. Er war der Sonnyboy der Schule gewesen, mit breiten Schultern, coolen Klamotten und einem hinreißenden Lächeln. Seine Haare hatte er stets so getragen, dass sie ihm verwegen über die Augen gefallen waren. Nur beim Fußballtraining hatte er sie mit einem dieser albernen Haarbänder zurückgebunden. Doch nicht mal das hatte seine Attraktivität schmälern können – hatten zumindest seine Fans behauptet. Vornehmlich die weiblichen. Sie hatten sich scheinbar nicht die Bohne dafür interessiert, dass Daniel Kessler ein Arsch gewesen war, wie er im Buche stand. Er schwänzte den Unterricht, so oft er konnte, und seine Fehlstunden entschuldigte er bei den Lehrerinnen stets mit einem koketten Augenaufschlag, bei den männlichen Mitgliedern des Lehrkörpers mit einer sachkundigen Diskussion über die Aufstiegschancen des 1. FC Kaiserslautern, in dessen Amateurmannschaft er Stürmer war. Die Lehrer liebten ihn, genau wie die meisten Schüler, schließlich war er der einzige Promi, den Idar-Oberstein je hervorgebracht hatte – mal abgesehen von Bruce Willis, der in der dortigen amerikanischen Kaserne geboren worden war. Aber wen scherte Bruce Willis im Angesicht eines Daniel Kessler?

Marie hatte ihn noch nie leiden können. Das lag vor allem daran, dass er sich stets mit einem minimalen Aufwand die maximale Ausbeute gesichert hatte, sowohl wenn es um schulische Belange als auch um den Erfolg beim anderen Geschlecht gegangen war. Das hatte Marie ihm geneidet. Sie selbst war weder sonderlich gut in der Schule gewesen (wenn man von ihren Lieblingsfächern Deutsch und Sozialkunde absah, wo man seine Noten noch durch gutes altes Schwafeln bekam) noch sonderlich beliebt bei den Jungs. Sie hatte als Außenseiterin gegolten, als Ökotante mit bunt gefärbtem Haar, Palästinenserschal und selbst genähten Umhängetaschen. Mit Mädchen wie ihr hätten sich die hübschen Typen der Stufe, insbesondere diejenigen, die von allen bewundert wurden, nur in irgendwelchen Paralleluniversen abgegeben. Außerdem hatte sie sich zeit ihrer gemeinsamen Schullaufbahn von ihm ausgenutzt gefühlt, weil er Morgen für Morgen im Bus bei ihr die Hausaufgaben abgeschrieben, nach Ankunft in der Schule aber so getan hatte, als würde er sie nicht kennen. Dabei stammten sie aus demselben Kaff und hatten ganze elf Jahre lang gemeinsam in ein und derselben Klasse gesessen.

»Mensch, lass dich drücken«, rief Daniel und machte einen Schritt auf Marie zu. »Wir haben uns ja ewig nicht gesehen.«

Schneller, als sie zurückweichen konnte, hatte Daniel sie im Arm und drückte sie kurz, aber fest an sich. Dann ließ er sie wieder los und schob sie auf Armeslänge Abstand. »Gut siehst du aus! Die Haare sind länger. Und braun. Das steht dir.«

Marie lächelte. Wenn man nicht wusste, was man sagen sollte, war Lächeln immer gut. Zu einer anderen Reaktion fühlte sie sich ohnehin gerade nicht imstande. Die Begegnung mit Daniel war zu überraschend gewesen, als dass ihr eine angemessene Erwiderung eingefallen wäre. Und wie hätte die auch aussehen sollen? Du hast mir in der Elf das Mäppchen vom Tisch geschubst? Du hast mich nie beachtet, wenn andere dabei waren? Du warst ein schleimiger Lehrerliebling, der sich immer nur durchgemogelt hat? Du hast mir das Gefühl gegeben, ich wäre ein Freak?

»Was machst du hier?«, fragte Daniel fast ein bisschen zu enthusiastisch. Er schien aufrichtig erfreut zu sein, sie zu sehen. »Sag bloß, du wohnst jetzt wieder in Langweiler.«

Endlich fand Marie ihre Sprache wieder. »Nein, nein! Ich bin nur zu Besuch bei meinen Eltern.«

»War ja klar. Warum sollte jemand wie du auch freiwillig im Hunsrück wohnen?«

Es hätte fies klingen können, tat es aber nicht. Es klang freundlich. Bewundernd beinahe. Was seltsam war.

»Erzähl, wo hast du studiert? Du hast doch sicher studiert. Oder? Wo lebst du? Lass mich raten, bestimmt hast du einen total spannenden Beruf. Regisseurin. Oder freischaffende Künstlerin. Oder, nein, ich weiß, du bist erfolgreiche Autorin und schreibst Drehbücher für den *Tatort*.«

Daniel schien schier aus dem Häuschen zu sein, und Marie fragte sich, wie er auf all diese verrückten Einfälle nur kommen konnte. Sie, die Tofubraut, die Hippietante, der Kulturbeutel ohne Engagement, sollte einen spannenden

Beruf ergriffen haben? Jedenfalls spannend genug, dass Daniel Kessler sich für sie interessierte?

Er hat ein vollkommen falsches Bild von mir, dämmerte es Marie, und sie war verblüfft. Er denkt allen Ernstes, dass ich es zu etwas gebracht hätte.

»Nein, ich …«, stammelte sie und setzte dann neu an. »Also, ich hab letztes Jahr mein Studium beendet und dann in einem Verlag gearbeitet.«

Wenn man die Details wegließ, die nicht ganz so aufsehenerregend waren, klang das beinahe beeindruckend.

»Und jetzt befinde ich mich in einer Phase der Neuorientierung.« Unwillkürlich musste sie an den Verdacht ihrer Mutter denken. »Aber ich bin nicht lesbisch«, fügte sie schnell hinzu.

Daniel lächelte. »Na ja. Selbst wenn … Wow. Das ist toll. Wie lange bleibst du in Langweiler?«

»Nicht länger als nötig. Maximal vier Wochen. Vielleicht einen Monat. Mal sehen.«

Was ist denn bitte los mit mir?, fragte sie sich. Das ist doch nur der doofe Daniel – kein Grund, den Faden zu verlieren. Sie versuchte, sich selbst mit dem Gedanken zu beschwichtigen, dass es die alte Abneigung ihm gegenüber sein musste, die soeben neu in ihr entflammt war.

»Und du? Du bist immer noch hier? Oder wieder?« Ihr Blick fiel erneut auf den Kinderwagen. »Und hast ein Kind?«

Daniel folgte ihrem Blick, und das Lächeln wich ihm nicht aus dem Gesicht. »Ja – Oskar. Was soll ich sagen? Bei mir ist einiges ganz anders gelaufen, als ich es mir vorgestellt hatte. Aber so ist das wohl im Leben.«

»Okay.« Marie nickte verständnisvoll, obwohl sie keine Ahnung hatte, was er ihr damit sagen wollte. Was konnte bei einem Daniel Kessler wohl »anders« gelaufen sein? Sein Weg in die Bundesliga war sozusagen zementiert gewesen und auch, dass es ihn mit ein bisschen Glück vom Betzenberg auf Schalke, in die Allianz-Arena oder ins Weserstadion ziehen würde. Selbst der Nationaltrainer der U21 hatte ihn einmal zum Probetraining eingeladen. Was sollte bei so jemandem also schiefgegangen sein? Er hatte vermutlich irgendein Püppchen geheiratet, das jetzt hauptberuflich Spielerfrau war, und kam hin und wieder in die alte Heimat, um seine Eltern zu besuchen – ein Star an der Wiege seines Erfolgs. Na, Prost Mahlzeit.

»Also bist du hier, um deine Eltern zu besuchen?«

Daniel schüttelte den Kopf. »Nein, ich hab mein Elternhaus umgebaut und wohn jetzt da.«

»Ach.« Das klang ja nicht nach großer Sportkarriere.

Er grinste. »Ja. Damit hätt ich selbst auch nicht gerade gerechnet.«

»Papa?«, rief Oskar aus dem Kinderwagen. Die letzten Minuten hatte er sich mit einem Feuerwehrauto beschäftigt, jetzt aber schien er das Interesse daran verloren zu haben. »Papa heim?«

Daniel blickte auf den Buggy hinab. »Ja, Möhre, wir gehen gleich.« Er wandte sich wieder an Marie. »Entschuldigung, wir müssen los, ich hab Oskar versprochen, dass wir nachher noch zum Spielplatz gehen, und vorher muss ich noch was kochen.«

Was denn, was denn?, dachte Marie. Daniel *kochte?* Was war denn bitte in *den* gefahren? Wollte er sich, wenn aus der Fußballkarriere schon nichts geworden war, für den Superdaddy des Jahres bewerben, oder was war los? Und überhaupt? Wie spießig konnte man denn bitte sein? Nie weggekommen aus Langweiler, maximal ins pupsige Reihenhaus, und seine Brosche nahm sich gerade garantiert eine berufliche Auszeit, um ganz für den Kleinen da zu sein … Marie schüttelte innerlich den Kopf.

»Vielleicht sieht man sich ja mal«, sagte sie mit einem schiefen Lächeln und hob die Hand, um sich zu verabschieden. Oder auch nicht, schob sie in Gedanken hinterher.

»Ja, das wäre schön. Langweiler ist ja keine Großstadt, hier läuft man sich fast täglich über den Weg. Oder du kommst mich mal besuchen – du weißt ja, wo ich wohne«, erwiderte Daniel und wandte sich dann an seinen Sohn: »Sagst du Marie auch Tschüss?«

»Marie auch Tschüss«, flötete Oskar mit Milchzahnlächeln und winkte.

Den ganzen Heimweg dachte Marie über ihre Begegnung mit Daniel nach. Komisch, dass ausgerechnet er in Langweiler geblieben war. Oder sich hier wieder niedergelassen hatte. So genau wusste sie es ja nicht. Aber wenn man sie früher gefragt hätte, wer später unter Garantie mal in der Heimat wohnen würde, hätte Daniel Kesslers Name definitiv nicht auf der Liste gestanden. Er hatte immer zu cool gewirkt, um im Hunsrück zu bleiben – und wenn man ganz ehrlich war, war er das sogar gewesen. Cool. Er hatte Chucks getragen, als die anderen noch nicht einmal gewusst hatten, was das war, er hatte die richtigen Bands gehört und die richtigen Leute gekannt. Viermal in der Woche war er mit seinem 1er-Golf nach Kaiserslautern gefahren, das waren hin und zurück zwei Stunden. So ein Aufwand für so ein bisschen Fußball. Marie hatte das nie verstanden.

Und jetzt – Frau, Haus, Kind? Bestimmt in dieser Reihenfolge. Wie langweilig. Aber dann passte er ja super hierher. Eigentlich konnte sein Leben in Langweiler nur eins bedeuten: eine verdammt ruhige Kugel zu schieben. Das hatte mit einer Fußballkarriere nur wenig zu tun. So konnte man sich irren.

6

Als Marie in den Rosengarten einbog, sah sie schon von Weitem den halb auf dem Bürgersteig parkenden Porsche Cayenne. Der riesige SUV hing mehr oder weniger mit dem halben Heck über der Straße. Marie hätte auch ohne das Wiesbadener Kennzeichen gewusst, dass der Besuch ihrer Mutter eingetroffen war.

Sie näherte sich dem Wagen. Das war aber auch ein Gerät! Wenn sie mit ihrem Panda auf der Autobahn unterwegs war, und eines dieser riesigen Schlachtfahrzeuge zog auf der Überholspur an ihr vorbei, spürte sie immer deutlich den Windschatten, in dem sie für die kurze Zeit des Überholmanövers lag – und den Widerstand, der auf den Kleinwagen einwirkte, wenn die Karosse davonstob. Allein schon von der rechten Schleicherspur aus sahen diese Ungetüme angsteinflößend aus, doch aus der Nähe wirkte der Cayenne noch größer. Fast wie ein Lkw. Es gab sogar ein kleines Trittbrett, das dem Fahrer das Einsteigen erleichterte.

Marie stellte sich auf die Zehenspitzen und warf einen Blick in das Innere des Wagens. Seltsam. Diese Annette hatte jede Menge Gepäck dabei. Na ja, die Leute schleppten ja die absonderlichsten Dinge durch die Gegend. Ihre Mutter gehörte auch zu diesen Kandidaten. In ihrer Handtasche fand man beinahe alles – von Nylonstrumpfhosen, Taschenmessern, Kopfschmerztabletten bis zu wiederverschließbaren Plastiktüten. Als wäre sie die Frau eines Geheimagenten.

Wie dem auch sei, Annette lebte offenbar nicht auf großem, sondern auf sehr, sehr großem Fuß, sowohl was ihren fahrbaren Untersatz, die Villa in Wiesbaden als auch ihr »Nötigstes« anging.

Marie ließ das Bespitzeln sein und betrat den schröderschen Vorgarten. Als sie die Haustür aufschloss, vernahm sie bereits die Stimmen ihrer Eltern, die sich irgendwo im ersten Stock aufhielten. Einzelne Wortfetzen drangen an ihr Ohr, und aus dem, was sie vernahm, schloss sie messerscharf, dass ihre Eltern gerade eine kleine Hausbesichtigung vornahmen. Ein geradezu irrwitziges Unterfangen bei einem Gast, dem selbst ein geschätzter Hektar Wohnfläche zu Verfügung stand.

Sie stellte den Kuchen in der Küche ab, ließ alle verdächtigen Verpackungsmaterialien, auf denen der lilafarbene Schriftzug der Bäckerei Götz prangte, verschwinden und dachte sogar daran, den Backofen an- und ein paar Backutensilien aus den Schubladen in die Spülmaschine zu stellen. Dann stieg sie die Stufen hinauf in den ersten Stock und lief im Flur sofort ihren Eltern und Britta in die Arme, die soeben einer zierlichen Dame mit dunklem Bob die einzelnen Zimmer vorführten. Sämtliche Türen standen sperrangelweit offen – sogar das von Maries Schwester. Also Maries Zimmer, solange sie hier war. Es lebe die Privatsphäre.

»Ah, und da ist sie ja auch schon«, rief Maries Vater, als er sie erblickte. »Das ist Marie, unsere Älteste. Du kennst sie ja noch vom letzten Mal, auch wenn das eine Ewigkeit her sein muss.« Er trat einen Schritt nach vorn, legte den Arm um die Schultern seiner Tochter und schob Marie nach vorn.

»Äh, hallo«, sagte Marie, überrumpelt ob dieser väterlichen Annäherung, und streckte die Hand zur Begrüßung aus.

Annette schüttelte sie. »Sie leben auch hier?«

»Nur übergangsweise«, sagte der Vater. »Du kannst sie ruhig duzen. Sie sieht älter aus, als sie ist.«

»Ich bin nur auf Besuch. Und ich bin noch keine dreißig.«

»Auf Besuch, aha. Wie lange denn?«

»Bis sie was anderes gefunden hat. Sie sucht gerade einen neuen Job.«

Annette lächelte verständnisvoll. »Nett von deinen Eltern, dass sie dich wieder hier wohnen lassen.«

»Ist doch selbstverständlich«, meinte Olaf. »Sie ist in einer Notlage, unsere Marie. Und für Menschen in Not haben wir immer ein Plätzchen frei, nicht wahr?« Er tätschelte Maries Schulter, sah dabei aber in Brittas Richtung, die urplötzlich errötete und anfing, albern zu kichern.

»Ah so«, meinte Annette.

»Was ist mit dem Kuchen?«, fragte Erika Schröder. Ihr kurzes Haar sah frisch geschnitten aus und erstrahlte im dunklen Glanz der Farbe Dark Double Chocolate, die sich Maries Mutter in vierwöchigem Turnus auf den Kopf aufbringen ließ. Allein wegen des Namens, vermutete ihre Tochter.

»Steht fix und fertig in der Küche«, sagte Marie.

Und das war nicht gelogen.

»Selbst gebacken«, fügte Erika mit Blick auf Annette hinzu.

Das wiederum war gelogen.

Die kleine Prozession setzte sich in Bewegung und stieg die Treppe zum Erdgeschoss hinunter. Durch das große offene Wohnzimmer traten sie hinaus auf die Terrasse, wo Erika bereits den Kaffeetisch mit dem guten Geschirr eingedeckt hatte. Sie nahmen Platz, Maries Vater begann, Kaffee aus der weißen Thermoskanne auszuschenken, und Maries Mutter trug den Kuchen hinaus.

»Der ist ja bildschön«, sagte Annette.

»Perfekt, wie aus dem Lehrbuch.« Britta nickte anerkennend in Maries Richtung.

Auch ihre Mutter schien beeindruckt zu sein. »Da haben wir wohl ein verborgenes Talent in dir geweckt. Ich wusste gar nicht, dass du so eine gute Bäckerin bist.«

»Ach, das ist doch nur ein Käsekuchen«, winkte Marie ab und hoffte inständig, dass das Thema damit erledigt wäre. Wenn der Kuchen auch noch so gut schmeckte, wie er aussah, wäre sie geliefert. Dann würde wirklich keiner mehr glauben, dass sie ihn selbst gebacken hatte.

Zum Glück machte ihr Vater sofort ein griesgrämiges Gesicht und fing an zu meckern. »Ist der etwa mit Boden?«

Erika Schröder schnitt unbeirrt den Kuchen an, das Milchkännchen ging herum, ebenso das Schälchen mit den Zuckerwürfeln, die in Form der Spielkartenfarben Herz, Karo, Pik und Kreuz gepresst waren. Ein kleiner Gag, den sich Maries Eltern anlässlich des letzten Besuchs der Heiligen Familie Fleischhauer hatten einfallen lassen.

»Kinder, ist das nicht schön hier? Also, ich finde, ihr habt es schön hier«, meinte Annette, als sich alle bedient hatten und ein zufriedenes Schmatzen die Luft erfüllte. »Ländlich, aber schön idyllisch. Ist es nicht ein wenig ländlich?«

Marie sah die mehrdeutigen Blicke, die ihre Eltern tauschten. Ländlich war eine überaus schmeichelhafte Umschreibung für dieses gähnend langweilige Kaff. Das einzig wirklich Interessante in der Gegend war das *Session and Passion*, ein Club-Hotel für Paare. Obwohl natürlich niemand im Umkreis von fünfzig Kilometern je etwas darüber zu berichten gewusst hätte. War ja auch noch nie jemand dort gewesen, klar. Umso bemerkenswerter, dass es seit Jahrzehnten existierte. Aber so war es nun mal in der Provinz.

»Wisst ihr, wo ich jetzt eigentlich gerade wäre? Eigentlich wäre ich gerade in Monaco«, sagte Annette, gabelte ein winzig kleines Stück des Kuchens auf und spreizte dabei den kleinen Finger der rechten Hand ab.

Kein Wunder, dass Mama das gute Geschirr herausgeholt hat, dachte Marie, wenn jemand so Feines kommt. Annettes Mann, das wusste sie noch aus den Erzählungen der Mutter, aber auch von dem einzigen Mal, da die beiden Familien einander besucht hatten, hatte als ganz kleines Licht angefangen, als Kfz-Mechaniker bei einem großen Autozulieferbetrieb. Im Lauf der Zeit war er, weil er ein schlaues Köpfchen war und seine Talente klug eingesetzt hatte, immer weiter aufgestiegen und irgendwann auch ohne Studium bis hinauf in die Chefetage gekommen, von wo aus er seit geraumer Zeit mit großem Erfolg die Geschicke der Firma leitete. In den Neunzigern hatte er einige sehr gute Zulieferverträge mit Mercedes abgeschlossen, weswegen es seinem Unternehmen seit Jahren bombig ging, während so mancher Konkurrent unter dem großen Druck und nicht zuletzt der Wirtschaftskrise eingebrochen war. Für Volker Jung war der unverhoffte Aufstieg vom Nobody zum Boss ein echter Glücksfall gewesen – eine Entwicklung in seinem und in Annettes Leben, die garantiert niemand hatte vorausahnen können. Urplötzlich hatten er und seine Frau, eine gelernte Friseurin, sich ein Leben leisten können, in dem goldene Löffel zum Standardinventar gehörten.

»Monaco?«, riss Erika Schröder Marie aus den Gedanken. Sie drehte sich zu ihrem Mann um. »Stell dir vor, Olaf, es gibt Leute, die fahren richtig in Urlaub. Nicht nur mit dem Wohnwagen an den Bodensee.«

»Aber es ist doch so schön in Deutschland«, widersprach er. »Ganz besonders hier im Hunsrück. Warum in die Ferne schweifen … Ach, im Ausland holt man sich doch eh bloß Krankheiten.«

Erika warf ihrem Mann einen vorwurfsvollen Blick zu.

»Du kriegst doch deinen Urlaub, Herrgott«, meckerte dieser und nahm sich ein weiteres Stück Käsekuchen – trotz

Boden und Rosinen. »Teneriffa, zwei Wochen, in einem schweineteuren Hotel. Aber bitte, bitte, wenn es der gnädigen Frau gefällt ...«

Marie seufzte. Immer die alte Leier: Ihre Mutter wollte verreisen, ihr Vater lieber daheimbleiben. So ging das schon seit Jahren, genau genommen seit dem Tag, da Olaf Schröder während eines Urlaubs an der Atlantikküste in eine Feuerqualle getreten war. Zu allem Überfluss hatte er sich damals im Krankenhaus noch eine Infektion geholt, die dafür gesorgt hatte, dass die Schröders wieder nach Hause und so bald nicht wieder über deutsche Landesgrenzen gefahren waren. Was Marie nicht weiter gestört hatte – es war ohnehin der letzte Urlaub gewesen, den sie mit ihren Eltern hatte verbringen wollen. Für Erika Schröder bedeutete das seitdem allerdings Fehmarn, Fränkische Schweiz und Fichtelgebirge. Dabei träumte sie von Fidschi, der finnischen Seenplatte und vom Fudschijama.

Sie sah ihren Mann herausfordernd an. »Annette, erzähl doch noch ein bisschen von deinen Ferien.«

Doch Annette schüttelte nur den Kopf. »Na ja, Ferien. Ein Wochenendtrip, wie jedes Jahr zu den Grimaldi-Zirkustagen. Klingt das nicht wunderbar? Ich finde, das klingt wunderbar.«

»Wie ärgerlich«, piepste Britta dazwischen, die sich bislang eher bedeckt gehalten hatte. »Hatten Sie denn eine Reiserücktrittsversicherung?«

Annette sah sie an. »Nein, natürlich nicht.«

Britta verzog bedauernd das Gesicht. »Das ist aber ...«

»Da das Haus und der Jet ohnehin uns gehören, hätte mir ja doch keiner die Kosten zurückerstattet.«

Britta klappte das Kinn bis hinab auf die Tischdecke.

»Aber bitte, wollen wir uns nicht alle duzen? Ich finde, wir sollten uns duzen. Wir sind doch hier unter uns.« Annette warf einen Blick in die Runde. Britta rang immer noch um ihre Fassung.

»Ist es nicht unglaublich, wie das Leben spielt?«, meinte Annette und seufzte tief. »Vermutlich ist er gerade jetzt in diesem Augenblick mit seiner neuen Freundin in unserem Häuschen …«

Marie sah, wie Annette die Papierserviette in der Hand zerknüllte.

»… in unserem Schlafzimmer …«

Sie presste die Serviette so fest zusammen, dass die Knöchel ihrer Hand weiß hervortraten.

»… in unserem Bett.«

Der Tisch erzitterte kurz unter der Wucht, mit der Annette ihre Faust herabsausen ließ. Alle hielten vor Schreck den Atem an. Niemand sagte ein Wort.

Bei uns ist wirklich nicht der Ort für verdrängte Emotionen, dachte Marie, die interessiert feststellte, wie Annettes Blick sich verdunkelte. Ihr Gesicht spiegelte blanke Wut wider. Man konnte förmlich sehen, welche blutigen Szenen sich in ihrem Geiste abspielten.

»Sind da etwa auch noch Rosinen drin?«, fragte Olaf Schröder mit seinem ihm ureigenen Taktgefühl mitten in die Stille hinein. »Na wunderbar, es *sind* Rosinen drin.« Enttäuscht stellte er den Teller mit dem zweiten Stück Käsekuchen, den er sich soeben auf Augenhöhe vorgehalten hatte, wieder auf den Tisch zurück. Dann nahm er ihn noch einmal hoch. »Ach, was soll's.«

Das schien Annette aus ihren mordlüsternen Fantasien in die Realität zurückzuholen, und auch die anderen atmeten erleichtert auf.

»Möchtest du uns vielleicht erzählen, was passiert ist?«, fragte Erika so einfühlsam, wie Marie selbst es selten zu Ohren bekam. »Manchmal kann es ja helfen, wenn man darüber spricht.«

Annette bedachte sie mit einem prüfenden Blick und sagte dann schnippisch: »Was gibt es da groß zu erzählen? Es kam mir schon die ganze Zeit so seltsam vor – diese Marotte mit dem Solarium ... Jeden zweiten Tag ist er dort hingerannt und sah irgendwann schon fast so aus wie eine Dörrpflaume. Das kann doch nicht gesund sein, hab ich immer zu ihm gesagt, aber er hat nur gelacht. Ins Fitnessstudio ist er ja auch jeden Morgen – *vor* der Arbeit sogar, das muss man sich mal vorstellen!«

Alle machten betroffene Gesichter. Das stellte man sich lieber nicht vor.

»Und ich dachte noch, das wird wohl diese Midlife-Crisis sein, von der sie immer reden«, fuhr Annette fort. »Was kümmert's mich? Soll er sich halt ein neues Motorrad kaufen und sich einen Ohrring stechen lassen, wenn er meint, dass er das braucht. Von mir aus soll er auch wieder Gewichte stemmen – aber *damit* konnte doch nun wirklich keiner rechnen! An einem Dienstagvormittag hat er zu mir gesagt, dass er mich verlassen will. Einfach so. Nach über dreißig Jahren Ehe. Er wär verliebt. In eine Spanierin. Ist das die Möglichkeit?«

Bei den letzten Sätzen war Annettes Anspannung wieder gestiegen, was Marie nicht zuletzt an der malträtierten Papierserviette erkannte, die ein weiteres Mal zusammengeknüllt wurde.

»Mag noch jemand Kuchen?«, unterbrach Olaf Schröder sie in einem billigen Versuch, das Thema zu wechseln.

»Psst!«, machte Britta.

Doch Annette hatte davon anscheinend gar nichts mitbekommen. »Das Ganze ging wohl schon seit einiger Zeit. Dabei waren wir Anfang des Monats noch zusammen in Urlaub auf Kos im Robinson Club.«

Maries Mutter schnappte nach Luft. »Zwei Urlaube in einem Monat!«

»Ich hab die ganze Zeit gespürt, dass irgendetwas nicht in Ordnung war. Aber den Kindern zuliebe habe ich mich zurückgehalten.«

Den Kindern zuliebe? Soweit sich Marie erinnern konnte, waren die »Kinder« mittlerweile beide Anfang dreißig.

»Lennart und Leonard?«, fragte sie deswegen – nur um sicherzugehen, dass es nicht noch weitere Sprösslinge in der Familie Jung gab.

Annette nickte. »Die beiden arbeiten so hart – das Letzte, was sie gebrauchen können, ist Streit im Urlaub. Lennart hat in der Praxis so viel um die Ohren, und Leonard wurde doch gerade erst zum jüngsten Staatsanwalt in Rheinland-Pfalz ernannt. Wie könnte ich ihnen da die sauer verdienten Ferien mit einem Ehekrach vermiesen?«

Sauer verdient? Marie schnappte nach Luft. In diesem Moment erinnerte sie sich wieder an die beiden Söhne von Annette und Volker beziehungsweise an all das, was Annette bei ihrer ersten und bis heute letzten Begegnung von ihren beiden Lieblingen berichtet hatte. Zwei Supernachkommen mussten das sein, schenkte man den Erzählungen der Mutter Glauben: mit perfekter Vita und perfektem Bankkonto und perfekten Zähnen. Marie hatte keinen der beiden je persönlich getroffen, aber allein das, was sie von ihnen gehört hatte, hatte ausgereicht, um sie auf ihrer Sympathieskala ganz unten zu verankern. Die Porträts der beiden geschniegelten Lackaffen, die golden gerahmt auf dem weißen Flügel im »Musikzimmer« gestanden hatten, waren nur mehr eine Bestätigung dessen gewesen, was Marie sich bereits gedacht hatte: Polohemden und Lederslipper. Noch bevor sie Haare am Sack gehabt hatten.

»Aber Monaco ist sehr schön, wenn ich das mal so sagen darf«, fuhr Annette fort, ohne dass es ihr jemand hätte verbieten wollen. »Wir hatten es sehr schön dort all die Jahre.

Tja, und mit wem ist er jetzt dort? Jetzt ist er dort mit dieser Spanierin.«

Marie fand, dass der fremden Frau irgendwie ein Vorname fehlte. »Die Spanierin« – das klang wie »der Russe« oder »der Deutsche«. Wie aus einem Agententhriller von John le Carré oder wie eine Wahlbroschüre der NPD.

»Volker hat sich sehr verändert«, erzählte Annette weiter. »Er hat seinen halben Kleiderschrank aussortiert und trägt jetzt nur noch viel zu enge T-Shirts. Und auch keine richtigen Schuhe mehr, sondern ›Sneakers‹ oder wie er sie nennt.«

»Das sind richtige Schuhe«, wusste Marie beizutragen. »Nur halt nicht für einen Fünfzigjährigen.«

»Fünfundfünfzig«, korrigierte Annette sie. »Und ist es zu glauben? Er hat mir sogar seinen Ehering zurückgegeben.«

Marie sah aus dem Augenwinkel, wie Britta verstohlen einen Blick auf ihre eigene Hand warf, wo das Zeichen ihrer ewigen Liebe zu ihrem Ehemann im Sonnenlicht blitzte.

»Wisst ihr aber, was die Krönung ist? Er hat sich piercen lassen. *Piercen* – in dem Alter! Das muss man sich mal vorstellen.«

»Du lieber Himmel«, entfuhr es Maries Vater.

»Im Intimbereich«, setzte Annette nach.

Schlagartig herrschte Stille am Tisch. Jeder hing jetzt ganz offensichtlich seinen eigenen Gedanken nach.

»Und wer ist schuld daran? Die Spanierin. Sie hat aus meinem Volker einen anderen Menschen gemacht. Er hat uns einfach ausgetauscht. Mich und die Kinder – gegen eine Dreißigjährige.« Sie schüttelte verständnislos den Kopf. »Dass man sich nicht mehr so liebt wie am Anfang, das ist doch ganz normal. Aber man hat sich doch was aufgebaut. Was Gemeinsames. Oder nicht? Man glaubt doch an was. Aber das hat Volker einfach weggeschmissen, von einem Tag auf den anderen.« Sie hob die Augenbrauen und seufzte. »Aber der Kuchen, der ist wirklich delikat.«

Zur Bestätigung ihrer Worte schnitt Annette sich ein weiteres homöopathisch kleines Häppchen von ihrem Kuchen ab und schob es sich in den Mund.

»Meine Söhne können Volker auch nicht verstehen«, fuhr sie dann fort. »Da ist man dreiunddreißig Jahre lang verheiratet, hat ein perfektes Leben, alles, was man sich nur wünschen kann, und dann kommt so was. Da sagt dir dein Mann einfach: ›Es tut mir leid, aber ich liebe dich nicht mehr. Ich stelle mir mein Leben anders vor.‹«

Britta schnappte hörbar nach Luft. In ihren Augen standen Tränen, und sie umklammerte fest die Gabel in ihrer Rechten.

Annette schien davon unbeeindruckt. »Liebe – als wäre das das Einzige, worauf es ankommt! Er sieht ja sehr gut aus, der Volker. Findest du nicht, Erika? Sehr gut sieht er aus. So drahtig.«

Erika Schröder nickte brav.

»Das war schon immer das Problem. Ein bisschen *zu* gut aussehend, ein bisschen *zu* charmant. Und einfallsreich, das muss man ihm lassen. Gehört ja schon auch was dazu – so eine Affäre, ohne dass die eigene Ehefrau es mitbekommt.«

Marie stutzte. Hatte sie da etwa Stolz in Annettes Stimme gehört? Weil sie so besonders trickreich gehörnt worden war?

Annettes Blick hatte sich verklärt. »Aber so ist er, mein Volker. Raffiniert. Und selbstbewusst. Das muss man sich ja auch erst einmal trauen – eine Frau, die so jung ist.« Sie schüttelte erneut den Kopf. »Er sagt, dass er sie liebt. Ist das nicht lächerlich? Es ist lächerlich. Liebe. Also bitte! Er redet von Liebe, und du sitzt da und denkst: Aber was ist mit unserem Urlaub in St. Anton? Den Krügers – soll ich denen jetzt einfach absagen? Was sag ich den Freunden? Den Mitgliedern vom Rotary-Klub? Wie wird es der Golfklub aufnehmen? Das sind ja alles Verpflichtungen, die man eingegangen ist.«

Sie schüttelte erneut verständnislos den Kopf. Marie ebenfalls. Aber aus anderen Gründen. Erika Schröder schwieg betreten, Britta kämpfte um Contenance, und nur Maries Vater schaufelte Käsekuchen in sich hinein, als würde er pro Stück bezahlt.

»Der Kuchen schmeckt fast so wie der von der Bäckerei Götz«, sagte er mit einem anerkennenden Seitenblick auf seine Tochter. »Aber nur fast.«

»Olaf«, zischte Erika. »Wir haben *nie* Kuchen vom Bäcker. *Nie.*«

Annette holte tief Luft und fuhr mit ihrer Tirade fort. Die Nebengespräche bei Tisch schienen sie nicht im Mindesten zu stören. »Immerhin stehen die Kinder auf meiner Seite. Sie wollen nichts mehr mit ihrem Vater zu tun haben. Sie schämen sich für ihn, sagen sie. Leonard hat sogar überlegt, ob man Volker vielleicht entmündigen lassen könnte.«

Alle sahen auf. Erschrocken, neugierig, entsetzt – je nach Altersklasse.

»Hoffnungslos«, fuhr Annette fort und machte alle diesbezügliche Aufregung von vornherein dem Erdboden gleich. »Eine Midlife-Crisis allein reicht nicht aus, um jemanden zu enteignen.«

Marie sah, dass Britta eine dicke Träne über die Wange rollte, die sie hastig mit dem Handrücken wegwischte.

»Ich kann dich so gut verstehen«, sagte sie leise in Richtung von Annette, die ihr am Tisch gegenübersaß. »Mein Mann hat mich ja auch verlassen …«

»Das hat Erika mir erzählt«, sagte Annette. »Aber bei euch ist ja viel weniger Geld im Spiel. Das ist ja nicht vergleichbar.«

Sie lächelte, während sie das sagte, und Marie sah mit einer gewissen Genugtuung, dass ihr korallfarbener Lippenstift am Schneidezahn klebte.

»Alfo, daf kann man aber fo auch fieder nicht fagen«, brachte Olaf mit vollem Mund hervor, um Britta beizuspringen. Ihr kullerten die Tränen mittlerweile in einer geschlossenen Formation aus den Augen. Olaf schluckte. »Bei Britta und Jörg geht es schließlich auch um was – nur halt weniger um Finanzielles.«

»Habt ihr Kinder?«, wollte Annette wissen.

Britta schüttelte den Kopf.

»Also, dann ist es nicht das Gleiche. Das soll deine Situation nicht schmälern, meine Liebe – aber es trennt sich doch deutlich einfacher, wenn keine kleinen Kinderherzen davon betroffen sind.« Sie beugte sich nach vorn und sah Britta ins Gesicht. »Sieh mal, du kannst immerhin einfach neu anfangen, alles hinter dir lassen. Dein Mann hat dich betrogen. Na und? Such dir einen neuen, einen besseren dieses Mal. Wie alt bist du?«

»Fünfundvierzig«, schniefte Britta.

»Da hast du doch dein ganzes Leben noch vor dir! Ich bin dreiundfünfzig. Meine besten Jahre sind vorbei. Einem Mann geopfert, der mich jetzt einfach so sitzengelassen hat. Ist es zu fassen?« Sie zog hörbar die Nase hoch. »Aber ich muss stark sein. Ich habe viel gesellschaftliche Verantwortung. Ich leite einen Spendenverein für Kinshasa und bin die Vorsitzende der First Wife Association.« Sie lachte auf und sagte dann mehr zu sich selbst: »Das ist doch wirklich albern. Den Posten muss ich aufgeben.«

»Noch jemand Kuchen?«, wollte Maries Mutter wissen und ließ ein auf die Tortengabel gehievtes Stück Käsekuchen durch die Luft schweben.

Marie warf einen Blick auf das, was vom Kuchen noch übrig war – und erstarrte. Auf dem Boden der Platte prangte auf einer Pappunterlage ein großer lilafarbener Schriftzug, nur halb verdeckt von den verbliebenen fünf Stücken. »Bäckerei Götz«, stand da zu lesen, auch ohne viel Fantasie. Allerdings konnten das Maries Eltern noch nicht sehen, da ihnen die restlichen Kuchenstücke im Weg waren.

Annette hingegen hatte freie Sicht. Ihr Blick blieb an dem Schriftzug hängen. Dann bedachte sie Marie mit einem langen Blick. Ein spitzbübisches Lächeln umspielte ihre Mundwinkel.

»Keiner mehr?«, wollte Erika Schröder wissen und ließ das Stück Kuchen nach einem Blick in die Runde wieder auf die Platte sinken. Genau auf den Schriftzug der Bäckerei.

Annette richtete sich gerade auf. »Wie dem auch sei. Dein Angebot, Erika, nehme ich dankend an.«

»Mehr Kuchen?«, fragte Erika und wollte sich gerade wieder vorbeugen.

Annette schüttelte den Kopf. »Wie du schon gesagt hast, ist es doch recht einsam in dem großen Kasten, und die Nachbarn erkundigen sich schon, ob Volker auf Geschäftsreise ist … Ist das nicht unangenehm? Ich finde das unangenehm.«

Olaf Schröder machte ganz große Augen. »Angebot?«

»Welches Angebot?«, wiederholte Maries Mutter.

»Na, welches Angebot wohl?« Annette lachte. »Ich hab auch wirklich nur das Nötigste dabei. Und ich verspreche, ich bleibe nur so lange, bis sich das Gerede wieder gelegt hat. Ich beteilige mich natürlich auch an den Kosten.« Maries Mutter wollte gerade etwas sagen, aber Annette fiel ihr ins Wort. »Das ist doch selbstverständlich, Erika! Darüber diskutiere ich nicht.«

Erika Schröder ließ die angehaltene Luft langsam entweichen. Maries Vater traktierte sie mit Blicken und mahlte mit den Kieferknochen. Selbst Marie fehlten ausnahmsweise die Worte.

»Olaf, wärst du so nett? Ist wirklich nicht viel.«

Annette wollte sich gerade erheben, da legte Erika ihr die Hand auf den Arm. »Soll das heißen, du ziehst hier ein?«, fragte sie heiser.

Sie nickte. »Wie du es vorgeschlagen hat, ja.«

»Erika …« Olaf Schröder schnappte hörbar nach Luft. »Das ist ja … Das ist ja …«

Annette klimperte ein paarmal mit den Wimpern. »Sagtest du nicht vorhin selbst, dass für Menschen in Not immer noch ein Plätzchen frei wäre?«

Maries Vater öffnete den Mund – und klappte ihn wieder zu, ohne einen Mucks von sich gegeben zu haben, während seine Frau plötzlich von einem Ohr zum anderen strahlte.

»Das ist eine ganz wunderbare Idee!«

Wiebittewas? Marie blieb vor Schreck die Luft weg. Sie wusste, dass ihre Mutter es gern hatte, wenn die Hütte so richtig zum Bersten voll war, aber so langsam war es doch genug. »Aber wir haben doch schon zu viert so wenig Platz«, warf sie ein und musste daran denken, wie sich zur Hauptverkehrszeit tagaus, tagein ein schier nicht enden wollender Stau vor dem Badezimmer bildete, und an die stundenlangen Sitzungen, die Britta vor dem Zubettgehen in der Keramikabteilung abhielt. »Und wir haben auch gar kein freies Bett mehr.«

»Was ist mit dem Zimmer deiner Schwester?«, fragte Maries Mutter.

»Äh, da schlaf ich?«

»Jetzt nicht mehr«, sagte sie und lachte. »Wir werden doch einer guten Freundin für ein paar Tage ein Bett anbieten können! Was wären wir für Gastgeber, wenn wir das nicht einrichten würden? Einer Freundin nicht helfen in der Not … Also, nein, Marie, das geht ja gar nicht.« Sie wandte sich an Annette. »Meine Liebe, ich heiße dich willkommen in unserer Familie. Wir haben nicht viel, aber was wir haben, teilen wir gern mit dir.«

Marie kochte vor Wut. »Und wo bitte schön soll ich dann schlafen?«, fauchte sie durch die zusammengebissenen Zähne.

»Im Keller. Dein Vater bläst die Luftmatratze auf.«

»Im Keller?« Das wurde ja immer besser. »Und wo bitte im Keller?«

»Na, im Fitnessraum.«

»Aber da steht doch der Superstep 3000.«

»Papperlapapp«, sagte Erika Schröder und stand auf. »Den räumen wir raus, dann kommt die Luftmatratze rein, und schwuppdiwupp haben wir dir eine gemütliche Studentenbude eingerichtet.«

Olaf Schröder stöhnte. »Darauf brauch ich jetzt erst mal noch ein Stück Kuchen.«

Gerade wollte er die Tortenplatte zu sich drehen und wieder nach der Tortengabel greifen, auf der immer noch das Stück Käsekuchen balancierte, als Annette dazwischenging: »Ach, mein Lieber, lass mich das doch machen.« Mit ein paar schnellen Handgriffen hatte sie das Stück auf Olafs Teller bugsiert, dann wandte sie sich Marie zu, die in der Zwischenzeit regelrecht vergessen hatte zu atmen, hob die Kuchenplatte hoch, sodass die Eltern den mittlerweile fast vollends freigelegten Bäckerei-Schriftzug nicht sehen konnten, und hielt sie Marie hin. »Sag, Marie, magst du den Kuchen nicht wieder reinbringen? Wär doch schade, wenn er schlecht würde bei der Hitze. Er ist doch selbst gemacht, oder?«

7

Marie musste niesen. Der Staub kitzelte sie in der Nase, und in ihrem Hals knirschte die trockene Luft. Verdammter Schuppen!, fluchte sie in Gedanken. Ihr Blick folgte dem goldenen Sonnenstrahl, der durch das kleine, trübe Fenster in der Wand rechts über ihr ins Innere der Hütte fiel. Aufgewirbelte Staubkörner tanzten in der Luft.

Hier irgendwo musste er doch sein, der Rechen, den sie brauchte, um das Laub auf dem Rasen zusammenzukehren. Verrückt – tagsüber konnten die Damen noch im Bikini in der Sonne sitzen, aber sobald es Nacht wurde, fiel die Temperatur um fast zwanzig Grad. Typisch September eben. Vor lauter Schreck über den nächtlichen Kälteeinbruch warfen die ersten Laubbäume inzwischen täglich einen Schwung Blätter ab. Für Olaf Schröder war es Ehrensache, seiner Erstgeborenen die Aufgabe zu übertragen, sich um die Beseitigung des Laubs zu kümmern.

Annette und Britta waren in ein nahe gelegenes Weingut geschickt worden, wo sie ein paar Kisten Riesling und einen Kanister Federweißer abholen sollten. Das Wochenende stand bevor, und es würde neuen Wein und Zwiebelkuchen geben, wie es sich für den Herbst gehörte – und natürlich konnte man sich da nur entspannen, wenn der Garten picobello in Schuss war. Na ja, immerhin mal ein paar Stunden Ruhe vor dem ewigen Gequassel. Mittlerweile konnte Marie sich kaum mehr vorstellen, dass es sich bei Britta und Annette um zwei frisch getrennte, sitzengelassene Ehefrauen handelte. Bei Britta noch eher, denn die versank – insbesondere wenn Annette gerade mal nicht da war – immer wieder in ihre alte Lethargie. Dann wurde ihr Blick trüb, und man konnte die Seiten des Fotoalbums der Vergangenheit, in dem sie im Geiste blätterte, geradezu rascheln hören. Aber kaum war Annette wieder da, schien Britta die Melancholielampe auszuknipsen und sich im Handumdrehen wieder mit der Gegenwart zu arrangieren.

Eine gemeine verlassene Ehefrau hatte sich Marie irgendwie anders vorgestellt. Nicht ganz so hundeelend wie Britta am Anfang, aber auch nicht gerade so, wie die beiden Damen sich inzwischen verhielten. Allmählich beschlich Marie sogar der Eindruck, dass die zwei regelrecht froh waren, ihre Ehemänner losgeworden zu sein, so wie sie das Leben allem Anschein nach genossen. Aber was wusste Marie schon von gescheiterten Ehen? Sie führte ja nicht einmal eine funktionierende.

Sie sah sich um. Außer spinnwebenverhangenem Gartenwerkzeug, Schaufeln jedweder Größe und der alten Schubkarre konnte sie nichts erkennen. Sie schob die Tür zum Schuppen wieder auf und bugsierte die Schubkarre hinaus. Jetzt hatte sie wenigstens Platz. Marie ließ ihren Blick erneut über das Durcheinander wandern. Ausrangierte Vogelhäuschen, lockige Tomatenstangen und das halbe lieferbare Gardena-Bewässerungssortiment. Sie drehte sich um neunzig Grad und scannte die Wand links von sich nach dem Rechen ab. Durch das gegenüberliegende Fenster schien immer noch die Sonne, und die fiel genau auf …

Marie stutzte. Das war aber eine hübsche Kommode! Die war ihr ja noch nie aufgefallen. Sie trat näher, räumte die vor dem Möbel stehenden Besen und eine Kabeltrommel zur Seite und betrachtete es genauer. Das hölzerne Schränkchen war etwa einen halben Meter breit, ungefähr halb so tief und reichte Marie bis zur Mitte des Oberschenkels. Irgendwann vor langer Zeit schien es einmal weiß lackiert worden zu sein, doch der Lack blätterte an diversen Stellen ab, so dass das darunterliegende Holz wieder zum Vorschein kam. Die Kommode verfügte über zwei breite Schubladen und stand auf vier leicht angeschrägten, dünnen Beinchen, wie es in den fünfziger Jahren schick gewesen war.

Marie ging in die Hocke und versuchte, eine der beiden Schubladen aufzuziehen. Sie klemmte ein wenig, ließ sich aber mit ein bisschen Ruckeln öffnen. In der obersten Lade befanden sich unzählige Schraubenzieher, Hammer, Feilen und Raspeln. Obwohl Marie sich nicht gut auskannte, schätzte sie, dass der Großteil davon ebenfalls aus den Fünfzigern stammte. Der Rost hatte sich an den Sägeblättern und Werkzeugköpfen zu schaffen gemacht. Vermutlich hatte seit Jahren niemand mehr die Schublade geöffnet.

Die zweite Lade sah nicht viel anders aus, außer dass Marie darin Schrauben unterschiedlichster Couleur und Verrostungsgrade vorfand. Sie rückte die Kommode ein wenig von der Schuppenwand weg, warf einen Blick auf die Rückseite und stellte mit einer gewissen Erleichterung fest, dass sie weder verschimmelt noch vergammelt noch Schlimmeres war. Lediglich ein bisschen staubig.

Marie sah sich um. Unter dem Fenster auf der anderen Seite des Gartenhäuschens hing an einem Nagel eine große blaue IKEA-Tragetasche. Darin befanden sich allerlei Plastiktüten, zum Teil von Supermärkten, zum Teil ganz einfache Müllbeutel. Sie zog eine große Tüte heraus und füllte den Inhalt aus der obersten Schublade hinein, im Anschluss die Schrauben aus der zweiten Lade. Als sie damit fertig war, rückte sie die Kommode noch weiter von der Wand weg und betrachtete sie von allen Seiten. Eigentlich war sie noch richtig gut in Schuss, wenn man bedachte, dass sie vermutlich seit mehr als zwanzig Jahren hier im Gartenhaus stand. Ein neuer Anstrich und andere Schubladengriffe, und schon würde aus dem stiefmütterlich behandelten kleinen Möbelstück ein echter Hingucker werden.

Genau, was meinem Kellerverlies fehlt, dachte sie. Und etwas anderes zu tun hatte sie ohnehin nicht. Sie rief zwar jede Woche brav in zwei bis drei Personalabteilungen an und beobachtete inzwischen deutschlandweit den Arbeitsmarkt, aber wenn sie ein paar Stunden lang Anschreiben formuliert und auf der Suche nach einer Arbeitsstelle im Internet gesurft hatte, war es irgendwann auch wieder genug.

In ihrem Studium hatte Marie die Erfahrung gemacht, dass geistige Arbeit immer ihren ganz praktischen Ausgleich braucht. Für den einen war es Sport, für den anderen das Heimwerken. Während sie ihre Magisterarbeit geschrieben hatte, hatte Marie ständig den Drang verspürt, irgendetwas mit den Händen zu tun. Sie hatte gekocht, gebacken, mithilfe zahlloser YouTube-Videos ein bisschen stricken gelernt, richtig zufrieden war sie aber erst gewesen, als sie die Nähmaschine hervorgekramt und angefangen hatte zu nähen. Egal ob Kissenbezüge oder kleine Kirschkernkissen, immer dann, wenn sie ein Kapitel der Magisterarbeit zu Ende geschrieben hatte, hatte sie sich ein paar Stunden an der Nähmaschine gegönnt und währenddessen ihren alten Drei-Fragezeichen-Kassetten gelauscht, begleitet vom monotonen Rattern der Pfaff. Genau so was brauche ich jetzt auch, stellte sie fest, bedauerte kurz, die Nähmaschine übers Internet vertickt zu haben, hob dann kurz entschlossen die kleine Kommode hoch und trug sie hinaus in den Garten.

»Na, mistest du aus?«

Marie sah auf. Über die halbhohe Buchshecke hinweg winkte ihr Fred Kirschner zu – ihr Nachbar, seit mehr als fünfundzwanzig Jahren schon. Tina hatte bei ihm und seiner Familie früher immer babygesittet.

»Hallo, Fred«, rief sie und marschierte auf ihn zu. »Was meinst du, kann man aus dem Teil noch etwas machen?«

Er kniff die Augen zusammen und betrachtete die Kommode genauer. »Wenn da kein Holzwurm oder Schimmel drin ist, klar.« Er sah sich im Garten um. »Ganz schön voll bei euch zurzeit.«

Marie nickte. »Das kannst du laut sagen.«

»Wer sind denn diese Damen, wenn ich fragen darf?«

Sie musste grinsen. »Wieso, hast du Interesse? Sind gerade frei geworden.«

Fred hob abwehrend die Hände. »Ich? Nein, bei Gott, ich bin ja mit meiner schon überfordert. Ich hab mich nur gefragt, wie es kommt, dass bei den Schröders im Garten zurzeit eine leicht bekleidete Frau neben der anderen liegt.« Er lächelte verlegen. »Nicht dass mich das was angehen würde …«

Marie winkte müde ab. »Das sind Freundinnen meiner Eltern. Verlassene Ehefrauen, die hier untergekommen sind, bis sie was Neues finden.«

»Aha. Und du?«

Sie stutzte. Im ersten Moment wollte sie schon sagen, bei ihr wäre das ganz anders – aber de facto war sie ja aus einem ähnlichen Grund nach Langweiler zurückgekehrt.

»Eine Übergangssituation«, antwortete sie ausweichend. »Ich orientiere mich um.«

»Oh«, kam es von Fred. Er zog die Augenbrauen hoch. »Du meinst …«

»Nein«, sagte Marie und verdrehte die Augen. »Nicht so, wie du jetzt vielleicht denkst. Beruflich.«

»Alles klar. Na ja, dann will ich mal wieder«, sagte Fred, nachdem er sich auf die Zehenspitzen gestellt und einen letzten prüfenden Blick in den Garten geworfen hatte. »Ist ja heute nicht Peepshow …« Er schlug die Hand vor den Mund. »Ich meine natürlich, scheint ja heute nicht viel los …« Er unterbrach sich erneut, war sich seines doppelten Lapsus offenbar bewusst.

»Schon okay, Fred«, rief Marie und lachte, winkte ihm zum Abschied zu und wandte sich wieder zu der kleinen Kommode um. Bevor ich irgendetwas entscheide, mach ich das Ding erst einmal sauber, beschloss sie und lief ins Haus, um sich mit einem Eimer lauwarmem Wasser, einem Lappen und einem Schwamm zu bewaffnen. Dann machte sie sich an die Arbeit.

Zunächst bearbeitete sie die Oberfläche mit der kratzigen Seite des Schwamms, um die eingebrannten Flecken und ein paar alte Lackspäne zu entfernen. Dann nahm sie den Lappen und wischte vorsichtig darüber.

Während sie so vor sich hinarbeitete, musste sie wieder an Britta und Annette denken. Schon komisch, wie das Leben so spielte. Irgendwann einmal hatten sowohl Britta und Jörg als auch Annette und Volker entschieden, dass sie das Leben miteinander verbringen wollten. Und ein paar Jahrzehnte später, mal länger, mal kürzer, je nachdem, war das alles auf einmal hinfällig. Da wurden die beiden Ehefrauen ausgetauscht gegen zwei neuere Exemplare, in Annettes Fall sogar ein Modell wesentlich jüngeren Baujahrs. Wie musste sich das anfühlen? Wenn der Mensch, der seit mehr als dreißig Jahren morgens neben einem aufwachte, plötzlich lieber mit jemand anderem zusammensein wollte? In dem Augenblick, in dem der Betrug herauskam oder eine Aussprache stattfand, war das meiste ja eigentlich schon passiert: Annettes Mann hatte sie vor vollendete Tatsachen gestellt. Also mussten doch schon Monate vergangen sein, in denen er längst mit dem Gedanken gespielt hatte, die alte Beziehung zu beenden. Na ja, und in denen er bereits Nahkampferfahrung bei Einsätzen auf feindlichem Territorium gesammelt hatte.

Wie kam man sich vor, nach so langer Zeit, wenn man plötzlich feststellte, dass die vergangenen Wochen nur mehr gespielt gewesen waren, das Produkt einer jahrelangen Routine, eine Illusion? Dass – obwohl man gedacht hatte, dass alles in Ordnung wäre – die Kacke längst am Dampfen war? »Im Krieg und in der Liebe ist alles erlaubt«, sagte Sanne auch heute noch gern. Das hatte Marie noch nie verstanden. Wie kam man denn dazu, die Liebe mit einem gewaltsamen Konflikt zu vergleichen, bei dem man mit vorgehaltener Waffe seine Interessen durchsetzte?

Vielleicht habe ich ja auch was falsch verstanden, was die Liebe angeht, dachte Marie, als sie die Schubladen der Kommode aus dem Korpus zog und sich am Inneren zu schaffen machte. Es gab ja verschiedene Formen der Liebe – mal abgesehen von der polyamoren, von der sie nun wirklich die Nase voll hatte. Platonische. Sexuelle. Sogar eine auf wirtschaftlichen Gründen basierende Partnerschaft, eine Versorgungsgemeinschaft, konnte innig sein. Ja, genau, was war eigentlich aus der guten alten Versorgungsgemeinschaft geworden? Aus der Gewissheit, dass man jemanden heiratete, der auch in Zukunft für einen sorgen würde? Der einen nicht fallenließ wie eine heiße Kartoffel, nur weil das Bindegewebe nicht mehr gar so straff war? Klar, Versorgungsgemeinschaft, das klang nicht gerade nach großer Leidenschaft oder Romantik – aber war die Romantik denn Garant für eine langjährige Partnerschaft? Offenbar gab es rein gar nichts, was einem Paar zu garantieren vermochte, dass es auch in Zukunft zusammenbleiben würde. Und das wiederum warf die Frage auf, warum man sich überhaupt an jemanden binden sollte. Wenn schon die Liebe nicht aus dem Stoff bestand, aus dem die Märchen mit dem schönen Ende waren – was dann?

Eigentlich ist nur eines sicher, dachte sie. Ich sollte mir bei der Partnerwahl Zeit lassen – mehr Zeit, als ich bisher gedacht habe, denn offensichtlich wird man spätestens mit

Mitte fünfzig ohnehin verlassen. Erst mal einen Job finden und von zu Hause ausziehen. Das allein ist ja schon schwer genug.

Obwohl … Als sie so darüber nachdachte, fielen ihr diverse Frauen im Bekanntenkreis ihrer Eltern ein, die auch ohne Job ganz gut über die Runden gekommen waren. Britta und Annette gehörten ja auch irgendwie dazu – selbst wenn Britta sich in der Dachdeckerei ihres Mannes um die Buchhaltung gekümmert hatte. Aber Annette? Die hatte keinen Finger mehr gerührt, selbst als ihre Söhne irgendwann aus dem Haus gewesen waren. Nicht einmal mehr den Haushalt hatte sie selbst geführt. Sie war zur hauptberuflichen Ehefrau geworden – drum wohl auch all die Ehrenämter. Anders war der eigene Reichtum ja kaum zu ertragen.

Dann kam ihr Gudrun in den Sinn, die Schwester ihres Vaters. Die war mittlerweile zum dritten Mal verheiratet, hatte ihren Beruf als Chemielaborantin aber nie aufgegeben und war erst vor einigen Jahren in Teilzeit und dann in Rente gegangen. Als Marie das letzte Mal mit ihr geredet und sie auf den nahenden Ruhestand angesprochen hatte – und das war schon ein paar Jährchen her –, hatte Gudrun gesagt: »Ich verstehe diese jungen Dinger nicht. Zu Hause bleiben wollen sie, bei der Familie. Die Kinder aufwachsen sehen. Als hätten sie einfach nur so zum Zeitvertreib studiert. Studieren! Dafür hätte ich weiß der Himmel was gegeben! Aber das ist die Herdanziehungskraft, ich sag es dir. Die wird stärker mit den Jahren. Von wegen Emanzipation!«

Konnte es wirklich sein, dass die älteren Semester in diesen Belangen tatsächlich moderner eingestellt waren als die jüngere Generation? In der sich offenbar ein Großteil der Frauen wünschte, daheimbleiben zu dürfen? Oder galt das nur ab einer gewissen Einkommensklasse?

»Huhu, Mäuschen«, riss es Marie da aus ihren Gedanken. Ihre Mutter kam durch den Garten gelaufen, und in den Händen hielt sie ein Tablett mit zwei Gläsern Zitronenlimonade.

»Was machst du?«, fragte sie, als sie leicht außer Atem neben ihrer Tochter stehen blieb.

»Ich hab die kleine Kommode sauber gemacht«, erklärte Marie mit einem Blick auf das Möbelstück. »Stand ja nur rum im Schuppen, und da dachte ich, ich könnte sie vielleicht mal abstauben.«

»In welchem Sinne?«, fragte ihre Mutter mit einem weisen Lächeln.

»Musst du nicht in den Laden?« Marie war leicht genervt. Sie wollte jetzt nicht herumphilosophieren.

»Nein, das Mädchen ist heut allein.«

Das Mädchen war Mitte vierzig, hieß Karin und war die einzige Angestellte in der »Laufmasche«.

»Willst du eine Limo? Selbst gemacht.«

Marie starrte auf das Tablett hinab. Dann stellte sie schlagartig fest, dass sie tatsächlich einen Riesendurst hatte. Wenn sie so konzentriert arbeitete, wie sie es gerade getan hatte, vergaß sie oft das Trinken – und alle anderen Primärbedürfnisse. Sie griff nach einem Glas. »Danke.«

Ihre Mutter sah sie neugierig an.

»Sonst noch was?«, fragte Marie und genoss die fruchtige Säure, die sich in ihrem Mund ausbreitete.

»Ich weiß nicht«, sagte Erika Schröder ausweichend. »Ich dachte, ich komm mal zu dir, Mäuschen, und wir quatschen ein wenig.«

Marie verdrehte die Augen. Es war toll, eine Mutter zu haben, die sich kümmerte und sorgte, die nachfragte und anrief, aber manchmal war ihr Geglucke wirklich nicht zum Aushalten. Und irgendwie fühlte sich Marie mindestens fünfzehn Jahre zu alt, um es sich mit ihrer Mutter irgendwo gemütlich zu machen und »ein wenig zu quatschen«.

Dass sie die Augen verdreht hatte, schien ihre Mutter allerdings getroffen zu haben. Also besann sie sich flugs eines Besseren. Immerhin meinte es ihre Mutter nur gut. Außerdem waren die Zeiten hart, und man musste vorsichtig sein, mit wem man es sich verscherzte. »Klar, warum nicht? Ich wollte sowieso gerade eine Pause machen.« Sie nickte zu der großen Hollywoodschaukel hinüber. »Wollen wir uns setzen?«

Ein Strahlen legte sich auf Erikas Gesicht, und Marie fügte sich ihrem Schicksal. Sie setzten sich auf die Schaukel mit dem gelb-weißen Bezug, jede ein Glas mit wirklich ausgezeichneter Limonade in der Hand.

»Wie geht es dir eigentlich, mein Schatz?«, wollte Maries Mutter wissen.

Sie zuckte mit den Schultern. »Ganz okay, denke ich.«

»Ganz okay?«

»Na ja, ich muss nicht mehr um meine bloße Existenz bangen oder fürchten, die nächste Nacht auf der Straße zu verbringen.«

Erika Schröder schlug die Augen nieder. »War das in Köln so?«

»Zuletzt schon, ja«, sagte Marie und starrte geradeaus.

Ihre Mutter seufzte. »Es tut mir leid, Mäuschen, dass wir dir in dieser Situation nicht weiterhelfen konnten. Also, wir hätten schon gekonnt, aber wir wollten nicht mehr.«

Marie nickte. Sie hatte sich in den vergangenen Tagen immer wieder Gedanken darüber gemacht, warum die Eltern ihr zuletzt jegliche finanzielle Unterstützung verwehrt hatten, und zu ihrem eigenen Erstaunen hatte sie festgestellt, dass sie die Entscheidung sogar verstehen konnte. Vermutlich hatten ihre Eltern sogar bewusst in Kauf genommen, dass Marie notfalls wieder in Langweiler auftauchen würde – auch wenn besonders ihr Vater diesen Schritt wohl gern um ihrer aller Willen vermieden hätte.

»Schon okay, Mama«, sagte sie versöhnlich. »Ehrlich. Ich glaube mittlerweile, dass es richtig war. Ich wäre da nicht mehr allein herausgekommen. Oder hätte euch weiter angepumpt. Ich hab das gebraucht, diesen Tritt in den Hintern.«

Erika Schröder sah ihre Älteste sanft an. »Und ein Gutes hatte das Ganze ja. Du bist wieder hier, bei uns.«

Marie schnaubte. »Na, da bist du aber auch die Einzige, die sich freut.«

Ihre Mutter schüttelte den Kopf. »Nein, das stimmt nicht. Papa freut sich auch. Er zeigt es nur nicht so.«

Ja, so konnte man das wohl auch ausdrücken …

»Wie auch immer. Danke, dass ihr mich hier wohnen lasst«, sagte Marie. Sie hatte sich schon vor Tagen vorgenommen, das mal zu sagen, aber irgendwie hatte sich nie eine Gelegenheit ergeben. Immer war noch jemand anderes dabei gewesen, der seinen Senf dazugegeben hätte.

»Aber gerne, Mäuschen.« Maries Mutter nahm schlürfend einen Schluck Limonade. »Ich fühle mich gerade pudelwohl in unserem vollen Haus.«

»Also, sooo voll müsste es für meinen Geschmack nicht sein«, wandte Marie ein.

»Ich weiß, was du meinst, aber was hätten wir denn machen sollen? Britta ist ja schon seit einem Weilchen hier. Die Trennung von ihrem Mann macht ihr wirklich schwer zu schaffen. Sie ist noch nicht so weit, sich was Eigenes zu suchen. Dann kamst du. Na ja, und dann …«

»Annette.« Marie seufzte. »Magst du sie eigentlich? Ich finde ja, ihr seid sehr unterschiedlich.«

Ihre Mutter lächelte. »Ja, ich mag sie. Sie hat so viel Power. Sie zeigt es nicht, aber dass ihr Mann sie so einfach abserviert hat, verletzt sie sehr. Und du darfst nicht vergessen: Sie hat die letzten Jahre nur für ihren Mann und für die Jungs gelebt.«

»Und für die Spendengalas.«

Erika hob die Hand. »Ja, okay. Auch dafür. Aber sie weiß wirklich nicht, was sie machen soll, das merkt man doch ganz deutlich, findest du nicht?«

»Doch, ich finde sogar, dass sie den Eindruck macht, eine ganze Menge besser zu wissen.«

»Ach, *das*.« Erika Schröder winkte ab. »Das ist doch nur Fassade. Und sie tut Britta gut. Es war ja wirklich schlimm die letzten Monate – manchmal ist sie morgens nicht einmal aufgestanden. Wie der Sohn von den Kirschners.«

»Der hatte eine Depression.«

»Ach was. Das sagen die, aber in Wahrheit ist der einfach nur stinkfaul.« Ihr Blick fiel auf die Kommode, die auf dem Rasen stand und in der Septembersonne strahlte. »Weißt du, wem die mal gehört hat?«

Marie schüttelte den Kopf.

»Deiner Oma Liesl. Sie hat darin immer die Schnapspralinen versteckt. Die hätte sie eigentlich gar nicht mehr essen dürfen, sie hatte doch so schlimm Zucker.«

In diesem Moment kam Marie eine Idee. »Zucker?« Sie sah auf das Glas mit der Limonade in ihrer Hand hinab. Die hellgelbe Flüssigkeit schwappte von links nach rechts. »Ich glaube, ich weiß jetzt, wie ich die Kommode streichen werde. In Pastellgelb. Das war doch eine Farbe, die man in den Fünfzigern überall gesehen hat.«

»Stimmt. Aber wie wäre es mit zwei Farben? Vielleicht noch Hellblau dazu? Ich glaube, meine Mutter hatte mal eine Küche in diesen Farben: hellblauer Korpus, zitronengelbe Türen. Sah fürchterlich aus, aber ihr jungen Leute mögt ja so was.«

Marie musste grinsen. »Das klingt super. Ja, vielleicht mache ich es genauso.«

Ihre Mutter erhob sich schwerfällig von der Hollywoodschaukel, so dass die Sitzfläche nach hinten gedrückt wurde. »Na, dann haben wir ja doch noch eine Beschäftigung für dich gefunden.« Sie leerte ihr Limonadenglas und stellte es wieder auf das Tablett, bückte sich danach, hob es hoch und wanderte langsam über den Rasen in Richtung Haus. Dann blieb sie abrupt stehen. »Ach, übrigens«, rief sie, »ich hab Daniel Kessler in Morbach im Supermarkt getroffen.«

»Woher kennst du denn Daniel Kessler?«, fragte Marie verwundert.

Ihre Mutter warf ihr einen wissenden Blick zu. »Das ist doch dieser nette junge Mann, in den du früher so verknallt warst.«

»Mama, wenn man heulend wegen jemandem nach Hause kommt, heißt das nicht notwendigerweise, dass man verknallt ist …«

»Wie dem auch sei«, fiel ihre Mutter ihr ins Wort. »Er guckt manchmal in meinem Laden vorbei und kauft etwas für Oskar, seinen Sohn. Und außerdem hört man ja auch so einiges. Nach allem, was ihm widerfahren ist … Ich soll dir auf jeden Fall was von ihm ausrichten.«

»Mir?«

»Ja. Er fragt, ob du dich von deinem Schock erholt hast. Ich glaube allerdings nicht, dass er damit deinen Einzug bei uns gemeint hat. Weißt du, worauf er da anspielt?«

8

Wie, und dich haben sie in den Keller geschickt?« Sannes Stimme drang blechern durch die Telefonleitung.

»Immerhin, hier kann ich ausgiebig lachen«, erwiderte Marie mit Galgenhumor. »So viel ich will. Den ganzen Tag, wenn es sein muss.«

Sanne kicherte. »Und die Damen? Die besetzen das obere Stockwerk?«

»Britta wohnt nach wie vor in meinem Zimmer und Annette in Tinas.« Sie blieb vor dem kleinen improvisierten Regal stehen, in dem sie ihre wenigen Besitztümer hortete. Sie hatte sich mittlerweile eingestanden, dass sie in absehbarer Zeit nicht wieder ausziehen würde. Oder vielmehr, dass sie wieder zu Hause eingezogen war. Den Panda hatte sie trotzdem nicht ausgeräumt, denn es gefiel ihr eigentlich ganz gut, nur ein paar wenige Habseligkeiten bei sich zu haben. »Besitz belastet«, das war einer von Bernds Lieblingssprüchen gewesen. Erst nach einer Weile hatte Marie verstanden, dass er das vor allem deshalb gesagt hatte, weil er sie nicht ständig um Erlaubnis hatte bitten wollen, wenn er mal wieder ihre Joghurts aufzuessen gedachte. Doch seit sie wieder daheim wohnte und ihr Hausstand in einen Wäschekorb passte, war ihr klar, was darüber hinaus dahintergesteckt hatte: Wenn man keine Wohnung hatte, musste man sich auch keine Gedanken über die Miete machen. Praktisch, irgendwie.

Also hatte sie am vergangenen Samstag, an jenem Tag, da der Neuzugang zu den Schröders gestoßen war, ihre wenigen Sachen, die sie in Tinas Zimmer ausgebreitet hatte, in einen Wäschekorb gepackt. Dann war sie die Kellertreppe hinabgestiegen und hatte sich auf die aufblasbare Doppelmatratze gelegt, die ihr Vater ihr bereitgestellt hatte. Er selbst hatte Annette in der Zwischenzeit geholfen, ihr Hab und Gut, samt und sonders in Louis Vuitton verpackt, in den ersten Stock hinaufzubringen, und Marie war beinahe froh gewesen, die aufgeregten Stimmen, die zu ihr ins Untergeschoss drangen, nur mehr aus der Ferne hören zu müssen.

Damit es nicht allzu trostlos aussah in ihrer provisorischen Bleibe – denn selbst bei optimistischer Betrachtung war und blieb es ein Kellerraum –, hatte sie vier leere Weinkisten aus dem benachbarten Heizungsraum geholt, aufeinandergestapelt und ein altes Batiktuch darüberdrapiert. Jetzt fanden ihr Handy, das Buch, das sie gerade las, ihr Laptop, ein paar Kosmetikprodukte und Klamotten darin eine neue Heimat. Die Kommode, die sie im Gartenhäuschen gefunden hatte, hatte sie gestern abgeschliffen und grundiert. In abgetöntem Grau sah das Möbelstück jetzt schon viel besser aus als vorher. Nun würde sie nur noch das Gelb und das Hellblau auftragen und die Griffe der Schubladen ersetzen – et voilà, fertig wäre das schmucke Supermöbelstück, und ihr improvisiertes Zimmer würde nicht mehr annähernd so kahl aussehen.

Sie stand vor dem Weinkistenregal und betrachtete den Bilderrahmen, der ganz zuoberst thronte. Darauf waren Sanne und sie selbst zu sehen, vor knapp zehn Jahren. Auf dem Foto standen die beiden an einer Klippe irgendwo an der kalabrischen Küste mit Blick auf Sizilien, am Horizont fuhr gerade ein Kreuzfahrtschiff durch die Straße von Messina, und Möwen kreuzten am Himmel. Das Foto schleppte Marie nun schon seit neun Jahren mit sich herum – neun Jahre, in denen sie weder Sanne noch Italien wiedergesehen, geschweige denn die Freundin auf Sizilien besucht hatte. Neun Jahre, in denen weder ihr Leben noch sie selbst sich wesentlich verändert hatte. Und jetzt wohne ich sogar wieder bei meinen Eltern, dachte sie mit dem ihr altbekannten Geschmack im Mund.

»Und wie ist es in deinem neuen Reich?«, fragte Sanne und holte sie wieder in die Gegenwart zurück. »Welches Zimmer genau haben sie denn an dich abgetreten?«

»Den Fitnessraum. Du weißt schon, wenn man die Treppe runterkommt, gleich rechts.«

»Ah, wo wir zum ersten Mal gekifft haben.«

Marie berührte mit der Zehenspitze das Brandloch im mausgrauen Teppich. »Ja, genau.« Sie musste unwillkürlich lächeln, als sie an den Abend vor mehr als fünfzehn Jahren dachte. Maries Eltern waren damals ins Kino gegangen, und Sanne hatte bei Marie übernachten dürfen. Das war natürlich die Gelegenheit gewesen, um allerlei verbotene Dinge auszuprobieren. Die teure Gesichtsmaske ihrer Mutter aus peruanischer Heilerde. Das eine oder andere Wässerchen aus der Hausbar. Und auch das klitzekleine Krümelchen Haschisch, das Marie in der großen Pause in der Raucherecke der Schule ergattert hatte. Glücklicherweise war Tina die ganze Woche über auf dem Pferdehof in Reiterferien gewesen und hatte sie nicht verpfeifen können – nicht zuletzt wegen des Brandlochs.

»Sieht es da immer noch so aus wie früher?«, wollte Sanne wissen. Sie kannte den Kellerraum nur zu gut, denn in ihrer Pubertät hatten sie und Marie sich oft dort unten verschanzt und ganze Wochenenden im Dunkeln verbracht, um bloß nicht mit der hochansteckend irren Familie in Berührung zu kommen.

Marie sah sich in dem etwa fünfzehn Quadratmeter großen Zimmer um. »Eigentlich schon. An der kurzen Außenseite liegt die Luftmatratze, außerdem hab ich noch Tinas Sitzsack aus ihrem Zimmer mitgenommen, bevor Annette sich dort breitgemacht hat.« Ihr Blick fiel auf die nackte Glühbirne, die von der Decke baumelte. »Aber hier war ja zum Glück auch nicht viel drin. Nur der Superstep 3000.«

Sanne lachte. »Den hat in zwanzig Jahren doch nie jemand benutzt.«

»Nein, der ist nur hier, damit meine Eltern sich einreden können, sie würden bald wieder Sport treiben.« Sie kicherte. Dann ließ sie sich in den weißen Sitzsack fallen. Die Styroporkügelchen in seinem Inneren knirschten. »Ehrlich gesagt, so schlecht ist es hier gar nicht. Das Zimmer ist größer als das von Tina. Außerdem sind die Wände nicht mit debil grinsenden Gäulen beklebt. Ich hab hier meine Ruhe. Und Handyempfang.«

Sanne klang plötzlich ernst. »Und wie lange willst du noch in Langweiler bleiben?«

»Das ist leider keine Frage des Wollens, sondern des Müssens.«

»Ich kann mir das ja gar nicht mehr vorstellen. Langweiler, dieses blöde Kaff!«

»Deswegen warst du ja auch schon so lang nicht mehr hier«, meinte Marie. »Wir haben uns seit einer Ewigkeit nicht mehr gesehen. Würde ich dich denn überhaupt noch wiedererkennen?«

»Ach, so viel hat sich bei mir gar nicht verändert. Ein paar zusätzliche Kilo und ein paar Jährchen mehr auf dem Buckel, ansonsten ganz die Alte. Sicherheitshalber kann ich dir aber in Zukunft noch ein paar von diesen fürchterlichen Schnappschüssen schicken, die Lucio immer von mir macht.« Sie lachte. »Weißt du, *cara,* was ich wirklich an dir bewundere?«

»Was kommt denn bitte jetzt?«

»Dass du dich nicht unterkriegen lässt. Dass du, selbst wenn dir das Wasser bis zum Hals steht, immer wieder einen Weg aus dem Chaos findest. Die Italiener sind genauso. Vielleicht fühle ich mich deswegen auf Sizilien so wohl.«

Marie schmunzelte. Im Gegensatz zu ihr selbst war ihre Freundin immer schon von der zupackenden Art gewesen – Sanne hatte entschieden, Marie entscheiden lassen. Sie waren wie füreinander geschaffen gewesen. Aktion – Reaktion. Dafür war Marie deutlich flexibler, wenn eine Situation sich änderte, und sie war dazu in der Lage, sich mit so manchem halbwegs leicht zu arrangieren. Weit besser als Sanne, die wiederum immer genau wusste, was sie wollte. Als sie damals Lucio begegnet waren, hatte sie Marie nach gerade einmal drei Minuten zugeraunt: »Dieser Mann wird mein Herz erobern«, und Marie hatte gesagt: »Wie schön, dass er auf dem Weg zu deinem Herzen mit der Stoßstange angefangen hat.«

Sie und Sanne waren nach dem Abitur auf große Italienreise gegangen, mit dem alten Opel Astra von Sanne. Lucio, der in einem schnittigen Sportwagen unterwegs gewesen war, hatte während der Fahrt im Fußraum nach seiner Sonnenbrille gesucht und war dabei den deutschen Mädels wesentlich näher gekommen, als sie es eingangs gut gefunden hatten. Sanne hielt nach der Kollision den Opel an, fluchte wie ein Bierkutscher und stieg aus, die Hand drohend erhoben. Die ersten zweieinhalb Minuten schrie sie in einer wilden Mischung aus Deutsch, Italienisch und kleinem Latinum auf den gut aussehenden Jüngling ein. Dann, als er sich in purer Verzweiflung die Sonnenbrille von der Nase riss und ein herzergreifendes »Mi dispiace!« gen Himmel jaulte, verstummte sie urplötzlich und starrte den Sizilianer in kurzen, abgerissenen Jeans und einem ärmellosen, verwaschenen Shirt einen Augenblick lang an. Eine halbe Stunde später war der Schaden der Versicherung gemeldet, der erste Espresso im Stehen an der Bar getrunken und Sanne für immer an Lucio und seine karge Heimat verloren.

Sie blieb auf Sizilien, während Marie mit dem Zug nach Hause fuhr, und weil es in Italien so üblich war, heiratete Sanne ihren *ragazzo* kurz darauf und ließ sich im Lauf der nächsten Jahre drei entzückende Babys von ihm machen, deren Bilder sie Marie in regelmäßigen Abständen schickte. Die Anrufe wurden seltener, doch anhand der Fotos von Filomena, Olivia und Roberto sah Marie die Jahre ins Land ziehen. Als die Freundin ein Bild der ersten Taufe schickte, wurde Marie in den AStA gewählt, und sie hatte gerade ihr Grundstudium abgeschlossen, als Olivia stolz der Kamera ihre erste Zahnlücke präsentierte. Zu Robertos drittem Geburtstag, das hatte sie Sanne hoch und heilig versprochen, hatte sie kommen wollen, ganz bestimmt, großes Ehrenwort. Doch dann waren die Studiengebühren eingeführt worden, und Marie hatte einen Zusatzjob im Studicafé annehmen müssen, und wieder war nichts aus dem Besuch auf Sizilien geworden. Die tausend Euro, die sie sich im vergangenen Jahr von ihren Eltern geliehen hatte, um endlich nach Italien zu kommen, hatte sie schließlich für einen neuen Laptop und eine Nachzahlung bei den Stadtwerken berappen müssen und war wieder nicht in den Flieger gestiegen.

»Und was ist jetzt der Plan?«, wollte Sanne wissen und riss Marie aus ihren Erinnerungen.

»In etwa so: Ich finde einen Job, dann eine Wohnung. Irgendwann später vielleicht auch wieder einen Mann. Aber das ist gerade nicht wichtig.« Sie dachte an Annette und Britta und ihre gescheiterten Ehen. Nein, sie würde sich beim nächsten Mal ausreichend Zeit lassen bei der Partnerwahl.

»Das klingt doch vielversprechend.«

»Ja. Nur leider sucht gerade niemand Kunsthistoriker und Kulturanthropologen. Das ist auch der WG der neuen Großfamilie Schröder nicht entgangen, in der ich unfreiwillig wohne.«

Sanne klang mitfühlend. »Ist es wirklich so schlimm?«

»Meistens nicht«, sagte Marie und war angesichts ihrer Antwort selbst ein wenig verwundert. »Eigentlich ist es von ein paar Momenten unsäglicher Qual hin und wieder sogar ganz lustig. Und Britta und Annette halten meinen Vater wenigstens so sehr auf Trab, dass er sich meinetwegen nicht den Kopf zerbrechen kann.«

»Ich kann mir vorstellen, dass …«, setzte Sanne an, doch dann wurde sie von lautem Kinderbrüllen unterbrochen. »Olivia!«, rief sie wütend. »Smettila di picchiarlo con la Barbie! Se non la pianti subito, la vedi brutta!« In das Heulen von Roberto, Sannes Jüngstem, setzte nun auch das Kreischen von Olivia ein, die die Meinung ihrer Mutter offenbar nicht ganz teilte.

Sanne seufzte über den Lärm hinweg. »Es tut mir leid, *cara*, aber ich muss mich um die Meute hier kümmern, bevor sie einander zu *ragú* verarbeiten. Ich melde mich, ja? Bis bald, halt die Ohren steif!«

Marie wollte noch etwas sagen, aber da war die Verbindung schon unterbrochen. Schade, sie hatte Sanne eigentlich noch von ihrer Begegnung mit Daniel Kessler erzählen wollen. Und dem seltsamen Gruß, den er ihr hatte ausrichten lassen. Aber wenn die *bambini* erst einmal zu brüllen anfingen, war an ein ruhiges Gespräch nicht mehr zu denken.

Nachdenklich legte sie das Handy auf die Weinkiste. Wie unterschiedlich ihr Leben und das von Sanne doch verlaufen waren. Inzwischen saß ihre Freundin auf Sizilien, umringt von drei schwarzhaarigen Kindern mit olivfarbener Haut, vergöttert von ihrem Mann und geliebt von seiner italienischen Großfamilie. Und Marie? Ach, es gab Gedanken, die dachte man lieber nicht zu Ende.

Marie öffnete die Zimmertür und stieg hinauf ins Erdgeschoss. Aus der Küche klapperte es, ihre Mutter bereitete gerade das Abendbrot zu. Seit sie und ihr Mann nicht mehr nur zu zweit waren, fuhr sie beinahe täglich zum Supermarkt, um Lebensmittel einzukaufen. Nicht, dass man die Massen, die Maries Mutter herbeischaffte, im Hause Schröder auch nur annähernd hätte vertilgen können. Aber das war Erika vollkommen gleich.

Marie beobachtete aus dem Türrahmen, wie ihre Mutter beschwingt eine Platte mit Aufschnitt belegte. Dabei pfiff sie ein lustiges Liedchen und schien ganz in Gedanken versunken zu sein. Als Marie sich räusperte, zuckte sie zusammen.

»Gott, hast du mich erschreckt! Warum schleichst du dich denn so an?«

»Ich schleiche nicht. Ich mache nur nicht so einen Krach wie der Rest der Meute.«

Aus dem Garten klang meckerndes Lachen aus zwei Frauenkehlen, wie um Maries Worte zu bestätigen.

»Rufst du die anderen zum Essen?«, bat Erika Schröder und drückte Marie ein Tablett mit einem Glas saurer Gurken, Paprikastreifen, gesalzener Butter und einem Körbchen Graubrot in die Hand.

Marie verließ damit die Küche und rief nach draußen: »He, ihr Hühner, es gibt Essen.«

Das Gegacker wurde lauter. Offenbar hatten sich die Damen in Bewegung gesetzt. Sowie sie den Tisch fertig gedeckt hatte, kamen Britta und Annette in Flipflops ins Esszimmer geschwebt, jede mit einer Champagnerflöte in der Hand, in der eine hellgelbe Flüssigkeit blubberte. Nicht nur Brittas Stimmung hatte sich verändert, seit Annette da war. Auch äußerlich schien die Ältere der beiden Einfluss auf die Jüngere auszuüben. Anstelle von geringelten, hochgeschlossenen T-Shirts mit kegelnden Mäusen oder grinsenden Eichhörnchen trug sie mittlerweile am liebsten einen feuerroten Bikini, darüber einen bunt gemusterten Hauch von Nichts, das – wie Annette ihnen allen erklärt hatte – ein Strandkleid darstellen sollte. Für Monaco mochte das vielleicht stimmen, was aber Langweiler betraf, war es nicht mehr als ein durchsichtiges Irgendwas, das zu viel verriet und zu wenig bedeckte.

Marie war nicht entgangen, dass in den vergangenen Tagen erstaunlich oft diverse Nachbarn bei den Schröders vorbeigeguckt hatten – angeblich, um einen falsch zugestellten Brief oder ein Päckchen abzugeben, um über die Buchsbaumhecke zu sprechen, die ihre Grundstücke trennte, oder einfach, um eben wieder mal auf einen Schwatz vorbeigekommen zu sein. Offenbar hatte sich herumgesprochen, dass es im Rosengarten 7 allerhand zu sehen gab. Inzwischen störten die neugierig über die Hecke ragenden Köpfe niemanden mehr – am allerwenigsten Annette. Sie genoss die Aufmerksamkeit sichtlich und begrüßte jeden neuen Spanner mit einem freundlichen: »Huhu!«

»Hallo, hallo, hallo«, rief Annette, als sie Marie erblickte. »Da ist ja unser Kellerkind.«

Das war ein Scherz. Bestimmt war es das. Marie, die den Nachmittag – außer am Telefon mit Sanne – damit verbrachte hatte, im Internet nach neuen Stellenangeboten zu fahnden, verkniff sich einen Kommentar.

»Wie geht es dir? Wie war dein Tag? Wir waren ja so fleißig«, flötete Annette und drehte sich dann zu Britta um. »Waren wir nicht fleißig?«

Britta nickte. »Ja, wir haben einen …«

»Psst, nicht verraten! Wir warten, bis der Chef da ist.«

»Der … *Chef*?« Marie traute ihren Ohren nicht. »Und wer soll das bitte sein?« Sie ahnte Fürchterliches.

»Ist sie nicht süß? Sie ist doch süß«, meinte Annette und lachte. »Dein lieber Herr Papa natürlich, der uns so freundlich bei sich aufgenommen hat.«

Maries Mutter kam mit einem großen Holzbrett, auf dem sich geschätzte siebzehn verschiedene Sorten Käse befanden, ins Esszimmer. Als sie Annette und Britta erblickte, blieb sie wie angewurzelt stehen. »Ist es draußen wirklich noch so warm?«, fragte sie. Marie war sich sicher, dass sie die Einzige war, die den skeptischen Unterton in der Stimme ihrer Mutter gehört hatte. Erikas Blick wanderte über Brittas bronzefarbene Haut und Annettes durchtrainierten Körper. Maries Mutter war alles, nur nicht bronzefarben oder durchtrainiert. Sie war eine weiche Frau, mit Kurven und Rundungen und einem flotten Kurzhaarschnitt, und sie trug gern knallige Farben und große Muster, weil die von dem einen oder anderen »Pölsterchen«, wie sie es nannte, ablenkten. Zwei halb nackte Bikinischönheiten waren nicht unbedingt das, was sich Erika Schröder am Abendbrottisch wünschte, das konnte Marie sich denken.

Ihr Vater hingegen – auch das war in der letzten Woche klar geworden – schien sich mit dem spontanen Familienzuwachs weit besser zu arrangieren, seitdem Annette und vor allem Britta ihn Abend für Abend unter verzücktem Gurren und Säuseln an der Haustür begrüßten, ihm die Aktentasche abnahmen, die Pantoffeln hinstellten, ein kühles Bier in die Hand drückten und ihn ausfragten, wie sein viel zu langer und gewiss anstrengender Tag als Weltenretter und Supermann gewesen sei.

»Wollt ihr euch noch umziehen?«, fragte Marie die zwei Bikinigrazien, erntete aber nur ungläubige Blicke.

»Wieso? Ist das nicht ein super Sommeroutfit?«, fragte Annette und sah an sich hinunter.

Maries Mutter ließ das Holzbrett ein bisschen zu laut auf den Esstisch fallen, als dass es unabsichtlich geschehen wäre.

Der Camembert erzitterte. Doch noch ehe sie irgendetwas sagen konnte, rasselte ein Schlüssel in der Eingangstür.

»Ich bin zu Hause«, rief Maries Vater.

»Der Chef ist da«, rief Britta hocherfreut und flitzte vor Annette her in den Flur hinaus. Das Einzige, was die beiden im Esszimmer zurückließen, war die unverkennbare Note des süßlichen Parfüms, das Annette immer benutzte. Und ein trockener Kommentar vonseiten Maries.

»Der *Chef?*«

Marie sah ihre Mutter an, die ihren Blick auffing und murmelte: »Ist wohl eine Frage der Perspektive.«

In diesem Augenblick kam Olaf Schröder mit den beiden Paradiesvögeln im Schlepptau ins Esszimmer. Er genoss es sichtlich, dass die Damen um ihn herumscharwenzelten und seine Ankunft feierten. Britta nahm ihm die Tasche ab, und Annette wies ihm den Platz am Kopfende des Tisches zu.

»Kinder, wir müssen anstoßen«, verkündete sie.

»Worauf?«

»Britta hat heute ihre Scheidungspapiere fertig gemacht und beim Anwalt eingereicht. Ich finde, das ist ein Grund zum Feiern. Findet ihr nicht auch?«

Marie sah zu Britta hinüber. Sie rechnete fast mit einem neuerlichen Nervenzusammenbruch, war aber umso überraschter, als sie sah, wie entschlossen Britta wirkte.

»Annette hat recht, wenn sie sagt, dass ich mich nicht länger unter Wert verkaufen soll«, sagte sie mit bemüht fester Stimme.

Doch Marie ahnte, dass Brittas Augen gleich feucht würden. So richtig überzeugend hatte das noch nicht geklungen. Aber es war ein guter Anfang, und Annette war ja auch erst seit ein paar Tagen da. Wer vermochte schon zu sagen, welche Metamorphose Britta noch durchlaufen würde, wenn die beiden noch mehr Zeit miteinander verbrächten?

»Ich hab ihr meine Scheidungsanwältin empfohlen«, berichtete Annette weiter. »Renate von Kummerberg ist die Beste auf ihrem Gebiet. Leonard kennt sie noch aus dem Studium.«

»Himmel, wie jung ist die denn?«

»Nein, nein …« Annette lächelte Marie nachsichtig an. »Sie hat die Vorlesungen gehalten.«

Oh. Eine Koryphäe in Sachen Trennung. Wenn das mal nicht vielversprechend klang.

Annette verteilte gefüllte Champagnergläser, und Olaf Schröder hob sein Glas. »Also dann, meine liebe Britta, ich gratuliere dir zu diesem Erfolg.«

Britta sah Olaf dankbar an. Die Runde stieß miteinander an, jeder nahm einen Schluck, dann setzten sie sich. Schampus und Graubrot, dachte Marie. Das Beste aus sämtlichen Welten.

»In Monaco haben wir den auch immer getrunken«, sagte Annette mit einem anerkennenden Blick auf ihr Glas. »Ein guter Jahrgang. Und so preisgünstig, nur dreihundert Euro die Flasche!«

Marie, die gerade erneut an ihrem Glas genippt hatte, verschluckte sich und musste husten. »Dreihundert?« Das war mehr, als sie in den vergangenen zwei Wochen mit dem Verkauf all ihrer beweglichen Güter auf eBay zusammenbekommen hatte. Mit den paar Kröten, die sie auf ihrem Sparbuch gefunden hatte, hatte es gerade so gelangt, um ihre Schulden bei der WG zu tilgen. Immerhin diese Sorge war sie endlich los.

Sie stellte das Glas zurück auf den Tisch und musterte die Flüssigkeit argwöhnisch.

»Man gönnt sich ja sonst nichts«, rief Annette und lachte. »Oder was gönnen wir uns sonst?«

»Nichts«, kicherte Britta und strich über ihr bunt bedrucktes Strandkleid.

»Guten Appetit jedenfalls.« Erika Schröder hatte die ganze Zeit geschwiegen. Die ausgelassene Stimmung schien ihr sauer aufzustoßen, doch nun griff sie beherzt in den Brotkorb. »Bedient euch.«

»Keine Kohlehydrate für uns, danke«, sagte Annette und zog den Teller mit den Paprikastreifen näher an sich heran. »Wir specken ein bisschen ab.«

Drei Schröders hielten in dem, was sie gerade getan hatten, abrupt inne und starrten abwechselnd Annette und Britta an, die einträchtig nebeneinander auf der Bank saßen und glückliche Gesichter machten.

»Abspecken?«, fragte Marie ungläubig. »Wo wollt ihr den abspecken?«

Die beiden Damen sahen einander an.

»Also, da gibt es schon die eine oder andere Stelle«, sagte Annette und zwickte sich durch den durchsichtigen Stoff in den flachen Bauch.

Erika Schröder hatte aufgehört zu kauen. Mit immer noch vollen Backen und weit aufgerissenen Augen sah sie erst auf den schmalen Hautwulst, den Annette zwischen den Fingern flach quetschte, dann auf die Stulle in ihrer Hand hinab. Schließlich wanderte ihr Blick auf ihren eigenen üppigen Busen, der fast schon auf der Tischplatte lag. Sie schluckte den Bissen angestrengt hinunter. »Mahlzeit.«

Marie konnte es ihr nicht verdenken. Gerade noch hatte ihre Mutter sich für ein Abendessen in illustrer Gesellschaft abgestrampelt, doch jetzt saß sie schweigend da und musste mitansehen, wie die Eckpfeiler ihres gut aufeinander eingespielten Familienlebens demontiert wurden. Das Abendessen war im Hause Schröder ein Pflicht- und kein Diätprogramm. Wenn das weitere Zusammenleben mit den Grazien von nun an so aussehen würde, wäre Erika mit Sicherheit nicht sonderlich erpicht darauf.

Olaf Schröder sah währenddessen munter in die Runde. »Das ist eine ganz hervorragende Idee. Ein bisschen in Form kommen, bevor es über die Weihnachtstage wieder etwas mehr wird. Hmm? Erika? Was meinst du? Da machen wir doch mit, oder nicht?«

Britta errötete leicht und legte ihm die Hand auf den Unterarm. »Aber, Olaf, *du* hast das doch nicht nötig!«

Marie sah verstohlen zu ihrer Mutter hinüber, die ihren Blick erwiderte. *Du* nicht? Wer denn dann? Blieben ja nicht mehr allzu viele übrig. Aus purem Trotz nahm sich Marie noch eine dritte Scheibe Salami.

»Doch, doch, Kinder«, sagte Olaf Schröder und schob demonstrativ seinen Teller von sich weg. »Ab heute essen wir abends keine Kohlehydrate mehr.«

Marie lud sich in Windeseile den Teller voll. Ein Stück Appenzeller, zwei saure Gurken, eine Scheibe Schinken und sehr, sehr viel Brot – wer weiß, wie lange es das noch geben würde. Ihre Mutter schob sich derweil das zuvor üppig belegte Brot in den Mund und brachte mit vollen Backen hervor: »Vergiff ef.«

»Wie Britta schon gesagt hat«, nahm Annette den Faden wieder auf. »Olaf, du musst nicht abspecken, du bist genau richtig so, wie du bist.« Jetzt legte auch sie ihm vertraulich die Hand auf den Arm. »Aber falls du uns wirklich unterstützen willst, dann fang doch bitte erst morgen damit an. Wir haben nämlich noch eine kleine Überraschung für dich, nicht wahr?« Sie zwinkerte Britta zu.

»Eine Überraschung?« Maries Vater sah begeistert zu seiner Frau. Die jedoch bestrich mit allerhöchster Konzentration die nächste Brotscheibe zentimeterdick mit Frischkäse und hob nicht mal den Blick.

Britta quiekte. »Ich hol sie, ich hol sie!«

»Sie?« Marie sah ihr entsetzt nach. Etwa noch eine Frau?

Im selben Moment kam Britta auch schon wieder aus der Küche, und in den Händen hielt sie eine Kuchenplatte, auf der ein riesiger Kuchen thronte. »Tada!«

Olaf Schröder applaudierte, und Annette schmiegte sich an seine Schulter.

»Als Dank für deine Gastfreundschaft. Sie hat einen Käsekuchen gebacken – nur für dich. Sie meinte, es sei ihr eine *Herzensangelegenheit* gewesen.«

»Ohne Boden«, verkündete Britta mit vor Aufregung inzwischen puterroten Wangen.

»Donnerwetter«, sagte Olaf Schröder.

»Hmpf«, machte seine Frau.

»Und ohne Rosinen«, fügte Annette hinzu. »Ist das nicht toll? Ich finde das toll.«

Maries Vater schien im siebten Tortenhimmel zu schweben. »Ist das denn die Möglichkeit?« Er sah zu seiner Frau. »Sie haben einen Käsekuchen gebacken, genau wie ich ihn mag.« Ganz offensichtlich war er baff.

Erika Schröder kniff die Augen zusammen. »Wie schön für dich«, zischte sie.

»Also, ich mag ihn ja lieber *mit* Boden und Rosinen«, sagte Marie mit einem flüchtigen Seitenblick auf ihre Mutter. Was natürlich nicht stimmte. Sie hasste beides, aber ihre Mutter bestand seit Jahrzehnten darauf, dass das Käsekuchenrezept, das sie von ihrer Großmutter bekommen hatte, nun mal sowohl einen dünnen Mürbeteigboden als auch Rosinen beinhaltete. Seit Marie denken konnte, führten ihre Eltern deswegen Diskussionen. Doch die derzeitige Situation am Abendbrottisch schien diesem ewigen Thema eine ganz neue Dimension zu verleihen.

»In einen echt preußischen Käsekuchen gehören Rosinen. Und er wird mit Boden gemacht«, verteidigte sich Erika Schröder beleidigt und klatschte sich eine Schreibe Schinken aufs Brot, das mittlerweile aus doppelt so viel Belag wie aus Unterlage bestand.

»Das ist doch Unsinn, Erika«, konstatierte Annette. »Käsekuchen kann man machen, wie man will, es gibt doch keine internationale Käsekuchenverordnung.«

Einhelliges Lachen von Olaf und Britta.

Erika Schröder mahlte mit den Kieferknochen. Marie biss in eine saure Gurke und malte sich aus, wie es in diesem ehrenwerten Haus wohl weitergehen würde. Nach nicht mal einer Woche hatten sich die anwesenden Damen am Heiligen Gral der Familie Schröder vergriffen: dem Abendbrot. Und dann auch noch am Käsekuchen. Was würde als Nächstes kommen? Die Plünderung der Konten? Die Heiligsprechung des selbst ernannten Familienoberhaupts? Olaf Schröder schien die Aufmerksamkeit und Unterstützung, die ihm zuteilwurde, in vollen Zügen zu genießen, aber war ihm wirklich bewusst, welchen Ärger er sich auf lange Sicht damit einhandeln konnte? Diese zwei Groupies vermochten ein stabiles familiäres Gefüge auf Dauer tatsächlich ins Ungleichgewicht zu bringen, dämmerte es Marie, und plötzlich wurde ihr ganz flau im Magen. Was, wenn sich ihre Eltern darüber entzweiten? Vielleicht hatten sie bislang einfach nur Glück gehabt? Es war schließlich nicht so, dass es nicht vorkäme, dass Paare sich auch noch nach Jahrzehnten scheiden ließen. Quod erat demonstrandum. Was, wenn Maries Vater Käsekuchen ohne Boden plötzlich so viel besser gefiele, dass er sich von seiner Frau trennte und sich der übereifrigen Bäckerin zuwandte?

Marie sah zu, wie ihr Vater nach einem Messer griff und den Kuchen anschnitt. »Wenn ihr den Kuchen wirklich nur mir zuliebe gebacken habt, Mädels, dann stelle ich die Diät selbstverständlich noch einen Tag zurück. Aber nur, wenn ihr ein Stückchen mitesst.«

»Na gut«, sagte Britta und strich sich verlegen eine Haarsträhne hinters Ohr. »Aber nur, weil du es bist.«

»Pff«, machte Erika Schröder und beobachtete misstrauisch, wie die Damen sich je ein ziemlich großes Stück Kuchen auf ihre Teller legen ließen.

»Hmm, köstlich«, sagte Maries Vater, nachdem er sich die erste Gabel in den Mund gesteckt hatte. »So fluffig, so zart, und diese Säure ... einfach großartig! Der beste Käsekuchen ...«

Seine Ehefrau räusperte sich vernehmlich, und kurz sah Olaf Schröder verwirrt auf. Marie legte den Kopf schief und sah ihren Vater herausfordernd an.

»... *fast* der beste Käsekuchen, den ich je gegessen habe«, beeilte er sich zu sagen. »Oder so: der beste Käsekuchen ohne Boden.«

Die Damen kicherten. Nur Maries Mutter drohte jeden Moment Dampf aus den Ohren zu pusten.

»Aber wir haben heute wirklich Grund zu feiern«, sagte Olaf Schröder unbeeindruckt. »Britta hat ihre Papiere zusammen und mir zu Ehren einen Kuchen gebacken – und Marie hat endlich ein Vorstellungsgespräch.«

Schlagartig herrschte Ruhe am Tisch. Alle sahen Marie an.

»Ist es die Möglichkeit?«, durchbrach Annette die Stille.

»Glückwunsch!«, rief Britta.

»Und du erzählst gar nichts?«, fragte Maries Mutter vorwurfsvoll.

Ihr fehlten die Worte. »Ich habe *was*?«

»Ein Vorstellungsgespräch.«

Wieso sah ihr Vater auf einmal so stolz aus?

»Und wo?«

Sie überlegte. Von den drei Bewerbungen, die sie verschickt hatte, war keine Rückmeldung gekommen, und ansonsten hatte sie nicht allzu viel unternommen – es gab einfach kaum Stellen, die auf sie gepasst hätten. Wie also war sie in den fragwürdigen Genuss eines Vorstellungsgesprächs gekommen? Und wieso wusste ihr Vater davon, wenn sie selbst keine Ahnung …

»Bei Hans-Dieter. Der war mir noch einen Gefallen schuldig.« Olaf Schröder schien überaus zufrieden mit sich zu sein.

»Aber, Olaf, du kannst doch nicht …«, setzte Erika Schröder an, doch ihr Einwand wurde prompt dem Erdboden gleichgemacht.

»Und ob ich kann. Sonst sitzt sie im Frühling immer noch hier rum, und wann kriege ich dann mein Arbeitszimmer? Ich hab Hans-Dieter gefragt, und er kann jemanden gebrauchen.«

Marie schnaubte. »Papa, du kannst mich doch nicht einfach so bewerben – ohne mein Einverständnis.«

»Und wie ich kann. Siehst du ja.« Er hob das Glas und stieß mit Annette und Britta an.

»Aber das ist doch toll. Manchmal braucht man doch einfach nur einen Schubs in die richtige Richtung«, sagte Britta und lächelte scheinheilig.

»In die richtige Richtung?«, fuhr Marie sie an. »Hans-Dieter hat einen Malerbetrieb!«

Sie war fassungslos. Nicht allein, dass ihr Vater eigenmächtig entschieden hatte, sie bei seinem alten Kegelfreund fremdzubewerben, nein, dieser Hans-Dieter war auch noch Malermeister – und das hatte nun wirklich nichts mit ihren Interessengebieten zu tun. Und überhaupt – sie war doch nicht wieder zu Hause eingezogen, damit sie sich von ihrem Vater wie eine Fünfjährige behandeln lassen musste.

»Malerbetrieb, papperlapapp! Sei mir lieber dankbar.«

»Dankbar?« Maries Stimme überschlug sich fast. »Aber ich will doch gar nicht Malerin werden.«

Jetzt wurde es Olaf Schröder offenbar zu bunt. Mit Nachdruck stellte er sein Schampusglas auf dem Tisch ab. »Das ist wirklich das Allerletzte, Marie. Ich hab mir tagelang den Kopf darüber zerbrochen, was dich interessieren könnte. Dass du gern malst, wissen wir alle. Also warum nicht mal bei einem Maler reinschnuppern? Das ist doch allemal besser als diese unbezahlten Praktika, von denen du uns neulich erst wieder erzählt hast. Und wie gesagt, Hans-Dieter war mir noch was schuldig. Also bedank dich lieber mal bei deinem alten Herrn, dass er dir diese berufliche Perspektive eröffnet hat.« Er sah Britta und Annette an. »Oder findet ihr das nicht nett von mir?«

Die beiden Angesprochenen nickten um die Wette. »Sehr nett sogar«, geiferte Annette.

»Also, ich wär froh, einen solchen Mann … äh … Vater zu haben«, sagte Britta und machte ein sehnsüchtiges Gesicht.

»Na, wenn das so ist«, rief Marie wutentbrannt, »dann ziehe ich eben wieder aus.«

Zugegeben – durchdacht war diese Reaktion nicht gewesen. Aber so richtig viel Spielraum war ihr nach Abzug sämtlicher Annehmlichkeiten des Lebens auch nicht geblieben.

»Man soll den Tag nicht … Na, also, darauf sollten wir nun aber wirklich anstoßen«, rief ihr Vater zufrieden und hob erneut das Glas.

9

Ich glaub, der tickt nicht mehr ganz richtig«, rief Marie. Sie ließ sich in ihrem Kellerraum auf den Sitzsack fallen, nur um gleich darauf erneut aufzuspringen. »Bei dem piept's wohl! Ich – in einem Malerbetrieb! Na klar – und was kommt als Nächstes? Dass Papa mir morgens die Socken rauslegt oder was?«

»Ich glaube, er meint es nicht böse«, sagte ihre Mutter zerknirscht. »Du weißt doch, wie er ist …«

»Na und?«, rief Marie aufgebracht. »Das ist doch keine Entschuldigung für sein Verhalten. ›Sorry, ich bin eben so.‹ Das hat noch nie geklappt, Mama, und mittlerweile bin ich echt zu alt für diesen Scheiß.«

Frau Dr. Müller-Friese wäre sicher nicht stolz auf mich, wenn sie mich jetzt sehen könnte, dachte Marie grimmig. In unzähligen Sitzungen hatten sie über das nicht ganz unkomplizierte Verhältnis zu ihrem Vater gesprochen, über seine Erwartungen, die er speziell an sie, die Ältere, richtete. Sie hatten verschiedene Techniken der Distanzierung durchdiskutiert, und immerzu hatte Marie sich das Mantra vor Augen halten müssen: Es ist *mein* Leben. Es ist *mein* Leben. Es ist *mein* …

»Das ist nun mal seine Art, das weißt du doch. Er hat es einfach nicht so mit Diplomatie«, nahm ihre Mutter das Gespräch wieder auf.

»Oder mit Feingefühl. Takt. Sensibilität. Empathie.« Aufgebracht tigerte Marie in dem kleinen Raum auf und ab. Die

Wut blubberte geradewegs aus ihr heraus. Von ihrem Vater hatte sie sich über die Jahre schon einiges bieten lassen müssen, aber mit dieser Aktion hatte er das Fass zum Überlaufen gebracht. »Ich ziehe aus. Heute noch.« Sie machte einen großen Schritt auf das Weinkistenregal zu, bereit, das Nötigste zu packen und sich auf Nimmerwiedersehen aus diesem Irrenhaus zu verabschieden. Der Vorteil von wenig Gepäck: Der Auszug würde nur Sekunden dauern.

»Marie-Luise Schröder, das wirst du nicht tun!«

Marie war zu erstaunt, um etwas zu entgegnen.

Als Erika Schröder fortfuhr, sprach sie ein wenig leiser. »Du bleibst hier. Wo willst du denn auch hin? Das ist doch Quatsch, Mäuschen!« Noch einmal senkte sie die Stimme. »Und du kannst mich hier auch nicht so einfach alleinlassen.«

»Wieso alleinlassen?«

»Na, mit Annette und Britta. Ich will ja nicht sagen, dass ich mich nicht darüber freue, dass sie da sind, aber … Ich brauche wirklich ein wenig Unterstützung. Sonst öffnen sie ihm bald im Evakostüm die Tür. Und das verkrafte ich nicht. Ich hab doch keine Chance gegen die beiden.«

Marie schnaubte. »Dann bitte sie doch auszuziehen.«

»Das geht nicht«, sagte ihre Mutter und schüttelte den Kopf. »Sie sind doch gerade erst gekommen. Na ja, Britta ist schon ein bisschen länger hier. Aber die ist ja auch sehr unselbstständig.« Sie räusperte sich. »Weißt du, wenn du heute Abend mit den beiden ausgehen würdest, dann könnte ich mal wieder Zeit mit deinem Vater verbringen. Das täte uns sicher ganz gut. Und du solltest dringend mal raus hier, um etwas Abstand zu bekommen.«

Marie musste an ihre düstere Vorahnung denken, dass ihre Gäste das sensible schrödersche Gefüge allmählich aus dem Gleichgewicht brachten. Vielleicht brauchten ihre Mutter und ihr Vater wirklich mal wieder etwas Privatsphäre – und vielleicht wäre dies eine gute Gelegenheit für ihre Mutter, dem Alten den Kopf zurechtzurücken. Auch in Maries Sinne.

»Okay«, sagte Marie halbwegs besänftigt. »Aber wo soll ich hin? Ist ja nicht so, als wäre Langweiler eine pulsierende Großstadt.«

Ihre Mutter legte nachdenklich den Kopf schief. »Annette und Britta wollen später noch nach Idar-Oberstein. Vielleicht können sie dich mitnehmen? Dann gehst du mal in deine alten Läden und triffst Freunde von früher, hmm?«

Freunde von früher? Die konnte sie an einer Hand abzählen – und garantiert würde sie keinem von ihnen in einer Kneipe in Idar-Oberstein über den Weg laufen. Aber egal, ihre Mutter hatte recht. Sie musste mal raus hier, brauchte einen Tapetenwechsel, ansonsten würde sie heute noch einen Mord begehen.

»Die Damen machen sich bestimmt gerade fertig. Um acht wollen sie los«, sagte Erika Schröder, und mit einem Lächeln im Gesicht fügte sie hinzu: »So ein Abend ohne Kinder … hatten wir seit Monaten nicht mehr.«

»Und du bist sicher, dass wir dich hier rauslassen sollen?«, fragte Annette, die eine Straße entfernt von *Eddies Ecke* gehalten hatte. »Ich würd hier ja nicht aussteigen wollen …«

»Doch, doch, ist super hier. Danke«, sagte Marie, die keine Lust hatte, wie eine Minderjährige aus dem Auto der Mutter zu steigen, und sich deswegen ein Stück entfernt absetzen ließ. »Und ihr? Was habt ihr vor?«, fragte sie und stopfte den Zwanzigeuroschein, den ihre Mutter ihr beim Hinausgehen heimlich zugesteckt hatte, in die Hosentasche.

»Och, einen Cocktail trinken, vielleicht an der Bar vom Meierhof«, sagte Britta. »Wir machen nicht allzu lang. Sind ja auch nicht mehr die Jüngsten.«

Sie lächelte schief, während Annette das Gesicht verzog und missbilligend den Kopf schüttelte. »Ist das nicht süß? Unsere Britta, immer so bescheiden. Wir gehen heute richtig Party machen! Wir sind in den besten Jahren – und wieder zu haben! Ist das kein Grund zum Feiern? Ich finde, das ist ein Grund zum Feiern.«

Marie entschied sich, dass sie genug über die Abendplanung der beiden Damen erfahren hatte. Zumindest würden sie nicht ins *Eddies* gehen, und das war das Allerwichtigste. Nicht dass es in Idar-Oberstein eine riesige Auswahl an Lokalitäten gegeben hätte, in denen man nach Einbruch der Dunkelheit noch hätte abhängen können. Das war bei Tageslicht schon schwer genug. Aber das Letzte, was Marie heute brauchen konnte, waren zwei unfreiwillige WG-Mitbewohnerinnen mittleren Alters in Flirtlaune, die in ihrem Revier zu wildern gedachten.

Sie verabschiedete sich von Britta und Annette, stieg aus und lief die wenigen Meter zum Eingang der Kneipe. *Eddies Ecke* war nicht gerade das, was man sich als Endzwanzigerin erhoffte, wenn man auf die Piste ging. Es war vielmehr eine urige Mischung aus Bar, Café, Kneipe, Billardklub, Dorfdisco und Spielhölle und die einzige Alternative für die ansässige Dorfjugend, wenn sie nicht bis Kaiserslautern ins *A6* fahren wollte. Das Publikum war seit Jahrzehnten dasselbe. Das hatte einerseits den Vorteil, dass man jeden kannte, andererseits aber auch den Nachteil, dass man jeden kannte. Aber die Partys – gerade an Karneval und an Heiligabend – waren legendär, das musste Marie zugeben. Bis vor ein paar Jahren war sie jedes Jahr im Februar sogar extra aus Köln gekommen, um auf die »Anti-Faschings-Party« zu gehen, eine groß angelegte Veranstaltung, die sich absichtlich und ganz bewusst gegen den rheinischen Wahnsinn in der sogenannten fünften Jahreszeit richtete.

Marie stieß die Tür zum *Eddies* auf und wurde quasi von einer Wolke Zigarettendunst verschluckt. Hier war die Welt noch in Ordnung, hier stank man noch angemessen nach Schnaps und Kippen, wenn man einen Abend lang an der Bar gestanden hatte – und nicht nach den noch viel widerlicheren Dingen, die in der Luft rauchfreier Bars herumschwirrten. Alter Schweiß. Billiges Parfüm. Abgestandenes Bier.

Hinter dem Tresen stand Micha. Der hat da schon in den Achtzigern gestanden, vermutete Marie. Damals hatte er den Laden übernommen. Warum er die Kneipe aber *Eddies* genannt hatte? Marie hatte keine Ahnung.

Micha hob die Hand, als er sie erblickte, und beugte sich über den Tresen zu ihr vor, um sie zu begrüßen. Es war schon einiges los in der Kneipe, und Marie musste sich über die Theke lehnen, um ihn zu verstehen.

»Marie, alte Hütte«, rief er. »Ich hab schon munkeln hören, dass du gerade Fronturlaub hast. Wie stehen die Aktien?«

»Alles bestens«, antwortete Marie – was gelogen war. Sie freute sich zwar über die nette Begrüßung, verspürte aber nicht das geringste Verlangen, vor dem Kneipier ihre deprimierende Lebensgeschichte auszubreiten. »Machst du mir ein Bier?«, fragte sie deshalb und legte den Geldschein auf den Tisch.

»Das übernehm ich«, sagte eine Stimme rechts von ihr.

Sie drehte sich um und blickte geradewegs in Daniel Kesslers Gesicht.

Na toll. Was machte der denn hier? Marie atmete tief aus. Die Geister ihrer Vergangenheit waren wirklich allgegenwärtig.

»Daniel. Hi«, sagte sie lahm und hob die Hand, um sie ihm zur Begrüßung hinzuhalten, doch er war schneller, beugte sich vor und drückte sie fest an sich. Herrgott, immer diese Zutraulichkeiten! Was war denn bitte schön passiert mit Daniel Kessler, dem Typen, der mal so cool gewesen war, dass in seiner Gegenwart die Raumtemperatur in den Keller rutschte?

»Freu mich, dich zu sehen«, rief er über den Lärm hinweg und schien es auch wirklich so zu meinen. »Micha, machst du mir auch eins?« Dann wandte er sich wieder Marie zu. »Hat deine Mutter dir meinen Gruß ausgerichtet?«

»Meine Mutter? Nö.«

Daniel verschränkte die Arme auf der Theke. »Kein Problem. Hast du dich denn gut eingelebt mittlerweile?«

»Eingelebt? Ich hab nicht vor zu bleiben.« Marie stand ebenfalls mit dem Gesicht zur Bar, damit sie Daniel nicht unentwegt anstarren musste – oder irgendjemand anderen im Raum, der sie womöglich wiedererkennen würde. Vielleicht hätte sie doch lieber zu Hause bleiben sollen.

Daniel lehnte sich leicht nach links und stupste sie mit dem Oberarm an. »Ich weiß. Hast du schon gesagt.«

Sie schwiegen. Micha stellte ihnen zwei Flaschen Bier vor die Nase, und ohne auf einen Trinkspruch zu warten, nahm Marie die Flasche in die Hand und nippte.

Daniel drehte sich um, so dass er nun mit dem Rücken zur Bar lehnte, die Ellenbogen auf dem Tresen abgestützt. Überraschenderweise unternahm er keinen Versuch, ein Gespräch zu starten. Das irritierte sie. War das nicht so üblich, dass man Konversation betrieb? Sie war sich nicht sicher, wie sie sich verhalten sollte. Einfach weggehen? Daniel ignorieren? Einen Schwank aus ihrer beider Jugend zum Besten geben? Oder etwa einen Schritt auf ihn zugehen? Aber sie hatte nicht *wirklich* vor, sich mit ihm zu unterhalten. Vielleicht war das Eremitendasein doch schädlich für die eigene Gesundheit, dachte sie. Zumindest für die geistige.

Sie nahm noch einen Schluck Bier. Aus dem Augenwinkel sah sie, wie Daniel ein paar Leuten zunickte, die vorbeischlenderten. Dann zog er sein Handy aus der Hosentasche und warf einen Blick aufs Display. Ah, genau. Er musste sich ja versichern, dass bei ihm zu Hause alles in Ordnung war. Dass seine Frau sich um den Kleinen kümmerte. Vermutlich hatte er heute seinen freien Abend, aber normalerweise saßen sie auf der Couch und sahen sich Serien im Fernsehen an. Gähn.

»Bist du öfter hier?«, fragte Marie, weil sie die Stille, die sich zwischen ihnen ausgebreitet hatte, nun doch nicht länger aushielt.

Daniel grinste. »Das war eigentlich immer mein Anmachspruch.«

Marie verdrehte die Augen. »Ha, ha.«

Er wurde wieder ernst und schüttelte den Kopf. »Nein, höchstens drei-, viermal im Jahr. Ist immer schwierig, von wegen Babysitter und so.«

»Babysitter?« Marie drehte sich halb zu ihm um.

Er nickte. »Ja, Oskar fremdelt ziemlich, vor allem bei Frauen. Du bist die Erste, die ihn ansprechen konnte, ohne dass er einen Schreikrampf bekommen hat. Tja, und jetzt rate mal, wie viele männliche Babysitter es in Idar-Oberstein und Umgebung gibt.« Er formte die Finger der linken Hand zu einer Null. »Zero.«

Marie runzelte die Stirn. »Wieso Babysitter? Kann denn nicht deine Frau …«

Sie hielt mitten im Satz inne, weil sie sah, wie Daniels Blick sich verdunkelte.

»Oder Freundin?«

»Das«, sagte er und starrte auf die Flasche in seiner Hand hinab, »ist ein sehr schwieriges Thema.«

»Okay. So schwierig, dass wir über was anderes reden sollen?«, fragte Marie.

Daniel seufzte. »Ach, was soll's. Irgendwann wirst du es ja sowieso erfahren. Langweiler ist immerhin ein Dorf.« Er drehte sich wieder zu ihr herum, so dass sie Arm an Arm nebeneinander an der Bar standen. Seine Bierflasche stellte er auf dem Tresen ab. Marie sah, dass er Teile des Etiketts abgepickelt hatte.

Daniel warf ihr einen unsicheren Blick zu, dann musterte er wieder die Maserung der Holztheke. Marie musste sich näher zu ihm beugen, als er mit gesenkter Stimme sagte: »Oskars Mutter hat uns verlassen, da war er gerade mal drei Monate alt.«

Ach du heiliger Strohsack, dachte Marie und nahm auf diesen Schreck erst mal einen großen Schluck Bier.

»Sie kam damit nicht klar. Damit, Mutter zu sein – aber auch mit dem Leben hier.« Er seufzte. »Vermutlich auch mit mir. Keine Ahnung, was am Ende den Ausschlag gegeben hat. Ich kann es ihr ja nicht einmal verübeln. Sie wollte immer weg, die Welt bereisen, an anderen Orten leben. Aber ich war ja gebunden, erst durch die Meisterschule, dann durch die Schreinerei. Und dann wurde sie auch noch ungewollt schwanger. Das war einfach zu viel.«

»Und dann … ist sie einfach gegangen?« Das kam Marie, obwohl sie von einem eigenen Kind so weit entfernt war wie von einer unbefristeten Stelle, tatsächlich grausam vor. »Hat ihr das nicht das Herz gebrochen?«

»Vermutlich. Sollte man meinen, oder? Und vielleicht war es ja auch so, ich weiß es nicht«, meinte Daniel. »Aber ihr Wunsch nach Freiheit war definitiv stärker als ihre Gefühle für Oskar. Oder sie hat sie verdrängt. Das kann natürlich auch sein.«

Sie schwiegen für einen Moment, und Marie nippte erneut an ihrem Bier. Dann gab Daniel Micha zu verstehen, dass er ein zweites haben wollte.

»Das heißt, du bist mit ihm allein, seit …«, nahm Marie das Gespräch wieder auf.

»Seit fast drei Jahren. Und ich find's toll.« Als er Maries erstaunten Gesichtsausdruck erblickte, fügte er hinzu: »Ja, ja, ich weiß, du kannst dir das nicht vorstellen – der obercoole Daniel Kessler wird zum Familientier. Guck nicht so«, sagte er und lachte, »ich weiß doch, welchen Ruf ich damals hatte. Aber es ist das Beste, was ich in meinem Leben bisher gemacht habe. Ohne Witz.«

»Krass«, sagte Marie, die sich nicht ansatzweise denken konnte, wie es sich anfühlen musste, Eltern zu werden. »Bist du deswegen in Langweiler geblieben?«

Mittlerweile war sie tatsächlich neugierig geworden. Offenbar hatte sie Daniel und sein bisheriges Leben vollkommen falsch eingeschätzt. Jetzt wollte sie wissen, wie das alles gekommen war.

Er schüttelte den Kopf. »Nein, das hat sich schon viel früher so ergeben.«

Micha stellte zwei weitere Flaschen Bier auf die Theke. Daniel nahm den letzten Schluck aus seiner fast leeren Flasche und griff nach der neuen.

»Ich hab meine ganze Schullaufbahn über gedacht, ich werde Fußballprofi.«

»Das dachten wir alle«, sagte Marie trocken.

»Tja, aber dann, nach dem Abi, ging es mit der Krankheit meines Vaters los. Speiseröhrenkrebs, eine ziemlich aggressive Form. Wir haben alles versucht, um ihn so lange wie möglich am Leben zu halten. Fünf Chemos, zahllose OPs. Es war furchtbar. Meine Mutter wäre damals fast zusammengeklappt. Da bin ich eben im Geschäft eingesprungen.«

»In der Schreinerei?«

Er nickte. »Erst war es nur eine Zwischenlösung. Ich dachte, ich mach erst mal die Ausbildung und seh dann weiter, meinen Eltern zuliebe. Aber dann hab ich gemerkt, dass Schreinern echt mein Ding ist. Dass es mir sogar fast so viel Spaß macht wie das Fußballspielen. Also hab ich beschlossen, den Laden nicht zu verkaufen, nachdem mein Vater gestorben war. Ich bin geblieben und hab den Meister gemacht. Später hab ich dann Stefanie kennengelernt. Tja, und nach zwei Jahren kam Oskar.«

Marie wusste nicht, was sie sagen sollte. Dass Daniel Kessler seinen großen Traum aufgegeben hatte, weil er sich um seinen Vater und den Betrieb hatte kümmern müssen, traf sie bis ins Mark – selbst wenn es ihr doch eigentlich hätte egal sein können.

Daniel fuhr sich mit den Fingern durch das dunkle, kurze Haar, dann sah er sie an. »Genug von mir. Jetzt erzähl du mal, wie es dir ergangen ist.«

»Also«, fing Marie an zu stammeln, »ich weiß wirklich nicht, ob ich dich damit behelligen sollte.« Ihre eigene Lebensgeschichte kam ihr plötzlich ganz furchtbar belanglos und banal vor.

Daniel verstand ihr Zögern völlig falsch. »Verschon mich nicht«, rief er lachend und stupste sie erneut mit dem Oberarm an. »Ich kann das ab, dass du jetzt eine total erfolgreiche Schriftstellerin bist oder Verlegerin oder was weiß ich. Also raus damit, ich bin nicht aus Zucker. Was hat es denn mit deiner Neuorientierung auf sich, von der du letztes Mal gesprochen hast?«

Marie schüttelte den Kopf. Und dann, bevor sie darüber nachdenken konnte, ob es richtig war, ja bevor sie selbst begriff, dass diese Gedanken schon länger in ihrem Kopf herumgegeistert waren, sagte sie leise: »Daniel, du verstehst das falsch. Ich habe gar nichts geschafft. Jedenfalls nichts Richtiges, nichts, mit dem ich heute etwas anfangen könnte. Eine erfolgreiche Autorin? Dass ich nicht lache. Ich bin ein Niemand. Ich habe gefühlte einhundert Semester studiert, und jetzt gehe ich auf die dreißig zu, bin Single und wieder bei meinen Eltern eingezogen.«

Daniel verzog das Gesicht zu einer Grimasse. »Uh, ins alte Kinderzimmer?«

»Wenn's nur so wäre«, sagte Marie mit wachsender Bitterkeit. »Aber nein, dort residiert Britta, eine Freundin meiner Eltern. Ich wohne im Keller. Im Keller! Ich habe neun Jahre lang studiert und mich ausbilden lassen, und mit dem Abschluss kann ich mir den Hintern abputzen.«

Marie hatte gar nicht bemerkt, dass sie sich in Rage geredet hatte. Nun hielt sie erschrocken inne. Es war schließlich immer noch Daniel Kessler, den sie hier mit ihrem bemitleidenswerten Leben vollquatschte – ausgerechnet ihn, der seine eigene berufliche Zukunft in die Tonne getreten hatte, um seinem Vater beizustehen, müllte sie gerade mit ihrem Psychomist zu. Sie kam sich noch schäbiger vor als noch vor wenigen Minuten.

Doch Daniel überraschte sie. Wieder einmal. »Das ist doch totaler Quatsch! Jedes Leben verläuft anders. Du wolltest immer studieren – ist doch super, dass das geklappt hat! Du hast deine Aufgabe im Leben einfach noch nicht gefunden, und deswegen tust du dich auch so schwer damit, deinen Platz zu finden. Ich hatte es da leichter. Mir wurde das alles einfach angetragen – und was für ein Arsch wäre ich gewesen, meinen Willen durchzusetzen und meinen Alten hängenzulassen?«

Er rückte ein Stückchen näher, so dass sein Oberarm ihren berührte. Erstaunlicherweise fühlte es sich nicht annähernd so seltsam an, wie sie noch vor einigen Tagen gemutmaßt hätte. Es fühlte sich vielmehr fast ... tröstlich an.

»Ich finde es echt mutig von dir, dass du wieder nach Hause gekommen bist. Zugegeben, das ist nicht ganz uneigennützig. Die Anzahl an coolen Leuten in Langweiler und Umgebung ist doch relativ begrenzt.« Demonstrativ sah er sich in der Kneipe um. »Aber mal ehrlich, ich ziehe meinen Hut vor dir. Zurückzukommen, wenn man mal weg gewesen ist, das ist doch viel, viel schwerer, als von vornherein einfach dazubleiben.«

Marie hatte die ganze Zeit verlegen an ihrer Bierflasche herumgespielt. Jetzt hob sie die Flasche und hielt sie Daniel zum Anstoßen hin. Sie sah ihm direkt in die Augen. »Ein Hoch auf die Daheimgebliebenen.«

Als er ihrem Blick begegnete, hatte Marie für einen kurzen Moment das Gefühl, einen Stromschlag verpasst zu bekommen.

»Und auf die Heimkehrer«, sagte er.

Sie stießen miteinander an.

Marie fehlten die Worte. Daniel war kaum wiederzuerkennen. Aber offenbar stimmte es doch, was die Leute immer sagten. Menschen konnten sich ändern. Und wenn es noch so unvorstellbar war.

Plötzlich wurde es laut im *Eddies*. Die Tür war aufgegangen, und ein Pulk neuer Gäste strömte herein. Daniel und Marie drehten sich gleichzeitig um – und Marie erstarrte. Im Eingangsbereich der Kneipe standen Annette und Britta und sahen sich suchend um. Als Annette Marie entdeckte, hob sie den Arm und winkte hektisch.

»Huhu!«, rief sie über die Köpfe der Anwesenden hinweg, was jeden Einzelnen dazu bewog, erst die Entourage am Eingang und dann Marie anzugaffen.

»Oh nein«, entfuhr es ihr.

»Das kannst du laut sagen«, ergänzte Daniel tonlos. Sein Blick blieb an einer Mädchenclique kleben, die sich hinter Annette und Britta ins Innere von *Eddies Ecke* geschoben hatte. Unter den vier jungen Frauen befand sich auch eine hochgewachsene Rothaarige, die in Maries und Daniels Richtung starrte und sich allem Anschein nach just in diesem Augenblick in eine Salzsäule verwandelte.

»Wer ist das?«, fragte Marie. Annette und Britta waren mit einem Mal vergessen.

Daniel drehte sich hastig zur Bar um. »Tut mir leid«, sagte er, dann exte er den Inhalt seiner Flasche und kramte einen Zehneuroschein aus der Hosentasche. Mit einem flüchtigen Lächeln in Maries Richtung stieß er sich vom Tresen ab, schob sich zwischen den dicht beieinanderstehenden Tischen hindurch zum Ausgang und quetschte sich an Annette und Britta, die sich soeben einen Weg in Richtung Tresen bahnten, und an der Mädchenclique vorbei hinaus ins Freie. Die große Rothaarige starrte demonstrativ auf die High Heels einer ihrer Freundinnen. Offenbar beratschlagten die beiden jetzt, ob sie womöglich eine andere Bar aufsuchen sollten. Auch ihr schien die Begegnung mit Daniel unangenehm zu sein.

Jede Wette, dass das eine Verflossene von Daniel ist, dachte Marie. Vielleicht sogar Oskars Mama – die roten Haare waren fast besser als jeder Gentest. Dann stutze sie. Aber das wäre ja fürchterlich – wenn die leibliche Mutter in unmittelbarer Entfernung zu ihrem Sohn lebte, ohne sich auch nur im Entferntesten für ihn zu interessieren. War sie nicht weggegangen, um die Welt zu bereisen?

Sie sah gerade noch, wie Daniel ins Freie hechtete und aus ihrem Sichtfeld verschwand. Doch selbst wenn er nicht so panisch aus dem *Eddies* geflohen wäre, hätte Marie nichts mehr erkennen können, denn vor ihr hatten sich inzwischen Britta und Annette aufgebaut und versperrten ihr die Sicht.

»Hallo, hallo, hallo«, flötete Annette sichtlich erfreut. »Na, ist das keine Überraschung?«

»Hmpf«, knurrte Marie. Sie verstand Daniels übereilten Aufbruch einfach nicht. Und sie musste sich eingestehen, dass ihr seine Anwesenheit wesentlich lieber gewesen war als die der Damen.

»Ist doch schön«, sagte Britta mit verklärtem Gesicht. »Jetzt gehen wir schon zusammen aus – ein bisschen so wie Schwestern. Ich hatte ja nie eine Schwester …«

»Entschuldigen Sie«, rief Annette über den Tresen Micha zu, »wir hätten gerne drei Gläschen Ihres besten Tropfens. Zur Feier des Tages.«

Micha nickte, dann holte er drei Flaschen Bier aus dem Kühlschrank und ließ sie auf den Tresen donnern. »Macht sieben fuffzich. Glas kost' extra.«

Annette riss kurz die Augen auf, dann kicherte sie. »Ach, dieser Pfälzer Humor … einfach unbezahlbar! Nehmen Sie auch American Express?«

10

Jetzt hör doch mal auf mit diesem albernen Sie. Ich kenn dich, seitdem du so groß warst.« Hans-Dieter hielt die Hand etwa einen Meter über den Boden.

»Okay. Hans-Dieter.«

Er lächelte. »Schon besser.« Dann lehnte er sich über die Tischplatte nach vorn. »Du willst doch nicht ernsthaft bei mir anfangen, oder?« Hans-Dieter machte eine vage Geste und betrachtete für einen kurzen Moment skeptisch sein eigenes Büro. Neben ein paar raumhohen Regalen befanden sich hier lediglich ein abgehalfterter, mit Papierstapeln übersäter Schreibtisch, auf dem ein altersschwacher Computermonitor stand, sowie einige Sitzgelegenheiten, die ebenfalls über und über mit Aktenordnern und Papierbergen beladen waren.

»Also, jemand für die Buchhaltung wäre vielleicht gar nicht verkehrt«, sagte Marie und musste an Britta denken. Ob die Bock auf so eine Arbeit hatte? Vermutlich nicht. Sie legte den Aktenberg, den sie auf dem Schoß balanciert hatte, seit sie ihn von der Sitzfläche gehoben hatte, neben sich auf den Boden.

Hans-Dieter riss die Augen auf. »*Kannst* du so was denn?«

Marie winkte ab. »Quatsch. Und selbst wenn, ich hab gar keine Lust auf so was. Zahlen hin- und herschieben, Rechnungen schreiben und abheften …« Sie erschauderte regelrecht.

»Warum bist du dann hier?« Hans-Dieter lehnte sich auf seinem Stuhl zurück und verschränkte die Arme vor der Brust.

Sie war verwirrt. »Mein Vater hat gesagt, du hättest mich zu einem Vorstellungsgespräch eingeladen.«

»Ich? Dich eingeladen?« Hans-Dieter beugte sich wieder nach vorn. »Wieso sollte ich das machen? Was will ich denn mit einer Kulturanthropodingsda in meinem Geschäft?« Er hob die dünne Mappe mit Maries Lebenslauf hoch, die sie ihm mitgebracht hatte, und ließ sie leicht verzweifelt wieder auf die Schreibtischplatte fallen.

»Tja, das fragen sich einige«, murmelte Marie.

»Aber es war doch ganz anders«, erklärte Hans-Dieter nun. »Dein Vater hat gesagt, du würdest dich total dafür interessieren, was jemand wie ich so macht, und dann hat er noch was von großem malerischen Talent gesagt. Natürlich, hab ich zu ihm gesagt, könntest du mal vorbeikommen, dann zeig ich dir meinen Job. Aber das war's auch schon.« Er sah immer noch ein bisschen verwirrt aus.

Marie schüttelte den Kopf. »Dieses Schlitzohr …«

Hans-Dieter zog die Augenbrauen hoch. »War doch klar, dass das nicht klappt, oder?« Er sah sich um. »Na ja, aber wenn wir schon mal dabei sind … Wo sehen Sie sich in fünf Jahren, Frollein Schröder?«

Marie kniff die Augen zusammen. »Ist das …«

»… ein Witz? Ja.« Hans-Dieter grunzte. »Als könnt ich dir noch etwas beibringen!«

Sie hielt inne. »Da gäbe es tatsächlich was«, sagte sie zögerlich. Und dann erzählte sie von ihrem Gartenhäuschenfund und dass sie die kleine Kommode bereits hellgrau grundiert hatte. »Jetzt bin ich mir allerdings nicht mehr sicher, womit ich weitermachen soll. Mit den Seiten oder oben?«

»Das kommt drauf an«, antwortete Hans-Dieter mit gewichtiger Miene. »Erzähl doch mal, was du genau vorhast.«

Marie tat wie geheißen, und nur wenige Augenblicke später waren die beiden in ein Gespräch über Pinselstärken,

Schaumstoffrollen, Farbkarten und Acryl- und Wasserbasislacke verwickelt.

»Wichtig ist vor allem, dass du die Oberfläche noch einmal abschleifst.«

»Hab ich doch schon gemacht«, sagte Marie.

»Auch die Grundierung muss noch einmal angeschliffen werden«, erklärte Hans-Dieter. Er schien regelrecht begeistert zu sein, dass der Besuch von Marie nun doch nicht ganz umsonst gewesen war. »Dann hält der zweite Anstrich besser. Was für einen Lack willst du denn nehmen? Hast du was aus dem Profibedarf?«

Marie winkte müde ab. »Ich nehm was aus dem Baumarkt.«

Hans-Dieter sah auf einmal ernsthaft beleidigt aus. »Das halte ich für eine *ganz* schlechte Idee.« Er stand auf. »Komm mal mit, Mädchen, ich zeig dir was.«

Er führte sie aus dem Büro hinaus ins Lager. Dort hielt er ihr einen gut fünfminütigen Vortrag, in dem diverse Fachbegriffe vorkamen, die Marie noch nie im Leben gehört hatte. Am Ende hatte sie trotzdem eines begriffen: Was man in Baumärkten dem gemeinen Endkunden unterjubelte, war großer Mist, und Hans-Dieter würde es persönlich nehmen, wenn Marie sich nicht die Farben, in der sie die kleine Kommode anstreichen wollte, von ihm anmischen ließe.

Eine geschlagene Stunde später war Marie auf dem Nachhauseweg. Ihre Bewerbungsunterlagen hatte sie tief in ihrer Umhängetasche vergraben. In der Hand trug sie eine Plastiktüte, in der zwei Lacktöpfchen, die Hans-Dieter ihr geschenkt hatte, und ein Echthaar-Pinselset steckten.

Da war der Besuch bei Papas altem Kumpel also tatsächlich doch für etwas gut, dachte sie und lächelte in sich hinein, auch wenn sie sich sicher war, dass ihr Herr Vater sich das irgendwie anders gedacht hatte. Was war nur sein Plan dahinter gewesen? Sie und Hans-Dieter hatten sich mit dieser Frage zwar beschäftigt, waren aber zu keinem zufriedenstellenden Ergebnis gekommen. Er hatte sich doch nicht allen Ernstes vorgestellt, sie würde in einem Malerbetrieb Arbeit finden? Oder doch? Ihm war ja einiges zuzutrauen … Sie würde ihn fragen, hatte sie beschlossen. Irgendwann. Vielleicht heute noch.

Marie lief den Roten Weg entlang und am Haus von Frau Berenz vorbei, ihrer alten Grundschullehrerin. Früher hatte ihr das dunkle Fachwerkhäuschen immer fürchterliche Angst eingejagt – was aber auch an der leicht gebückten Haltung der Lehrerin gelegen haben mochte und an der Tatsache, dass diese eine gigantisch große Warze auf der Zunge gehabt und diese Warze mit Vergnügen durch die Lücke zwischen ihren oberen Schneidezähnen geschoben hatte. Gruselig! Frau Berenz lebte mittlerweile im Alten- und Pflegeheim St. Anna in Morbach, das hatte Marie irgendwann mal mitbekommen, als sie bei ihren Eltern zu Besuch gewesen war. Seitdem stand das krumme Häuschen mit dem spitzen Giebel leer und verwitterte von Jahr zu Jahr mehr.

Sie kam an eine Kreuzung. Rechts ging es zum Rosengarten, in dem ihre Eltern lebten, geradeaus in Richtung Kloster. Am Ende des Grünen Wegs, der Straße links von ihr, stand das Haus, in dem Daniel jetzt wohnen musste, und direkt daneben lag die Schreinerei Kessler. Irgendwie komisch, dachte Marie. Sie war seit Jahren nicht mehr dort gewesen. Genau genommen seit der achten Klasse nicht mehr. Damals war sie ein einziges Mal zu einer verbotenen Feier von Daniel Kessler eingeladen gewesen, und zwar, wie sich später herausgestellt hatte, auch nur, weil die Mädchenquote ansonsten zu gering gewesen wäre. Sie hatte an jenem Abend erstmals Stehblues getanzt – natürlich nicht mit Daniel, sondern mit Thorsten Wollenschläger, der andauernd versucht hatte, ihr an den Hintern zu tatschen. Der Abend hatte damit geendet, dass Daniels Eltern früher nach Hause gekommen waren als geplant und dem Gelage mit großem Tamtam ein Ende gesetzt hatten.

Danach war Daniel zu cool geworden, um Marie auf seine Partys einzuladen, und Marie war mit anderen Leuten um die Häuser gezogen – vor allem mit denen aus den höheren Klassenstufen. Sie schüttelte den Kopf. Wie wichtig es damals gewesen war, mit den richtigen Leuten befreundet zu sein! Und wie gleichgültig es nur ein paar Jahre später war. Aus jeder Zeit in ihrem Leben – der Schule, dem Studium, dem Volontariat – hatte sie einen Freund, maximal zwei behalten, aber das war völlig in Ordnung, denn das waren die *echten* Freunde, diejenigen, auf die Verlass war. Von ihren Schulkameraden war ihr lediglich Sanne geblieben – die gute alte Sanne.

Ein Hupen riss sie aus der Grübelei.

»Mein schönes Fräulein, darf ich wagen, meinen Arm und Geleit Ihr anzutragen?«, rief eine Stimme über das Knattern eines Dieselmotors hinweg.

Sie drehte sich um und sah sich unversehens einem weißen, voll beladenen Transporter gegenüber, der ein paar Meter hinter ihr am Bordstein angehalten hatte. Auf der Fahrertür prangte der Schriftzug der Schreinerei Kessler.

»Ist Goethe jetzt deine neue Masche?«, rief sie zurück, überquerte die Straße und blieb neben dem heruntergekurbelten Fenster stehen. Daniel grinste sie breit an.

»Okay, ich kann auch anders«, sagte er und versuchte sich an einem John-Wayne-Gesichtsausdruck. Dann sagte er mit verstellter Stimme: »Hi. Bist du öfter hier?«

Sie lachte. »Tach!«

»Tach auch«, sagte er und tippte sich an den imaginären Cowboyhut. »Kann ich dich mitnehmen?«

Marie zog die Augenbrauen hoch. »Es sind noch zweihundert Meter bis nach Hause. Ich denke, das schaff ich noch allein.«

»War nur ein Angebot«, sagte er.

Ihr Blick fiel auf die Ladefläche des Transporters. Ein Durcheinander aus Möbelstücken und Brettern, einige zerlegt, andere noch am Stück.

»Was machst du mit den Sachen?«

Er wies mit dem Kopf nach hinten. »Wohnungsauflösung in Bruchweiler. Ein alter Mann ist gestorben, und seine Kinder haben mich damit beauftragt, das Haus auszuräumen. Das ist die letzte Fuhre.«

Marie ging ein paar Schritte nach hinten und nahm die Sachen auf der Ladefläche genauer in Augenschein. Sie staunte nicht schlecht. Da waren ein paar echte Klassiker darunter: ein Nierentisch, ein Sideboard, vermutlich aus den frühen Siebzigern, außerdem eine Garderobe, wie sie – da war sie sich sicher – zumindest in der Art in ihrem Lieblings-Secondhand-Möbelgeschäft für teuer Geld zum Verkauf gestanden hatte.

»Was passiert denn jetzt damit?«, fragte sie.

Daniel seufzte. »Die werd ich wohl verschrotten«, erklärte er. »Die meisten Möbel sind bloß furniert, damit kann ich nichts anfangen.«

»Verschrotten?« Marie war entsetzt. »Diese tollen Dinger?«

Daniel lachte. »Nimm dir, was du gebrauchen kannst. Der Rest landet im Container.«

»Ernsthaft?« Marie stellte sich auf die Zehenspitzen, um besser sehen zu können. Dahinten, unter einem Berg von

Brettern, erspähte sie einen Cocktailsessel, mindestens vierzig Jahre alt. Sie hatte immer schon einen so wunderbaren alten Designklassiker haben wollen. Sie schwärmte sehr für den Stil einiger vergangener Epochen. Bisher hatte sie sich derlei Schmuckstücke aber nie leisten können. Aufbereitet waren sie ein Vermögen wert – zumindest für den studentischen Geldbeutel.

»Klar. Komm, spring rein, ich bring dich nach Hause, und dann kannst du mir sagen, was du haben willst.«

Das ließ Marie sich nicht zweimal sagen und kletterte auf den Beifahrersitz. Nach dreißig Sekunden war die Fahrt beendet, und Daniel blieb vor dem Haus der Schröders stehen. Sie stiegen aus der Fahrerkabine und umrundeten den Wagen.

»Also, was ist denn noch zu gebrauchen?« Daniel hob ein paar Latten an. »Guck mal, das Tischchen da, das ist noch gut in Schuss. Und der Sessel natürlich, wobei du den neu beziehen solltest, wenn du ihn wirklich benutzen willst.« Dann zeigte er auf einen unscheinbaren Kasten. »Das da ist auch ziemlich cool, muss aus den Sechzigern stammen. Eine Minibar. Die Vorderseite ist aus Glas.«

Marie wurde beim Anblick der alten Möbel ganz kribbelig. »Und ich darf die Teile wirklich haben?«

Daniel sah sie an, als ob sie ein bisschen lala wäre. »Hallo? Hast du nicht gehört, was ich gesagt habe?« Er beugte sich zu ihr vor und flüsterte ihr ins Ohr: »Container!«

Marie wurde von einer schier unbegreiflichen Aufregung erfasst. Mit Daniels Hilfe schaffte sie die drei Möbelstücke von der Ladefläche und durch das kleine Türchen im Zaun bis in den hinteren Bereich des Gartens, wo unter dem ausladenden Dach des Schuppens bereits die grau grundierte Kommode zum Trocknen stand.

»Wie willst du sie streichen?«, fragte Daniel und begutachtete das kleine Möbelstück von allen Seiten.

»Hellblau den Torso, zitronengelb die Schubladen. Hans-Dieter hat mir Farben angerührt.«

Daniel nickte. Er war sichtlich beeindruckt. »Das wird garantiert super aussehen. Die Farben sind genau richtig für die Fünfziger. Aber warte mal …« Er hielt inne, ging in die Hocke und betrachtete die Schubladengriffe genauer. »Die hier sehen ziemlich fertig aus … Auf dem Lastwagen sind noch die Schubladen von einem kleinen Sideboard. Soll ich mal nachschauen, ob die passen? Vom Stil her würde es gehen.«

Marie war sprachlos. »Ähm … Wow, das wäre toll.«

Daniel stand auf und lief über den Rasen zurück auf die Straße. Als er nach ein paar Minuten wieder in den Garten kam, hielt er vier geschwungene Griffe aus Metall in der Hand. »Da wären wir wieder.« Er hielt sie an die Schubladen der Kommode. »Passen perfekt.« Aus der Hocke sah er zu ihr hoch. »Willste die haben?«

»Wow. Klar. Cool!« Marie kniete sich neben ihn und bestaunte die Griffe. »Die sind ja wirklich prima. Noch besser als die alten.«

Er grinste sie an. »Gut zu wissen, dass du für diesen Kram Verwendung hast. Ich kann das alte Zeug nicht aufheben, aber mir blutet immer wieder das Herz, wenn ich es wegschmeißen muss. Falls du mal wieder was brauchst oder suchst, sag Bescheid.«

Sie nickte. »Total gern.« In Gedanken war sie bereits bei der Restaurierung der alten Möbel. Den Nierentisch würde sie so lassen, wie er war. Ein bisschen Seife und Spucke und vielleicht das Linoleum auf der Unterseite wieder festkleben, und schon könnte sie ihn benutzen. Der Sessel würde schwieriger werden, den müsste sie neu beziehen lassen. Wobei … Sie hatte ja Zeit, und so eine große Kunst konnte das doch nicht sein. Die Minibar, überlegte sie, würde sie cremeweiß streichen. Das Furnier war leider wohl nicht mehr zu retten. Im Inneren stellte sie sich einen geblümten Stoff im Muster der Sechziger oder eine stilechte Tapete vor.

»Hallo?« Daniel tippte sie von der Seite an. »Erde an Marie?«

»Was? Äh, ja. Hier bin ich.« Sie hatte gar nicht mitbekommen, dass er mit ihr gesprochen hatte.

»Ich hab gesagt, ich lass dich mit den Sachen dann mal allein.« Er schüttelte verwundert den Kopf. »Wahnsinn – wie Oskar im Spielwarenladen! Und schon gerät der Retter in der Not in Vergessenheit.«

Marie stand auf und klopfte sich die Hosenbeine ab. »Entschuldigung. Und danke!« Erst jetzt fiel ihr auf, dass sie Daniel noch gar nicht gefragt hatte, warum er derart überstürzt aus dem *Eddies* geflohen war. »Wegen neulich Abend ...«, setzte sie an, doch Daniel kam ihr zuvor.

»Sollten wir echt mal wiederholen«, sagte er knapp, dann beugte er sich zu ihr vor und drückte sie kurz, aber fest an sich. »Bis dann!«

»Ja, bis dann ... oder so«, stammelte Marie und sah ihm hinterher, wie er mit großen Schritten über den Rasen marschierte und verschwand, ohne sich noch einmal umzudrehen.

Okay. Das also war die Sache mit neulich Abend. Offenbar hatte er keine Lust, über seinen überstürzten Aufbruch zu sprechen. Aber das war schon in Ordnung. Sie war schließlich nicht seine Therapeutin. Herrgott, sie waren nicht mal miteinander befreundet! Typisch Langweiler, dachte sie und schüttelte den Kopf. Nur weil man jemanden zweimal getroffen und sich ein bisschen mit ihm unterhalten hatte, glaubte man gleich, superdicke miteinander sein zu müssen.

Marie stellte die Möbelstücke so hin, dass sie nicht nass werden konnten, selbst wenn es anfangen würde zu regnen, und überquerte den Rasen. Als sie auf der Terrasse ankam, hörte sie Stimmen. Vorsichtig ging sie hinüber zu der großen Fensterfront und öffnete die Schiebetür. Um den Tisch herum saßen fünf Personen: Annette und Britta, klar, wie immer. Aber auch ihre Eltern. Was ungewöhnlich war für einen Dienstagabend. Schuld daran konnte eigentlich nur die fünfte Person sein, die wie Jesus beim Abendmahl inmitten der kleinen Gesellschaft saß und sich an einem Glas festklammerte. Als sie Marie erblickte, hellte sich ihr Gesicht auf.

»Marie! Na endlich!«, rief sie.

»Da ist sie ja. Je später der Abend … Na, wie war das Vorstellungsgespräch?« Olaf Schröder lehnte sich verschwörerisch zur Seite. »Hab ich ihr vermittelt«, raunte er der Neuen nicht ganz unbescheiden zu.

»Darüber reden wir noch«, knurrte Marie in seine Richtung. Dann hob sie die Hand zum Gruß. »Hi, Tina. Ich wusste gar nicht, dass du kommen wolltest.«

»Und ich wusste nicht, dass hier so viele Leute sind«, erwiderte ihre Schwester. Sie sah nicht gerade glücklich aus, aber immerhin warf sie dabei nicht etwa Marie, sondern ihren Eltern vorwurfsvolle Blicke zu. »Du wohnst im Fitnessraum?«

Marie grinste schief und machte einen Knicks.

»Na, dann wirst du dich ja über ein bisschen Gesellschaft freuen«, sagte Tina. »Ich bleibe nämlich über Nacht.«

Marie trat einen Schritt näher. Das musste sie falsch verstanden haben. »Wie bitte?«

»Das sind ja mal zwei schräge Vögel«, sagte Tina, ließ ihre Tasche auf den Teppich im Kellerzimmer fallen und bedachte die Luftmatratze am Boden mit einem skeptischen Blick. »Wundert mich irgendwie, dass du dich hier nicht wohl fühlst.« Sie grinste.

Das wiederum gefiel Marie gar nicht. »Guck nicht so doof! Sonst kannst du oben bei Britta schlafen.«

»Pah.«

Da war es wieder, dieses »Pah«, das Marie schon seit zwanzig Jahren auf den Zeiger ging. Sie wusste genau, was als Nächstes kommen würde. Tina würde einen giftigen Kommentar wahlweise zu Maries allgemeiner Lebensunfähigkeit oder der eigenen Überlegenheit ablassen, daraufhin würde Marie die Hutschnur reißen (vor allem deswegen, weil ihr die besten und schlagfertigsten Argumente schon immer gefehlt hatten), und in Nullkommanichts würden die Schwestern sich in einen handfesten und absolut überflüssigen Streit verheddern, an dessen Ende niemand mehr wusste, worum es eigentlich gegangen war.

Doch zu Maries Überraschung seufzte Tina nur. »Über die bessere Seite zu streiten ist nutzlos, oder?«

»Ich schlaf an der Wand, keine Diskussion«, knurrte Marie, die Tinas offenkundiges Desinteresse an einer Auseinandersetzung nicht recht zu deuten wusste. Um sie zumindest ein bisschen aus der Reserve zu locken, fügte sie hinzu: »Wenn ich dir schon Obdach gewähre.«

Dass sie sich mit ihrer Schwester das Zimmer teilen musste, hätte Marie sich nicht einmal in ihren wildesten Träumen gewünscht. Besonders herzlich war ihr Verhältnis nie gewesen. Eher unterkühlt bis höflich, je nachdem, wie nahe sie beieinander gewohnt hatten. Immerhin waren sie sich immer schon einig gewesen, dass sie von unterschiedlichen Planeten stammten. Trotzdem bekamen sie sich normalerweise selbst über die ollsten Kamellen in die Haare, auch wenn Marie zugeben musste, dass die Streitereien in den letzten Jahren weniger geworden waren.

Innig war ihre Beziehung trotzdem nicht. Dafür sahen sie sich aber auch viel zu selten, höchstens zwei-, dreimal im

Jahr. An Weihnachten und zum Geburtstag der Eltern. Dann erzählten sie einander kurz, wie es bei ihnen gerade lief (Marie erzählte in der Regel etwas kürzer, Tina ein bisschen länger), und das war es dann auch schon. Erlaubte man es sich, ausführlicher zu werden, provozierte dies postwendend Kommentare, die in der Regel zu Diskussionen führten und unweigerlich in Zank endeten. Das war immer schon eine Konstante in Maries Leben gewesen, darauf hatte sie sich stets verlassen können. Wenn man für Tina einen Köder auslegte, schluckte sie ihn auch. Und umgekehrt.

Warum also ignorierte ihre Schwester jetzt diese Steilvorlage? Hatte sie etwa – Marie erschrak – kein Interesse mehr, mit ihr zu streiten? Das wäre ein neu erreichter Tiefpunkt in der rasanten Talfahrt der letzten Zeit. Nicht einmal mehr zu Auseinandersetzungen taugte sie noch, wenn man vom üblichen Schlagabtausch mit ihrem Vater einmal absah.

»Wie lange bleibst du gleich wieder?«, fragte Marie immer noch verwirrt.

»Nur bis morgen«, antwortete Tina. »Ich muss beruflich nach Düsseldorf, und da dachte ich, ich könnte mal wieder bei den Altvorderen vorbeischauen.« Sie ließ ihren Blick durchs Zimmer schweifen. »Aber wenn ich mir das hier so ansehe …«

»Ey!«, rief Marie und war drauf und dran, die Messer zu wetzen. »Ich hab mir echt Mühe gegeben hier …«

Tina lächelte. »Ja, das sieht man. Aber allzu gemütlich soll es wohl auch nicht werden, hmm?«

Irgendwie war Tina heute ziemlich weichgespült.

»Wenn es nach Papa ginge, nicht«, sagte Marie und seufzte.

»Ach, der. Lass dich doch von dem nicht nerven.«

Was waren denn das für neue Töne?

»Das sagt sich leicht – aus einer unbefristeten Festanstellung heraus.«

Tina runzelte die Stirn. »Ja, sicher … Ist das mein Sitzsack?«

»Ich hab ihn vor Annette gerettet«, beeilte sich Marie zu sagen.

»Behalt ihn … Wobei ich Britta ja noch viel anstrengender finde. Annette hat einen Vollschatten, okay, das sieht man sofort. Aber diese Britta? Die macht sich doch wohl voll an Papa ran.«

Marie ließ sich in den Sitzsack plumpsen. »Ich würde dir ja einen Platz anbieten, aber …«

Tina setzte sich auf den Boden und lehnte sich mit dem Rücken an die Wand. »Schon okay.«

Damit war es eindeutig offiziell: Mit ihrer Schwester stimmte irgendetwas nicht. Sie war auf einmal viel zu freundlich. Oder aber, dämmerte es Marie, ich bin inzwischen so weit unten angelangt, dass nicht einmal mehr die Tiefschläge bei mir ankommen.

»Findest du wirklich, dass Britta sich an Papa ranmacht?«

»Na klar. Olaf hier, Olaf da. Und dauernd fasst sie ihn an.«

»Aber das macht Annette doch auch.«

»Stimmt. Aber bei Britta wirkt es anders. Weniger affektiert und aufgesetzt … als würde sie ihn anfassen *wollen*. Und hast du mal gesehen, wie sie ihn anhimmelt? Als wäre er ihr *Retter*. Dass das Mama nicht nervt …«

»Ach, ich glaube, die nervt mittlerweile so einiges. Das Zusammenleben mit den beiden Damen hat sie sich eindeutig anders vorgestellt. Dass sie mehr mithelfen im Haushalt. Und mehr anhaben. Dabei war sie am Anfang superscharf auf die WG.«

Marie erinnerte sich wieder an die ersten Tage allein mit ihren Eltern und Britta. Irgendwie war das tatsächlich sogar nett gewesen … damals, als sie noch im ersten Stock hatte residieren dürfen. Es kam ihr fast so vor, als wären seither Jahre ins Land gegangen, dabei lag ihre Ankunft in Langweiler gerade mal ein paar Wochen zurück.

»Klingt ja auch ganz lustig, wenn man es so hört. Aber in Wahrheit ist es dann halt doch was anderes, oder?«

»Das kannst du laut sagen.«

Marie schüttelte leicht verdutzt den Kopf. Sie hatte immer noch mit der neu entdeckten Empathie zu kämpfen, die ihre Schwester durchblicken ließ. Sie wirkte irgendwie befremdlich … aber auch nett.

»Immerhin – wenn du das hier überlebst, kannst du dich in jeder WG der Welt bewerben«, sagte Tina.

»Auch 'ne Art Kompetenz.«

»Aber hallo! Danach macht dir keiner mehr was vor. Leer geräumter Kühlschrank? Dreckige Klamotten auf dem Badezimmerboden? Null Intimsphäre und fremde Haare im Abfluss?«

»Schade, dass man das nicht in ein Bewerbungsschreiben packen kann«, meinte Marie und lachte.

»Hmm.« Tina wackelte mit dem Kopf, und ihr Blick verlor sich in dem großen Spinnennetz in der Ecke über der Tür.

Irgendwie hatte Marie das Gefühl, dass ihre Schwester bedrückt war.

»Alles okay bei dir?«

»Was? Bei mir? Ja. Klar.« Tina lächelte schief, aber es sah nicht aufrichtig aus.

»Sicher?«

»Ja«, sagte Tina bestimmt, kam mühsam auf die Beine und streckte sich. »Was machst du heute noch?«

Marie sah auf die Uhr. »Eigentlich wollte ich die Kommode streichen, aber ich glaube, dafür wird es jetzt allmählich zu spät.«

»Kommode? Welche Kommode?«

»Ach, so ein altes Ding aus den Fünfzigern. Hab ich im Gartenhäuschen gefunden.«

»Ach, und das restaurierst du oder was?«

Marie nickte. Ob sie es auf einen Versuch ankommen lassen sollte? Wo es doch gerade so gut lief zwischen ihr und Tina?

Ach, was soll's. Augen zu und durch.

»Willst du sie sehen?«

Keine fünf Minuten später standen Marie und ihre Schwester im Garten vor dem Schuppen. Die Abendsonne warf goldenes Licht auf die kleine Kommode, den Nierentisch, den Sessel und die Minibar.

»Tja. Hier sind wir.«

»Wow, Marie!«, rief Tina ehrfurchtsvoll. »Das sind ja total tolle Sachen!« Behutsam strich sie über die Oberfläche des Nierentischs. »Wo hast du die Sachen überhaupt her?«

»Die? Ach, die hat mir Daniel Kessler überlassen.«

»Daniel Kessler? Der süße Typ aus dem Grünen Weg?«

Marie verzog das Gesicht. »Also, süß ist der nicht gerade. Aber im Grünen Weg wohnt er, ja. Er hat die Schreinerei seines Vaters übernommen und bietet unter anderem auch Haushaltsauflösungen an. Diese Möbelstücke hab ich sozusagen vor der Müllpresse gerettet.«

»Und was hast du damit vor?«

Marie zuckte mit den Schultern. »Keine Ahnung. Ist ja nicht so, als hätte ich eine Wohnung, die ich damit einrichten könnte. Ich bringe die Sachen erst mal auf Vordermann, und dann sehen wir weiter. Aber die Kommode behalte ich. Den Sessel und den Nierentisch brauche ich eigentlich gar nicht, und die Minibar …«

»Wie viel würdest du dafür haben wollen?« Tina klang plötzlich ganz geschäftig.

»Hä? Wie – haben wollen?«

»Ich kenne Leute, die würden dafür eine ordentliche Stange Geld ausgeben. Vintage-Möbel, restauriert und nach ihren Vorstellungen hergerichtet – mach das mal!«

Marie verzog den Mund. »Tina, es ist echt nett von dir, dass du dir solche Gedanken machst, aber meinst du nicht …« Weiter kam sie nicht.

»Machen wir es doch so«, fiel die Jüngere ihr ins Wort. »Du richtest die drei Teile und die Kommode so her, dass du sie selber vorzeigbar findest. Ich recherchiere in der Zwischenzeit, wie viel man für so was bekommt. Du musst ja kein Riesengeschäft daraus machen. Aber du hast ein Händchen für so alten Kram. Ich könnte mir gut vorstellen, dass du damit zumindest dein Haushaltsgeld ein bisschen aufbessern könntest. Und da du eh nichts anderes zu tun hast …«

Bei aller Stichelei – wo sie recht hatte, hatte sie recht. Marie nickte nachdenklich. »Okay. Machen wir's so. Und falls es nichts wird mit dem Verscherbeln, kann ich ja immer noch deine *Bille-und-Zottel*-Gesamtausgabe verkaufen.«

Tina grinste. »Vergiss es! Das ist meine Altersvorsorge. Wertzuwachs von einundvierzig Prozent seit Ankauf. Ich kann doch nichts dafür, dass du dein Taschengeld dem Fischotterschutzverein gespendet hast.«

11

Da. Da war es schon wieder.

Marie schlug die Augen auf und hielt den Atem an. Irgendetwas hatte sie geweckt. Sie drehte den Kopf leicht nach links, wo sie in der Dunkelheit den Haarschopf ihrer Schwester ausmachen konnte, der unter der Decke hervorblitzte.

Sie lauschte wieder. Nein. Da war nichts. Nicht ein Mucks. Langsam atmete Marie wieder aus. Vermutlich schlief sie heute einfach unruhig, weil zum ersten Mal seit langer Zeit wieder jemand neben ihr lag. Noch dazu auf einer Luftmatratze, die selbst die geringste Bewegung der einen Schlafenden zur anderen übertrug. Marie hatte ein paar Augenblicke gebraucht, um sich an das Schwanken zu gewöhnen, das die Matratze an sie weitergab. Tina war augenblicklich eingeschlafen, aber sie selbst hatte noch ein paar Minuten lang den regelmäßigen Atemzügen ihrer Schwester gelauscht, bevor sie schließlich selbst allmählich ins Land der Träume gedriftet war.

Da! Da war es schon wieder!

Diesmal war Marie sich sicher, dass sie ein Geräusch im Erdgeschoss gehört hatte, und setzte sich kerzengerade im Bett auf, was die eins vierzig breite Doppelkammermatratze mit einem lauten Ächzen quittierte.

»Ohmanno, wassislos?«, nuschelte Tina im Halbschlaf, die durch die abrupte Bewegung wach geworden war.

»Psst!«

Tina hob den Kopf vom Kissen. »Was meinst du mit …«

»Psst!« Marie gab ihrer Schwester mit einer Geste zu verstehen, dass sie still sein sollte. Dann deutete sie mit dem Zeigefinger zur Decke und flüsterte heiser: »Da oben ist jemand.«

Tina setzte sich ebenfalls auf. Ihr Gesicht war ganz verschlafen und zerknautscht. Sie rieb sich die Stirn und gähnte. »Klar ist da jemand«, sagte sie in ganz normaler Lautstärke. »Dieses Haus ist bis unters Dach voller Irr…«

»Psst!«, machte Marie wieder, und dann war das Geräusch ganz deutlich zu vernehmen: Schritte. Ein Quietschen wie von einem Stuhl, der über den Parkettfußboden geschoben wurde.

Tina riss die Augen so weit auf, wie es ihre Schläfrigkeit zuließ. »Ein Einbrecher?«

Marie nickte. »Den schnappen wir uns.« Sie machte Anstalten, von der Matratze aufzustehen, doch Tina hielt sie zurück.

»Bist du lebensmüde? Der schlägt uns doch k. o. – oder Schlimmeres! Man soll bei einem Einbruch niemals auf Konfrontation gehen, hab ich neulich gehört«, flüsterte sie eindringlich.

»Von wem?«

»Von diesem Typen aus *Aktenzeichen XY … ungelöst*.«

Marie verdrehte die Augen. »Dann bleib halt hier. Aber ich lass den nicht die Bude ausräumen.«

Unter erneutem Ächzen vonseiten der Luftmatratze kletterte Marie über ihre Schwester hinweg und kam auf die Füße. Dann schlich sie zur Tür. Sie sah sich im Zimmer um. Sie brauchte eine Waffe. Ihr Blick fiel auf ihre wenigen Habseligkeiten. Mist, mit dem Akkuladekabel würde sie dem Eindringling ganz sicher keine Angst einflößen. Aber was gab es sonst, das sie verwenden konnte? Einen Flipflop?

»Hier.« Mit einem Mal stand Tina neben ihr und drückte ihr ein Glätteisen in die Hand. »Das ist das Einzige, was ich auf die Schnelle finden konnte.« Dann nickte sie grimmig und zeigte auf den Gegenstand in ihrer anderen Hand. »Oder willst du es lieber damit versuchen?«

»Mit einem Buch?«

»Es ist Jojo Moyes. *Ein ganzes halbes Jahr.* Geschenkausgabe. Spitze Kanten. Schwere Kost. Das Ding wiegt mindestens drei Kilo.« Sie wog das Buch abschätzend in der Hand. »Ich könnte es nach ihm werfen …«

Marie seufzte. »Okay. Dann mal los!«

Lautlos öffnete sie die Zimmertür – endlich war mal von Vorteil, dass sie Töchter eines Mannes waren, der seit Jahren jedes einzelne Scharnier im Haus mit Maschinenöl mundtot machte. Auf Zehenspitzen schlichen sie aus dem Zimmer zur Treppe, die zum Erdgeschoss hinaufführte. Nicht der geringste Schimmer Licht erhellte den Gang. Dort oben war es genauso dunkel wie im Keller.

Das Geräusch, das einen Moment später ertönte, klang in der gespenstigen Stille laut wie ein Kanonenschuss. Wieder hörte Marie das Quietschen von Stuhlbeinen über dem Holzfußboden. Verrückte da jemand Möbel? Immerhin war sie sich jetzt sicher, dass es sich bei dem nächtlichen Besuch im Wohnzimmer nicht um ihre Eltern handeln konnte. Die wussten millimetergenau, wo welcher Esszimmerstuhl und welches Höckerchen standen. Sie hatten seit Jahrzehnten keine Möbel mehr umgestellt.

So leise, wie sie nur konnte, schlich Marie die Stufen hinauf. Tina war dicht hinter ihr und hielt das Buch im Anschlag. Die große Standuhr im Wohnzimmer vermeldete zwei Uhr. Marie wickelte sich das Kabel des Glätteisens enger um das Handgelenk und verstärkte den Griff. Sie hegte keine allzu große Hoffnung, sich damit im Fall der Fälle verteidigen zu können – doch da waren sie bereits im Flur des Erdgeschosses angelangt. Rechts lag die Treppe zum Obergeschoss, das wie der Rest des Hauses im Dunkeln lag, vor ihnen der Flur, der rechts herum zur Küche führte.

Marie war felsenfest überzeugt: Das Quietschen war aus dem Wohnzimmer gekommen, und auch Tina nickte nach links. Marie hob das Glätteisen höher und trat näher an die Türöffnung heran. Ihr schlug das Herz bis zum Hals, in ihren Ohren hörte sie das Blut rauschen. Beinahe überdeckte der Krach in ihrem Kopf – allem voran die panischen Stimmen, die sie anflehten, sofort das Weite zu suchen – die Geräusche aus dem Wohnzimmer.

An der Tür blieb sie kurz stehen, holte tief Luft und machte dann einen langen Satz in das Zimmer. Gleichzeitig ließ Tina einen Kampfschrei los, in dem sich ihre Furcht vor dem entlud, was gleich passieren würde.

Dann kam ein Echo.

Und Marie stutzte.

»Licht an!«, brüllte sie über die Schulter nach hinten. »Tina, mach das Licht an!«

Als der Deckenfluter anging, schrak Marie zusammen. Vor ihr stand Annette im seidenen Kimono, einen Herrenschuh in der Hand, mit dem sie ihre Augen vor dem hellen Licht abschirmte. Hinter ihr stand ein südländisch aussehender Mann mit dunklen Augen und Dreitagebart.

»Iiih!« Annette stieß einen spitzen Schrei aus, als sie Marie und Tina erblickte.

»Himmel!«, stöhnte der Mann, der sich die Hand vor die Augen hielt. »Ich sehe Sternchen!«

Da erst fiel Marie auf, dass er überhaupt nicht wie ein Einbrecher aussah. Jedenfalls nicht so, wie sie sich den durchschnittlichen Einbrecher vorgestellt hatte. Er trug ein weißes Hemd, das allerdings nicht zugeknöpft war und seinen muskulösen Oberkörper frei ließ. Mehr konnte man von ihm nicht sehen – die Sofalehne war im Weg. Aber allmählich dämmerte es ihr, dass sie irgendwas falsch interpretiert haben musste.

»Oh, Tina, ich glaub …«, stammelte Marie. Dann verlor sie den Faden.

»Auf ihn!«, brüllte Tina und stürzte mit weit aufgerissenen Augen an ihrer Schwester vorbei. »Er hat Annette überwältigt – ich schnapp ihn mir!«

Mit diesen Worten warf sie sich über die Sofalehne und zog dem fremden Mann ihr Buch über den Schädel.

»Lass! Die! Frau! Los!«, rief Tina und prügelte mit einer Kraft auf ihn ein, die Marie ihrer Schwester gar nicht zugetraut hätte.

Der Mann hielt schützend einen Arm vor sein Gesicht, doch dann stöhnte er mit einem Mal laut auf und ging zu Boden.

»Ha«, rief Tina triumphierend und drehte sich mit einem wilden Funkeln in den Augen zu Marie um.

»Mustafa!«, schrie Annette, ließ den Schuh sinken und fiel neben dem am Boden Liegenden auf die Knie.

Im selben Moment begriff Marie, dass die Situation ein wenig aus dem Ruder gelaufen war.

»Wir müssen die Polizei holen«, japste Tina. Sie hatte mit ein paar langen Sätzen fast schon das Telefontischchen erreicht und den Handapparat von der Station gerissen.

»Was ist denn hier los?«, erklang plötzlich laut und dröhnend die Stimme von Olaf Schröder aus dem Flur. In Boxershorts und T-Shirt kam er ins Wohnzimmer und schien für einen Moment Mühe zu haben, das Bild, das sich ihm präsentierte, in Gänze zu erfassen. Dann wandte er sich an Marie. »Was hat das zu bedeuten? Macht ihr hier eine Swingparty oder was?«

Er fuhr abrupt herum, als die immer noch am Boden kniende Annette laut aufheulte.

»Mustiiii! Liebling? Was hat sie mit dir gemacht? Sag was!«

Marie trat ein paar Schritte näher an die In-flagranti-Gesellschaft heran. Die unmittelbare Gefahr schien gebannt zu sein.

Selbst ihre Schwester hatte das Buch sinken lassen und starrte nun auf den halb nackten Bewusstlosen am Wohnzimmerboden und auf die bebademantelte Frau, die sich weinend über ihn beugte.

»Du hast ihn umgebracht«, rief Annette mit schmerzverzerrtem Gesicht und spie in Tinas Richtung: »Du hast Mustafa auf dem Gewissen!«

Tina hob entschuldigend das Buch und betrachtete es von allen Seiten. »Ich konnte doch nicht ahnen, dass …«

»Wie aufregend! Ein Einbrecher?«

Inzwischen war auch Erika Schröder im fliederfarbenen Schlafanzug dazugekommen und trat neugierig an das Sofa heran. Dann hielt sie erschrocken inne. Offenbar hatte sie die Situation sofort richtig eingeschätzt.

»Annette! Auf unserer Couch?« Sie beugte sich vor und zog mit spitzen Fingern ein Kissen von der Sitzfläche.

»Auf meinem Lieblingskissen?«

Selbst der auf dem Kissenstoff abgebildete rote Flugdrache sah pikiert aus.

»Schatz, reg dich nicht auf«, sagte Maries Vater.

»Wir müssen ihn in die stabile Seitenlage bringen«, rief Tina, die das Telefon wieder in die Station zurückgestellt und sich als Erste dem Corpus delicti zu nähern gewagt hatte – mal abgesehen von Annette, die quer über dem Mann am Boden lag und heulte und seine definierte Brust streichelte.

»Umgebraaahaaacht«, wimmerte sie unter Tränen.

»Papperlapapp«, meinte Tina und zeigte auf ihr Buch. »Ich hab ihn bloß mit der Kante an der Nase getroffen. Der ist nur ausgeknockt.«

»Nur ausgeknockt?« Annette richtete sich auf. »Warum hast du ihn überhaupt geschlagen?«

Tina hob entschuldigend die Hände. »Wir dachten, er wäre ein Einbrecher.«

»Ein Einbrecher?« Britta, die sich als Letzte zu ihnen gesellt hatte, tippelte an den Schröders vorbei zum Sofa und warf einen schüchternen Blick über die Lehne. »Das ist aber ein hübscher Dieb!«

»Das ist kein Dieb«, keifte Annette. »Das ist Mustafa.«

»Du kennst ihn?« Jetzt wollte Erika Schröder es genau wissen. Dass sich Männer mit nacktem Oberkörper zu ihrem Haus Zutritt verschafften, schien sie offenbar nicht annähernd so seltsam zu finden.

»Kennen? Ja, so kann man es wohl nennen. Er ist mein …«

Weiter kam sie nicht, denn der Mann am Boden fing plötzlich an zu stöhnen und wälzte sich benommen auf die Seite. »Wassis … los?«, nuschelte er und tastete sich vorsichtig über die Nase.

»Der spricht ja sogar unsere Sprache!«, rief Britta.

»Natürlich spricht er unsere Sprache«, giftete Annette. »Er ist ja auch hier geboren.«

»In Langweiler?«, wollte Maries Vater wissen. »Dann wüssten wir aber, wer das ist. Wir kennen hier jeden.«

»In Wiesbaden, Herrgott.«

»Annette?«, stöhnte Mustafa und öffnete langsam die Augen. »Wassis passiert?«

Sie beugte sich wieder über ihn. »Alles ist gut, mein Liebling. Komm, ich helf dir auf.« Sie kniete sich hinter ihn und schob ihn an den Schultern in eine aufrechte Sitzposition.

Mustafa hatte immer noch die Hand an der Nase und hielt den Blick gesenkt. Er blinzelte. »Was ist passiert?«

Annette bedachte die Umstehenden mit einem bösen Blick. »Ein paar sehr unfreundliche Menschen verdächtigen dich, in dieses Haus eingebrochen zu sein. Dabei wollte er gerade gehen«, sagte sie und starrte auf den Boden. »Aber wir haben seinen zweiten Schuh nicht gefunden.«

Deswegen das Möbelrücken, dachte Marie. An mehr wollte sie lieber nicht denken.

»Was ist passiert?«, stöhnte Mustafa erneut und rieb sich den Nasenrücken.

»Was passiert ist? Sie haben dich k. o. geschlagen!«

»Sie?«, ereiferte sich nun Marie. »Tina war das!«

»War ja mal wieder klar«, gab die Schwester zurück. »Ich mach die Drecksarbeit, und du schiebst mir die Schuld in die Schuhe. Wer hat denn damit angefangen? Wer wollte denn unbedingt die Heldin spielen?«

»Kinder, jetzt seid doch mal ruhig«, mischte sich Olaf Schröder in die Kabbelei ein. Dann baute er sich zu seiner vollen Größe auf und sagte: »Ich bin mir mittlerweile halbwegs sicher, dass es sich nicht um einen Einbrecher handelt.«

»Ach«, meinte seine Frau. »Schade. Da hätten wir endlich mal so richtig Remmidemmi in der Bude gehabt.«

»Heißen wir unseren Gast doch erst einmal willkommen in unserer bescheidenen Hütte«, fuhr er ungerührt fort. »Kommen Sie, ich helfe Ihnen hoch.« Er ging um das Sofa herum und streckte dem Mann die Hand entgegen.

Dieser zögerte erst kurz, ergriff sie dann aber und rappelte sich mühsam auf die Beine. Als er vor den Damen taumelnd zum Stehen kam, stockte der versammelten Weiblichkeit der Atem – denn Mustafa trug untenrum nur einen winzig kleinen Slip.

Britta klappte der Mund auf. »Das ist ja …«

»O mein Gott.« Marie kniff unwillkürlich die Augen zu, während Olaf Schröder einen anerkennenden Pfiff losließ.

»Donnerlittchen. Ganz schön mutig, sich in so was reinzuzwängen. Aber Sie können es sich ja leisten, nicht wahr?« Er drehte sich zu Annette um und deutete auf das Bündel Kleider, das neben dem Sofa auf dem Boden lag. »Möchtest du deinem ... *Freund* vielleicht helfen, sich anzuziehen? Und Erika, würdest du bitte ...« Er drehte sich zu seiner Frau um, deren Blick immer noch an der unteren Körpermitte des Halbnackten klebte. »Erika!«

Eine Viertelstunde später saßen Marie und Tina, ihre Eltern, Britta, Annette und der Mann mit dem Winzslip, der sich mittlerweile zum Bedauern einiger anwesender Damen wieder komplett bekleidet hatte, am Esstisch, jeder mit einer Tasse dampfenden Kamillentees vor sich, den Tina aufgesetzt hatte. In der Mitte des Tischs stand eine Schale mit Erika Schröders berühmten Ingwerplätzchen, von denen sie selbst sich am hemmungslosesten bediente.

»Also«, ergriff Olaf Schröder das Wort, »was genau haben Sie hier mitten in der Nacht zu suchen?«

Mustafa hob den Blick. Er hatte kantige Gesichtszüge, eine Nase, die wie gemeißelt wirkte, und erhabene Wangenknochen, die seinem Gesicht die Anmutung einer griechischen Statue verliehen. Die schwarzen Haare trug er kurz, genau wie den sauber gestutzten Kinnbart. Die braunen Augen blitzten, als er sich zu seinem unfreiwilligen Gastgeber umwandte. »Es sollte eine Überraschung sein«, sagte er leise.

»Na, wenn das mal keine war«, bemerkte Marie.

»Ich hatte Annette schon so lange nicht mehr gesehen, da habe ich es einfach nicht mehr ausgehalten.«

»Ausgehalten?« Erika Schröder beugte sich nach vorn.

»Sie sind also ein wenig besser miteinander bekannt«, schlussfolgerte Olaf mit einem Seitenblick auf Annette, die die Arme vor der Brust verschränkt hatte und angestrengt in eine andere Richtung starrte.

»Bekannt?« Mustafa hob überrascht die Hände. »Wir lieben uns!«

Olaf Schröder lachte kurz auf. »Da liegt sicher ein Missverständnis vor. Annette hat sich schließlich gerade erst von ihrem Mann getrennt, der sie betrogen hat. Da halte ich es für sehr unwahrscheinlich, dass …«

»Moment«, rief Mustafa und wandte sich an Annette. »Was hast du ihnen erzählt?« Da sie nicht reagierte, sondern nur säuerlich mit einer Schulter zuckte, drehte sich Mustafa wieder zu den anderen um. »Es ist folgendermaßen: Annette und ich sind seit knapp drei Jahren ein Paar. Wir haben uns bei der Arbeit kennenge…«

»Arbeit?«, fiel Erika Schröder ihm ins Wort. »Aber sie hat doch gar keine Arbeit.«

»Bei *meiner* Arbeit«, stellte Mustafa richtig. »Ich bin Fitnesstrainer. Wir lieben uns seit dem Moment, da wir uns erstmals gegenüberstanden. Doch Annette wollte ihren Mann nicht verlassen – das könne sie ihm nicht antun, hat sie gesagt.« Er schlug die Augen nieder und starrte auf die Tischplatte. »Ich habe das verstanden. Eine Ehe beendet man nicht einfach so – und Volker ist ja obendrein labil …«

»Labil?« Erika Schröder lehnte sich ein Stückchen vor. »Was soll an so einem denn bitte schön labil sein?«

Mustafa warf Annette einen verwirrten Blick zu. »Aber … Aber das war doch der Grund, warum du dich nicht von ihm trennen wolltest, *sevgilim*? Das hast du doch immer zu mir gesagt?«

Endlich erwachte Annette wieder zum Leben. Ruckartig drehte sie sich zu Mustafa um. In ihren Augen standen Tränen. »Natürlich hab ich das zu dir gesagt. Was hätte ich denn sonst sagen sollen? ›Tut mir leid, aber wenn ich mit einem zwanzig Jahre jüngeren Mann durchbrenne, mach ich mich zum Gespött der Leute‹? Wohl eher nicht.«

Mustafa verschlug es sichtlich die Sprache. »Das heißt, dass du mich gar nicht …«

Annette legte eine Hand auf seinen Arm. »Doch, Musti, ich liebe dich. Du bist mein Leben. Aber das heißt noch lange nicht, dass ich mich von Volker getrennt hätte.«

»Na ja«, bemerkte Tina, die der Diskussion bislang schweigend gefolgt war, »das hat er ja dann auch für dich erledigt.«

Marie musste an Annettes Ausbruch bei ihrer Ankunft denken, als sie ihre Papierserviette traktiert und fast die Tischplatte zerschlagen hätte. Sie stutzte. War das alles nur Show gewesen? Nein. Nein, das konnte nicht sein. Das war echt gewesen. Aber wie konnte Annette einerseits derart empört darüber sein, dass ihr Mann sie für eine andere verlassen hatte, und ihn gleichzeitig selbst jahrelang betrügen?

»Sag mal«, hob Marie vorsichtig an, »warst du nicht diejenige, die sich so fürchterlich darüber aufgeregt hat, für eine Jüngere sitzengelassen worden zu sein?«

»Pah. Natürlich hab ich mich darüber aufgeregt. Das ist doch wohl die Höhe!«

Mustafa machte ein langes Gesicht. Offenbar verstand er gar nichts mehr. »Wieso denn sitzengelassen? Und welche Jüngere? Was ist eigentlich los?«

»Volker hat sich von Annette getrennt«, meldete sich Erika überaus hilfsbereit zu Wort, »und ist jetzt mit einer halb so alten Frau zusammen, mit einer Spanierin. Die im Solarium arbeitet.«

Mustafa drehte sich zu Annette um. »Aber das ist ja wunderbar«, rief er. »Dann können wir ja endlich …«

»Nichts«, sagte Annette trocken. »Gar nichts können wir.«

»Aber, *sevgilim,* darauf haben wir doch immer gewartet.« Mustafa hätte Annette am liebsten in die Arme geschlossen, doch sie sprang von ihrem Stuhl auf und baute sich vor dem Tisch auf.

»Du stellst dir das so einfach vor, Musti. Ihr stellt euch das alle so einfach vor. Ihr denkt, es wäre dasselbe, ob Volker mit dieser Südländerin durchbrennt oder ich und Mustafa einander lieben. Aber das ist nicht dasselbe.« Ihr Blick wurde stechend, die Züge um ihren Mund verhärteten sich. »Wenn ein Mann seine Frau sitzenlässt und mit einer anderen den Neuanfang wagt, dann gilt er als toller Hecht. Wenn aber eine Frau das Gleiche macht, ist sie ein Flittchen. Oder durchgeknallt. Im besten Fall wird sie nirgends mehr eingeladen mit ihrem Toyboy.« Sie schleuderte das Wort regelrecht heraus, und Mustafa verzog schmerzerfüllt das Gesicht, als hätte sie ihm einen Schlag versetzt. »Im schlimmsten Fall verliert sie alles, was sie hat. Niemand will mehr mit ihr gesehen werden. Niemand will noch was mit ihr zu tun haben.«

»Stimmt«, sagte Olaf Schröder und nickte zustimmend.

»Moment, Moment«, mischte sich Erika ein. »Das war ja vielleicht in den Siebzigern so, aber heutzutage …«

»Du hast ja keine Ahnung, wovon du sprichst«, keifte Annette. »Du lebst in diesem verschnarchten Kaff. Du weißt doch nicht, wie es in Wiesbaden ist – wie *meine Kreise* auf Mustafa reagieren würden.«

Marie schüttelte den Kopf. Mittlerweile zweifelte sie ernsthaft an Annettes Geisteszustand. »Dann war das alles nur gespielt? Deine Wut? Die Tränen? War das alles wirklich nur Show?«

Annette schluchzte. »Natürlich nicht! Ich bin zutiefst gekränkt. Dass Volker Affären hatte – auch in der Vergangenheit schon –, war in unserer Ehe ein offenes Geheimnis, aber wir hatten eine stille Übereinkunft: Ich verhielt mich ruhig, wenn er sich mit anderen Frauen traf, und er schwor mir im Gegenzug, mich niemals zu verlassen. Das war die Vereinbarung. *Er* hat sich nicht daran gehalten, als er mich sitzenließ, um mit dieser Ausländertussi durchzubrennen!«

»He, he«, rief Mustafa, den Annettes Worte sichtlich erbosten. »Kein Grund, gegen Ausländer zu wettern!«

Annette verzog das Gesicht. »Aber dich meine ich doch gar nicht.«

»Mir egal«, sagte er tonlos und stand so plötzlich auf, dass der Stuhl, auf dem er gesessen hatte, nach hinten kippte. »Du hast mir eine gemeinsame Zukunft versprochen. Du hast gesagt, dass du dich von Volker trennst – zumindest irgendwann – und dass ich auf dich warten soll. Dabei hattest du das offenbar überhaupt nicht vor.«

Sie schluchzte und schlug die Augen nieder. »Aber das hab ich doch nur gesagt, damit du mich nicht verlässt ...«

Mustafa schüttelte fast schon angewidert den Kopf. »Ich habe dir vertraut. Ich habe dir geglaubt. Aber dass du so weit gehst ... Du hast mir nicht einmal erzählt, dass Volker Schluss gemacht hat. Du hast von Urlaub auf dem Land erzählt, Pfälzer Luft, Sommerfrische, was weiß ich.«

»Weil ich Angst hatte, dass du dann von mir einfordern würdest, mich zu dir zu bekennen«, flüsterte Annette. Ihre dunklen Haare hingen ihr strähnig ins Gesicht. Sie sah fürchterlich aus.

»Keine Sorge«, knurrte Mustafa. Er war wieder ein paar Schritte auf Annette zugegangen und blieb jetzt ganz nah vor ihr stehen. »Du musst dich nicht mehr zu mir bekennen. Nie wieder. Es ist vorbei. Schluss, aus.«

Annette zuckte zusammen, als hätte er ihr eine Ohrfeige verpasst. Dann fielen ihre Schultern nach vorn, und sie krümmte sich wie unter Schmerzen, während Mustafa aus dem Wohnzimmer stürmte.

Die Schröders und Britta saßen schockiert und stumm auf ihren Plätzen. Dass sich in ihrem Haus – noch dazu mitten in der Nacht – ein Drama dieses Ausmaßes abspielen würde, damit hatte nun wirklich keiner von ihnen gerechnet, als sie zu Bett gegangen waren.

»Ingwerkekse? Irgendjemand?«, piepste Erika Schröder, ehe sie sich selbst eine Handvoll in den Mund schob.

Im Wohnzimmer schlug die Uhr drei Mal, doch der letzte Schlag ging in Annettes, lauter, langgezogener Wehklage unter.

12

Morgen, Mäuschen«, flüsterte Maries Mutter.

»Hallo, Mama. Ist sie schon runtergekommen?«

Erika Schröder schüttelte den Kopf. »Nein, leider. Vier Tage sind es jetzt. Ich fange langsam an, mir Sorgen zu machen.«

Marie nickte. Seit der dramatischen Nacht mit Mustafa lag Annette nur mehr im Bett und verweigerte die Nahrungsaufnahme. Ab und zu schlurfte sie ins Bad, nur um Minuten später wieder herauszukommen, sich aufs Bett zu werfen und weiterzuheulen.

Ob sie nicht irgendwann leer ist?, hatte Marie sich schon vor zwei Tagen gefragt. Sie hatte mit ihrer Mutter darüber gesprochen, und die bestand seitdem darauf, dass Annette wenigstens einen Liter Wasser täglich trank, um nicht zu dehydrieren. »Außerdem soll sie Elektrolyte nehmen. Sie ist ja schon ganz ausgesalzt von der ganzen Heulerei.«

Alle hofften darauf, dass Annette sich wieder fangen würde – das Herumschleichen auf Zehenspitzen und das schlechte Gewissen bei jedem Lächeln waren schier nicht zu ertragen.

Wenn wenigstens Tina noch da wäre! Aber die hatte am Morgen nach dem unverhofften mitternächtlichen Familientreffen in Windeseile ihre Sachen gepackt und war wieder verschwunden. Die Glückliche.

Selbst Maries Vater, der zunächst nur in seiner ihm eigenen Ignoranz den Kopf geschüttelt hatte, sah nachdenklich von der Morgenzeitung auf. »So schlimmen Liebeskummer hattet ja noch nicht einmal ihr«, sagte er mit Blick auf Marie. »Und ich dachte damals schon, ihr spinnt.«

»Das lässt du besser Annette nicht hören«, erwiderte Marie. »Ich glaube, dass ihr die Trennung von Mustafa wirklich zu schaffen macht. Sie redet nicht einmal mehr von Volker oder dieser Spanierin oder von Monaco. Oder von ihren Supersöhnen.«

Erika Schröder schüttelte den Kopf. »Nein, sie redet überhaupt nicht mehr.«

»Morgen«, tönte es da aus dem Flur, und Britta steckte den Kopf zur Tür herein. »Nahaaa? Alle ausgeschlafen und bereit zu neuen Schandtaten?« Sie betrat die Küche. »Ich hab bombig geschlafen. Ich fühle mich fit – so fit wie seit Langem nicht mehr. Ich könnte Bäume ausreißen!«

Britta rutschte mit Schwung auf die Eckbank, wo Olaf Schröder unter der Last der guten Laune sichtlich zusammenzuckte. »Wie geht es meinem Lieblingsherbergsvater heute?«, wollte sie wissen und kniff Maries Vater in den Oberarm.

So deprimierend und besorgniserregend Annettes Gemütszustand mittlerweile war – Brittas Laune, die sich proportional zu Annettes absinkender Stimmungskurve zu heben schien, war beinahe noch schlimmer, fand Marie. Britta befand sich seit der aufschlussreichen Nacht vor vier Tagen im siebten Backhimmel. Gleich am nächsten Tag war sie nach Morbach gefahren und hatte den Supermarkt geplündert. Nun stapelten sich die Backzutaten, Pappschachteln mit Kakao, Puderzucker und Liebesperlen, unzählige Backformen aus Blech und Silikon sowie zahlreiche Backbücher auf der Arbeitsfläche in der Küche.

»Britta, du willst heute aber nicht schon wieder einen Kuchen backen, oder?«, fragte Marie mit unverhohlenem Zweifel in der Stimme und schielte auf die fünf Kuchenplatten, die auf dem kleinen Esstisch in der Küche standen.

»Aber sicher«, rief Britta fröhlich. »Bevor Annette … äh … zusammengebrochen ist, hat sie mir immer gesagt, ich müsste etwas finden, was mich komplett ausfüllt.«

Unwillkürlich stand Marie der Winzslip vor Augen.

»Und ich habe es gefunden. Es ist das Backen! Ich liebe es! Den Duft von frischem Marmorkuchen. Den süßen Geschmack von cremigem Schokoladenüberzug … Das ist meine Therapie. Und deshalb kann ich jetzt nicht damit aufhören.« Sie strahlte regelrecht, und es wurde schlagartig noch heller, als sie sich die Küchenschürze umband.

»Deine Therapie?«, fragte Olaf Schröder über den Rand seiner Zeitung hinweg. »Was therapiert dich denn, während du backst?«

Armer Papa, dachte Marie. Er war eigentlich schon gestraft genug mit einer Frau, bei der die Liebe erst durch den Magen ging und sich dann postwendend auf die Hüften legte – und jetzt hatte er auch noch eine Hausfreundin dazubekommen, die sich um einen nicht enden wollenden Strom aus Süßspeisen kümmerte. Seitdem Annette im Bett lag, hielt hier keiner mehr Diät. Außer Annette – wobei das ja jetzt nicht mehr ganz freiwillig geschah. Daran war vielmehr der Liebeskummer schuld.

Britta hielt inne. »Ich denke dabei an Jörg. Und an unsere gemeinsame Zeit. Ich bin traurig, während ich backe, aber auf diese Weise kann ich all meine negative Energie ganz einfach hierlassen.«

»In *meiner* Küche?« Erika Schröder riss die Augen auf.

»Im Kuchen«, stellte Britta richtig, und Marie, die gerade die Hand nach einem Stück Käsesahne ausgestreckt hatte, zog sie wieder zurück.

»Ich denke darüber nach, dass Jörg ja nicht grundlos gegangen ist.« Britta lehnte sich an die Küchenzeile. Sie schien ganz plötzlich ruhiger, beinahe besonnen zu sein, und tatsächlich sah Marie ein kleines Lächeln auf ihrem Gesicht aufblitzen, als sie sagte: »Bevor jemand geht, ist er doch meist schon länger fort. Jörg hat mich ja nicht einfach so verlassen. Er hat mir durchaus schon vor langem zu verstehen gegeben, dass er nicht mehr glücklich mit mir ist. Nur hab ich es ganz einfach ignoriert. Hab es weggelächelt und gehofft, dass es vorbeigeht.« Sie seufzte und sah auf ihre Hände hinab.

»Aber er hat dich betrogen. In deinem eigenen Haus hat er mit einer anderen Frau gewohnt«, ereiferte sich Marie.

»Genau«, erwiderte Britta und straffte die Schultern. »Und deswegen muss ich ihm auch keine Träne nachweinen. Lieber beschäftige ich mich mit meiner Zukunft.«

»Mit Kuchen?« Erika Schröder tippte skeptisch auf den Berg Backbücher.

»Möglich«, sagte Britta. »Vielleicht auch nicht. Mal sehen, wohin mich diese Reise führt.« Dann klatschte sie in die Hände. »Also, was machen wir heute? Ich wollte es mal mit diesen Macarons probieren – die müssen verteufelt schwer sein.«

Maries Mutter pustete die Backen auf und deutete auf die fünf Backerzeugnisse auf dem Küchentisch. »Meinst du nicht, es ist noch genug Kuchen da?«

»Kuchen kann man nie genug dahaben«, rief Britta und zog gleich mehrere Schubladen auf einmal auf. »Das Leben ist ein Fest und muss gefeiert werden. Außerdem könnte Besuch vorbeikommen, und dann sollte man doch was dahaben, was man anbieten kann.«

»Aber sie werden schlecht – nicht dass wir sie am Ende wegwerfen müssen«, wandte Olaf ein. »Das wäre doch Verschwendung.«

»Was therapeutisch wirkt, ist doch keine Verschwendung«, erwiderte Britta beschwichtigend.

»Ich hab eine Idee«, mischte sich Marie ein. »Britta backt weiter. Es tut ihr offensichtlich gut. Allerdings musst du die Kuchen aus dem Haus schaffen. Verkauf sie.«

Sie nickte. »Einverstanden. Aber wo?«

»Auf dem Dorfplatz ist morgen Erntefest. Da kommen sämtliche Bauern und Landwirte aus der Region und verkaufen ihre Produkte. Was hältst du davon, wenn wir dir einen kleinen Stand aufbauen?«

Olaf Schröder nickte. »Mariechen, das ist eine hervorragende Idee!«

Auch Britta schien begeistert. »Au ja, das machen wir.« Dann hielt sie inne. »Aber ich glaube nicht, dass ich das ganz alleine schaffe. Ich bin doch so menschenscheu …« Sie klimperte mit den Wimpern, und dann fiel ihr Blick wie zufällig auf Maries Vater. »Olaf, würdest du mich vielleicht begleiten?«

»Ich, ähm …«, stotterte er.

Na, auf die Ausrede bin ich ja mal gespannt, dachte Marie nicht ohne eine gewisse Schadenfreude.

»… hatte eigentlich einen Ausflug geplant, aber ich begleite dich natürlich gern.«

Marie und ihre Mutter sahen sich verblüfft an. Mit allem hatten sie gerechnet, aber nicht damit.

»Wunderbar«, jubelte Britta. »Aber erst müssen wir zum Supermarkt. Und zum Obsthandel. Ich brauche Pflaumen.« Hektisch wuselte sie durch die kleine Küche. Dann fiel ihr Blick auf Marie und ihre Mutter. »Wenn ich also bitten dürfte …« Und damit scheuchte sie die beiden regelrecht hinaus.

»Aber, das ist doch …«, protestierte Erika Schröder lahm, doch da fiel auch schon die Küchentür ins Schloss. Sie sahen einander verdutzt an.

»Und wo ist Papa?«, wollte Marie wissen und blickte sich verwirrt um.

»Der darf offenbar noch etwas länger bleiben«, sagte ihre Mutter und wollte gerade Anstalten machen, wieder in die Küche zurückzustürmen, doch Marie hielt sie zurück.

»Lass sie. Ist doch egal.«

Erika Schröder seufzte. »Da hast du auch wieder recht. Es ist Samstag. Ich könnte mir einfach mal einen Tag für mich machen.« Sie sah zur Decke, dann auf die geschlossene Küchentür. »Ohne die Grazien.«

Marie zog die Augenbrauen hoch. »Sag bloß, sie nerven dich?«

Das Gesicht ihrer Mutter wurde ernst. Sie zog die Tochter ein Stück beiseite. »Ich bin kurz davor, die beiden rauszuschmeißen. Annette liegt den ganzen Tag nur im Bett. Wie der Sohn von den Kirschners.«

»Mama, der hatte eine Depression.«

»Mir doch egal. Dieses Geheule geht mir jedenfalls gehörig auf die Nerven. Wieso geht sie denn nicht zurück zu ihrem Mustafa? Volker ist eh weg, und was die anderen sagen …« Sie winkte ab. »Ach, ist doch wurscht. Als würden die sich nicht sowieso längst das Maul zerreißen.« Sie zog Marie noch ein Stück weiter und senkte die Stimme. »Komm, wir gehen nach draußen, hier ist es nicht sicher. Feind hört mit.« Sie zeigte mit dem Finger nach oben.

»Mama«, protestierte Marie, doch da war es schon zu spät. Ihre Mutter war davongewuselt, und irgendetwas sagte Marie, dass sie ein echtes Redebedürfnis hatte.

Im Garten angekommen, schlang Marie die Arme um ihren Körper. Es war zwar erst Anfang Oktober, hatte jedoch inzwischen mächtig abgekühlt. Das Laub der Bäume leuchtete bereits in satten Gelb-, Orange- und Rottönen, und der Rasen war übersät mit Blättern. Der Herbst war – das musste Marie sich eingestehen – im Hunsrück eine durchaus reizvolle Jahreszeit, auch wenn ihr der »Pfälzer Indian Summer«, wie der Tourismusverband ihn gern optimistisch nannte, doch etwas weit hergeholt vorkam.

Ihre Mutter schien nicht zu frieren. Vielleicht war es die Wut, die in ihrem Innern loderte und sie warm hielt.

»Noch viel schlimmer als diese Tranfunzel Annette ist Britta! Die kann ja keinen Schritt mehr geradeaus gehen, ohne den Heiligen Olaf an ihrer Seite zu wissen.« Sie schnaubte. »Dass ich das alles mitbekomme, ist ihr anscheinend piepegal. Sie stellt sie so dermaßen übertrieben hilfsbedürftig an – und dabei macht sie ihm einfach nur schöne Augen.«

Marie stutzte. Etwas Ähnliches hatte Tina vor ein paar Tagen auch gesagt. Wieso war ihr, Marie, nie aufgefallen, was die anderen offenbar drei Meter gegen den Wind gewittert hatten?

»Macht dich das nur sauer«, wollte sie vorsichtig wissen, »oder bist du auch besorgt?«

Ihre Mutter winkte ab. »Iwo, besorgt. Dein Vater kommt mit mir alleine schon nicht klar, was will er dann mit zwei Frauen? Nein, Sorgen mache ich mir keine.« Sie beugte sich nach vorn und wisperte: »Aber es nervt mich, wie sie einen auf Sonderbehandlung macht. Dieses Weibchengetue ist einfach zu viel für mich. Wenn ich könnte, würde ich sie stante pede vor die Tür setzen.«

Marie war erstaunt. Dass ihre Mutter derart angefressen war, hatte sie tatsächlich nicht geahnt.

»Aber dann mach das doch«, schlug sie vor. »Ihr habt ja keinen Vertrag mit ihr abgeschlossen. Wenn du willst, dass sie geht, bittest du sie eben darum.«

Erika Schröder schüttelte entschieden den Kopf. »Nein, vollkommen ausgeschlossen. Was würden denn die Leute sagen?«

»Welche Leute? Doch nicht etwa die, die sich über Annette sowieso das Maul zerreißen?«

»Das ist doch was ganz anderes. Hier in Langweiler kommt es schon darauf an, was die Nachbarn über einen erzählen.« Sie sah an Marie vorbei und nickte jemandem im Hintergrund zu. »Hallo, Fred«, rief sie. »Tut mir leid, dass nur wir im Garten sind. Die Nacktbadesaison ist leider vorbei.«

Marie sah nur noch, wie Fred Kirschner mit hochrotem Gesicht davonmarschierte und so tat, als würde er sich intensiv mit einem Ginsterbusch beschäftigen, der neben der Terrasse seines Hauses wuchs.

»Mama!«, sagte sie erstaunt.

»Ist doch wahr«, knurrte ihre Mutter. »Na ja, also, ich hab mir jedenfalls was überlegt.«

»Aha?«

»Ja. Wenn Papa sich von Britta einwickeln lässt, dann nehme ich mir eben einen Liebhaber. Na, wie klingt das?«

Beschissen?, dachte Marie. Total durchgeknallt? Irre?

»Toll«, sagte sie stattdessen.

»Nicht wahr? Was Annette kann, kann ich schon lange. Offenbar gehört sich das so – dass man irgendwas mit einem anderen anfängt. Jörg und Volker haben es so gemacht, Annette hat es so gemacht« – sie flüsterte –, »und Freds Frau hat angeblich etwas mit dem Bofrost-Mann am Laufen!«

»Mama, echt jetzt!« Allmählich wurde es Marie wirklich zu bunt. »Nur weil die sich nicht treu sind, heißt das doch nicht, dass du es auch nicht sein musst.«

Erika Schröder kniff die Augen zusammen. »Schon klar. Aber am Ende bin ich die Einzige, die übrig bleibt, während alle anderen das Leben genießen?« Sie hob die Augenbrauen. »Keine Sorgen, Mäuschen. Wenn ich so was mache, werde ich ganz diskret sein. So wie du mich eben kennst.«

Marie krümmte sich innerlich. Ihre Mutter war so manches, aber diskret war sie ganz sicher nicht. Sie fröstelte, und ausnahmsweise war der Grund diesmal nicht der Oktoberwind.

»Mama, du solltest mit mir nicht über solche Dinge reden. Ich will nicht, dass du dir einen Liebhaber suchst. Oder dass

Papa was mit Britta anfängt. Vielleicht kann einfach alles so bleiben, wie es ist?«

Erika Schröder zupfte ein paar verlorene Blätter, die in ihrer Strickjahre hängen geblieben waren, aus den Maschen.

»Das wird es nicht, mein Schatz. Nur wer sich ändert, bleibt sich treu. Dein Vater und ich wären nicht so lange miteinander verheiratet, wenn wir nicht gelernt hätten, uns anzupassen.«

Sie sah in die Ferne, und ihr Blick verlor sich irgendwo an einem Punkt, den Marie nicht sehen konnte.

»Aber ein Liebhaber?«

Maries Mutter wiegte den Kopf hin und her. »Gut, das ist vielleicht ein bisschen drastisch. Aber eins sage ich dir, da ist das letzte Wort noch nicht gesprochen.«

»A-U-S-Z-U-G.« Maries Mutter legte die Buchstabenplättchen auf das Spielbrett und lächelte siegessicher. »Neun Punkte. Aber mit doppeltem Wortwert: achtzehn.«

Marie hielt die Luft an, und auch Olaf Schröder blinzelte kurz irritiert. Dann wanderte sein Blick zu Britta und Annette, die die stille Botschaft aber offenkundig nicht verstanden hatten. Was verwunderlich war. Immerhin lagen schon P-A-A-R, W-E-G und A-L-L-E-I-N auf dem Scrabble-Feld.

Britta griff zum Bleistift und notierte: »Achtzehn Punkte für Erika. Das ist die Führung.«

»Vorerst«, sagte Olaf, der es nicht leiden konnte, wenn man ihn nicht gewinnen ließ. Selbst bei Fang den Hut vor mehr als zwanzig Jahren hatte Marie immer absichtlich schlecht gespielt, nur um des lieben Friedens willen. Aus diesem Grund gab es bei diversen Brettspielen auch Schrödersche Sonderregeln, durch die die existierenden je nach Bedarf modifiziert wurden.

Annette, die als Nächste dran war, seufzte. »Ich hab nichts.«

»Ach, Quatsch. Streng dich mal ein bisschen an, Annette«, sagte Marie freundlich, um sie zu ermuntern, und schubste sie mit der Schulter sanft an.

Annette sah auf. »Ich sag doch, ich hab nichts.«

Erika stöhnte. »Meine Güte, wenn ich gewusst hätte, dass du nur runterkommst, um unser Spiel zu sabotieren …«

»Ich *wollte* ja gar nicht runterkommen«, zischte Annette beleidigt.

»Aber es ist doch schön, dass du wieder dabei bist«, verkündete Maries Vater mit einem breiten falschen Lächeln.

»Zeig mal her«, sagte Marie und griff nach der kleinen Plastikhalterung, auf der mittlerweile neun Steine von Annette standen. »Du hast doch alles, was das Herz begehrt«, rief sie, als sie die Buchstaben durchgegangen war.

»Ach, wirklich?«

Marie war sich nicht sicher, ob sie beide von derselben Sache redeten. Sie deutete auf die Buchstabenplättchen. »Damit kann man doch eine ganze Menge anstellen.«

Annette schniefte. Ihre Augen waren immer noch ganz zugeschwollen von der Heulerei. Immerhin hatte sie sich den Schlafanzug aus- und einen Hausanzug angezogen, was durchaus als kleiner Erfolg zu verbuchen war, selbst wenn Marie nicht recht zu sagen wusste, was der Unterschied zwischen einem Schlaf- und einem Hausanzug war. Und ihr selbst auferlegtes Schweigegelübde brach sie auch immer noch nur dann, wenn ihr nichts anderes mehr übrig blieb.

»Also, zwei E, ein D, ein N, ein P, R, G, S, H. Auf den ersten Blick finde ich da schon mal …«

»E-N-D-E«, jubilierte Britta.

Marie warf ihr einen bösen Blick zu. »Ja, auch. Aber das macht viel zu wenig Punkte. Da geht noch mehr, zum Beispiel …« Sie grübelte.

»H-E-R-P-E-S.« Olaf Schröder klatschte vor Begeisterung in die Hände. »Zehn Punkte.«

Annette schluchzte auf und schlug die Hände vors Gesicht.

»Nein, nein«, beeilte Marie sich zu sagen. »Ich meinte eher …«

»N-E-G-E-R«, meldete sich nun Erika Schröder zu Wort.

Marie atmete tief durch. »Wenn ich jetzt auch mal etwas sagen dürfte …«

»Ich hab noch eins, ich hab noch eins!«, rief ihr Vater dazwischen. »N-E-P-E-R.«

Marie verzog das Gesicht. »Och, Papa, das denkst du dir doch aus.«

»So wie du? Dein G-N-A-R-F haben wir dir auch durchgehen lassen.«

»Weil es existiert. Bei *Bernd das Brot* …«

Erneut fiel Olaf Schröder ihr ins Wort. »Im Gegensatz zu dir hab ich es nicht nötig, auf erfundene Worte zurückzugreifen. Neper ist eine Maßeinheit aus der Physik. Kannst du nicht wissen. Aber googeln.« Er schaute selbstzufrieden drein, verschränkte die Arme vor der Brust, und Britta warf ihm einen bewundernden Blick zu.

»Okay, kann sein, dass es das gibt. Die meisten Punkte bringt es trotzdem nicht.« Marie nahm sechs Spielsteine von Annettes kleinem Pult und legte sie auf das Spielbrett, und zwar genau so, dass es an das E in Erika Schröders A-L-L-E-I-N grenzte. »S-P-R-E-N-G-E.«

»Was ist denn das schon wieder?«, fragte Maries Vater mit einem tiefen Seufzer.

»Vielleicht irgendetwas aus der Pferdzucht?« Britta sah fragend in die Runde.

»Nein, das kommt vom Verb sprengen. Bringt elf Punkte, aber vor allem steht es sinnbildlich für sie.« Marie sah Annette eindringlich an. »Ich sprenge die Fesseln meiner eigenen …«

»Das reicht«, sagte Erika. »Sie hat es verstanden.«

Annette hob den Kopf. Ihr Blick war tränenverhangen. »Ihr denkt, ich spinne, oder nicht? Ihr denkt, ich spinne.«

Am Tisch breitete sich eine unangenehme Stille aus, die sich nur mehr als Zustimmung deuten ließ. Olaf Schröder verdrehte die Augen, Erika sortierte ihre Spielsteine neu, und Britta studierte spontan ihre Fingernägel. Nur Marie sah Annette nach wie vor direkt ins Gesicht.

»Nein, nicht spinnen, aber … Na ja. Du lässt dich schon ganz ordentlich hängen.« Marie zog verlegen die Schultern hoch.

Olaf Schröder hob die Hand. »Ich denke das, ja.«

Schlagartig drehten sich alle zu ihm um.

»Du denkst was?«, fragte Marie.

»Dass sie spinnt.« Ihr Vater zuckte mit den Schultern. »Ich glaube, sie hat ein Rad ab. Wie kann man sich denn derart gehen lassen, hmm? Das bisschen Liebeskummer …«

Weiter kam er nicht. »Was weißt du schon von Liebeskummer, hä?«, ereiferte sich Annette.

»Du könntest wirklich ein bisschen sensibler sein«, warf Maries Mutter ein.

Marie starrte ihren Vater fassungslos an. »Erde an Papa. Schon mal was von Feingefühl gehört?«

Er winkte ab. »Ach, Feingefühl. Wie es in den Wald hineinschallt … Du weißt schon, was ich meine.«

»Papa!«

»Was ist denn?«

Marie wurde laut. »Jetzt sei halt nicht so grässlich unsensibel!«

Inzwischen hatte Britta den Arm um Annettes Schultern gelegt und streichelte ihr den Rücken. »Er meint es nicht so …«

»Aber sicher meine ich das so!«, fuhr Maries Vater sie an.

Erika Schröder schüttelte nur den Kopf. »Ts, ts, ts.«

Annette seufzte. »Er fehlt mir eben … Und ich hab alles kaputt gemacht. Oder etwa nicht?«

Olaf Schröder nickte. »Doch, ich denke schon. Das ist hinüber. Aus und vorbei.«

Annette hickste, und wieder stiegen ihr Tränen in die Augen.

Maries Vater hob die Hände. »Jetzt heult sie schon wieder …«

»Dann mach es einfach wieder ganz«, schlug Marie vor, bevor bei Annette sämtliche Dämme zu brechen drohten. Auch wenn sie fand, dass ihr Vater sich unmöglich benahm, musste sie ihm insgeheim, zähneknirschend und in aller Stille recht geben. Die Flennerei war tatsächlich ein bisschen viel gewesen.

»Aber wie?«, schluchzte Annette.

»Erobere ihn zurück.«

»Dann wird er wollen, dass ich zu unserer Liebe stehe.«

»Und was wäre so schlimm daran?«

Annette zuckte mit den Achseln. »Ich weiß nicht … Ist das nicht … peinlich? Ich finde das peinlich. So eine alte Frau mit so einem jungen Kerl …«

»Also, hör mal!« Olaf Schröder beugte sich über den Tisch nach vorn. »Du bist doch keine alte Frau! Du und Britta, ihr seid doch in den besten Jahren.«

»Danke, Olaf.« Britta legte eine Hand auf seinen Arm und beugte sich zu ihm vor. Zu nahe – und zwar deutlich –, wie Marie feststellte.

R-U-H-E.

Erika Schröder hatte ein neues Wort gelegt, was allerdings niemand zur Kenntnis nahm.

»Nein, das geht nicht.« Annette straffte die Schultern und wischte sich die Tränen aus den Augen. »Ich kann das nicht. Dem Gerede halte ich nicht stand. Und was sollen die Kinder dazu sagen? Sie werden es nicht gutheißen. Mustafa ist doch nur ein paar Jährchen älter als sie selbst.«

»Du meinst deine erwachsenen Söhne, die mit beiden Beinen im Leben stehen und schon seit geraumer Zeit nicht mehr zu Hause wohnen? Die auf deiner Seite sind, was die Trennung von deinem Mann angeht?« Marie ließ das X- und das M-Steinchen in ihrer Hand klimpern.

»*Noch* sind sie auf meiner Seite. Aber was, wenn sie das mit Mustafa erfahren?«

»Dann werden sie wissen, dass du eine Frau in den Fünfzigern bist, die sich eben in einen jüngeren Mann verliebt hat.«

Annette schüttelte den Kopf. »Nein, Marie. Lieb von dir, dass du das sagst, aber das ist völlig ausgeschlossen.« Sie schneuzte sich in ein Taschentuch, das sie aus dem Hausanzugsärmel gezogen hatte.

»Aber es wäre …«, setzte Marie erneut an, wurde jedoch unterbrochen.

»Hast du nicht noch andere Geschichten, die dich interessieren? Es muss doch nicht ständig *mein* Liebesleben sein.«

Na ja. Maries eigenes Liebesleben war ja eine eher kurze Episode. Genau genommen ein Dreizeiler. Sich damit zu beschäftigen wäre eher was für zwischendurch.

»Ah, wunderbar«, mischte sich Maries Vater wieder ein und wandte sich seiner Tochter zu. »Was machst du eigentlich an einem Samstagabend hier bei uns? Solltest du nicht in der Stadt sein und die Puppen tanzen lassen? Dann würdest du vielleicht auch endlich einen Mann finden, der dich heiratet.«

Heiraten? Puppen? Stadt? An dem, was ihr Vater gesagt hatte, war so vieles falsch, dass Marie gar nicht wusste, wogegen sie sich zuerst verteidigen sollte. Mittlerweile war sie sich ziemlich sicher, dass sie es überhaupt nicht eilig hatte, einen Mann zu finden. Wenn sie sich Annettes Kummer vor Augen hielt. Brittas rastlose Energie. Der unter der Oberfläche brodelnde Konflikt zwischen ihren Eltern. War es wirklich so ein erstrebenswertes Ziel, einen Partner fürs Leben zu finden? War es nicht viel besser, sich erst mal nur für eine gewisse Zeit zu binden?

Sanne hatte früher, bevor sie Lucio kennengelernt hatte, immer gesagt: »Eigentlich bräuchte man ja drei Männer: einen zum Kinderkriegen, einen fürs Bett und einen für die Steuererklärung.« Marie war das immer komplett unromantisch vorgekommen, diese Aufteilung, doch mittlerweile war sie sich gar nicht mehr sicher, ob es klug wäre, sich einen einzigen Mann für sämtliche Belange des Lebens zu suchen. Vielleicht war es ja doch wie bei diesen Multifunktionsgeräten – Drucker, Kopierer und Fax in einem. Wenn da eine Funktion kaputt ging, war das ganze Ding im Eimer und die Reparatur sauteuer bis unmöglich. Wieso alle Wünsche, Träume und Hoffnungen auf eine einzige Person fixieren, die einen schlimmstenfalls verließ und mit drei kleinen Kindern und einem Berg von Schulden sitzenließ? Oder betrog, über Jahre? Vielleicht war es wirklich besser, dachte Marie, wenn man die jeweiligen Lebensaufgaben auf mehr Köpfe verteilte. Erst einmal suchte man sich einen Kerl, mit dem man Kinder bekam. Wenn der nicht mehr passte, suchte man sich einen anderen, machte auf Patchworkfamilie und bestritt die folgenden Jahre gemeinsam – bis die Kinder aus dem Haus waren. Wenn man sich als Paar dann nicht mehr leiden konnte, suchte man sich einfach einen Gefährten für den nächsten Lebensabschnitt. Oder war das nur die

Theorie einer total verzweifelten jungen Frau, die steil auf die dreißig zuging und arbeitslos im Haus ihrer Eltern hockte?

»Ich hab eine Idee«, sagte ihr Vater unvermittelt, bevor sie zu einer müden Ausrede ansetzen und erklären konnte, warum sie sich nicht in einem Club in Idar-Oberstein von wildfremden Oberlippenbartträgern antanzen lassen wollte. »Wir machen morgen einen Ausflug. Wir alle zusammen. Um mal rauszukommen aus unserem Trott.«

»Das ist keine Idee, das ist eine Katastrophe«, flüsterte Erika Schröder mit Blick auf die beiden Damen und seufzte.

»Ganz großartig«, rief Britta – doch dann schien ihr wieder etwas einzufallen. »Aber ich bin doch auf dem Erntefest und verkaufe Kuchen?«

»Ich bin auch schon verabredet«, log Marie.

»Und ich bleibe im Bett«, flüsterte Annette und schien großen Wert darauf zu legen, dass alle mitbekamen, dass es wieder Zeit für sie war, in Schweigeklausur zu gehen.

»Wisst ihr was?«, fauchte Olaf Schröder und sprang von seinem Stuhl auf. »Ich hab jetzt ein für alle Mal die Nase gestrichen voll von dieser Trauerveranstaltung. Dauernd gebt ihr nur Widerworte. Nie kann man es euch recht machen!«

»Aber … Olaf!« Das war Britta.

»Ihr? Euch? Wen meinst du? Die Weiblichkeit als Ganzes?«, wollte Marie wissen.

»Euch alle zusammen! Die Stimmung hier geht mir allmählich mächtig auf die Nerven. Du« – er zeigte auf seine Frau – »lästerst die ganze Zeit nur noch über Britta.«

»Aber … Erika!« Britta keuchte entsetzt auf.

»Und du« – diesmal zeigte er mit dem Finger auf Annette – »versinkst in Selbstmitleid. Und du« – jetzt war Marie an der Reihe – »scheinst es hier offensichtlich ein bisschen zu bequem zu haben. Du machst doch keinen Finger krumm, um endlich wieder auszuziehen.«

»Und Britta?«, wollte Marie wissen, die die Anschuldigungen ihres Vaters halbwegs kaltließen. Nichts, was sie nicht schon häufiger gehört hätte …

»Britta?« Ihr Vater wirkte verwirrt. Er wandte sich Britta zu. »Also, die … ist doch egal.«

Die Angesprochene schien die Doppeldeutigkeit von Olafs Ausruf nicht erkannt zu haben, verzog beinahe schon überheblich das Gesicht und bedachte Marie mit einem »Da hast du's«-Blick, den sie bislang nur von ihrer jüngeren Schwester gekannt hatte.

»Ich versuche, hier alles zusammenzuhalten«, rief Olaf Schröder, inzwischen zusehends aufgebracht, »aber ihr Weiber seid einfach nur hysterisch. Ich hab die Schnauze voll. Gestrichen. Ich mache morgen meinen eigenen Ausflug. Ohne euch. Dann könnt ihr sehen, was ihr davon habt.«

Er machte auf dem Absatz kehrt, verließ mit ein paar langen Schritten das Wohnzimmer und hinterließ dabei eine vorwurfsvolle Stille. In den ersten Augenblicken nach seinem Ausbruch sagte erst mal niemand etwas. Die Frauen taxierten einander mit Blicken, und es war vollkommen offensichtlich, dass jede von ihnen versuchte auszuloten, ob dem Herrn des Hauses bloß der Geduldsfaden gerissen war oder ob an seinen Vorwürfen wirklich etwas dran war.

Dann, nach einer Weile, zog Annette erst die Nase hoch und erhob anschließend die Stimme. »War was?«

Britta schüttelte den Kopf. »Nein.«

»Alles in bester Ordnung«, sagte Erika Schröder und sah konzentriert auf das Spielfeld hinab, und Marie fragte nur: »Wer ist dran?«

13

… konnten wir Ihre Bewerbung bedauerlicherweise nicht in die engere Wahl einbeziehen … kein Studienschwerpunkt Musik … müssen Ihnen leider mitteilen … danken Ihnen für Ihr Interesse …

Marie ließ den Brief sinken. Schon wieder eine Absage. Diesmal von dem Musiklabel in Düsseldorf, bei dem sie sich für ein Praktikum – nur für ein Praktikum! – beworben hatte. Sie seufzte. Das würde die Stimmung im Hause Schröder nicht unbedingt zum Überkochen bringen – oder eben doch, dann aber anders als gewollt.

Vor zwei Tagen erst hatte sie die Absage auf eine der beiden anderen Bewerbungen erhalten – weil sie für die Stelle an der Pforte einer Druckerei überqualifiziert war. Als hätte sie das nicht schon vorher gewusst. Als hätte sie ernsthaft an der Pforte arbeiten wollen.

»Einmal unterqualifiziert, einmal überqualifiziert. Niemandem kann man es recht machen.« Marie blies die Backen auf und ließ die Luft dann langsam entweichen. Und auch was die Plakatgestaltung für die Laienspielgruppe anging, machte sie sich wenig Hoffnung. Nach Perlen-vor-Säue-Werfen stand ihr ehrlich gesagt auch gar nicht mehr der Sinn. Wenn die deutschsprachige Kulturlandschaft nicht bereit für sie war, dann pfiff sie eben drauf. Und wenn es an jeder Ecke jüngere, qualifiziertere Bewerber mit mehr Doktortiteln und der Bereitschaft gab, für lau zu arbeiten, dann war es ohnehin allerhöchste Zeit, sich nach etwas anderem umzusehen.

»Eine Einladung zum Vorstellungsgespräch?« Erika Schröder war in den Flur getreten und beugte sich erwartungsvoll über die Schulter ihrer Tochter, die das Schreiben eilig zusammenfaltete und in der Hosentasche ihrer Jogginghose verschwinden ließ.

»Nein. Eine Absage. Verdammter Mist.« Sie stemmte die Hände in die Hüften. »Was mache ich nur falsch? Warum will mich keiner haben?«

»Bewirbst du dich vielleicht auf die verkehrten Stellen?«

Marie schüttelte den Kopf. »Möglich. Aber den Chefredakteursposten vom *Mannheimer Morgen* halte ich für unrealistisch.« Sie seufzte. »Das Problem ist das Reinkommen – wenn man das erst mal geschafft hat, ist der Rest ein Kinderspiel. Aber ich bekomme ja noch nicht einmal die Chance ...«

»Such dir doch einfach was ganz Eigenes«, flötete Britta, die mit einer Kuchenglocke in der Hand aus der Küche getrippelt kam. Offenbar hatte sie das Gespräch belauscht. Was eigentlich nicht okay war, mittlerweile aber auf der Tagesordnung stand.

Marie sah sie skeptisch an. »Wie, was Eigenes?«

»Also, seit ich das Backen für mich entdeckt habe, geht es mir for-mi-*da*-bel. Ich hab beim Erntefest einhundertsiebzehn Euro eingenommen, und alle wollten sie meine Rezepte haben. Sogar einen Auftrag für eine Hochzeit habe ich bekommen – eine Torte, dreistöckig. Ist das nicht fantastisch?«

»Ja, das ist ... toll.« Marie schluckte schwer. Wenn sogar Britta beruflich auf einen grünen Zweig kam – auch wenn dieser immer noch ein zerbrechliches kleines Ästlein war –, wurde die Luft tatsächlich dünn.

»Britta hat recht. Du solltest dich mit etwas beschäftigen, was du wirklich magst.«

»Und was soll das sein? Schlafen? Essen?«

»Deine Möbel zum Beispiel.«

Marie zog die Augenbrauen hoch. »Meine *Möbel*?«

Britta nickte. »Ja, ich finde auch, du warst viel besser gelaunt, als du diese Kommode angepinselt hast.«

»Magst du dir nicht noch so ein Projekt suchen?«, wollte Erika Schröder wissen. »Ich denke da an den Schrank im Keller. Da stehen die Einmachgläser drin, aber ich könnte ihn ruck, zuck für dich frei räumen. Quasi als berufliche Entwicklungshilfe.«

Marie dachte kurz über das Angebot nach. In der Tat: Seit sie nicht mehr an der Restauration der Möbel arbeitete, hatte ihr diese Beschäftigung gefehlt. Sie hatte mit der kleinen Kommode angefangen und sie, wie ihre Mutter vorgeschlagen hatte, hellgelb und blau gestrichen, und dank Hans-Dieters Lacken und seinem Tipp, einen zweiten Schleifvorgang einzubauen und niemals eine Rolle, sondern immer nur Echthaarpinsel zu verwenden, war daraus ein echter Hingucker geworden. Fast wie vom Profi. Schade nur, dass die Kommode im Keller stand, wo niemand sie sehen konnte.

Der kleine Nierentisch war ebenfalls repariert und erstrahlte inzwischen in frischem Möbelpoliturglanz. Den Sessel hatte sie mit Hilfe ihrer Mutter mit einem pistaziengrünen Cordstoff bezogen, den Erika Schröder offenbar seit den Achtzigern auf dem Dachboden aufbewahrt hatte. Und der kleinen Minibar aus den Sechzigern stand ihr knallig orangefarbener Anstrich hervorragend zu Gesicht. Das Innere hatte Marie mit einer Retrotapete in Braun und Orange ausgekleidet – kein Relikt vom Dachboden, sondern im Internet bestellt, als Restposten. Dann hatte sie die Möbel ins beste Licht gerückt, fotografiert und die Bilder per E-Mail an ihre Schwester geschickt. Sie war gespannt, was passieren und ob Tina tatsächlich jemanden finden würde, der ihr die Sachen abkaufen wollte.

»Was denn für ein Schrank?«

»Na, das alte Küchenbüfett von Oma Liesl.«

»Ach, Mama, der ist doch viel zu alt.«

Erika Schröder verzog das Gesicht. »Nicht älter als der andere Kram.«

»Ist da nicht die Tür aufgequollen? Damals, als das Wasser im Keller stand? Und die Füße sind doch auch hinüber. Hat Papa nicht einfach irgendwann ein paar Holzklötze druntergeschoben?«

Ihre Mutter schnaufte. »Ich kann es dir nur anbieten. Was du draus machst, ist deine Sache. Aber wie dein Vater sagen würde: Dem Glück muss man schon …« Sie hielt mitten im Satz inne.

Marie fragte: »Was?«

Ihre Mutter zuckte nur mit den Achseln. »Keine Ahnung, ich hab noch nie das Ende von dem Spruch gehört.«

»Schreinerei Kessler, Daniel Kessler am Apparat. Was kann ich für Sie tun?«

»Wow, das klingt ja richtig professionell. Man könnte glatt meinen, dass du es ernst meinst«, sagte Marie. Auch wenn sie es hinter einem frechen Spruch verbarg: Ein klein wenig beeindruckt von ihrem alten Klassenkameraden war sie doch. Er hatte eine eigene Schreinerei. Eine echte. Mit Mitarbeitern, die einen durchstellten zum »Chef«. In Maries Ohren klang das schwer nach »Da hat es einer geschafft«.

Zu ihr wurde nie jemand durchgestellt. Wenn überhaupt mal jemand bei ihnen zu Hause anrief – was eher selten passierte –, dann sagte niemand: »Moment, ich verbinde Sie.« Dann wurde quer durchs Haus gebrüllt, dass die Wände wackelten: »Mariiihiiiee! Telefon!«

Daniel erkannte ihre Stimme sofort. »Das ist ja eine nette Überraschung! Rufst du an, weil du mal wieder meine Preziosen inspizieren willst?« Er hielt inne und sagte dann verlegen: »Okay, das klang wirklich ein bisschen anzüglich.«

Marie lachte. Ihr Blick fiel auf das Lieblingssofakissen ihrer Mutter, das jüngst Bekanntschaft mit Annettes Liebesleben gemacht hatte. Danach war es zweimal gewaschen und mit Desinfektionsmittel behandelt worden. Seitdem roch es ein wenig klinisch.

»Frau Dreier guckt auch schon ganz komisch.« Offenbar wandte er sich jemandem zu, der sich bei ihm im Büro befand: »Nein, alles gut, Frau Dreier. Das ist nur ein privater Anruf.« Er gluckste, und Marie hörte, wie eine Tür geschlossen wurde. »So, jetzt sind wir ungestört.«

»Äh, also, Frau Dreier hätte aber ruhig bleiben können«, erwiderte Marie etwas verwirrt. »Mein Anruf ist rein beruflicher Natur. Ich will mit dir über ein echtes Schmuckstück sprechen. Ich brauche einen fachkundigen Rat des Schreiners meines Vertrauens.«

»Ein echtes Schmuckstück?« Daniel senkte die Stimme. »Von was genau sprechen wir denn?«

»Von einem Schrank. Bei uns im Keller. Der Keller ist ein bisschen feucht gewesen …«

»Äh … okay.« Daniel schien mittlerweile noch verlegener zu sein. »Wir reden hier also von einem echten Möbelstück oder von …«

Marie verstand nicht, was er meinte. »Wie bitte?«

»Ach, vergiss es. Worum geht es?«

»Um einen Schrank. Aus dem Keller meiner Eltern. Ich würde gern wissen, ob man ihn noch retten kann. Hättest du Lust vorbeizugucken und ihn dir anzusehen, wenn du mal in der Nähe bist?«

»In Langweiler«, sagte er trocken, »ist irgendwie alles immer in der Nähe, findest du nicht?«

»Das stimmt.« Marie musste lächeln.

»Wann soll ich denn vorbeikommen?«

Sie zuckte mit den Schultern, auch wenn ihr klar war, dass Daniel das nicht sehen konnte. »Wann immer du willst. Ich bin eigentlich ständig da.«

»Okay. Gibst du mir trotzdem deine Handynummer?«

Marie stutzte. Sie hatte wegen einer fachkundigen Einschätzung angerufen, rein formell also. Zwischendurch hatte sie kurz das Gefühl gehabt, dass sich das Gespräch in eine nicht ganz so formelle Richtung entwickelt hätte, und jetzt stellte Daniel ihr schon wieder eine Frage, die sie nicht richtig einordnen konnte. Flirtete er etwa mit ihr?

»Damit ich dich anrufen kann … falls du nicht da bist.« Daniel klang jetzt noch verlegener als zuvor.

»Mein Handyvertrag ist ausgelaufen«, erklärte Marie. »Weil es bei mir in letzter Zeit ja nicht so rosig ausgesehen hat, hab ich ihn nicht verlängert.«

Es rief sie ohnehin niemand an, und wer ihr wichtig war, der wusste mittlerweile, dass sie bei ihren Eltern erreichbar war, und die wiederum standen im Telefonbuch.

»Du kannst mich übers Festnetz erreichen.«

»Wenn ich also vorbeikomme und du bist nicht da, dann kann ich dich auf dem Festnetz anrufen. Was du aber nicht mitbekommen wirst, weil du ja nicht da bist.«

»Äh … ja.« Sie unterließ es, ihn über die komplizierten Wohnverhältnisse bei ihren Eltern zu unterrichten und darüber, dass es fast schon ein Ding der Unmöglichkeit war, dass gar niemand ans Telefon ging. Leider.

Daniel schwieg. Marie ebenfalls. Irgendwie schien jeder von den beiden darauf zu warten, dass der andere etwas sagte.

»Ich muss dann wieder mal«, durchbrach Marie die Stille.

»Okay, bis bald.«

Sie legte auf.

Das war schon mehr als komisch. Daniel Kessler, den sie über ihre gesamte Schullaufbahn hinweg gern täglich mehrfach zum Mond geschossen hätte, war urplötzlich nicht mehr nur nett, sondern auch so was wie ihr einziger sozialer Kontakt in ihrer Altersgruppe hier vor Ort. Sie musste sich eingestehen, dass sie sich darauf freute, dass er sie irgendwann im Rosengarten besuchen kommen würde.

Ich hänge eindeutig zu viel mit Erwachsenen herum, dachte sie. So mussten sich Kinder fühlen, die ohne Geschwister, Cousins oder Cousinen aufwuchsen und als Spielkameraden bloß die Eltern und deren ebenso erwachsene Freunde hatten. Irgendwie wurde man mit der Zeit wie sie, fand Marie, und irgendwie war das nicht gut mit Ende zwanzig. Die wöchentlichen Scrabble-Abende gehörten mittlerweile genauso zu ihrem Alltag wie das frühe Aufstehen, das gemeinsame Frühstück und der *Tatort* am Sonntag. Sie war seit Ewigkeiten nicht mehr ausgegangen oder hatte das Haus für eine private Unternehmung verlassen, sah man mal von vereinzelten Shoppingtouren mit Britta in die Backwarenabteilung des Supermarktes oder von ihrem Vorstellungsgespräch bei Hans-Dieter ab. Vielleicht fühlt es sich so an, wenn man in Rente geht, dachte Marie. Von Tante Gudrun, die trotz ihrer finanziell sehr lohnenden Heiraten immer gearbeitet hatte, wusste sie, dass die Rente eine komische Sache war. »Man denkt, man hat dann ganz viel Zeit, um endlich all die Dinge zu tun, die man sein Leben lang hintangestellt hat«, hatte sie bei einem ihrer letzten Treffen gesagt. »Aber kaum geht man nicht mehr täglich zur Arbeit, hat man urplötzlich tausend Dinge zu tun. Ich hab viel weniger Zeit als früher, zumindest fühlt es sich so an. Oder ich brauche doppelt so lang – das kann natürlich auch sein. Es ist jedenfalls *absolümo fu*.«

Total verrückt? Ja, das war es – genau wie Gudruns Eigenart, ihren rudimentären Französischwortschatz an beliebigen Stellen ins Gespräch einfließen zu lassen. Ein Überbleibsel ihrer ersten Ehe. Der dazugehörige Mann war aus dem Elsass gekommen.

Es klingelte an der Tür. Marie zuckte zusammen, so tief war sie in Gedanken an ihre Frührente versunken gewesen.

»Ich geh schon«, rief Britta und flitzte bereits aus der Küche. Mit ihren mehlweißen Händen, die sie in die Höhe hielt, und der obligatorischen Schürze um den Bauch sah sie aus wie ein Chirurg aus dem OP.

Marie blieb auf dem Sofa im Wohnzimmer sitzen. Sie hatte in den vergangenen fünf Wochen keinen Besuch erhalten. Selbst der Briefträger hatte sich nicht ein einziges Mal nach ihr erkundigt, obwohl das Klingelschild der Schröders mittlerweile wild aussah: Neben den Namen ihrer Eltern pappte ein Tesafilmstreifen, auf den Marie mit wasserfestem Stift ihren Namen gekritzelt hatte, und darüber klebte ein Post-it mit dem Schriftzug »A. Jung«. Und schließlich hatte auch Britta irgendwie ihren Namen dazwischengequetscht.

Von der Haustür drangen Stimmen zu ihr herüber. Marie konnte kein Wort verstehen, aber das war ihr egal. Sollte Britta das doch regeln. Annette hatte sich in den vergangenen Tagen zwar ein wenig gefangen, schwieg aber zeitweise immer noch beharrlich, trotzdem war Britta, was die gute Laune im Haus anging, mit Siebenmeilenstiefeln davongeprescht und inzwischen kaum mehr einzuholen.

Die Stimmen von der Tür wurden lauter, und eine dritte Stimme mischte sich in das Gespräch ein. Vermutlich Maries Mutter, die heute freihatte und das Haus mit den himmlisch herbstlichen Salzteigfigürchen dekorierte, die Marie und Tina vor Urzeiten gebastelt hatten.

Marie seufzte tief. Nach dem Gegacker vom Eingang zu urteilen, war der Postbote wieder einmal überfordert mit der Aufgabe, sämtliche Briefe ihrem rechtmäßigen Empfänger zuzuordnen. Zumindest behauptete das Olaf Schröder gern, wenn er mal wieder Briefe an Marie geöffnet hatte und es hinterher wie ein Versehen aussehen lassen wollte.

»Annette?«, rief Brittas Stimme plötzlich durchs Haus. »Das musst du dir ansehen! Hier ist ein Mann, der angeblich Marie besuchen will.«

So schnell sie konnte, kam Marie auf die Beine – wobei sie beinahe über den Couchtisch gestürzt wäre. Besuch? Noch dazu von einem Mann? Für sie? Daran war so vieles falsch, dass sie sich zunächst gar nicht entscheiden konnte, worüber sie sich als Erstes wundern sollte.

Sie hetzte durchs Wohnzimmer und kam im Flur schlitternd zum Stehen. Doch dort stand nicht irgendein Mann und auch nicht irgendein Besuch – es war Daniel, der sich umringt von ihrer Mutter, Britta und inzwischen sogar Annette von allen Seiten bewundern ließ.

»Das ist aber eine schöne Überraschung«, gurrte Maries Mutter und tätschelte Daniel den Arm. »Ist das nicht der Junge von den Kesslers? Herr Kessler, haben Sie sich verlaufen?«

»Gut sieht er aus«, bemerkte Annette knapp.

»Nur Daniel, bitte«, warf er sichtlich amüsiert ein.

»Wollen wir uns nicht alle duzen?«, fragte Annette mit einem überraschend koketten Augenaufschlag. »Ich finde, wir sollten uns duzen.« Sie kicherte. Wenn das mal keine Krisenblitzheilung war. Aber Daniel entsprach ja auch genau ihrem Beuteschema.

»Hallo, ich bin Britta«, sagte Britta und reichte ihm die mehlige Hand. Dann strich sie sich verlegen eine Haarsträhne aus dem Gesicht und verteilte großzügig Mehl auf ihrer Stirn.

Marie atmete tief ein und wieder aus. Offenbar hatten die vergangenen zehn Jahre Daniels Wirkung auf Frauen jedweden Alters keinen Abbruch getan, ganz im Gegenteil. Zugegeben – er wirkte männlicher als früher, ohne jedoch seinen lausbubigen Charme verloren zu haben. In seinen Augen blitzte es, als er von Neuem ansetzte: »Wie gesagt, ich bin Daniel.« Er schmunzelte und warf Marie einen Blick zu, die immer noch stocksteif in der Diele stand. »Ich war gerade in der Gegend«, fügte er hinzu.

»Ich habe nicht damit gerechnet, dass ›bis bald‹ *so* bald sein würde«, erwiderte Marie. Der Schock stand ihr vermutlich ins Gesicht geschrieben. Als ihr siedend heiß einfiel, was sie gerade anhatte, musste sie sich zwingen, nicht an sich hinabzusehen. Eine ausgeleierte graue Jogginghose, ein ausrangierter rosafarbener Kapuzenpullover. Sie musste an die Worte ihrer Mutter denken, die ihr ein Leben lang eingetrichtert hatte, sich morgens immer etwas Ordentliches anzuziehen, selbst wenn man keinen Besuch erwartete oder das Haus nicht zu verlassen gedachte. »Das hat etwas mit Selbstachtung zu tun«, hatte sie stets erklärt, und schlagartig wurde Marie bewusst, was ihre Mutter damit gemeint hatte.

»Komme ich ungelegen?«, fragte Daniel.

»Aber nein«, rief Britta. »Ich backe gerade Kuchen, als wenn ich es geahnt hätte.« Sie lachte laut auf und sang: »Hätt ich dich heut erwartet, hätt ich Kuchen gemacht …«

»Maries Freunde sind auch unsere Freunde«, sagte Erika beflissen. »Ist doch toll, dass sie endlich mal jemanden mitbringt.«

»Ich habe ihn doch gar nicht …«, setzte Marie an, wurde jedoch unterbrochen.

»*Mi casa es su casa,* oder nicht?«, sagte Annette und strahlte ihn an.

Erika Schröder zog die Augenbrauen hoch, verkniff sich jedoch einen Kommentar.

Die Damen zogen Daniel in Richtung Wohnzimmer. Wie ein aufgeregter Bienenschwarm umringten sie ihn. Daniel warf Marie über die Köpfe der Meute hinweg einen hilflosen Blick zu und formte mit den Lippen ein stummes »Tut mir leid«, zog die Schultern hoch und wurde weiter ins Wohnzimmer hineingeschoben, wo Erika mit einem Lappen den Tisch abwischte, Annette sich neben ihm aufs Sofa pflanzte und Britta den Inhalt der Kuchentheke herunterratterte.

»Wir haben Käsesahne, Kirschkuchen, Marmorkuchen, Schokoladenmuffins und einen Hefezopf, backfrisch, kommt gerade aus dem Ofen.«

»Eigentlich wollte ich ...«, setzte Daniel an, doch weiter kam er nicht.

»Willst du vielleicht Kaffee? Oder Tee?« Maries Mutter sprang vom Sessel auf, in dem sie gerade erst Platz genommen hatte.

»Du bekommst ein Stück vom Hefezopf, der ist noch warm«, entschied Britta und lief mit schnellen Tippelschritten in die Küche.

»Und einen Kaffee, schön stark, so wie ihn echte Männer lieben«, fügte Annette hinzu.

Marie bedachte sie mit einem bitterbösen Blick, doch Annette nahm nicht die geringste Notiz von ihr. Stattdessen starrte sie den Aufnäher auf Daniels hellbrauner Arbeitshose an.

»Schreinerei Kessler – Wir vermöbeln Sie nach Maß«, las sie laut vor. Und lachte noch lauter auf. Zu laut, ganz eindeutig. Als niemand mitlachte, sah sie sich irritiert um. Sowie sie Maries skeptischen Blick auffing, schien es ihr allmählich zu dämmern, dass sie sich besser verflüchtigen sollte.

»Ich werd den Damen dann mal in der Küche helfen«, gurrte sie und berührte Daniel am Arm. »Nicht weglaufen!«

Als sie endlich verschwunden war, hob Marie den Kopf und sah Daniel an. »Es ist irre … kompliziert.«

Er lächelte. »Ich hab's mir schlimmer vorgestellt.«

»Aber … Aber woher weißt du von Annette und Britta? Ich hab dir doch gar nichts von ihnen erzählt.«

Daniel grinste. »Das ganze Dorf redet von nichts anderem mehr. Die Arche Olaf ist das Gesprächsthema Nummer eins. Frau Götz von der Bäckerei vermutet, dass dein Vater zum mormonischen Glauben konvertiert ist.«

»Oh.« Das war ja wieder typisch. »Das ist ein bisschen peinlich, schätze ich …«

Er winkte ab. »Quatsch. Endlich passiert hier mal was.« Er hielt kurz inne, dann sagte er: »Eigentlich bin ich vorbeigekommen, um mir den Schrank anzusehen, von dem du erzählt hast.«

Marie sprang auf. »Dann lass uns das machen, bevor die anderen zurückkommen.«

Eilig und so leise wie nur möglich liefen sie hinunter in den kleinen Abstellraum, wo Waschmaschine und Trockner nebst besagtem Schrank standen. Um dorthin zu gelangen, mussten sie an Maries Zimmer vorbei. Unglücklicherweise stand die Tür gerade offen. Daniel blieb verdutzt stehen und warf einen Blick hinein. »Oha.«

»Ja, was soll ich sagen …« Marie verknotete verlegen die Hände vor dem Bauch, während sie mitansehen musste, wie Daniel sich in ihrem Zimmer umblickte.

»Hier lebst du also?«

Sie lächelte schief. »Unfreiwillig. Übergangsweise.«

»Ist doch wurscht«, sagte er. »Ich bin doch auch wieder ins Haus meiner Eltern eingezogen.«

»Das war doch was ganz anderes.«

»Es muss dir nicht peinlich sein.« Er drehte sich um und kam ein paar Schritte auf sie zu. Mit den Händen berührte er sie an den Oberarmen. »Ehrlich, so eine Phase hat doch jeder mal. Das ist okay. Und du machst doch das Beste draus.«

Na ja. Da war sich Marie nicht ganz so sicher.

»Wenn ich eins weiß, dann das: Aufstehen, nachdem man sich längsgelegt hat, zahlt sich aus. Und jetzt zeig mir den Schrank, von dem du gesprochen hast.«

Sie gingen weiter in den zweiten Kellerraum, und Marie war froh, ihre Höhle verlassen zu können. Auch wenn sie Daniel schon seit Jahren kannte, war es ihr unangenehm, dass er ihre Notlage derart vor Augen geführt bekommen hatte – eindrucksvoll dargestellt in Form einer Luftmatratze mit unordentlichem Bettzeug drauf, eines improvisierten Weinkistenregals und von Klamotten, die überall auf dem Boden herumlagen. Doch jetzt war es zu spät für falschen Stolz.

»Das ist er.« Marie deutete auf das Möbelstück in der Ecke: ein schmaler hölzerner Büfettschrank, cremefarben lackiert, aber doch ziemlich in die Jahre gekommen. Die Scheiben im oberen Bereich der beiden Türen waren staubig, aber zumindest nicht eingetrübt. Allerdings sahen die Fronten der unteren Hälfte umso schlimmer aus. Die Beine fehlten auch. Die waren abgefault, nachdem vor ein paar Jahren Wasser in den Keller eingedrungen war und wochenlang dort gestanden hatte. Maries Eltern waren im Wohnwagenurlaub gewesen und hatten deswegen nichts davon mitgekriegt.

»Ein schönes Stück.« Daniel trat näher und legte die Hand auf den Korpus – beinahe zärtlich, wie Marie feststellte. Er strich behutsam über den Lack, der an einigen Stellen bereits abblätterte. »Die Oberfläche hier ist okay, aber weiter unten …« Er ging in die Hocke, und Marie tat es ihm gleich. »Nein, das rentiert sich wirklich nicht«, sagte er nachdenklich und tippte mit dem Fingerknöchel gegen die aufgequollene Tür. »Das Holz hier ist komplett im Eimer.«

»Könnte man die Türen nicht ersetzen?«

Daniel wiegte den Kopf hin und her. »Doch, aber das lohnt sich finanziell ehrlich gestanden nicht. Die Beine sind ja auch hinüber. Und selbst wenn dir der Schreiner deines Vertrauens einen Supersonderpreis machte, würde es immer noch so teuer werden, dass du das Ding nicht mehr mit Gewinn verkaufen könntest.«

»Schade.« Marie war geknickt. Sie hatte sich auf die Renovierung des Möbelstückes gefreut. Sehr sogar, wie sie bemerkte – jetzt, da das vernichtende Urteil des Fachmanns ausgesprochen war. Sie stand auf.

»Aber eigentlich ist das doch kein Problem«, sagte Daniel und erhob sich ebenfalls. »Hast du morgen schon was vor?«

Marie sah ihn prüfend von der Seite an. Flirtete er etwa schon wieder?

»Nein. Also, doch, klar, aber das kann ich verschieben.«

Sie hatte gar nichts vor. Überhaupt nichts. Aber das musste sie ihm ja nicht auf die Nase binden.

»Okay, dann zieh dir was Hübsches an, ich hol dich um acht ab.«

Was Hübsches? Oje! Dann war es also doch ein Date. Ausgerechnet jetzt, da sie keins haben wollte.

Marie lächelte gezwungen. Entgegen ihrer Absicht wurde sie nervös. In ihrem Magen rumorte es. Sie hatte seit Monaten kein Date mehr gehabt. Das letzte war mit Bernd gewesen. Und den hatte sie nach einigem virtuellen Hin und Her in einem veganen Biocafé in Köln-Nippes getroffen, zwischen stillenden Müttern und langhaarigen Dauerstudenten. »Einverstanden.«

Daniel gab ihr einen Klaps auf die Schulter. »Prima. Dann lass uns wieder nach oben gehen. Dieses Stück Hefezopf werde ich mir garantiert nicht entgehen lassen.«

14

Marie kletterte vom Beifahrersitz, blieb in der offenen Tür stehen und sah zu Daniel hoch, der hinterm Lenkrad saß. »Danke für den Ausflug – und für deine Hilfe!«

Er schüttelte leicht den Kopf und grinste. »Sehr gerne. Wir sehen uns?«

Sie nickte. »Ja, bis dann!«

»Ich freu mich.«

Marie schlug die Tür des Transporters zu, dann sah sie dem Wagen hinterher, als er den Rosengarten entlangfuhr und an der Kreuzung links auf eine steile Straße mit dem bezeichnenden Namen Kuhtreppe einbog.

Sie wandte sich um und ging langsam und nachdenklich über die Steinplatten zum Haus ihrer Eltern. So hatte sie sich ihr Date ganz sicher nicht vorgestellt. Na ja, sie musste zugeben, es war auch kein Date im herkömmlichen Sinne gewesen. Jedenfalls nicht nach ihrem Verständnis.

Am Morgen hatte es in aller Früh an der Tür geklingelt. Marie hatte gerade ihre Kaffeetasse in die Spülmaschine gestellt und nach oben unter die Dusche gehen wollen. Doch dann hatte Daniel in der Eingangstür gestanden und sie mit großen Augen angesehen.

»Hi«, brachte er gerade noch heraus, als sein Blick auf ihren Bademantel fiel. »Bist du noch gar nicht fertig?«

In diesem Moment dämmerte es ihr, dass sie bei ihrer Verabredung, die sie tags zuvor eingegangen waren, ein klitzekleines Detail falsch verstanden hatte. Nicht vom Abend hatte Daniel gesprochen, nicht von einem Rendezvous, dem Marie – sie musste es sich im selben Moment eingestehen – mit einer gewissen Vorfreude entgegengeblickt hatte. Er hatte ein Arbeitstreffen gemeint, schlappe zwölf Stunden früher, und jetzt stand sie im Schlafanzug auf der Treppe und fühlte sich wie eine Vollidiotin.

»Oh, schon so spät?« Sie sah auf ihr Handgelenk, wo sich natürlich keine Uhr befand. Sie war ja quasi gerade erst aus dem Bett gefallen. »Gib mir fünf Minuten! Ich bin gleich so weit. Hab nur die Zeit vergessen ...«

Es hatte sie einige Mühe gekostet, sich die Enttäuschung nicht anmerken zu lassen, doch zum Glück war in diesem Augenblick das Besuchsgeschwader um die Ecke gebogen – Annette und Britta, die sich darum gebalgt hatten, den netten Herrn Daniel in die Küche zu begleiten, um ihm zumindest eine Tasse Kaffee zu kredenzen.

Knappe acht Stunden war das jetzt her. Sie hatte gemeinsam mit Daniel einen Teil des Hauses von Frau Berenz ausgeräumt, die mittlerweile im Heim lebte, und schon in den ersten Zimmern war Marie auf wahre Schätze gestoßen. Ein Küchenbüfett aus den Fünfzigern. Ein vollständiges Service von Melitta mit originalem Aufkleber – also unbenutzt. Zahllose Lampen, Bilder und anderer Nippes, von dem sich ihre alte Lehrerin offenbar nicht hatte trennen können. Zum Glück, dachte Marie, als sie den Schlüssel ins Schloss steckte und die Haustür aufschloss.

»Hallo«, rief sie, streifte die Schuhe ab und ließ die Jacke auf den Stuhl neben der Tür fallen. »Ich bin wieder da.«

Ihre Mutter trat aus dem Wohnzimmer. Sie sah verwirrt aus und knetete ein Papiertaschentuch in den Händen. »Marie? Komm bitte mal, wir müssen dir was sagen.«

Marie erstarrte. »Was ist passiert? Du siehst aus, als wäre jemand gestorben.«

Ihre Mutter hielt sich das Taschentuch an die Nase und schneuzte laut. Dann wandte sie sich ab und ging wieder ins Wohnzimmer.

Maries Gedanken rotierten. Wenn etwas passiert war, wieso hatten sie sie nicht angerufen? Aber natürlich – weil sie kein Handy mehr hatte! Doch ihre Mutter hatte gewusst, wo sie den Tag hatte verbringen wollen. Wenn es also wirklich schlimm gewesen wäre – wenn ihrem Vater oder ihrer Schwester etwas zugestoßen wäre –, dann hätte sie sie informieren können. Dann konnte es also nicht schlimm sein. Oder doch?

Mit klopfendem Herzen betrat Marie das Wohnzimmer. Auf dem Sofa saßen Annette, Britta und Erika, samt und sonders in sich zusammengesunken, mit hängenden Schultern und traurigen Gesichtern.

»Was ist passiert?«, fragte Marie heiser.

Ihre Mutter tippte auf den freien Platz neben sich. »Setz dich.«

»Nein«, rief Marie, »ich will sofort wissen, was los ist. Ist was mit Papa? Hatte er einen Unfall?«

Erika Schröder schüttelte betrübt den Kopf. »Nicht Papa.«

»O Gott – dann Tina?« Marie trat näher an das Sofa heran. »Mama, jetzt sag endlich was!«

Ihre Mutter schüttelte erneut den Kopf, was Marie erleichtert aufatmen ließ.

»Was ist es dann?«

»Es ist … Es ist …«, stammelte ihre Mutter, dann verstummte sie und tupfte sich erneut mit dem Taschentuch an der Nase herum.

»Rudolf«, ergriff Britta das Wort, stand auf und trat auf Marie zu. Sie nahm behutsam ihre Hände und sagte leise: »Es geht zu Ende mit ihm.«

Marie riss die Augen auf. In ihrem Kopf war eine so gigantische Leere, dass sie zunächst nicht wusste, was sie sagen sollte. So betroffen, wie alle guckten, musste dieser Rudolf ein naher Verwandter sein – doch seltsamerweise hatte Marie nicht den Hauch einer Erinnerung an ihn. Sie wusste nicht, wer Rudolf war, ja, sie war sich sogar ziemlich sicher, noch nie von ihm gehört zu haben.

Weil sie in kein Fettnäpfchen treten wollte, beschloss sie, sich erst einmal zu setzen und auf Zeit zu spielen. Ihre Mutter legte den Arm um sie.

»Er hatte einen Schlaganfall. Es sieht wirklich nicht gut aus.« Sie seufzte schwer.

Marie ließ den Kopf hängen. Ihre Gedanken rasten. Rudolf, Rudolf … Herrgott, wer war das nur? Und warum hatte sie keine Erinnerung an ihn, während alle anderen – selbst diejenigen, die nicht mal zur Familie gehörten – schon jetzt um ihn zu trauern schienen?

Draußen im Flur fiel eine Tür ins Schloss. Olaf Schröder war nach Hause gekommen. Marie hoffte inständig, dass er irgendeinen Hinweis auf das unbekannte Familienmitglied liefern konnte, und ließ zur Tarnung den Kopf weiter hängen.

Maries Vater betrat das Wohnzimmer. »Kinder, Kinder, auf der B422 war wieder mal die Hölle los«, wandte er sich an seine Frau – und schien da erst die Grabesstimmung zu bemerken. Marie fühlte sich sekündlich schlechter, weil sie immer noch keine Ahnung hatte, wer Rudolf war. »Hallo, was ist denn hier passiert?« Er trat einen Schritt näher. »Ist jemand gestorben?«

Erika stand auf und ging mit unsicheren Schritten auf ihn zu. »Rudolf. Er wird sterben«, sagte sie leise.

Marie ließ ihren Vater nicht aus den Augen. Doch auf seinem Gesicht spiegelte sich die gleiche gähnende Leere wider, die in ihrem Hirn herrschte.

»Rud… wer?«

»Rudolf«, entgegnete seine Frau.

Maries Vater verzog den Mund. Für einen Augenblick schien er geschockt zu sein. Behutsam machte er sich von seiner Frau los und ließ sich langsam in seinen Lieblingssessel sinken. Er legte die Hände auf den Lehnen ab, schüttelte langsam den Kopf und sagte schließlich zögerlich: »Muss man den kennen?«

»Dem Himmel sei Dank«, jauchzte Erika und wischte sich ein Tränchen aus dem Augenwinkel. »Ich hab schon an meinem Verstand gezweifelt.« Dann wandte sie sich an die Trauergemeinde, die sie mit offenen Mündern und fassungslosen Mienen anstarrte. »Schnäpschen auf diesen Schreck, irgendjemand?«

Britta hob die Hand, Annette ebenfalls.

»Ach, jetzt weiß ich's wieder!«, rief Olaf Schröder plötzlich und schlug sich mit der flachen Hand an die Stirn. »Das ist doch Gudruns Mann – der dritte. Der mit dem komischen Nachnamen.«

»Die hatten alle komische Nachnamen«, sagte Erika.

»Ja, aber der klang besonders komisch. Unbescholten? Unbefleckt?«

»Unbehauen«, schmetterte seine Frau fast schon entzückt und klatschte in die Hände. »So hieß er!«

»Heißt«, warf Marie ein. »Er lebt ja noch.«

»Hicks«, machte Britta, die vor Aufregung einen Schluckauf bekommen hatte.

»Aber wieso konnte sich denn niemand an den Namen Rudolf erinnern?«, wunderte sich Erika Schröder. »Hat sie ihn anders genannt oder so?«

»Rolf«, gab ihr Mann zurück. »Gudrun hat immer Rolf gesagt.«

»Sagt sie immer noch«, kommentierte Marie. »Er lebt ja noch.«

»Rolf, Rudolf – ist doch klar, dass man das nicht zusammenkriegt!« Maries Mutter ließ beide Hände auf die Oberschenkel fallen. All die Tränen – umsonst.

»Wie gut, dass es Olaf noch eingefallen ist, wer dieser Rudolf ist!« Britta schüttelte leicht den Kopf und lächelte in Richtung ihres Herbergsvaters. »So ein Glück aber auch!«

»Stellt euch mal vor, wie unangenehm mir das war«, begann Erika Schröder zu erzählen, während sie die Schnapsgläser auf den Couchtisch stellte und den Obstler mit einem Plopp entkorkte. »Gudrun hat angerufen und gesagt, Rudolf liege im Sterben. Ich hatte ja keine Ahnung, wer das sein sollte, aber ich hab mich nicht getraut zu fragen. Dass sie damit ihren Mann meinte – den wir noch nie zu Gesicht bekommen haben und den sie obendrein sonst immer Rolf nennt –, darauf bin ich nun wirklich nicht gekommen.«

»Ich war auch mal auf einer Beerdigung«, sagte Annette. »In Wiesbaden. Mit Musti. Mein erstes muslimisches Begräbnis.«

Olaf Schröder hatte offensichtlich keinerlei Interesse an dieser Geschichte. Er hatte der Erzählung seiner Frau mit hochgezogenen Augenbrauen gelauscht.

»Gudrun hat also hier angerufen – nach allem, was in den letzten Jahren passiert ist.« Er hielt inne, dann murmelte er: »Das ist bemerkenswert.«

»Wieso?«, wollte Marie wissen.

»Ach, da gab es doch diese Auseinandersetzung, weil ich mich geweigert habe, dieses überflüssige Familiengrab auf weitere zwanzig Jahre zu finanzieren. Weißt du, wie viel die dafür haben wollen? Dreitausend Euro. Im Voraus.«

»Wenn man bedenkt«, warf Erika Schröder trocken ein, »dass dort bislang nur eure Eltern und die zwei früheren Ehemänner von Gudrun liegen – eine Unverschämtheit, dass sie von dir die Hälfte wollte.«

»Eben«, ereiferte sich Maries Vater. »Sie packt uns das Grab voll, aber ich soll blechen. Nicht mit mir!« Er schüttelte den Kopf und hob sein Schnapsglas. »Prost.«

Britta goss sich den zweiten Kurzen ein und trank ihn auf ex, und auch Maries Mutter kippte ihren Schnaps fast schon mit Todesverachtung hinunter und verzog das Gesicht, als sich der Alkohol in ihrer Speiseröhre ausbreitete.

»Wenden wir uns den Lebenden zu«, sagte Annette unvermittelt. »Wie lief's heute mit diesem netten Herrn Daniel?«

Was sollte denn diese Frage? Marie war verwirrt. Was ging Annette ihr nicht existentes Liebesleben an? Sie war wohl endgültig überm Berg mit ihrer Trauer und wieder ganz die Alte.

»Gut«, sagte sie knapp. »Ich hab einiges gefunden, was ich …«

Britta winkte ab. »Das meinen wir nicht. Welche Möbel du gefunden hast, ist uns egal. Wie lief es mit *Daniel?*«

Alle sahen Marie neugierig an, selbst ihr Vater.

»Wie soll's mit Daniel schon laufen?«, fragte Marie schnippisch zurück. »Das war ein Arbeitstreffen, nicht mehr und nicht weniger.«

»Du willst uns also allen Ernstes erzählen, ihr habt acht Stunden lang im Müll gewühlt, und es kam zu keiner Annäherung?«, wollte Annette, die Standesanwältin der Liebe, wissen.

»Nein. Sollte es?«

Sie schüttelte fassungslos den Kopf. »Mein liebes Kind, so wird das nichts. Du musst schon selbst die Initiative ergreifen, wenn du nicht dein Leben lang allein bleiben willst.«

»Also, erstens bin ich erst achtundzwanzig, von ›ein Leben lang allein‹ kann also keine Rede sein. Und zweitens will ich nichts von Daniel.«

»Ach, ist das so?« Annette warf ihr einen überaus skeptischen Blick zu, und auch ihr Vater zog die Augenbrauen hoch.

»Ja, klar.«

Maries Mutter verschränkte die Arme vor der Brust. »Das kannst du deiner Großmutter erzählen.«

»Diese ganze Möbelsache – die machst du doch nur, um in seiner Nähe zu sein«, stellte Britta fest.

Marie stand vom Sofa auf. »Entschuldigung? Er hat *mir* angeboten, mich zu dem Haus mitzunehmen. Das war *seine* Idee.«

»Umso besser, dann hat er also Interesse.« Ihr Vater sah zur Zimmerdecke auf und murmelte: »Danke, Herr, du hast ein Einsehen …«

Marie wurde sekündlich aufgebrachter. »Was wollt ihr eigentlich von mir? Ich interessier mich nicht für Daniel. Ich konnte ihn noch nie leiden. In der Schule hat er mir das Leben zur Hölle gemacht. Dass wir jetzt miteinander zu tun haben, hat einzig und allein mit diesen Wohnungsauflösungen zu tun … und weil in diesem Kaff ansonsten nichts, aber auch gar nichts los ist.«

Ihre Eltern, Annette und Britta sahen sie zweifelnd an.

»Ehrlich«, setzte Marie nach. »Daniel ist mir schnuppe.«

»Na, wenn das so ist«, sagte Olaf Schröder und drehte sich zu Annette um, »dann nehme ich dein Angebot gern an.«

»Einverstanden. Über das Kleingedruckte unterhalten wir uns dann, wenn es so weit ist.«

Marie verstand nur noch Bahnhof. »Kleingedrucktes? Wenn *was* so weit ist?«

»Wir haben dir eine Verabredung organisiert, weil wir uns schon gedacht haben, dass das mit Daniel nichts wird«, erklärte ihr Vater mit selbstgerechter Miene. »Wenn das mit deinem Job schon so ein Drama ist, solltest du zumindest über eine gewinnbringende Heirat nachdenken.«

»Wie man an sein Geld kommt, bleibt einem ja immer noch selbst überlassen«, stellte Annette mit einem Lächeln fest und hob erneut das Glas. *»Cin-cin!«*

Vor Schreck ließ sich Marie wieder aufs Sofa fallen. »Ihr habt *was?*«

»Wir helfen deinem Liebesglück auf die Sprünge«, verkündete Olaf Schröder gelassen. »Zieh dir heut Abend etwas Nettes an. Du wirst ausgehen. Ausnahmsweise auf meine Kosten. Zumindest anteilig.«

»*Wie* bitte?« Drehten jetzt eigentlich alle durch? »Papa, ist dir Hans-Dieter schon wieder einen Gefallen schuldig? Vergiss es! Ich treff mich nicht mit seinem Sohn – der hat ja noch nicht mal Haare am Sack.«

Annette räusperte sich. »Eigentlich ist das ja nicht so meine Art, und so eine Verbindung wäre für uns auch nicht ganz standesgemäß ... ein reines Zeichen meiner Dankbarkeit deinen Eltern gegenüber ...«

Marie versuchte, die Wörter in ihrem Kopf in irgendeine Ordnung zu bringen, doch sie wollten einfach keinen Sinn ergeben. Wovon faselten Annette und ihr Vater da?

»Sieh es mal so, Mäuschen«, mischte sich jetzt auch ihre Mutter ein, »vielleicht ist er ja wirklich was für dich. Hmm? Sei so lieb, schau ihn dir wenigstens mal an.«

Annette zückte ihr Handy und drückte ein paar Tasten. »Ich schreib ihm schnell, dass alles klappt. Acht Uhr heute Abend. Ich hab euch einen Tisch reserviert, im Kloster Marienhöh.«

Marie klappte der Mund auf und zu. Sie war so schockiert, dass sie nicht einmal mehr in der Lage war zu widersprechen oder sich in irgendeiner Form gegen die romantische Übermacht zur Wehr zu setzen. Sie hatte sich auf ein Date gefreut. Et voilà, sie würde ein Date haben. Nur leider mit dem falschen Mann.

»Das könnt ihr … vergessen«, stammelte sie, doch Annette schüttelte den Kopf.

»Tut mir leid, Süße, aber so leicht kommst du da nicht mehr raus.«

»Aber …«

Marie hielt inne. Es lagen ihr so viele Dinge auf der Zunge – zuvorderst ein klipp-und-klares, eindeutiges Nein, mit drei Ausrufezeichen und doppelt unterstrichen. Aber dann kam ihr Sanne in den Sinn. Sanne, die seit Jahren propagierte, dass ein gebrochenes Herz nur mehr mit sehr viel Zuckerguss wieder zusammengeklebt werden könnte, und der beste Zucker sei nun mal ein Rendezvous mit einem anderen Mann.

Außerdem: Jede Minute, die ihr eine Atempause bescherte und die sie jenseits dieses Irrenhauses verbringen durfte, musste sie nutzen. Selbst wenn sie sie mit einem Staatsanwalt verbrachte.

»… hab ich dem Richter jedenfalls gesagt, dass er sich die Bewährungsstrafe in die Haare schmieren kann. Wenn wir mit allen Wiederholungstätern so dermaßen lasch umgehen würden, wär hier bald Sodom und Gomorrha.«

Leonard Jung fuhr sich mit der Hand durch das dunkle, wellige Haar, das er etwas länger trug, als sie es bei einem Staatsanwalt erwartet hätte. Die Geste wirkte wie einstudiert, und Marie war sich sicher, dass er sie nicht nur einmal vor dem Spiegel geübt hatte. So wie vermutlich alles andere auch, das er für attraktiv hielt: die Art und Weise, wie er sich ständig über die Krawatte strich. Oder an seinen Manschettenknöpfen drehte. Zugegeben, er sah nicht schlecht aus. Trotzdem stimmte irgendetwas nicht mit ihm. Sein Lächeln war schief. Nicht nur gekünstelt, sondern irgendwie auch …

traurig. Seine Gesten wirkten routiniert, aber nicht überzeugend. Und er hielt die Gesprächspausen, die Marie ganz absichtlich immer wieder entstehen ließ, nicht aus, sondern quasselte sofort darüber hinweg. Sie hatte in der vergangenen Stunde eine Menge über seine Arbeit erfahren, über Prozesse, die er vorbereitete, und Anklagen, die er erhob, hatte sich angehört, welches Handicap er beim Golfen anstrebte und dass er über Silvester mit Freunden eine Jacht in der Karibik geheuert hatte. Doch jetzt gerade schien ihm erstmals die Puste auszugehen. Vielleicht auch die Themen. Das war ihre Gelegenheit. Vielleicht die einzige des Abends.

»Leonard«, Marie hob ihr Glas, »wieso stoßen wir nicht an?«

Sie sah umgehend, dass sie ihn damit aus dem Konzept gebracht hatte. Doch nur eine Sekunde später knipste er sein Lächeln wieder an und bleckte seine bemerkenswert weißen Zähne. »Gern. Worauf? Auf uns?«

Marie lachte. »Also bitte. Nein, wir sollten auf unsere intriganten Eltern und ihren kümmerlichen Versuch anstoßen, uns miteinander zu verkuppeln.«

Sie ließ ihr Glas gegen das von Leonard stoßen, der unter dem »Kling« sichtlich zusammenzuckte – oder unter der schonungslosen Offenheit, die Marie an den Tag legte.

»Machen wir das Beste draus. Keiner von uns beiden will dieses Date. Also schlagen wir uns die Bäuche voll und bringen es mit Anstand zu Ende. Einverstanden?«

Annettes Sohn stellte sein Glas auf der Tischdecke ab, ohne es an den Mund geführt zu haben. »Marie«, setzte er an, »es ist nicht so, dass ich …«

»Ist schon okay, Leonard«, erwiderte sie und trank von dem wirklich ausgezeichneten Riesling. »Wir beide sind definitiv nicht füreinander geschaffen, das weißt du genauso gut wie ich.«

Er hielt verdutzt inne. Dann machte sich Erleichterung auf seinem Gesicht breit. »Puh, da bin ich aber froh! Ich wusste ja nicht, was meine Mutter dir alles versprochen hat.«

»Mir versprochen?« Marie kicherte. »Ehrlich gesagt klang dieses Abendessen eher wie eine Drohung und nicht wie ein Versprechen.«

»Also wolltest du mich gar nicht daten?« Leonards Gesichtszüge wurden zusehends weicher, und mit einem Mal wirkte er regelrecht entspannt. Auch das Gezupfe an Krawatte und Manschettenknöpfen hatte schlagartig aufgehört.

»Nein. Und du mich allem Anschein nach auch nicht.«

Er schüttelte verlegen den Kopf und lockerte den Krawattenknoten.

»Bist du schwul?«

Er sah sie erstaunt an. »Nein. Wirke ich so?«

»Nicht unbedingt.«

»Ah.« Er sah sie nachdenklich an. »Aber du, du bist …«

»Nein.« Sie schüttelte den Kopf. »Leider heterosexuell.«

»Wieso denn leider?«

»Lesbisch zu sein würde gerade so einiges erleichtern, glaube ich. Mein Vater sagt mir gerne eine männerfeindliche Ausstrahlung nach.«

Leonard lächelte. »So feindlich finde ich die gar nicht.«

»Also«, sagte Marie, »dann gehen wir doch zum angenehmen Teil des Abends über. Wir lassen unsere Eltern die Zeche zahlen und gehen danach getrennter Wege.«

Er grinste. Dann rief er einem der Kellner zu: »Die Weinkarte, bitte.«

»Musst du nicht noch fahren?«

»Schon. Aber ich vertrage einiges.« Er seufzte. »Gott, bin ich froh, dass wir dieses Affentheater hinter uns lassen können.« Er stand auf, zog das Jackett aus und hängte es über die Stuhllehne. Dann pfriemelte er die Manschettenknöpfe ab und krempelte sich die Hemdsärmel hoch.

»Bist du echt auf der Suche nach einer Freundin?«, wollte Marie wissen und hielt Leonard das Glas hin, damit er noch mal nachschenken konnte.

Er schüttelte den Kopf. »Nein, ich hätte gar keine Zeit für eine Frau. Oder für eine Familie. Weißt du, wenn man sich entscheidet, Staatsanwalt zu werden, ist das mit gewissen Einschränkungen verbunden. Ich arbeite achtzig Stunden pro Woche – mindestens.«

Marie rechnete im Kopf schnell nach. Das war mehr, als sie in Köln in dem Studentencafé im Monat gearbeitet hatte. »Das ist ja furchtbar!«

»Überhaupt nicht. Ich liebe meinen Job. Wenn ich könnte, würde ich nichts anderes mehr tun in meinem Leben.«

»Bei achtzig Wochenstunden klingt es so, als hätte sich dein Wunsch bereits erfüllt.«

Leonard sah ihr in die Augen, mit einem Ausdruck, der Marie plötzlich erahnen ließ, was für ein Mensch ihr wirklich gegenübersaß: ein netter, aufrichtiger und anständiger Mann, der sich hinter einer Fassade aus Überlegenheit, hinter Krawatten und Manschettenknöpfen versteckte. Trotzdem war er im Grunde immer noch derselbe kleine, reiche arme Junge, den sie in Erinnerung gehabt hatte. Internat, Studentenverbindung, ein Auslandsjahr in Harvard, Prädikatsexamen und steile Karriere bei Gericht. Er hatte exakt das getan, was man von ihm erwartet hatte. Und als ihn seine Mutter darum gebeten hatte, mit der arbeitslosen Tochter eines Bekannten auszugehen, war er zu höflich gewesen, um nein zu sagen. Irgendwie war das rührend.

»Bist du glücklich, Leonard?«, wollte sie wissen. Jetzt, da die Fronten geklärt waren, konnte man ja genüsslich die Hosen runterlassen.

Er sah sie lange an, bevor er antwortete: »Ja. Und nein. Beides, zu gleichen Teilen. Wie gesagt, ich liebe meine Arbeit, aber ich hasse es, andauernd jemanden spielen zu müssen, der ich nicht immer sein will.« Er seufzte. »Manchmal wünsche ich mir, meine Eltern hätten weniger Geld und mehr Zeit für meinen Bruder und mich gehabt. Dann hätte ich vielleicht selbst entscheiden können, was ich einmal werden will. Vielleicht wäre ich Fluglotse geworden, wie ich es eigentlich vorhatte. Oder Pilot.«

»Oh«, Marie winkte ab und griff erneut nach ihrem Glas, »selbst entscheiden zu können ist auch nicht immer ein Vorteil. Ich habe selbst entschieden – und sieh dir an, wohin es mich gebracht hat. Ich sitze hier bei einem Verkupplungsdate, das meine Eltern für mich eingefädelt haben, damit ich endlich mein Leben in den Griff bekomme und von zu Hause ausziehe.« Sie lachte.

Leonard fiel in das Gelächter ein. »Ach, komm, so schlimm wird es doch wohl nicht sein.«

Marie wurde ernst. »Doch. Ist es. Ich durchforste die Stellenanzeigen, aber es gibt nichts, worauf ich passe. Deswegen bewerbe ich mich ja auch so selten. Ich weiß einfach nicht, an wen ich mich noch wenden soll. Und dort, wo ich gern hinwill, werde ich nicht mal eingeladen. Da komme ich nicht einmal in die engere Auswahl.« Ihr Blick verlor sich in der flackernden Flamme der Kerze. »Meine Ausbildung hat fast zweihunderttausend Euro gekostet – was meine Eltern mir netterweise vorgerechnet haben –, und ich kann rein gar nichts damit anfangen.« Sie sah auf. »Was soll ich sagen? Ich bin ein Wrack.«

Leonard beugte sich nach vorn und berührte ihre Hand, die auf dem Tisch lag. »Ein Wrack ist ein Ort, an dem ein Schatz schlummert«, sagte er und zwinkerte ihr zu.

15

Psst!« Marie versuchte, mit dem Schlüssel das Schlüsselloch zu treffen. Was gar nicht einfach war. Leonard hing schwer in ihrem Arm und schnaufte ihr träge ins Ohr.

»Dumussdichen bissenanstreng«, lallte er, dann kicherte er albern. »Pssssst!«, äffte er sie nach.

Sie stöhnte. Von wegen, er vertrug etwas! Als die zweite Flasche Riesling geleert gewesen war, hatte Leonard mehr oder weniger quer über dem Tisch und fast schon in Maries Ausschnitt gelegen. Sie war zwar auch nicht mehr ganz sicher auf den Beinen, aber im Gegensatz zu ihm hatte ihr der kurze Spaziergang vom Kloster den Hügel hinab sehr gutgetan. Unglücklicherweise waren sie an dem Kinderspielplatz vorbeigekommen, der bereits in den Siebzigern seinen Charme verloren hatte, und Marie hatte nicht verhindern können, dass Leonard die orangefarbene Rutsche entdeckte und laut kichernd darauf zulief. Die folgenden fünf Minuten hatte sie damit verbracht, den grölenden Herrn Staatsanwalt aus der Plastikrutsche zu befreien, denn unglücklicherweise (und zu seiner größten Belustigung) war er darin stecken geblieben.

Leicht derangiert und schwer außer Atem waren sie schließlich im Rosengarten angekommen. Leonard versuchte, sich selbst auf die Zehen zu treten, was Marie an einen Hund erinnerte, der seinem Schwanz hinterherjagte und sich wie ein Derwisch im Kreis drehte. Ihr war klar, dass ihr Begleiter heute in kein Auto mehr einsteigen würde.

Na ja, Platz war ja bekanntlich in der kleinsten Hütte – wobei das im Fall Schröder mittlerweile wörtlich zu verstehen war.

Endlich ging die Tür auf – allerdings nicht, weil Marie endlich das Schlüsselloch gefunden hatte, sondern weil ihr Vater die Haustür von innen öffnete. Hinter ihm standen Annette, Britta und Maries Mutter und starrten sie und Leonard mit großen, neugierigen Augen an.

»Und?«, wollte Erika Schröder wissen. »Wie war er?«

»Was denkst du wohl, wie er war?«, fauchte Annette schnippisch über die Schulter, als sich auch schon Britta vordrängelte.

»Süß, sie kommen sich gerade näher!«

»Nein, tun sie nicht«, keuchte Marie unter der Last des Betrunkenen. »Ich versuche ihn nur irgendwie nach Hause zu bekommen. Ich kann nicht glauben, dass er in einer Studentenverbindung gewesen sein soll. Er verträgt ja gar nichts.«

»Sie schleppt ihn ab!«, rief Britta verzückt.

»Habt ihr euch gut verstanden?«

»Gibt es ein nächstes Treffen?«

»Wie teuer war die Rechnung? Ihr habt aber den Hauswein bestellt, oder?«

Die Fragen prasselten nur so auf Marie ein, während sie sich – immer noch mit Leonard im Schlepptau – ins Haus vorarbeitete. Da ihr niemand zu Hilfe kam, lehnte sie den Betrunkenen einfach im Flur gegen die Wand und zog sich anschließend Mantel und Schuhe aus.

Leonard, der sein Gesicht auf die Tapete knautschte, hatte die Augen geschlossen und lallte: »Sies sooo nett … Mariechen, mein kleines Marienkäferchen.« Er kicherte albern und rutschte langsam in die Knie. »Mariiiiechen, Mariiiechen …«

»Was ist denn mit Leonard passiert?«, wollte Annette aufgebracht wissen. »Leonard, was ist los?«

»Er hat zu viel getrunken«, erklärte Marie trocken.

Britta sah sie mit großen Augen an. »War das Date so schlecht?«

»Nein.«

»Also trefft ihr euch wieder?«

»Nein.«

»Warum denn nicht? Will er dich nicht? Hast du dich danebenbenommen?« Erika Schröder machte ein ganz entsetztes Gesicht.

»Ach was.« Marie drehte sich zu den anderen um. Mit einer Hand hielt sie Leonard, der inzwischen halb auf dem Boden lag, davon ab, sich auf den Fliesen auszustrecken. »Ich hab mich ordentlich benommen. Aber ich muss euch leider enttäuschen. Aus eurer Verkupplung wird nichts.«

»Warum denn nicht?«, wollte Olaf wissen. »Wär doch schön, wenn unsere beiden Familien …«

»Ich suche mir selbst einen Mann, dafür brauche ich eure Hilfe nicht«, entgegnete Marie. Der Alkohol hatte sie etwas lauter werden lassen als beabsichtigt, aber das war ihr mittlerweile egal. »Und einen Job finde ich auch, nur damit ihr es wisst. Ich habe nämlich viele Talente. Jawohl.«

Der Abend mit Leonard war noch überraschend nett geworden, nachdem sie zum feuchtfröhlichen Teil übergegangen waren. Von Glas zu Glas war Leonard offener und lockerer geworden, hatte über die Beziehung seiner Eltern, über die Trennung und die Neue seines Vaters gesprochen, aber auch über seine Zukunftsängste und Hoffnungen, und wenn sie sich nicht täuschte, hatte er sogar ein bisschen mit ihr geflirtet. Trotzdem würde sie sich nicht in ihn verlieben, da war sie sich ganz sicher. Obwohl sie nicht wirklich wusste, warum. Irritierenderweise hatte sie den Eindruck, dass es sich bei Leonard genau andersherum entwickelt hatte, je später der Abend geworden war. Das konnte aber auch am Alkoholpegel gelegen haben.

Jetzt klebte er mit seiner Backe an ihrem Oberschenkel und umarmte hingebungsvoll ihr Bein. »Mariiiiechen, mein kleiner Marienkäfer …«, summte er immer noch.

»Ich glaub nicht, dass er noch Auto fahren kann«, bemerkte sie mit Blick auf Annette.

»Wunderbar«, rief diese. »Dann bleibt er heute Nacht ganz einfach hier.«

»Bei mir schläft er aber nicht«, stellte Marie fest.

»Wieso denn nicht? Natürlich wird er das.« Olaf Schröder verschränkte die Arme vor der Brust und nickte bestimmt.

»Mein armes Baby«, säuselte Annette, beugte sich zu Leonard vor und kniff ihm in die Wange.

»Kann er nicht bei dir übernachten?«, wollte Marie wissen.

»Bei mir? Aber ich bin doch seine Mutter!«

»Und er ist dein Baby.«

Annette schüttelte den Kopf. »Auf gar keinen Fall. Es gibt Grenzen. Außerdem – jetzt, da ihr euch schon mal nähergekommen seid …«

Maries Mutter machte auf dem Absatz kehrt und marschierte die Treppe in den ersten Stock hinauf. »Ich geh dann mal ein Plümo beziehen.«

In der Morgendämmerung lag Marie neben Leonard auf ihrer Luftmatratze und verfluchte ihr Schicksal. Nicht nur, dass sie seit Stunden hellwach war – in dieser Nacht würde sie auch nicht mehr einschlafen, denn Leonard schnarchte zum Gottserbarmen. Bei jedem Röcheln erzitterte die Matratze. Marie hatte schon alles versucht: Sie hatte sich das Kissen über den Kopf gelegt, Leonard zur Seite gerollt, ihm den Mund, anschließend die Nase zugehalten, aber nichts hatte geholfen. Jedes Mal, wenn sie den Versuch unternommen hatte aufzustehen, war Leonard wegen dieser verdammten Matratze aufgewacht und hatte sich an sie geklammert. »Geh nicht«, hatte er geflüstert, und Marie hatte sich nicht mehr getraut, sich zu bewegen. Für ein paar Minuten war dann auch Ruhe gewesen, und sie war fast schon weggedämmert, bis ein erneuter infernalischer Schnarcher sie aus dem Halbschlaf gerissen hatte. Dann hatte das Sägen wieder eingesetzt.

Marie tastete nach dem Wecker und warf einen Blick darauf. Es war kurz nach sieben. Im selben Moment schaltete sich der Alarm ein.

»Gott sei Dank«, sagte Marie leise. Selbst wenn sie kaum geschlafen hatte: Die Nacht war vorbei und damit auch ihr Martyrium. Vorsichtig hob sie den Arm hoch, den Leonard um ihren Oberkörper gelegt hatte, und wollte sich darunter hindurchwinden, doch sofort drückte er sich fester an sie, zog sie heran, und schließlich blieben sie in Löffelchenstellung liegen.

»Nicht weggehen«, wisperte er in ihren Nacken, was Marie eine Gänsehaut über den Körper rieseln ließ. »Bitte, nur ein paar Minuten noch.«

Sie seufzte. »Du hast mich die ganze Nacht nicht schlafen lassen.«

Er hob erschrocken den Kopf. »Haben wir etwa …?«

»Nein.« Sie lachte trocken. »Dazu wärst du gar nicht mehr in der Lage gewesen.«

Sie gestand es sich nicht gern ein, aber diese Umarmung hatte auch ihre angenehmen Seiten. Es war schön, wieder mal von einem Mann im Arm gehalten zu werden und einen anderen Körper zu spüren, der neben ihr lag und Wärme ausstrahlte.

»Das Schnarchen wäre dabei auch ein bisschen zu abtörnend gewesen«, schob sie schnell hinterher, auch um in der augenblicklichen Situation nicht doch noch schwach zu werden.

Leonard atmete tief aus. »Gott sei Dank.«

»Wieso? Bist du noch Jungfrau oder so?«

»Nein, aber das wäre doch schade gewesen. Wenn wir … und ich hätte nichts …« Er verstummte. Dann kuschelte er sich noch enger an Marie und vergrub seine Nase in ihren Haaren. »Ich mag dich. Du bist so natürlich. Unkonventionell. Ganz anders als die Frauen, die ich sonst kennenlerne.«

»Okay«, sagte sie verlegen. »Das ist … toll.«

Leonard berührte mit seinen Lippen die Haut in ihrem Nacken. Ein weiterer Schauer breitete sich über ihre Wirbelsäule in ihrem Körper aus.

»Leonard, nicht …«, flüsterte sie.

»Willst du erst Zähne putzen?«, fragte er.

»Ich … äh … nein.«

»Okay«, sagte er, »dann ohne Zähneputzen.«

Sie musste schmunzeln. Was war gegen ein bisschen Knutschen eigentlich einzuwenden? Mal davon abgesehen, dass sie sich nicht die Zähne geputzt hatte. Und Leonard erst recht nicht, nicht einmal gestern Abend. In Hollywoodfilmen knutschten die Leute immer direkt nach dem Aufstehen. Aber Maries Leben und Hollywood hatten generell recht wenig miteinander zu tun.

Leonard schien ihre Zurückhaltung zu spüren. »Wir können auch einfach nur so liegen bleiben«, schlug er jetzt vor.

»Ich kann nicht«, erwiderte sie. »Ich werde um acht Uhr abgeholt. Ich muss zur Arbeit.«

»Ich dachte, du hast keine Arbeit.«

»Es ist auch keine Arbeit, also keine richtige. Ich kriege kein Geld dafür, sondern helfe einem Freund dabei, das Haus einer alten Frau auszuräumen. Im Gegenzug darf ich die Möbel behalten, die ich dort finde. Die restauriere ich dann und …«

Er fiel ihr ins Wort. »Was für ein Freund ist das denn?«

Sie musste grinsen. War er etwa eifersüchtig? Interessierte Leonard sich am Ende wirklich für sie? Oder gehörte das nur zum üblichen Männergehabe? Revier abstecken? Duftmarken setzen? Sich mit den Fäusten auf die Brust hauen und »Uga-uga« brüllen?

»Einfach nur ein Freund von mir. Ich kenne ihn noch aus der Schule.«

Die Stille, die sich zwischen ihnen ausbreitete, war auf einmal so schwer wie die Federbettdecke, unter der sie lagen.

»Okay«, sagte Leonard schließlich.

»Okay«, antwortete Marie, auch wenn sie keine Ahnung hatte, was er oder sie selbst damit gemeint haben mochte. Vorsichtig hob sie den Arm an, der auf ihrer Hüfte lag. »Darf ich jetzt aufstehen?«

»Klar.« Leonard ließ sie gewähren, und Marie kämpfte sich unelegant von der ächzenden und bebenden Matratze hoch. Als sie auf die Beine kam, wandte sie sich erneut an ihn.

»Du willst noch liegen bleiben?«

Er nickte. »Ja. Ich kann gerade nicht … Ich sollte …« Verlegen hielt er die Bettdecke umklammert.

»Verstehe.« Marie unterdrückte ein Lachen. »Dann war das also gar keine Taschenlampe unter der Bettdecke? Ich hab mich schon gefragt …«

Zu ihrer Überraschung wurde Leonard rot. Steht ihm auch ganz gut zu Gesicht, fand sie.

Er hüstelte. »Nee. Keine Taschenlampe.«

»Ich geh dann schon mal vor«, sagte sie kichernd, verließ mit eiligen Schritten das Zimmer und stieg die beiden Treppen hinauf ins Obergeschoss.

Während sie Zahnpasta auf die Bürste drückte, dachte sie darüber nach, was in der letzten Nacht passiert war. Nichts, genau genommen. Aber selten war ein Nichts so spektakulär wie das hier gewesen. Es war schon ein ganzes Weilchen her, dass sie neben einem Mann geschlafen hatte. Oder besser: nicht geschlafen. Bei dem Krach war es unmöglich gewesen, ein Auge zuzumachen. Und doch … Leonards Nähe, sein Arm um ihren Bauch und sein Kopf dicht neben ihrem, das hatte etwas in ihr angestoßen, das auch jetzt noch wie ein leiser Ton in ihrem Inneren summte.

Warum bin ich mir eigentlich so sicher, dass es nicht Leonard sein kann?, fragte sie sich, während sie sich die Zähne putzte. Sie spuckte den Schaum aus und sah sich im Spiegel an, kämmte sich die Haare und band sie sich zum Zopf. Danach schlüpfte sie in die Arbeitsklamotten vom Vortag, die sie auf dem Badewannenrand hatte liegen lassen. Warum konnte sie Leonard nicht wenigstens eine Chance geben? Er war eigentlich echt nett, wenn man über die klischeehaft ondulierte Frisur hinwegsah. Aber in Wiesbaden gab es doch sicherlich noch andere Friseure als denjenigen, zu dem Leonard ging. Und mit Annette als Schwiegermutter würde sie es notfalls auch irgendwie aushalten. Oder?

Ein letzter prüfender Blick in den Spiegel, dann verließ sie das Bad und ging zurück ins Erdgeschoss. In der Küche ließ sie sich einen Kaffee aus der Maschine. Als sie sich mit der dampfenden Tasse in der Hand wieder umdrehte, stand Leonard im Türrahmen. Er trug das weiße, zerknitterte Hemd vom Vortag, außerdem seine Anzughose und die feinen Lederschuhe. Das Sakko hatte er sich über den Arm gelegt, die Krawatte hing lose um seinen Hals. Die lockigen Haare standen in alle Richtungen ab und sahen inzwischen deutlich weniger perfekt aus als am Vorabend. Der Bartschatten sorgte für eine ordentliche Portion Attraktivität, musste sie zugeben. Der Herr Staatsanwalt erweckt beinahe den Eindruck, als wäre er gerade aus dem Bett gefallen, dachte Marie und musste grinsen.

»Was ist denn so komisch?«, wollte Leonard wissen.

»Nichts. Willst du auch einen Kaffee?«

Er nickte, und sie gab ihm ihre Tasse. Als er daran nippte, verzog er das Gesicht. »Gibt's in diesem Haus auch Aspirin?«

Marie drehte sich zu einer Schublade neben dem Herd um, öffnete sie und holte ein Tütchen hervor. Dann ließ sie das weiße Pulver in ein Glas Leitungswasser rieseln. Sofort begann die Flüssigkeit, sich weiß zu färben und zu sprudeln.

Leonard kam näher und nahm Marie das Glas ab. »Danke.« Er trank das Glas mit einigen großen Schlucken aus. »Und danke, dass du mich nicht rausgeschmissen hast«, fügte er hinzu, während er sich angesichts des Geschmacks des Medikaments schüttelte. »Ich weiß, ich kann schnarchen wie ein kanadischer Waldarbeiter.«

»Du könntest es glatt mit einem Düsenjet aufnehmen. Ich hätte schalldichte Kopfhörer tragen sollen.«

»Es war trotzdem ein schöner Abend«, sagte Leonard plötzlich, und in seinen Augen blitzte wieder dieser Ausdruck auf, mit dem er sie gestern schon bedacht hatte. »Über die Nacht kann ich leider nicht viel sagen.«

»Schade«, erklang es plötzlich im Türrahmen.

Zwar stand Leonard vor Marie, sodass sie nicht sehen konnte, wer da gerade aufgetaucht war, aber sie kannte die Stimme. »Morgen, Annette«, sagte sie, ohne den Blick von Leonard zu wenden, der das Gesicht verzog und sich zu einem Lächeln zwang.

»Hallo, Mama.« Er drehte sich um.

»Mein Baby«, rief Annette und eilte auf ihren Sohn zu, um ihm zwei fette Schmatzer auf die Wangen zu drücken. »Wie geht es dir? Bist du nicht müde? Ich finde, du siehst furchtbar müde aus.« Sie wackelte mit den Augenbrauen. »Hattet ihr eine aufregende Nacht?«

Leonard lachte kurz auf, dann blickte er Marie an. »Ja, das kann man wohl sagen.«

Annette schmunzelte. »Das ist aber schön. Ich dachte mir schon, dass ihr euch gut verstehen würdet.«

»Komm, ich bring dich zur Tür«, kürzte Marie das sich anbahnende Kreuzverhör ab. Es waren eindeutig zu viele Anwälte und potenzielle Schwiegermütter im Raum.

»Willst du schon gehen?« Annette drückte sich an ihren Sohn. »Das ist aber schade.«

»Ja, die Arbeit ruft«, sagte er, nahm sie kurz in den Arm und folgte dann Marie nach draußen.

Sie ließen die Haustür angelehnt und blieben unter dem kleinen Vordach stehen. Verlegen blickten beide auf ihre Fußspitzen hinab.

»Vielleicht sehen wir uns mal wieder?«

Marie lächelte. »Ja, vielleicht.«

»Es war … wirklich schön. Jedenfalls das, woran ich mich noch erinnern kann.« Leonard trat einen Schritt auf sie zu. »Ich bin ehrlich gesagt nur gekommen, weil meine Mutter mich darum gebeten hatte. Dass ich dann so eine tolle Frau treffen würde … damit hab ich nun wirklich nicht gerechnet.«

Marie errötete, und ihr Herzschlag beschleunigte sich, als Leonard noch näher kam und ihr eine Haarsträhne aus dem Gesicht strich.

»Leonard …« Marie blickte auf. Sie wollte ihm so viel sagen. Dass er sie offenbar in einem vollkommen falschen

Licht sah. Dass er lieber die Hände von einer gescheiterten Existenz wie ihr lassen sollte. Dass er sicher bald eine Frau kennenlernen würde, die besser zu ihm passte. Eine mit Perlenohrringen und Stöckelschuhen, Handicap und eigenem Dressurpferd. So jemanden wie ihre Schwester. Sie wollte ihm sagen, dass es da auch noch jemand anderen gab, der immer wieder in ihren Gedanken auftauchte, obwohl er dort gar nichts zu suchen hatte. Nichtsdestotrotz war Leonard ein wirklich netter Kerl – und insgeheim war sie sich ziemlich sicher, dass Daniel nicht an ihr interessiert war. Jedenfalls nicht so, wie sie es sich wünschte. Ansonsten hätte ihr »Arbeitstreffen« vielleicht ebenfalls im Kloster Marienhöh stattgefunden und nicht im Haus von Frau Berenz. Außerdem hatte Daniel einen Sohn, eine Ex-Freundin, die ihm immer noch zu schaffen machte, und er war nun einmal Daniel Kessler. Wenn er Interesse gehabt hätte, hätte er doch längst etwas versucht. Oder nicht?

Leonard kam noch ein Stück näher, obwohl dies nach sämtlichen Regeln der Mathematik kaum möglich war. Sie spürte seinen Körper an ihrem. Seine Hände – eine auf ihrer Hüfte, die andere an ihrer Wange. Er hob ihren Kopf ein Stück an.

»Gestern Abend hab ich es verbockt. Kann ich es wiedergutmachen?«

»Ich weiß nicht«, flüsterte Marie und sah ihm in die Augen. »Hast du dir schon die Zähne geputzt?«

Er schmunzelte, und seine Oberlippe kräuselte sich.

Ihr Herzschlag legte noch einen Gang zu, und sie atmete schneller. Junge, Junge, war sie wirklich so aus der Übung?

Leonard beugte seinen Kopf zu ihr hinunter. Ihre Münder waren nur noch wenige Zentimeter voneinander entfernt. In Maries Kopf rasten die Gedanken. Will ich das?, fragte sie sich. Dann spürte sie seine Lippen auf ihrem Mund, sie waren weich und warm und lösten kleine Wirbelstürme in ihrem Rückenmark aus, die sich langsam die Wirbelsäule entlang nach oben ausbreiteten.

Im selben Moment, als Marie die Augen schließen und den Kuss erwidern wollte, nahm sie im Augenwinkel eine Bewegung wahr. Sie drehte sich um und sah zum Haus zurück. Hinter der Scheibe des Flurfensters sah sie vier Gesichter, die ihr samt und sonders ziemlich bekannt vorkamen. Ihr Vater hatte den Daumen erhoben und machte ein anerkennendes Gesicht, Annette sah aus, als würde sie gleich anfangen zu weinen, und Britta grinste wie ein Honigkuchenpferd. Nur Maries Mutter sah verärgert aus, offenbar aber nur, weil sie von den anderen zur Seite gedrängt worden war und kaum etwas erkennen konnte.

»Was macht ihr denn da?«, rief Marie aufgebracht und fuchtelte hektisch mit der Hand herum, um die Meute hinter dem Fenster zu verscheuchen. Dann drehte sich wieder zu Leonard. »Tut mir leid«, sagte sie, »aber unter diesen Bedingungen …«

Er lächelte. Dieses Mal erreichte das Lächeln sogar seine Augen. »Schon okay.« Er gab ihr einen Kuss auf die Wange. »Wirklich.« Dann wandte er sich von ihr ab. Mit großen Schritten lief er über die Steinplatten bis zum Gartenzaun. Am Türchen blieb er noch einmal stehen und drehte sich um. »Bis bald, ja? Ich melde mich.«

Marie hob verlegen die Hand zum Abschied. Immer noch rauschte das Blut in ihren Ohren, und ihr Herzschlag beruhigte sich nur sehr, sehr langsam.

Sie sah, wie Leonard in einen dunkelblauen Sportwagen stieg. Was für eine peinliche Karre. Damit würde sie sich nie und nimmer in der Öffentlichkeit blicken lassen können. Warum hatten tolle Männer oft so einen verdammt schlechten Geschmack, was Autos anging?

»Guten Morgen«, sagte da plötzlich eine Stimme.

Marie drehte sich zur Seite und sah Daniel, der hinter dem Gartenzaun des benachbarten Grundstücks hervortrat. In seinem Blick lag etwas, was Marie nicht deuten konnte. Eine abschätzende Kälte. Es sah nicht unfreundlich aus, eher distanziert. Hatte er sie beobachtet? Leonards Abgang garantiert. Aber hatte er auch den Beinahe-Kuss gesehen? In Maries Kopf stoben die Gedanken wie Funken umher.

»Ich …«, setzte sie an, doch Daniel unterbrach sie, noch ehe sie etwas sagen konnte, grinste breit und rieb sich die Hände.

»Kann's losgehen? Wir haben heute noch eine Menge Arbeit vor uns, und ich will pünktlich zum Anpfiff um halb sieben wieder zu Hause sein. Kaiserslautern spielt gegen die Borussia. Aber du interessierst dich ja wahrscheinlich nicht für Fußball.« Damit drehte er sich um und marschierte zu seinem Wagen.

16

Und warum denken Sie, dass Sie für die Position geeignet sind?«

Marie zupfte am Saum ihrer Bluse, die unter dem Jackettärmel hervorlugte. »Ich hab mich in meinem Studium mit Familienbildern beschäftigt. Ich kenne die Thematik und das Forschungsfeld.«

Gott, klang das lahm.

Das fand wohl auch der humorlose Mann, der ihr gerade gegenübersaß. Er nickte und vertiefte sich erneut in ihre Unterlagen, die vor ihm ausgebreitet auf dem Tisch lagen.

Wenn der wüsste, wie wenig von dem stimmte, was da stand – und das wenige war schon nicht beeindruckend. Bevor Marie die Unterlagen abgeschickt hatte, hatte sich Annette an ihrem Lebenslauf zu schaffen gemacht. »Kein Wunder, dass du nirgends eingeladen wirst«, hatte sie gesagt und dann den Laptop zu sich herangezogen, den Marie auf dem Esstisch plaziert hatte, um das Anschreiben zu formulieren. »Hier geht ja überhaupt nichts zusammen.« Dann hatte Annette ein paar Praktika erfunden, die Marie nie gemacht hatte, einige Leerstellen in der Vita ergänzt und alles gelöscht, was in ihren Augen nicht interessant genug war, um erwähnt zu werden. »Was meinst du denn, wie Leonard Staatsanwalt geworden ist?«, hatte sie gefragt und Marie zugezwinkert.

»Durch gute Leistungen?«

»Auch. Aber was sind die wert, wenn die Frisur nicht stimmt? Nichts sind die wert. Glaub mir, Schätzchen, im Frisieren bin ich unschlagbar.«

Nun lag die getürkte Bewerbung vor einem Mann auf dem Tisch, der tatsächlich einen Job zu vergeben hatte. Immerhin, Annette hatte recht behalten. Praktikumsbescheinigungen, das Magisterzeugnis, Lebenslauf und Anschreiben. Mein Leben auf zehn Seiten, dachte Marie, und eine kalte Hand ballte sich in ihrem Magen zu einer Faust. Sie fühlte, dass sie drauf und dran war, diese Schlacht zu verlieren. Na ja, nicht nur die Schlacht – den ganzen Krieg. Dabei war dies das erste Vorstellungsgespräch seit Wochen, wenn man mal großzügig von dem bei Hans-Dieter absah.

»Außerdem bin ich ein Teamplayer«, sagte sie schnell und fügte in Gedanken hinzu: Wenn nicht ich, wer dann?

Die letzten Tage waren nicht einfach gewesen. Die Stimmung im Hause Schröder war immer noch sehr angespannt, und seit ihrem Date mit Leonard war es alles andere als besser geworden. Jetzt löcherte nicht nur ihr Vater sie wegen der Bewerbungen. Jetzt nervten auch noch Annette und ihre Mutter und fragten andauernd, wie es mit Leonard weitergehen würde.

»Ich bin mir nicht sicher«, sagte Dr. Arne Seichter und setzte die Nickelbrille ab. Er wog sie abschätzend in der Hand, dann klappte er sie zusammen und legte sie auf den Tisch. Offenbar hatte er genug gesehen.

Marie fiel in sich zusammen wie ein Kartenhaus.

»Ich will ehrlich sein: Sie haben wenig Erfahrung in der Kunstbranche gesammelt. Für Sie spricht, dass Sie Kunstgeschichte studiert haben. Doch Ihre Praktika und die bisherige Berufserfahrung lassen nicht unbedingt erkennen, in welche Richtung Sie steuern.«

Na toll, dachte sich Marie. Annette hatte sich bei ihrer »Überarbeitung« so viel Mühe gegeben und nach eigener

Aussage weder Kosmetik noch Moral gescheut, um dem Lebenslauf zu mehr Drive zu verhelfen – und schon beim ersten Vorstellungsgespräch fiel genau das unangenehm auf. Es war wohl an der Zeit, die Karten auf den Tisch zu legen.

»Ich habe keine Richtung«, murmelte Marie. »Ich hab einfach die Praktika gemacht, die mir Spaß gemacht haben – es war mir egal, ob mich das irgendwann mal weiterbringen würde.«

Dr. Seichter nickte nachdenklich. »Das hat Vor- und Nachteile. Der Vorteil ist, dass Sie damit beweisen, dass Sie sich gut in verschiedenste Themengebiete einarbeiten können. Ihre Arbeitszeugnisse sind überragend, Sie scheinen sich in der Tat schnell in soziale Gefüge integrieren und Ihren Platz in Gruppen finden zu können. Außerdem finden Sie sich innerhalb kürzester Zeit in komplexen Bereichen zurecht.«

Marie schluckte vor Schreck. Das klang ja schon fast positiv. Wieso war ihr das selbst nicht eingefallen, als sie das Anschreiben für das Ludwig Museum in Koblenz formuliert hatte? Oder besser: Annette?

»Andererseits sind Sie keine Spezialistin. In keinem Gebiet haben Sie fundierte Fachkunde. Sie sind zu gut ausgebildet, um sich auf Praktikumsstellen zu bewerben, aber nicht qualifiziert genug für eine Festanstellung.« Er blies die Backen auf und seufzte. »Frau Schröder, was machen wir nur mit Ihnen?«

Maries Mut sank. Sie hatte sich Ende letzter Woche auf den Tipp eines Kommilitonen hin auf eine noch gar nicht ausgeschriebene Stelle in der Ausstellungsleitung des Koblenzer Museums beworben und war prompt für den darauffolgenden Dienstagmittag eingeladen worden. Nun saß sie in dem kleinen, komplett weiß gestrichenen Raum, in dem nicht mehr als ein gläserner Schreibtisch mit zwei Stühlen zu beiden Seiten stand. Sie war nervös. So nah war sie dem baldigen Auszug aus den elterlichen Latifundien schon lange nicht mehr gewesen – und jetzt schwammen ihr die Felle weg.

Dr. Seichter blätterte erneut durch Maries Unterlagen, als könnte er darin die Antwort auf seine Frage finden. Marie kannte sie – und ging deshalb direkt zum Angriff über. Das bisschen Selbstachtung, das ihr dabei noch im Weg stand, trampelte sie der Einfachheit halber ohne Rücksicht auf Verluste nieder.

»Sie *müssen* mir diesen Job geben«, sagte sie und lehnte sich nach vorn über die Schreibtischplatte. »Ich weiß, man sollte cooler und überlegener in einem Vorstellungsgespräch sein, aber ich bin es verdammt noch mal nicht. Ich brauche diesen Job. Ich bin fast dreißig und lebe in einem ausgeräumten Kellerraum bei meinen Eltern. Ich sterbe, wenn Sie mir diese Stelle nicht geben – weil ich dann bis zum Ende meiner Tage in diesem furchtbaren Langweiler bleiben muss. Und das ist kein Scherz.«

Der Kurator warf ihr einen langen Blick zu. »Ein ausgeräumter Kellerraum?« Vermutlich witterte er gerade irgendeine Natascha-Kampusch-Story.

»Es ist … Es ist kompliziert. Aber ich kann dort nicht bleiben. Das Haus ist voll mit … Menschen. Menschen, die mir zu nahe kommen. Die mir auf die Pelle rücken und mich bedrängen.«

»Frau Schröder, wenn Sie Hilfe brauchen …«

»Nein, nein, so meine ich das doch nicht!« Marie stöhnte verzweifelt und ließ sich in ihren Stuhl zurücksinken. Dann beugte sie sich wieder vor und flüsterte: »Da sind Frauen. In meinem alten Kinderzimmer.« Sie fand selbst, dass das ziemlich gruselig klang. Ein bisschen nach »Ich sehe tote Menschen«. Sie schickte ein hoffentlich aufmunterndes Lächeln hinterher.

»Sie meinen ein Frauenhaus? Leben Sie in einem Frauenhaus? Werden Sie bedroht, Frau Schröder?« Dr. Seichter hatte sich mittlerweile ebenfalls zu ihr vorgebeugt und die Stimme zu einem verschwörerischen Flüstern gesenkt.

»Nein, nein, es ist ganz anders«, stammelte Marie. »Vergessen Sie die Frauen. Ich kann nicht in Langweiler bleiben, weil ich sonst wahnsinnig werde, verstehen Sie? Daniel Kessler ist da, überall. Wenn ich aus der Haustür trete, falle ich ihm über die Füße. Er behandelt mich urplötzlich, als wäre ich sein Fußballkumpel, aber wenn ich ihn frage, was los ist, behauptet er, es wäre alles in Ordnung.« Marie verdrehte die Augen. »Ich kann ihm doch nicht einfach sagen: ›Hey Daniel, ich glaube, du hast ein Problem mit mir, und deswegen verhältst du dich so seltsam.‹ Oder? Das geht doch nicht.«

Dr. Seichter hielt die Luft an. Offenbar war er damit überfragt, dabei hatte sie ihm noch nicht einmal von der Szene vor ein paar Tagen erzählt: Sie waren gerade dabei gewesen, ein altes Küchenbüfett aus Frau Berenz' Haus zu tragen, als Daniel sie ächzend gefragt hatte: »Was machst du eigentlich am Wochenende?«

»Nichts, wieso?« Marie hatte sich über den plötzlichen Kurswechsel gewundert und gehofft, dass er sich endlich mit ihr verabreden würde. Vielleicht mal wieder im *Eddies?*

»Ich such noch einen Babysitter. Hab eine Karte für den Betzenberg und kann nicht weg, wenn sich niemand um Oskar kümmert.«

Na super, dachte Marie. Vor ein paar Tagen war ich noch das helle Licht, das die Provinz erleuchtet, und jetzt reicht's gerade noch zur Nanny. Obwohl es ihr schwerfiel, musste sie sich eingestehen, dass sie enttäuscht war. Aber warum wunderte sie sich überhaupt? Er verhielt sich seit der vergangenen Woche einfach nur seltsam. Fehlte nur noch, dass er verkündete, sie sei eine Frau zum Pferdestehlen. Dann würde sie sich eingraben.

»Es ist ja nicht so, dass er unfreundlich wäre – aber er behandelt mich anders als vorher. Anders jedenfalls, seitdem er mich mit Leonard Jung gesehen hat. Der versucht hat, mich zu küssen, das muss man sich mal vorstellen! Während uns seine Mutter aus einem Flurfenster beobachtet hat.« Marie schüttelte den Kopf. »Ich drehe noch total durch in diesem verrückten Dorf, verstehen Sie?«

Dr. Seichter hatte die Augenbrauen zusammengezogen. »Flurfenster?«

Das Gespräch nimmt einen komischen Verlauf, stellte Marie erschrocken fest und versuchte gegenzusteuern. Was es leider nur umso schlimmer machte.

»Gut, Daniel Kessler ist eigentlich kein Problem, zumindest kein richtiges. Mit ihm bin ich seit der Oberstufe fertig. Aber jetzt ist da auch noch Leonard, der sich offenbar für mich interessiert. Und der sich mit mir treffen will. Und seine Mutter – das ist übrigens eine der Frauen, die bei meinen Eltern im Haus leben – fragt auch schon die ganze Zeit.« Marie sagte so eindringlich, wie es ihr möglich war: »Ich brauche diesen Job. Befreien Sie mich aus Langweiler. Bitte!«

Dr. Arne Seichter schaute zwar verwirrt drein, hielt ihrem Blick aber nichtsdestoweniger stand. Dann sprang er plötzlich auf und streckte Marie die Hand entgegen. »Ich danke Ihnen für Ihren Besuch, Frau Seichter.«

Er zuckte zusammen. Marie ebenfalls.

»Schröder. Frau Schröder. Entschuldigung.« Er schüttelte nachdenklich den Kopf. »Wir melden uns bei Ihnen. Gute Heimfahrt.«

Verkackt auf ganzer Linie. Marie stand vor dem prachtvollen Bau des Ludwig Museums und seufzte. Das war ja super gelaufen. Sie war sich sicher, sie würde nie wieder von Dr. Seichter hören, und wenn doch, dann sicher nur, weil er ihr eine Absage erteilte.

Dabei hatte sie nicht annähernd das ganze Ausmaß ihrer prekären Lage geschildert. Mit Daniel, den sie alle paar Tage sah, weil er sie zu einer Wohnungsauflösung mitnahm, war es ein regelrechter Eiertanz geworden. Er hatte sie zwar auch zuvor nie nach einem Date gefragt, doch seit neuestem verhielt er sich so betont kumpelhaft, dass es Marie nicht gewundert hätte, wenn er sie demnächst zum Wettrülpsen oder Stehpinkeln aufgefordert hätte. Am liebsten hätte sie ihm bei jedem Schulterklopfen, das von ihm kam, entgegengebrüllt: Ich hab's kapiert, du bist nicht interessiert. Stattdessen machte sie gute Miene zum jovialen Spiel, packte mit an wie ein Kerl und versuchte, sich nicht anmerken zu lassen, wie sehr es an ihr nagte, dass er sie offenbar in die Nur-Freunde-Schublade gesteckt hatte.

Obwohl es sie nicht hätte wundern dürfen. Daniel war schon immer eine Nummer zu groß für sie gewesen – nur dass es sich früher, im Gymnasium, besser angefühlt hatte. Er war damals eben schlichtweg ein Idiot gewesen. Jetzt war er Schreinermeister mit einem eigenen Betrieb und einem ziemlich süßen kleinen Sohn, den er Möhre nannte. Und er war ein bisschen zu nett und sah ein bisschen zu gut aus, als dass Marie sich hätte einreden können, sie wäre kein bisschen angefressen, weil sie nur zum Saufkumpel taugte. Insbesondere da die Auswahl an paarungsbereiten Damen in der Region mehr als dürftig war.

Sie lief mit hängenden Schultern durch den kleinen Park, der das Museumsgebäude umgab. Sie trödelte. Sie wollte nicht schneller als nötig wieder daheim sein und sich den bohrenden Fragen ihrer kauzigen Familie der besonderen Art aussetzen. Und die würden kommen, die Fragen, das war so sicher wie das Amen in der Kirche. Zuerst würde ihr Vater nerven wegen des Vorstellungsgesprächs. Er würde sich alles erzählen lassen, jedes noch so unwichtig erscheinende Detail, und würde dazu seinen Senf abgeben. Und Marie würde alle Mühe damit haben, sich all die guten Ratschläge von Frau Dr. Müller-Friese vor Augen zu halten, und sich zu Gleichmut mahnen. Gleichmut! Als hätte das bei ihrem Vater je etwas gebracht.

Selbst wenn Marie den Teil unter den Tisch fallen ließe, in dem sie den Kurator quasi auf Knien angefleht hatte, sie bei sich anzustellen, selbst wenn sie vergessen würde zu erwähnen, dass sie Dr. Seichter sogar von Daniel Kessler erzählt hatte, bliebe immer noch genug zu kritisieren. Ihr Aufzug beispielsweise, der hatte ihrer Mutter von Anfang an nicht gefallen. »So geht man doch nicht zu einem Vorstellungsgespräch!«, hatte sie geschimpft, als sie Maries Jeans, das weiße T-Shirt mit dem Marilyn-Monroe-Porträt von Andy Warhol und das dunkelblaue Jackett gesehen hatte. Marie hatte halb kapituliert und sich am Ende dazu überreden lassen, statt des T-Shirts eine Bluse anzuziehen – und statt mit ihrem Panda im Wagen ihrer Mutter nach Koblenz zu fahren. »Wenn dein neuer Chef den vollgemüllten Panda sieht, wird nie was aus dem Job«, hatte Erika Schröder angemerkt. »Der denkt ja, du willst in diesem Museum einziehen.«

Marie wollte am liebsten auf der Stelle mit Sanne telefonieren und ihr von dem verkorksten Vorstellungsgespräch und der misslichen heimischen Lage erzählen, von dem Staatsanwalt auf ihrer Türschwelle und von Daniel in ihren Gedanken. Seitdem sie kein Handy mehr hatte, fehlte ihr der Rat der Freundin umso mehr. Klar, sie hätte das Festnetztelefon nehmen oder skypen können, doch man war im Hause

Schröder einfach nicht mehr sicher, seitdem sämtliche Zimmer belagert waren – überall lauerten Spione. Es wird echt Zeit, dass ich was Eigenes finde, dachte Marie zum gefühlt eintausendsten Mal – allein an diesem Tag.

Sowie sie die Tür zum Haus ihrer Eltern aufschloss, hörte sie das Telefon klingeln. Da sie schon mal danebenstand, griff Marie selbst zum Hörer, noch ehe sämtliche Mitglieder des Rudels aus ihren Löchern geschossen kamen.

»Hallo, Marie, hier ist Tina. Gut, dass du gleich dran bist. Man weiß momentan ja nie, wen man bei euch an die Strippe kriegt. Wie war dein Jobinterview?«

Nur ihre Schwester kam auf die Idee, ein Vorstellungsgespräch so zu nennen. Marie seufzte. »Nächste Frage.«

»So schlimm?«

»Ja. Und überhaupt, woher weißt du schon wieder davon?«

Tina lachte. »Buschfunk.« Dann sagte sie – und ihr Tonfall klang merklich verändert: »Hast du noch was in der Hinterhand, falls das nicht klappt?«

Marie hielt ihrer Schwester zugute, dass sie »falls« gesagt hatte, nicht »wenn«.

»Nein. Kunsthistoriker werden nicht gerade händeringend gesucht. Kulturanthropologen auch nicht.«

»Ach, so schlimm wird's schon nicht werden. Bewirb dich einfach woanders. Oder initiativ. Es werden ja auch immer wieder Quereinsteiger genommen. Ins Verlagswesen willst du gar nicht mehr?«

Marie kniff die Lippen zusammen. »Ich glaub, ich hab genug davon.« Unwillkürlich musste sie an die Birkenstocksandalen ihres einstigen Chefs denken und schüttelte sich.

»Hmm.« Tina dachte nach.

»Ich hab das Falsche studiert. In meinen Fächern werden einfach keine jobgenauen Fähigkeiten vermittelt.«

»Na und?«

»Wie, na und?« Marie wand sich aus der Jacke und schlüpfte aus den Schuhen, während sie sich das Telefon zwischen Ohr und Schulter klemmte.

»Das geht doch allen so. Aber komischerweise kriegen die meisten Leute trotzdem eine Stelle.« Marie wollte gerade widersprechen, als Tina fortfuhr: »Du, ich hab eigentlich gar keine Zeit, ich wollt dir nur erzählen, dass ich deine Möbel verkauft habe.«

»Du hast *was?*«

»Deine Möbel verkauft. Den Sessel, die Minibar, den Nierentisch. Hier um die Ecke ist ein Laden, wo nur so Kram im Schaufenster steht. ›Frauenzimmer‹ heißt er, und ich dachte, dort probiere ich's mal.«

»Das ist ja der Hammer.« Marie war baff und ließ sich auf den Stuhl neben der Eingangstür sinken. Dann fiel ihr etwas ein. »Aber warte mal – was krieg ich denn von denen?«

»Die Hälfte vom Verkaufspreis. Nierentisch und Sessel wollen sie für je zweihundert Euro verticken, die Minibar für zweihundertfünfzig. Also dreihundertfünfundzwanzig für dich. Wär das okay?«

Ob das okay war? Marie war sprachlos. Zum ersten Mal seit Monaten würde sie zu Geld kommen, ohne sich dabei an ihrem eigenen wertlosen Hab und Gut vergreifen zu müssen, das sie in frustrierenden Auktionen unter die Leute zu bringen versuchte. Sie hatte etwas getan, was ihr Freude bereitete – sie hatte alte Möbel aufbereitet. Und nun sollte sie über dreihundert Euro dafür bekommen? Das war ja der Wahnsinn.

»Ich denke mal, das ist ein guter Anfang«, fuhr ihre Schwester fort, »aber langfristig solltest du die Sachen selbst verkaufen. Übers Internet oder so. Hast du dir darüber schon mal Gedanken gemacht? Bastel dir eine Webseite, vertreib die Möbel über eBay oder wo auch immer, dann verdienst du das Doppelte daran.«

Marie konnte ihre Schwester regelrecht grinsen hören. Und auch ihre eigene Laune stieg sekündlich. Mittlerweile hatte sie eine hübsche Sammlung von Möbeln aus den letzten sechzig Jahren in einem Nebenraum von Daniels Schreinerei angehäuft – knapp zwanzig Stücke. Einige bedurften nur einer kleinen Politur und gründlichen Reinigung, andere würde sie von Grund auf verändern müssen. Und dann verkaufen, übers Internet. Das war *die* Idee!

»Auch ganz ohne Businessplan: Ich halte das für ein gutes Investment. Ich würde da dranbleiben, wenn ich du wäre, zumindest bis du was Besseres gefunden hast.«

»Echt, Tina …« Dann stutzte sie. »Aber wie krieg ich meine drei Gesellenstücke in diesen Laden transportiert?«

»Leih dir einen Lieferwagen. Wenn du wirklich in Serie gehen willst, musst du dir natürlich etwas überlegen. Kennst du niemanden, der so einen Wagen hat?«

»Nee …«, sagte Marie – ein wenig zu schnell.

»Was ist mit Daniel Kessler?«, kam es von ihrer Schwester.

»Hmm …«

»Stress?«

»Ach was.« Sie schüttelte entschieden den Kopf, auch wenn Tina das natürlich nicht sehen konnte.

»Aha.« Sie klang nicht überzeugt. »Du, ich muss jetzt wirklich Schluss machen. Ich schick dir gleich noch die Kontaktdaten von dem Laden. Meld dich bei denen, ja?«

»Klar, mach ich.«

Marie konnte es kaum fassen. Von einer Sekunde zur anderen bewegte sich endlich etwas in ihrem Leben – und zwar in eine Richtung, die nicht totale Selbstaufgabe und Erniedrigung mit sich brachte. Jetzt konnte sie sogar hinter das verkorkste Vorstellungsgespräch einen dicken, fetten Haken setzen – und ganz schnell vergessen, wie schlecht es sich angefühlt hatte, um einen Job betteln zu müssen.

Sie legte auf. »Hallo, Leute? Ich bin wieder zu Hause. Und ich hab gute Nachrichten!«

Wie Erdmännchen kamen ihre Mutter und Annette aus dem Obergeschoss gewuselt, Britta kam aus der Küche, und selbst Maries Vater machte sich die Mühe, sich nach Feierabend noch einmal aus seinem Sessel zu erheben.

»War das der Typ aus dem Museum, der eben angerufen hat?«, wollte er neugierig wissen. Er ballte die Hand zur Beckerfaust. »Ich hab's gewusst!«

»Was für ein Glück, dass ich gerade einen Kuchen fertig habe«, rief Britta und rieb die Hände an der Küchenschürze ab. »Ein neues Rezept für einen Käsekuchen – Salvatore, der nette Italiener vom Antipasti-Stand, hat mir das Geheimnis seiner *mamma* verraten. Die nimmt immer Ricotta statt Quark, und das hab ich jetzt auch mal versucht. Wollt ihr ein Stück?«

»Wir machen eine Flasche Sekt auf«, verkündete Erika Schröder, »jetzt, da unser größtes Sorgenkind endlich wieder in Lohn und Brot steht!« Eilig lief sie davon, und Britta schloss sich an und flitzte in die Küche.

»Wenn ich mal kurz was sagen dürfte«, rief Marie dazwischen – aber ihr Vater war schneller.

»Na, wer sagt's denn. Endlich kriege ich mein Fitnesszimmer zurück. Ich will ja die ganze Zeit schon wieder auf den Superstep. Ich halte mich nur deinetwegen zurück, mein Kind. Aber jetzt brechen goldene Zeiten an.« Er tätschelte sich den Bauch. »Wann ziehst du aus?«

»Stopp!«, brüllte Marie, so dass sowohl Annette als auch ihr Vater zusammenzuckten. »Hier liegt ein Missverständnis vor.«

Zögerlich kamen Maries Mutter und Britta in den Flur zurück. Britta hielt bereits ein Tortenmesser in der Hand, Erika

Schröder eine Flasche Sekt in der einen und ein Sektglas in der anderen.

»Ich hab den Job nicht bekommen.«

»Was?« Ihr Vater riss die Augen auf und hielt sich am Treppengeländer fest.

»Wieso denn nicht?« Britta kam näher, das Messer in der erhobenen Hand. Die silberne Klinge glänzte im Schein der Flurlampe.

»Mein Gott!«, rief Annette und hielt sich den Handrücken gegen die Stirn, als würde sie jeden Moment in Ohnmacht fallen.

»Meine Nerven«, stöhnte Maries Mutter auf, goss sich ein Glas Sekt ein und leerte es in einem Zug.

»Das Gespräch lief nicht besonders gut«, erklärte Marie ruhig. »Ich hab zu wenig Erfahrung. Die wollen mich ganz sicher nicht.«

»Was soll denn dann die tolle Neuigkeit sein?«, wollte Maries Mutter wissen.

»Ich hab ein paar Möbel verkauft«, sagte Marie. »Ist das nicht großartig?«

»Du hast … was?« Ihr Vater hielt sich die Hand an die Brust. »Himmel, mein Herz …«

»Nein, im Ernst, das ist super! Ich kriege über dreihundert Euro dafür – und das ist erst der Anfang. Bei Daniel in der Schreinerei hab ich noch viel mehr Möbel gebunkert, die kann ich alle aufarbeiten und verkaufen. Vielleicht sogar mit eigener Webseite und nicht über irgend so einen Laden, dann bleibt mir auch viel mehr aus dem Erlös.« Marie war ganz aufgeregt.

»Mein Herz …«, flüsterte ihr Vater wieder und klammerte sich mit der Rechten am Revers seiner Strickjacke fest.

»Ich find das prima«, sagte Britta und fuchtelte mit dem Messer herum. »Soll ich jetzt den Kuchen holen?«

Maries Vater machte ein paar Schritte auf sie zu. »Soll das etwa heißen, du bleibst …«

Marie zuckte mit den Schultern. »Na ja, solange ich darf, zumindest … vielleicht bis das Geschäft mit den Vintage-Möbeln halbwegs ins Laufen gekommen ist. Dann kümmere ich mich postwendend um meine eigene Bude. Wär das okay?«

»Aber mein Fitnessraum …«, hauchte Olaf Schröder noch, dann gaben seine Knie nach, und er sackte zu Boden. Seine Gesichtsfarbe hatte sich bedenklich dunkel verfärbt, und er keuchte angestrengt.

»Papa?«, japste Marie und hechtete in seine Richtung. »Hast du einen Herzinfarkt? Nur weil ich hier wohnen bleibe?« Ihre Stimme überschlug sich fast, so aufgebracht war sie. »Das ist … Das ist … total verletzend!«

Marie fragte sich unwillkürlich, was Frau Dr. Müller-Friese hierzu gesagt hätte. Vermutlich hätte sie ihr mal wieder Yoga empfohlen.

»Olaf!«, sagte seine Frau streng. »Du hast keinen Herzinfarkt. Reiß dich gefälligst zusammen, wir brauchen dich noch. Wer soll denn mit mir auf die Kanaren fliegen, wenn du nicht mehr da bist?« Dann schenkte sie sich ein weiteres Glas ein und stürzte es hinunter.

Annette lief wie ein aufgescheuchtes Huhn durch den Flur und hielt nach dem Telefon Ausschau, während Britta sich über Olaf Schröder beugte und ihm gut zusprach. Ruhig atmen. Marie war unfähig, sich von der Stelle zu rühren, und blieb neben ihrem Vater knien.

»Papa, wenn du stirbst, nur weil ich noch ein bisschen länger bei euch wohnen bleibe, dann werd ich mal so richtig sauer«, zischte sie in seine Richtung.

In diesem Moment klingelte es. Marie sprang auf und riss die Tür auf. Hinter der Schwelle stand ein Blumenstrauß auf zwei Beinen und rief fröhlich: »Überraschung!«

Olaf Schröder keuchte und stützte sich auf den Bodenfliesen ab.

Der Blumenstrauß wanderte zur Seite, und dahinter erschien Leonards Gesicht. Sein Blick fiel auf die Szene vor ihm – ein am Boden liegender Mann, dahinter eine Frau mit hoch erhobenem Messer, eine Frau mit einer Sektflasche in der Hand und die nervös herumtänzelnde Annette –, und er riss die Augen weit auf. »Was ist denn hier …«

»Leonard!« Marie wusste nicht, ob sie sich freuen sollte. Einerseits war es schön, ihn wiederzusehen, andererseits würde er wohl gleich jemanden festnehmen müssen. Immerhin war er Staatsanwalt. »Es ist anders, als es aussieht«, erklärte sie mit zitternder Stimme.

»Kann mal jemand einen Krankenwagen rufen?«, wimmerte ihr Vater.

»Du *hast* keinen Herzinfarkt.« Erika Schröder sah mittlerweile richtiggehend wütend aus. Kleine Sektspucketröpfchen verteilten sich im Flur, als sie rief: »Wag es nicht! Ich hab nicht all die Jahre an dich rangebettelt und fliege jetzt allein nach Teneriffa!«

Ganz offenbar hatte sie schon einen sitzen.

»Leonard, das ist jetzt wirklich ein ganz schlechter Zeitpunkt«, stammelte Marie mit Blick auf ihren immer noch am Boden kauernden Vater.

»Kann ich irgendwie helfen?«, fragte er besorgt. »Ich kann die stabile Seitenlage …«

Mit dem Telefon in der Hand stürzte Annette auf ihren Sohn zu und entriss ihm die Blumen. »Für mich?«

»Äh, eigentlich … Ja.«

»Hallo?«, rief sie keine Sekunde später in den Telefonhörer. »Rosengarten 7 in Langweiler. Verdacht auf Herzinfarkt. Kommen Sie sofort!«

»Ich habe keinen Herzinfarkt«, begehrte Maries Vater auf.

»So ist's recht, mein Schatz.« Seine Frau ging neben ihm in die Knie, tätschelte ihm die Schulter und hielt ihm die Sektflasche hin. »Hier, nimm einen Schluck. Und jetzt tief einatmen.« Dann wandte sie sich zu ihrer Tochter um. »Da siehst du, was du angerichtet hast.«

»Ich?«

»Du hast ihm das Herz gebrochen.«

»Ich?« Marie konnte es nicht fassen.

»Hat irgendjemand Lust auf ein Stück Käsekuchen?« Brittas Timing war wie immer überragend.

»Ich hab doch gar nichts gemacht! Ich kriege den Job nicht – aber was kann denn ich dafür?«

»Lief es nicht gut, das Gespräch?«, schaltete Leonard sich ein.

»Woher weißt du …« Maries Blick fiel auf Annette, die hingebungsvoll den Blumenstrauß bewunderte. »Ach so.« Dann wandte sie sich wieder Leonard zu. »Nein, ich denke nicht, dass ich genommen werde. Zu wenig Erfahrung. Ist aber eigentlich auch kein Problem. Es hat sich eine andere Möglichkeit ergeben. Aber offenbar reicht das aus, dass mein Vater sterben will.«

Leonard grinste unsicher. »Vielleicht willst du mir ja bei einem Abendessen von dieser anderen Möglichkeit erzählen? Ich bin gekommen, um dich auszuführen. Du hast doch Zeit?«

In Maries Kopf rotierten die Gedanken. Sie mochte Leonard, und sie fühlte sich geschmeichelt, weil er offenkundig Interesse an ihr zeigte. Aber immer, wenn sie die Augen schloss, dachte sie – selbst wenn sie sich dafür ohrfeigen könnte – an Daniel, ihren neuen Superkumpel, der sich allem Anschein nach nicht die Bohne für sie interessierte. Aber es deswegen gleich mit Annettes Lieblingssohn versuchen? In dessen Nähe sich Marie zwar wohl fühlte und der wirklich viel netter war, als sie sich hatte vorstellen können, neben dem sie sich aber einfach kein Leben vorstellen konnte? Was, wenn er mal genauso würde wie sein Vater? Immerhin war der wiederum an Leonards Zeugung und Erziehung nicht ganz unbeteiligt gewesen. Und überhaupt: War Marie die Frau an der Seite eines Staatsanwalts? Golfturniere? Rotary-Klub? Cocktailpartys in der sogenannten besseren Gesellschaft?

Sie schlug die Augen nieder. »Leonard, es tut mir leid. Aber ich denke nicht, dass das eine gute Idee wäre.«

»Was?« Annette sah sie mit wirrem Blick an. »Was soll das heißen, keine gute Idee? Er ist die beste Partie, die du machen kannst.«

»Mama …« Leonard war es sichtlich unangenehm, dass seine Mutter sich einmischte. Überrascht stellte Marie fest, dass für sie die Einmischungen vonseiten ihrer Mitbewohner fast schon zur Normalität geworden waren und sie kaum mehr aus der Fassung zu bringen vermochten.

»Etwas Besseres wirst du nicht abbekommen, meine Liebe«, giftete Annette in ihre Richtung.

Marie versuchte, sie zu ignorieren. »Leonard, du bist ein feiner Kerl und ein toller Mann, aber leider …«

»Du wagst es, meinem Sohn eine Abfuhr zu erteilen?« Annette schnappte nach Luft und wedelte bedrohlich mit dem Blumenstrauß. »Du wagst es, meinen Leonard *nicht* zu nehmen, obwohl er bereit ist, Zeit mit dir zu verbringen? Weißt du, was das bedeutet?« Ihre Stimme war jetzt nur mehr ein tonloses Fauchen. »Das, meine Liebe, bedeutet Krieg.«

Na ja, auch Einmischung kannte Grenzen. Marie beschloss, dass es Zeit für ein bisschen Privatsphäre war. »Vielleicht wollen wir mal kurz vor die Tür?«, fragte sie Leonard, doch noch ehe er antworten konnte, pfefferte seine Mutter den Blumenstrauß auf den Boden und stemmte die Arme in die Hüften.

»Du willst die harte Tour? Die kannst du haben!«

Leonard riss eilig die Haustür auf und schob Marie nach draußen. Dann zog er die Tür hinter sich ins Schloss. Immer noch war Annettes Keifen zu hören.

Marie und Leonard schwiegen. Sie konnte ihm kaum ins Gesicht sehen, so unangenehm war ihr das alles. Ihre Eltern. Annette und die Art, wie sie sich aufführte. Leonards Bitte, mit ihr auszugehen. Und ihre eigenen widersprüchlichen Gefühle, die sie ausgerechnet für Daniel Kessler hegte. Warum gerade für ihn? Warum nicht für den netten Staatsanwalt, der ihr Leben in so vielen Belangen so viel einfacher machen würde?

Der Krankenwagen kam, zwei Sanitäter sprangen aus dem Wagen und hasteten an ihnen vorbei zur Haustür, die Britta nach dem ersten Klingeln mit schreckgeweiteten Augen aufgerissen hatte. Als sich die Tür wieder schloss, standen Marie und Leonard im Schein des blau flackernden Lichtes einander gegenüber, und sie hatte keinen Schimmer, was sie sagen sollte. Zu verwirrend waren die letzten Stunden gewesen. Zu schnell hatten sich die Ereignisse überschlagen.

»Es ist wegen diesem Daniel, oder?«, fragte Leonard plötzlich mit leiser Stimme. »Meine Mutter hat mir von ihm erzählt.«

Marie nickte. »Es ist bescheuert, ich weiß. Und total aussichtslos. Aber was soll ich sagen? Man sucht es sich nicht aus …«

Leonard nickte. »Ich weiß«, sagte er ganz ruhig, dann drehte er sich um und ging langsam über die Steinplatten zu seinem Sportwagen zurück.

17

Muss das hier rumliegen? Gehört das dir?« Maries Vater stand in Schlafanzug und Bademantel im Wohnzimmer und hielt vorwurfsvoll ein Ladekabel in die Höhe. Dann drehte er sich um in Richtung Flur und bellte: »Wem gehört das Ladekabel?«

Natürlich erhielt er keine Antwort. Seit er vor drei Tagen nach einer Nacht im Krankenhaus auf eigenen Wunsch wieder entlassen worden war, schlurfte er durchs Haus und spielte den Despoten. Vorbei war die Zeit, in der Marie sich lediglich mit Annette und Britta hatte herumschlagen müssen, die tagsüber immerhin mal nach Idar-Oberstein zum Bummeln gefahren waren oder zum Supermarkt nach Morbach, um Backzutaten einzukaufen. Am Nachmittag war meistens ihre Mutter dazugestoßen, wenn das Mädchen den Laden übernommen hatte, und zu viert war das Kräfteverhältnis einigermaßen ausgeglichen gewesen.

Doch seit drei Tagen war alles anders. Die mal mehr, mal weniger friedliche Koexistenz wurde durch einen nicht unerheblichen und von Tag zu Tag schlechter gelaunten Faktor gestört. Meistens traf man den Oligarchen Olaf Schröder mit einem beliebigen Gegenstand in der Hand im Wohnzimmer oder im Flur, wo er vor sich hinmurmelte: »Verdammt noch mal, früher musste ich diesen Saustall wenigstens nur abends aushalten … Es wird Zeit, dass sich was ändert …« Dann schlurfte er auf der nicht enden wollenden Suche nach Gegenständen, die in seinem Herrschaftsbereich nichts zu suchen hatten, schlecht gelaunt weiter.

»Jeder nimmt seinen Kram mit in sein Zimmer«, grollte er gerade in die Tiefe des Hauses hinein. Dabei löste sich der Knoten seines Bademantels und baumelte träge hin und her. Sein ungekämmtes Haar stand wirr vom Kopf ab. »Kaum reicht man ihnen den kleinen Finger … Ich will von niemandem mehr Sachen in meinem Haus herumliegen sehen, verstanden?«, brüllte er das Treppenhaus hinauf.

Marie, die in der Küche am Tisch saß und in der Tageszeitung blätterte, stöhnte. Sie hatte schon seit Tagen nichts mehr von Daniel gehört und traute sich nicht, ohne triftigen Grund bei ihm aufzukreuzen. Sie hatte ihm erzählt, dass sie am Dienstag nach Koblenz fahren würde, und seitdem herrschte Funkstille. Schade. Sie hätte ihm gern erzählt, dass sie Leonard hatte abblitzen lassen. Ganz nebenbei, versteht sich. Nicht dass sie sich ernsthaft Hoffnungen machte, aber zu träumen war doch hoffentlich noch erlaubt.

Seit Tagen vertrödelte sie also ihre Zeit und hoffte inständig darauf, dass er irgendwann einfach wieder vor der Tür stehen und sie mit zu einer Haushaltsauflösung nehmen würde. So wie er es bislang immer getan hatte. Eigentlich. Die vergangenen drei Tage hatte sie morgens um acht gestiefelt und gespornt im Flur gestanden und auf sein Klingeln gewartet, und drei Tage in Folge war sie um halb neun schließlich in die Küche geschlurft und hatte sich stattdessen einen weiteren Kaffee aus der Maschine gelassen. Sie war enttäuscht. Und traurig.

Warum meldete er sich nicht mehr? Wollte er jetzt noch nicht mal mehr mit ihr befreundet sein? Vermutlich war sie ihm schlicht und ergreifend egal. So war das meistens: Frauen zergrübelten sich das Hirnschmalz über die Frage, warum Männer das eine taten und das andere nicht, aber am

Ende war es ganz einfach so, dass es gar keine geheime Botschaft gab, die man in ihr mysteriöses Verhalten hineininterpretieren musste. Männer waren einfach nicht so … so subtil, als dass sie etwas ausdrücken wollten mit ihrem Handeln. Sie waren viel einfacher gestrickt, das hatte Maries Tante Gudrun immer schon gesagt, und die musste es wissen.

»Und du? Sitzt hier auch den ganzen Tag nur rum, was?«, blaffte ihr Vater sie an, als er in die Küche kam. »Müßiggang ist aller Laster … Mann, Marie, mach dich endlich mal nützlich! Mach *irgendwas!*« Er hob theatralisch die Hände zur Zimmerdecke und ließ sie wieder fallen – seine ganz spezielle Geste der Enttäuschung, an die Marie sich mit den Jahren allmählich gewöhnt hatte. »Macht denn hier *irgendjemand* noch *irgendwas?*«, fragte Olaf Schröder mehr sich selbst als jemand Bestimmten.

»Papa, du nervst«, entgegnete Marie müde und beschloss, sich nicht von ihm vertreiben zu lassen, sondern in der Küche vor der Zeitung sitzen zu bleiben.

»So wird das nichts mit deinem Job«, sagte er vorwurfsvoll und drohte ihr mit dem ausgetreckten Zeigefinger.

Marie verdrehte die Augen. »Wie oft denn noch? Der Job ist mir egal, ich hab doch jetzt ein Einkommen.«

»Ach ja? Und wo ist dieses Einkommen? Na? Ich sehe keins.« Er drehte sich im Kreis und hob dann sogar eine Ecke der Zeitung an. »Kein Einkommen. Nirgends.«

Sie hielt zähneknirschend die Luft an. Ja, sie hatte mit der Besitzerin vom »Frauenzimmer« telefoniert, und die war begeistert gewesen von Maries Vorschlag, noch mehr Möbel vorbeizubringen und sie in ihrem Laden zu verkaufen. Allerdings gab es da ein klitzekleines Problem: Den einzigen Lieferwagen weit und breit hatte nun mal Daniel. Und ausgerechnet ihn wollte Marie nicht danach fragen.

»Halt. Dich. Raus«, fauchte Marie durch die aufeinandergebissenen Zähne.

Ihr Vater schnaufte, dann machte er auf dem Absatz kehrt und marschierte aus der Küche. Umso besser. Vielleicht fand er ja ein neues Opfer.

Marie seufzte. Es war in der Vergangenheit selten vorgekommen, dass ihr Vater krankgeschrieben zu Hause geblieben war. Zum Glück. Es war kaum auszuhalten mit ihm. Morgens war er der Erste, der wach war – und dafür sorgte, dass mit ihm auch alle anderen aufstanden. Der frühe Vogel … und so weiter. Trotzdem blieb er dann den ganzen Tag im Schlafanzug und hatte eine Laune zum Davonlaufen, weil er schließlich – im Gegensatz zu allen anderen, die er immer korrekt angezogen zu sehen verlangte – krankgeschrieben war, nicht etwa bloß »in Scheidung lebend« oder »frisch verlassen«. Und wer krankgeschrieben war, hatte ein Recht darauf, im Schlafanzug zu bleiben, so war es schon immer gewesen, und so würde es immer sein. Er war ein Tyrann im Bademantel, der sich von morgens bis abends darüber beschwerte, dass die Suppe zu kalt, das Wohnzimmer zu vollgestellt und die Ordnung ohnehin vollends gestört war durch die »Invasion«, wie er seine Mitbewohnerinnen mittlerweile nannte. Nicht dass die Situation auch nur ein kleines bisschen anders gewesen wäre als in all den vergangenen Wochen – aber mittlerweile bekam Olaf Schröder das ganze Ausmaß erstmals mit, und zwar vierundzwanzig Stunden am Stück, und das schien ihm die Laune vollends zu verhageln.

Zum Glück hatte sich Maries Mutter ein paar Tage freigenommen, um ihren Mann zu pflegen, wie sie behauptete. Dabei war allen Beteiligten nur zu klar, dass sie als eine Art menschliche Knautschzone fungierte. Sie war die Einzige, die ab und zu noch ihre Stimme erhob und ihren Mann zur Räson rief. Oder was eben noch von dieser Räson übrig war.

Selbst Britta und Annette hielten sich im Hintergrund, seit das Terrorregime andauerte. Britta hatte ihre Kuchenbäckerei vorübergehend eingestellt – was ihre Laune nicht gerade hob –, und Annette sprach ohnehin nur noch das Nötigste in Maries Gegenwart. Zu tief saß immer noch die Abfuhr, die Marie Leonard erteilt hatte. Und so kamen die gemeinsamen Essen, zu denen die Patchworkfamilie der besonderen Art dreimal am Tag zusammenkam, eher einer Klausur des Schweigens und der inneren Einkehr gleich, denn entweder hatten die Beteiligten keine Lust auf Konversation, funkelten einander wütend an oder versuchten, den dösenden Drachen nicht zu wecken.

Mit einem Wäschekorb unter dem Arm kehrte Maries Vater in die Küche zurück. »Ich weiß jetzt, was ich mache«, murmelte er atemlos. »Ich sammle all euren Krempel hier in diesem Wäschekorb zusammen. Dann liegt das Zeug wenigstens nicht in meinem Wohnzimmer herum.«

Marie warf einen Blick in den Wäschekorb. Darin befanden sich bereits mehrere Halstücher mit zarten Blumenmustern, verschiedene Handy-Ladegeräte, Brillenetuis, Geldbeutel, eine Damenhandtasche, ein Paar getragene Socken und allerlei undefinierbare Gegenstände, die Marie einer genaueren Untersuchung hätte unterziehen müssen, wenn es sie denn interessiert hätte.

Ihr Vater trat auf sie zu und nahm ihr den Stift weg, den sie in der Hand hielt.

»Ey, ich sitze gerade am Kreuzworträtsel!«

»Das ist meiner. Da steht es drauf: ›Bauingenieurbüro Schröder‹. Und es ist *mein* Kreuzworträtsel«, sagte er und riss ihr auch die Zeitung weg. »Wag es ja nicht, mein Kreuzworträtsel zu lösen.«

Marie stand auf und stemmte sich auf die Tischplatte. Genug war genug. »Du bist echt zum Kotzen, Papa. Seit du krankgeschrieben bist, machst du uns das Leben zur Hölle. Ich wünschte mir, du würdest endlich wieder arbeiten gehen.«

»Gleichfalls«, knurrte er wutentbrannt.

»Im Gegensatz zu dir bin ich wenigstens halbwegs erträglich, wenn ich nichts zu tun habe.«

»Was noch zu beweisen wäre.«

»Papa!«

»Ich habe deiner Mutter versprochen, mich auszukurieren«, fuhr Olaf Schröder sie an und deutete mit dem Kugelschreiber auf Marie. »Also wirst du mich wohl noch ein Weilchen ertragen müssen. Außerdem ist es nur gut, dass hier endlich mal jemand für Zucht und Ordnung sorgt.« Er machte kehrt und verschwand ein weiteres Mal aus der Küche.

Marie sank auf dem Stuhl zusammen. Das war ja furchtbar. Und das alles nur wegen dieser lächerlichen kleinen Herzschwäche. Koronale Herzkrankheit – noch nicht mal einen richtigen Herzinfarkt hatte er gehabt, sondern nur eine Verengung der Herzgefäße. Klar, am Anfang hatte Marie sich fürchterliche Sorgen gemacht, aber schon am Abend seiner Rückkehr in den Rosengarten war Olaf Schröder allen Beteiligten so sehr auf die Nerven gegangen, dass es mit dem Mitleid prompt nicht mehr allzu weit her gewesen war. Außerdem schien es ihm so schlecht nicht zu gehen: Er bekam ein Medikament und hatte leichten Ausdauersport und fettarme Kost verschrieben bekommen. Erika Schröder hatte die Butter durch Diätmargarine ersetzt und den Zucker rationalisiert. Letzteres schlug allerdings deutlich auf die Laune aller Hausbewohner. Einzig Annette, die eine derartige Mangelernährung vermutlich durch lebenslanges Training locker wegsteckte, schien davon unbeeindruckt – oder aber sie hatte schon wieder einen ihrer stimmungsmäßigen Tiefpunkte erreicht und konnte nicht mehr tiefer sinken.

Maries Mutter kam in die Küche und setzte sich zu ihrer Tochter an den Tisch. Sie senkte die Stimme zu einem Flüstern. »Er meint es nicht so.«

»Wie meint er es dann?«

»Er ist nicht ausgelastet.« Erika Schröder nickte mehrmals. »Das wird besser, wenn er wieder arbeiten geht.«

»Und wann wird das sein?«

Sie zuckte mit den Schultern. »In zwei Wochen vielleicht?«

Marie riss die Augen auf. »Mama! Er ist seit drei Tagen daheim, und niemand traut sich mehr aus seinem Zimmer. Er führt sich auf wie ein Diktator. Kannst du nichts unternehmen?«

»Ich?« Sie schüttelte den Kopf. »Nee, nee, nee, dann krieg ich ja alles ab! Wir teilen uns Papas Laune, das ist nur fair.«

Aus dem Badezimmer im Obergeschoss ertönte ein lauter Schrei. »Verdammt noch mal!«, drang es laut durch die geschlossene Tür, »wer ist denn zu blöd, um das Klopapier wieder aufzufüllen?«

»Er meint es wirklich nicht so«, sagte Erika Schröder leise. »Er ist nur ...«

»... unausgelastet.« Marie stöhnte. Das Leben mit den Damen war ein regelrechter Sonntagsspaziergang gewesen im Vergleich zu diesem Tanz auf dem Vulkan. Auch wenn der Alltag in den letzten Wochen manchmal anstrengend gewesen war, so war es doch immer halbwegs heiter zugegangen, quirlig, lebendig. Inzwischen aber lag Grabesstimmung in der Luft. Man ging einander aus dem Weg, so gut man eben konnte, und trotzdem wurden Gift und Galle gespuckt, sobald sich auch nur die Gelegenheit dazu ergab.

Die Türklingel zerriss die kurzzeitige Stille, und Olaf Schröder schrie von oben: »Hoffentlich ist das nicht noch so ein Schmarotzer, der sich bei mir einnisten will.«

»Olaf, es reicht!«, rief seine Frau aus der Küche, dann fielen im Obergeschoss zwei Türen ins Schloss. Annette und Britta hatten wohl genug gehört.

Marie stand auf und ging zur Tür. Sie machte sich keine Hoffnung, dass Daniel vorbeigekommen war. Dennoch klopfte ihr Herz ein bisschen schneller. Wieso eigentlich? War doch total bescheuert. Es gab ja auch noch andere Leute, über deren Besuch sie sich freute – redete sie sich zumindest ein. Der Briefträger, der die Zusage vom Ludwig Museum brachte. Nachbar Fred, der vorbeikam, um mal wieder einen Blick auf die freizügigen Damen zu werfen. Oder Hans-Dieter, der ihr keinen Job, aber immerhin gute Tipps anzubieten hatte.

»Gudrun?«

Marie hatte die Tür geöffnet und starrte die Frau an, die unter dem kleinen Vordach stand. Draußen war fiesestes Oktobernieselwetter, und es wurde von Tag zu Tag kälter, passend zur fallenden Stimmungskurve im Haus.

»Marie – fast hätte ich dich nicht wiedererkannt! *Mondjö,* bist du gewachsen. Vor allem um die Hüfte.«

Die gewaltige Frau mit den kurzen, rot gefärbten Haaren, die hoch auftoupiert in die Luft ragten, breitete die Arme aus und machte einen Schritt auf Marie zu, die zu perplex war, um rechtzeitig auszuweichen, und so wurde sie an Gudruns wogenden Busen gedrückt. Eine Wolke süßen Parfüms hüllte sie ein, irgendwas Schweres, Samtiges, das nach altem Pariser Chic und Stofftapeten roch. Dabei hatte Tante Gudrun rein gar nichts mit Frankreich am Hut, wenn man mal von zwei Urlauben in der Bretagne und dem Elsässer Ehemann Nummer eins absah. Sie war in Sankt Augustin in der Nähe von Köln aufgewachsen, genau wie ihr Bruder, und schon als junges Mädchen in die Großstadt geflohen, erst nach Düsseldorf, dann nach Bonn, wo sie bis heute lebte. Da sie zehn Jahre älter war als ihr Bruder, hatten die beiden nie eine besonders innige Verbindung zueinander gehabt. Gudrun hatte mit siebzehn das Haus ihrer Eltern verlassen, da war Klein Olaf gerade eingeschult worden. Der jüngste Krach um das Familiengrab auf dem Sankt Augustiner Friedhof hatte die Sache auch nicht unbedingt besser gemacht.

»Sind deine Eltern da?«, fragte Gudrun und entledigte sich des schwarzen Mantels mit dem buschigen Fellkragen, den sie ihrer Nichte kurzerhand in die Hand drückte. Darunter war sie ebenfalls in Schwarz gekleidet. Trug man das jetzt so im mondänen Bonn? Oder war die Tante in Trauer? Himmel, seit sie vor Wochen angerufen und mitgeteilt hatte, dass es ihrem derzeitigen Gatten Rudolf nicht mehr allzu gut ging, war dieser gar nicht mehr erwähnt worden! Als Gudrun sich umdrehte, schnüffelte Marie unbemerkt am Mantel. Mottenkugeln und *Tosca*.

»Mama, Papa?«, rief Marie ins stille Haus hinein. »Ihr habt Besuch.«

Erika Schröder kam aus der Küche und blieb mit einigen Metern Sicherheitsabstand vor ihrer Schwägerin stehen. »Gudrun ... Das ist aber eine Überraschung.«

»Gudrun ist hier?«, drang es da aus dem Obergeschoss. Maries Vater erschien in seinem Bademantelornat auf der Treppe. »Was willst du? Wieder über die elende Gruft reden?« Er kam mit erhobenem Zeigefinger die Treppe herunter. »Das kannst du dir abschminken. Ich entscheide mich nicht um, und ich bin auch bald wieder auf dem Damm, falls du dir Hoffnungen gemacht haben solltest, ich würde meine Meinung ändern, nur weil mir die Pumpe ein bisschen zwickt.«

»Pumpe?« Gudrun schien keine Ahnung zu haben, wovon ihr Bruder sprach, vergaß aber immerhin nicht zu lächeln.

»Es ist nicht mehr als eine koronale Herzkrankheit. Nicht lebensbedrohlich.« Olaf Schröder kam schnaufend auf den Flurfliesen zu stehen – schwer zu sagen, ob er so hektisch atmete, weil das Laufen ihn anstrengte oder weil er sich schon wieder aufregte. »Aber schon kreisen die Aasgeier!«

»Mein Lieber, vielleicht möchtest du mich erst einmal begrüßen?«

Tante Gudrun ließ sich die Stimmung offenbar durch nichts verhageln. Sie trat auf ihren Bruder zu, breitete wie schon bei Marie die Arme aus und drückte ihn fest an sich. Sie war eine große Frau, mindestens einen halben Kopf größer und fünfzig Kilo schwerer als Maries Vater, und entsprach in etwa dem, was Marie als Bildbeitrag unter dem Stichwort »Matrone« im Lexikon erwartet hätte.

Olaf Schröder erzitterte unter der unerwarteten Nähe. »Was willst du, Gudrun?«, murmelte er, in ihren ausladenden Vorbau gequetscht.

Sie hielt ihn ein Stück von sich weg und sagte dann: »Ich will euch mitteilen, dass mein Mann gestern von uns gegangen ist.«

»Ach, Gudrun ...« Erika Schröder trat ein paar Schritte vor und legte eine Hand auf den Arm der Schwägerin. »Das tut mir ja so leid ...«

»Mir ehrlich gestanden nicht«, sagte Gudrun, lachte einmal kurz auf und ließ ihren Bruder wieder los. »Mit Verlaub, er war ein Scheusal. Ihr habt ihn ja nie kennengelernt – zum Glück! Es war kein allzu großer Verlust, glaubt mir.« Sie hielt inne. »Am Anfang war er ja ein richtiger Charmeur. Aber mit der Zeit ... Na ja, wie Männer nun mal sind.« Sie rieb sich die Hände. »Jetzt baue ich das Haus um – diesen furchtbaren alten Kasten, in dem ich die letzten Jahre gehaust habe. Er hatte ja keine Kinder, der Rolf, also geht das gesamte Erbe an mich. Habt ihr vielleicht ein Sektchen da? Wir müssen anstoßen.«

Gudrun bahnte sich einen Weg an den schockiert dreinblickenden Schröders vorbei. Aus der ersten Etage wagten sich nun auch Annette und Britta vorsichtig herunter – auf Zehenspitzen. Sie rechneten immer noch jeden Moment mit einem erneuten Wutausbruch von Olaf, der wiederum war allerdings viel zu fassungslos, um in irgendeiner Form wieder die Contenance zu verlieren. Vielleicht hatte er sie aber auch längst eingebüßt, ganz klar war das nicht.

»Wer ist das?«, flüsterte Britta angsterfüllt.

»Oder *was*?«, setzte Annette nach.

»Das? Das ist meine Schwester«, antwortete Olaf Schröder tonlos. Dann ließ er sich auf eine Treppenstufe sinken und vergrub das Gesicht in seinen Händen.

»… und jetzt frag ich mich natürlich, ob ich nicht einfach beide behalten soll. Weiß doch eh keiner mehr, wie ich mit Mädchennamen hieß.« Gudrun rührte mit so vielen Umdrehungen in ihrer Kaffeetasse, dass die braune Flüssigkeit zu allen Seiten über den Rand schwappte.

»Schröder?«, schlug Marie vor.

Eine komische Trauergesellschaft war da zusammengekommen. Links am Tisch saßen Annette und Britta und tupften sich aus irgendwelchen Gründen an den Augen herum. Vermutlich weil sich das so gehörte. Rechts saßen Erika und Olaf Schröder und starrten stumpf auf ihre Teller, auf denen sich ein Stück Bienenstich langweilte, den Britta noch gebacken hatte, bevor es ihr verboten worden war. In der Mitte hatte sich Gudrun breitgemacht und überlegte gerade laut, welchen der vielen Nachnamen, die sie in ihrem Leben angesammelt hatte, sie nun behalten sollte.

»Gudrun Stumpf, das klingt irgendwie nicht … Das ist so provinziell, so banal. Hat mir beim ersten Mal schon nicht gefallen. Aber nur Unbehauen – ich weiß auch nicht. Das würde dem lieben Wolfgang nicht gerecht werden, Gott hab ihn selig. Ich konnte seinen Namen doch nicht einfach so ablegen wie eine getragene Unterhose, nur weil ich einen anderen geheiratet habe.« Sie steckte sich ein großes Stück Kuchen in den Mund, kaute darauf herum, schluckte und sagte dann: »Gut, über den Doppelnamen Stumpf-Unbehauen muss man nicht diskutieren. Das hab ich nicht bedacht damals – wie albern das klingt. Klingt doch albern, oder?«

Niemand wusste, ob Zustimmung erlaubt war, also machte jeder irgendeine halbherzige Kopfbewegung, ein Jein, eine Geste zwischen Nicken und Kopfschütteln, die dafür sorgte, dass die Tischgesellschaft wie ein Rudel Wackeldackel aussah.

»Ich finde das zutiefst albern. Vielleicht lief es deswegen so schlecht mit Rolf. Aber jetzt« – sie hob die Kaffeetasse wie zum Anstoßen in die Höhe – »bin ich frei und kann endlich heißen, wie ich will. Gudrun Stumpf-Unbehauen ist Geschichte, ich werde zurückkehren in den Schoß der Familie.«

Olaf Schröder verschluckte sich an seiner eigenen Spucke.

»Dann heißen wir auch alle gleich, irgendwann mal, auf dem Grabstein in der Familiengruft.« Gudrun lächelte süß, nahm einen Schluck und donnerte dann ihre Tasse auf die Untertasse zurück, dass es nur so schepperte. »Guter Kuchen, übrigens.« Dann teilte sie sich ein weiteres gewaltiges Stück mit der Gabel ab und verleibte es sich ein.

»Danke.« Britta schien unter dem Kompliment wie eine Sommerblume aufzublühen und bekam vor Aufregung ganz rote Wangen. »Ich backe erst seit Kurzem. Aber aus Passion.«

»Passion hält am Leben«, philosophierte Gudrun und schenkte sich noch einmal Kaffee nach. Dann warf sie aus gut zwanzig Zentimetern Höhe ein Stück Würfelzucker hinein. Es spritzte bis auf den Teller ihres Bruders.

Marie ließ ihre Tante keine Sekunde aus den Augen. Sie war Gudrun erst ein paarmal in ihrem Leben begegnet, vorrangig auf Beerdigungen – erst bei ihrer Oma, dann bei ihrem Opa. Mit fast schon ehrfürchtiger Bewunderung hatte sie dieser großen, lauten Frau gegenübergestanden, die kein Orkan des Lebens umstoßen, kein Erdbeben des Schicksals aus dem Gleichgewicht bringen konnte. Es kam Marie unvorstellbar vor, wie Gudrun als Chemielaborantin hatte arbeiten können – mit zierlicher Pipette und Petrischale. Aber es gab Dinge im Leben, die glaubte man nun mal erst, wenn man sie mit eigenen Augen sah. Und wenn Marie ehrlich war: Seit Gudrun da war, hatte ihr miesepetriger Vater schlagartig nichts mehr zu melden. Also genoss sie die kurze Atempause, auch wenn die Ruhe ganz anders als erwartet eingekehrt war.

»Was haben Sie denn jetzt vor?«, fragte Annette höflich und rührte mit dem Kaffeelöffel in ihrer Tasse herum. Sie hatte ihren Kuchen kaum angerührt.

Gudrun legte die Gabel beiseite und verschränkte die Finger. »Ich werde das Haus komplett umbauen, in dem Rolf und ich zuletzt gelebt haben. Ich reiße alles raus. Alles.« Ihr Blick verlor sich im Nichts. »Als Erstes leiste ich mir eine Badewanne. Eine in meiner Größe. Rolf war ja so ein Geizkragen! Furchtbar war das! Wir waren immer nur zu zweit in der Wanne – oder nacheinander im selben Wasser. Könnt ihr euch das vorstellen? Dass ich das mit mir habe machen lassen, ts! Aber, Kinder, die Zeiten sind vorbei. Jetzt wird gelebt!« Sie ließ vor Begeisterung die Faust auf die Tischplatte niedersausen, und Bienenstich und Kaffeegedeck erzitterten.

Olaf Schröder merkte auf. »Brauchst du Geld? Das kannst du gleich …«

»Nein, nein.« Seine Schwester schüttelte entschieden den Kopf. »Geld habe ich genug.«

Marie dachte nach. Die Tante gefiel ihr von Minute zu Minute besser. Oh, sie wusste, warum Olaf sie ihnen mehr oder weniger vorenthalten hatte. Sie war dreist, gut gelaunt und außerdem voller Energie, und das war genau, was der trüben Mischpoke in diesem Haus fehlte. Ihr kam eine Idee.

»Während des Umbaus kannst du aber doch nicht in deinem Haus leben, Gudrun, oder?«, fragte sie.

»Nein?« Maries Vater warf seiner Schwester einen skeptischen Blick zu.

»Na ja«, Gudrun zuckte mit den Schultern. »Ich wollte mir eigentlich was Kleines mieten …«

Marie machte große Augen. »Aber das ist doch nicht nötig – du wirst dich bei deinem lieben Bruder einquartieren. Wo doch bald Weihnachten ist« – Olaf Schröder klappte der Mund auf, doch Marie nahm ihn scharf ins Visier – »und sie gerade ihren geliebten dritten Ehemann verloren hat« – er schnaufte – »und wir uns alle ohnehin viel zu selten sehen.«

Marie versprach sich einiges von der Anwesenheit ihrer Tante. Wie sie Gudrun einschätzte, würde sie ihr bei ihren beruflichen Zukunftsplänen zur Seite stehen und ihr nicht wie die anderen alle naselang in den Rücken fallen.

»Einen Teufel wird sie tun«, zischte ihr Vater, als er sich nach wenigen Augenblicken wieder gefangen hatte. »Erst will sie mir das Geld für das Grab aus der Tasche ziehen, und jetzt …«

Gudrun verdrehte die Augen. »Immer dieselbe alte Leier. *Mondjö*, du langweilst mich, Bruderherz.«

»… jetzt will sie hier auch noch unterkriechen.«

»Unterkriechen?« Gudrun machte ein ernstes Gesicht und beugte sich über den Tisch nach vorn. Ihr Vorbau landete auf dem Stück Bienenstich auf ihrem Teller. »Du bist schon wie unser Vater. Der hatte auch immer was zu meckern.«

»Das hier ist immer noch mein Haus«, sagte Olaf Schröder.

»Zur Hälfte gehört es mir, immerhin«, schaltete sich seine Frau ein.

Marie sah ihre Mutter überrascht an. Noch vor ein paar Tagen hätte sie Annette und Britta am liebsten vor die Tür gesetzt, und jetzt stimmte sie Maries Vorschlag zu, dass Gudrun vorübergehend einziehen sollte? Das konnte nur mit Olafs unterirdischer Laune zu tun haben. Vermutlich hoffte Erika, die Rolle der fleischgewordenen Knautschzone an ihre Schwägerin abtreten zu können, und tatsächlich – Marie konnte ein Schmunzeln nicht verhindern – war Gudrun dafür in vielerlei Hinsicht die ideale Besetzung.

Maries Mutter hob die Hand. »Stimmen wir ab. Ich bin wie Marie dafür, dass Gudrun bleibt.«

Annette und Britta warfen einander zögerliche Blicke zu, dann hoben auch sie vorsichtig die Hand.

Erika Schröder traktierte ihren Mann mit Blicken. »Olaf?«

Er winkte ab und sah in eine andere Richtung. »Ihr Weiber macht doch sowieso bloß, was ihr wollt.«

Begeistert klatschte Gudrun in die Hände. »Das ist ja nett von euch! Wo darf ich schlafen? Ich bin zwar durchaus üppig, aber ich kann mich klitzeklein zusammenrollen, wenn ich muss.«

Erika verzog das Gesicht. »Das könnte allerdings problematisch werden«, sagte sie. »Alle Zimmer sind belegt, Marie ist sogar schon nach unten in den Fitnesskeller gezogen.«

»In *meinen* Fitnesskeller«, ergänzte ihr Mann, was aber niemanden interessierte.

»Überhaupt kein Problem«, warf Marie ein, die gerade einen Geistesblitz gehabt hatte. »Ich räume freiwillig den Keller.«

Ihre Mutter machte große Augen. »Und wo willst du schlafen?«

»Na, im Wohnwagen.«

»Im Tabbert?« Olaf Schröder riss die Augen auf und schlug mit den Händen auf den Tisch. »In *meinem* …«

»Wunderbare Idee«, fiel ihm Maries Mutter ins Wort. »Dann lass uns gleich mal loslegen, es wird draußen schon dunkel.« Damit stand sie auf und trug ihren Teller aus dem Esszimmer.

Gudrun beugte sich zu Marie. »Meine Liebe, du wirst es nicht bereuen. Wir werden eine tolle Zeit miteinander haben, du wirst sehen.« Dann klopfte sie ihrer Nichte auf die Schulter und erhob sich ächzend von ihrem Stuhl.

Hoffentlich, dachte Marie.

18

Nein. Nein, ich habe doch gesagt, im Eingangsbereich weißen Marmor, den schwarzen fürs Gästebad. Was ist denn daran so schwer zu verstehen? Das habe ich Ihnen doch sogar schriftlich gegeben. Was soll das heißen, der Azubi hat … Na, dann tun Sie was! Ich wäre in meinem Leben nicht so weit gekommen, wenn ich mich auf den Fehlern anderer ausgeruht hätte. Nein. Nein, das ist nicht verhandelbar. Ich will den weißen im Flur. Jawohl. Den aus Italien, ganz genau … Was soll das heißen, der Lkw kommt aus Kroatien?«

Gudruns Stimme hallte wie Donner durchs Treppenhaus, als Marie die Haustür öffnete. Hätte sie nicht so gefroren, hätte sie vielleicht noch eine Weile gelauscht – ihre Tante war wirklich ungemein unterhaltsam. Doch die Nächte draußen waren mittlerweile empfindlich kalt. Nachdem sie den Fitnesskeller an Gudrun abgetreten hatte, stellte der alte Familien-Wohnwagen ihr neues Domizil dar. Er stand im hinteren Teil des Gartens zwischen den Apfelbäumen: ein Tabbert 450, Modell Gouverneur, zwei Sitzgelegenheiten zum Umklappen, eine davon als Festbett. Gaskocher, Kühlschrank, Heizung – alles zum Überwintern längst außer Betrieb. Immerhin das Chemieklo funktionierte noch, allerdings weigerte Marie sich, mehr als das eiligste nächtliche Geschäft darauf zu verrichten und selbst das nur unter Todesqualen, denn es war einfach unglaublich erniedrigend, wenn man sich auf ein nur dreißig Zentimeter hohes Porta

Potti hocken musste und einem dabei die Knie ans Ohr stießen.

Auf dem Weg ins Badezimmer, wo eine warme Dusche auf sie wartete, sammelte Marie ihre Habseligkeiten aus dem Wäschekorb ein, der wie ein stiller Vorwurf auf dem Treppenabsatz im ersten Stock stand. Olafs Aufräumwut sorgte im Hause Schröder für – wie Gudrun zu sagen pflegte – *»groh konfüsioh«*. Allein drei Lesebrillen suchten jeden Morgen von Neuem ihre Besitzerinnen, und immer dann, wenn Maries Mutter die Zeitung aufschlug und die Todesanzeigen überfliegen wollte, stellte sie fest, dass die mit dem goldenen Kettchen gar nicht ihre eigene, sondern die von Gudrun war. Und Gudrun, die in der Zwischenzeit mit der Brille von Annette hatte vorliebnehmen müssen, zimmerte das Ding auf die Tischplatte und rief fröhlich-empört: *»Kell bordell!«* Das war, wie sie erklärt hatte, ein Ausdruck aus Frankreich, genau genommen aus dem Elsass, das alle außer Gudrun nur vom Hörensagen kannten. Flammkuchen, Cidre und natürlich *»kell bordell«*, was eine gewisse Unordnung gerade im häuslichen Bereich beschrieb. Behauptete Gudrun.

Gerade erst seit zwei Tagen war sie nun da und hatte das Kommando bereits mit so viel Power an sich gerissen, dass nicht einmal der selbst ernannte Hausherr sich dagegen zur Wehr setzte. Marie hatte ihren Vater von einer ganz neuen Seite kennengelernt. Wie schüchtern er sein konnte, war ihr nie bewusst gewesen – er kuschte regelrecht vor seiner älteren Schwester, die die Dinge gern beim Namen nannte. »Olaf, jetzt zieh nicht schon wieder so ein Regengesicht. Von deiner schlechten Laune krieg ich Ausschlag!«

»Eine wunderbare Frau, diese Gudrun«, sagte Annette immer wieder. Sie war an dem Tag, als die rothaarige Matrone in den Rosengarten 7 eingezogen war, von ihrem ohnehin zusehends in Vergessenheit geratenen Schweigegelübde ein für alle Mal zurückgetreten – nur Marie begegnete sie immer noch mit einer Mischung aus Misstrauen und Verachtung. Ansonsten ratschten und tratschten die Damen bei jeder sich bietenden Gelegenheit wie eh und je und ließen sich nach allen Regeln der Kunst über ihre jeweiligen Ex-Männer aus, die wahlweise ver- oder demnächst geschieden waren. Zu diesen Gelegenheiten hörte Marie immer weg. Es war nicht gut, sich als alleinstehende Noch-nicht-mal-Dreißigjährige die Geschichten von Gudrun und Annette anzuhören. Die kamen fast schon einem natürlichen Verhütungsmittel gleich und sorgten dafür, dass Marie sich am liebsten für den Rest ihres Lebens von Männern fernhalten wollte.

»Er hat sich die Zehennägel im Bett geschnitten«, erzählte Gudrun gerade von ihrem zweiten Ehemann Wolfgang. Sie saßen am Kaffeetisch, und Marie hatte Schwierigkeiten, die vereinzelt auf der Tischdecke liegenden Kokosraspeln im Geiste nicht misszudeuten.

»Wirklich?« Annette tat entsetzt. »Das ist ja wi-der-wär-tig. Einfach ekelhaft.« Sie schüttelte sich.

»Ach, das ist ja noch gar nichts. Der Gebrauch der Klobürste war ihm ein Buch mit sieben Siegeln.«

»Noch jemand von der Kokosrolle?«, wollte Britta wissen, die wieder zu alter Form gefunden hatte. Endlich war wieder jemand im Haus, der ihre Bemühungen in Sachen Konditorei zu schätzen wusste. Gudrun vertilgte täglich mehrere Stücke Kuchen, und wenn es nach ihr gegangen wäre, hätte man auf sämtliche anderen Mahlzeiten sogar komplett verzichten können. »Warum Brot essen, wenn es auch Kuchen gibt?«, pflegte sie allmorgendlich zu sagen.

Das wiederum stieß ihrem Bruder sauer auf. Er sah nämlich seine heilige Ordnung im Tagesablauf in Gefahr, seit es ständig Kaffee und Kuchen gab – morgens, mittags und abends. Aber da er ohnehin nicht mehr viel zu melden hatte, begnügte er sich mit einem missmutigen Knurren, was die versammelte Damenschaft wiederum ganz hervorragend auszublenden vermochte. Notfalls wurde einfach darüber gelacht, wenn Olaf Schröder mal wieder was zu meckern hatte. Man war schließlich anpassungsfähig.

»Mein Volker war ja eigentlich ein Guter«, setzte Annette neu an. »Aber, zugegeben, er hatte auch ein paar Seiten, die nicht gerade … Na ja.« Sie senkte die Stimme. »Er hat sich beim Pinkeln nie hingesetzt.«

Ein Ausruf des Entsetzens drang synchron aus drei Kehlen. Britta fasste sich an die Brust, Erika Schröder schlug sich die Hand vor den Mund.

»Unfassbar!«

»Wie ignorant!«

»Kaum zu glauben!«

Annette nickte, und Marie kam sich einmal mehr vor wie bei einem Treffen der Anonymen Feministinnen.

»Nur Stehpinkler sind aufrechte Menschen«, knurrte Olaf Schröder im Vorbeigehen. Er hatte den Wäschekorb unter dem Arm und machte wieder einen seiner Streifzüge. »Ein echter Mann beweist sein Stehvermögen, wo er kann. Aber wem sag ich das …« Er seufzte, rückte den Gürtel seines Bademantels zurecht und schlurfte davon.

»Du hast wirklich Glück mit deinem Olaf«, seufzte Britta und sah dann Erika an. »Na ja, wenn er nicht gerade krank ist und den Tyrannen rauskehrt. Aber ansonsten: sehr viel Glück.«

»Na ja«, sagte Gudrun.

»Doch, hat sie wirklich.« Annette nickte. »Er ist ja so viel aufmerksamer als …« Ihr Blick verlor sich irgendwo an der Wandtapete. »Auch wenn er nicht so …« Sie seufzte tief und verstummte.

»Hast du dich eigentlich mal bei Mustafa gemeldet?«, wollte Marie wissen. Es war inzwischen eine knappe Woche her, seit sie zuletzt von Daniel gehört hatte – eine Woche, in der sie beinahe täglich an ihn gedacht, aber nie den Mut aufgebracht hatte, einfach zum Hörer zu greifen und ihn anzurufen. Oder bei ihm vorbeizuschauen. Nicht einmal ihre Möbel hatte sie besuchen können, was ihr mindestens genauso viel Kummer bereitet hatte. Aber die Stimmung im Haus, die allgegenwärtige Schelte auf verblichene und verlustig gegangene Ehemänner und nicht zuletzt ihr Vater im Bademantel hatten dafür gesorgt, dass sie den Anruf immer weiter hinausgeschoben hatte.

»Nein, hab ich nicht«, sagte Annette und hatte prompt wieder einen mürrischen Gesichtsausdruck. »Ich hab euch doch schon hundertmal gesagt ...«

»Ja, hast du«, unterbrach Gudrun sie. »Und wir haben genauso oft geantwortet, dass das doch vollkommen egal ist. Du kannst zusammen sein, mit wem du willst. Ob mit einem jungen Türken oder einem alten Provinzler, das ist doch wirklich Jacke wie Hose.«

Annette winkte ab. Sie wollte davon nichts wissen. Und glücklicherweise piepste just in diesem Moment ihr Handy, so dass sie sich jeden weiteren Kommentar sparen konnte.

»Das ist bestimmt dein Mustafa«, unkte Gudrun.

Annette schüttelte ärgerlich den Kopf und drehte sich nach ihrem Smartphone um, das auf dem Fensterbrett hinter dem Esstisch lag.

»Es ist ... Lennart«, sagte sie langsam. »Mein Jüngster. Er schreibt, dass ...« Sie holte tief Luft, dann setzte sie erneut an. »Er schreibt, dass Volker wieder Vater wird. Seine neue Freundin ist ...«

»Scheiße«, entfuhr es Gudrun.

Marie fiel ein Stück Kuchen von der Gabel. »Schwanger? Das glaub ich nicht!«

Annettes Blick war leer. In ihren Augen standen Tränen. Sie atmete flach, und Marie rechnete jeden Moment damit, dass sie einen Nervenzusammenbruch erleiden würde.

Maries Mutter, die neben Annette auf der Bank saß, legte ihr den Arm um die Schultern. »Tief einatmen, meine Liebe, tief einatmen. Das ist der Schock. Der legt sich gleich, du wirst sehen.«

»Volker wird wieder Vater«, hauchte Annette. »Er ist fünfundfünfzig – und diese Frau ist halb so alt ... Sie könnte seine Tochter sein!« Sie starrte Marie an, als hätte die eine Antwort auf sämtliche ungestellten Fragen. »Die neue Freundin meines Ex ist sogar jünger als unsere beiden Söhne. Und sie bekommt ein Kind von ihm.«

Marie hielt die Luft an. Jeden Moment, befürchtete sie, würde Annette einen Schreikrampf der Stärke 9,5 erleiden. Alle schwiegen, niemand traute sich, etwas zu sagen, nicht einmal Gudrun, die sonst um keinen Spruch verlegen war.

Dann plötzlich schrillten Marie die Ohren. Sie konnte das Geräusch zunächst nicht zuordnen und sah sich verwirrt um. Dann begriff sie: Es war Annette. Sie lachte. Erst laut und grell, dann noch lauter – und so herzlich, wie Marie es in all den Wochen, die sie nun zusammengelebt hatten, noch nie gehört hatte.

Sie gluckste, kicherte, lachte, schlug auf die Tischplatte, dass die Tassen hüpften, und hielt sich den Bauch. Nach und nach fielen auch die anderen in das befreiende Gelächter ein, zuerst Gudrun, dann Marie und schließlich auch ihre Mutter und Britta.

»Ist das nicht zum Schießen?«, japste Annette. »Ich finde das zum Schießen. Ich habe Mustafa ziehen lassen, weil ich Angst davor hatte, was die Nachbarn sagen würden. Aber mein Ex schwängert seine Spanierin …« Sie lachte erneut auf. »Das ist doch saukomisch. Ist das nicht saukomisch?«

Gudrun wischte sich ein paar Tränen aus den Augen. »Das ist tragisch, meine Liebe, tragisch. Wirklich, wie in einem Theaterstück von Shakespeare.« Sie hielt sich an der Tischkante fest vor Lachen. »Aber weißt du, was das Gute daran ist? Ist der Ruf erst ruiniert …«

»Absolut«, sagte Annette und wirkte mit einem Mal ganz klar. »Ich habe mich lang genug krummgemacht, um den anderen zu gefallen. Jetzt reicht's! Sollen sie doch reden! Sollen sie sich doch ihre Mäuler zerreißen. Es gibt nichts, was sie mir noch anhaben können!«

Marie war gebannt von Annettes flammender Rede. Das war so gar nicht ihr Stil. Vielleicht stand es ihr deswegen so gut.

»Und genau aus diesem Grund«, fuhr Annette fort, »werde ich jetzt sofort Mustafa anrufen und mich bei ihm entschuldigen.« Sie seufzte. »Ich kann nur hoffen, dass er mir verzeiht. Ich war so … so … Ach, ist egal. Jetzt bin ich ja anders.« Sie stand auf, nahm ihr Handy fest in die Hand und lief schnurstracks hinauf in ihr Zimmer.

»Wie gesagt«, murmelte Gudrun und lud sich noch ein Stück Kuchen auf den Teller. »Männer sind was …«

»… Sonderbares«, vervollständigte Marie den Satz.

»Warum liegt das Festnetztelefon nicht auf der Ladestation?«, donnerte da die Stimme ihres Vaters durchs Erdgeschoss.

Alle drehten die Köpfe und sahen sich nach ihm um.

»Ach, Olaf.« Seine Schwester hatte zuerst die Sprache wiedergefunden. »Das ist doch vollkommen egal. Annette und Musti werden wieder ein Paar. Ist das nicht schön?«

»Vielleicht zieht sie dann endlich wieder aus!«, knurrte Maries Vater und knallte das Telefon auf die Ladestation – und im selben Moment klingelte es.

»Geh du ran, Olaf, sei so gut«, bat Erika.

Er verzog das Gesicht und verschränkte die Arme vor der Brust. »Einen Teufel werd ich. Am Ende ist das eine neue ausrangierte Kaltmamsell, die bei uns unterkriechen will. Wer weiß, wie viele Freundinnen du noch hast, die lieber bei den Schröders wohnen wollen.«

»Olaf!«

»Ist doch wahr.«

Mit einem Schnauben sprang Britta auf und hechtete zum immer noch klingelnden Telefon. Sie nahm ab und hielt sich konzentriert das schnurlose Telefon ans Ohr. »Ja, hallo? Ja. Nein. Aha. Ach, das ist ja nett.«

»Wer ist denn dran?«, fragte Erika Schröder laut.

»Psst!«, machte Britta, fuchtelte abwehrend mit der Hand, und Maries Mutter schüttelte missbilligend den Kopf.

Britta hörte dem Anrufer eine Weile konzentriert zu. Dann kicherte sie.

»Britta!«, flüsterte nun auch Gudrun – zumindest erzeugte sie einen Laut, der vage an ein Flüstern erinnerte oder wenigstens in ihrer Vorstellung ein Flüstern darstellte. »Wer ist denn dran?«

Britta hob die Schultern und ließ sie wieder fallen, dann lächelte sie schief. »Keine Ahnung. Aber die Stimme kommt mir bekannt vor.« Dann wandte sie sich wieder dem Anrufer zu. »Ich weiß nicht. Ja, vielleicht?«

»Wieso geht sie nicht einfach raus?«, blaffte Olaf. »Deswegen hat das Telefon doch kein Kabel – damit man damit Leine ziehen kann!«

»Psst!« Maries Mutter nickte mit dem Kopf in Brittas Richtung. »Das wird doch wohl nicht Jörg sein, da am anderen Ende der Leitung ist, oder doch?«

»Das kann man ja nicht mitanhören«, ereiferte sich Gudrun, wieder in normaler Zimmerlautstärke, »dieses … Na ja, Flirten wäre zu viel gesagt.«

»Was?« Plötzlich ging ein Ruck durch Britta. »Wie? Mit wem du sprichst? Na, mit mir – Britta. Wie der Wasserfilter.« Sie lauschte wieder in den Hörer. Dann sagte sie: »Ach so.« Sie nahm den Hörer vom Ohr und hielt ihn Marie hin. »Ist für dich.«

Marie ratterte im Geiste blitzschnell sämtliche möglichen Kandidaten herunter, die sie unter der schröderschen Festnetznummer anrufen würden, und kam zu einem einzigen Ergebnis – dass es nur Daniel sein konnte. Gerade als sie hektisch nach dem Apparat greifen wollte, kam Gudrun ihr zuvor. Sie hatte Maries Zögern genutzt, war vom Tisch aufgesprungen und hatte zugeschnappt.

»Gudrun Stumpf-Unbehauen am Apparat, guten Tag, was kann ich für Sie tun? Ach. Und wer sind Sie? Na, sieh mal einer an. Ja, Moment. Ich stell mal auf laut.« Sie hielt das Telefon mit skeptischem Blick von sich weg und musterte über den Rand ihrer Lesebrille die Tasten. »Olaf, wie stellt man hier auf Lautsprecher?«

Olaf Schröder ließ sich – ganz im Gegensatz zu all jenen Momenten, in denen seine Frau oder die Töchter etwas von ihm wollten – nicht lange bitten, marschierte auf seine Schwester zu und nahm ihr den Apparat aus der Hand. Dann drückte er auf ein paar Knöpfen herum, und plötzlich war aus der Ferne eine Stimme zu hören, die Maries Knie zittern ließ.

»Äh, hallo. Ich würde gern mit Marie sprechen. Mit ihr allein, wenn's ginge?«

Marie wollte ihrem Vater gerade das Telefon aus der Hand reißen, wurde aber von Gudrun zurückgehalten. »Nicht so schnell, *ma schähr*. Ich regel das für dich.« Dann wandte sich ihre Tante dem Telefonapparat zu, den Olaf Schröder wie ein Demobanner mit ausgestrecktem Arm in den Raum hielt. »Wie heißen Sie?«, wollte Gudrun jetzt wissen. »Und was wollen Sie?«

»Die Stimme kenn ich doch«, quakte Erika Schröder dazwischen. »Das ist der nette …«

Marie keuchte. Sie hatte die Stimme ebenfalls erkannt. Es war tatsächlich Daniel, der dort am anderen Ende der Leitung nach ihr fragte. Nur rief er garantiert nicht an, um mit ihr auszugehen. Selbst wenn er es vorgehabt hätte, war es ausgeschlossen, dass er es jetzt immer noch wollte.

»Sind Sie jemand aus Köln?«, ging Gudrun jetzt dazwischen. »Vielleicht ein Ex-Freund?«

»Oder jemand, der Geld von Marie will?« Der Vater schluckte trocken und setzte dann nach: »Hier gibt es keine Marie.«

Aus dem Hörer erklang ein Lachen. »Nein, ich will kein Geld von Marie. Aber vielleicht steht sie ja zum Verkauf?«

Die Eltern von Marie lachten auf, und Gudrun schlug sich amüsiert auf den Schenkel, während Marie im Geiste die Vorzüge eines Zeugenschutzprogramms gegen den Umstand abwog, ihre Familie nie wiedersehen zu müssen. Die Entscheidung fiel ihr beileibe nicht schwer.

»Da legen wir glatt noch was drauf«, fiel Annette überflüssigerweise mit ein, die mit geröteten Wangen von ihrem Telefonat mit Mustafa zurückgekehrt war.

»Also, wenn Sie es auf eine gute Partie abgesehen haben, junger Mann«, mischte sich jetzt Olaf wieder ein, »gebe ich Ihnen lieber Annettes Nummer.«

»Als hätte Annette Geld«, wandte Gudrun ein. »Wenn einer Geld hat, dann doch wohl nur ihr Mann.«

»Na und? Noch ist sie Haupterbin.«

»Aber nur, wenn er stirbt.«

»Ts! Du musst es ja wissen.« Olaf Schröder drehte sich beleidigt weg.

»Entschuldigung«, rief es am anderen Ende der Leitung. »Ist Marie denn jetzt zu sprechen oder nicht?«

Noch bevor die Gefragte antworten konnte, sagte Britta kichernd: »Da musst du erst an uns vorbei«, und Erika ergänzte mit einem Seitenblick auf Gudrun: »Und das dürfte nicht ganz einfach werden.«

»Was wollen Sie denn von Marie?«, fragte ihr Vater.

»Papa, würdest du bitte ...«, setzte Marie an, wurde jedoch jäh von ihrer Mutter unterbrochen.

»Willst du mit ihr ausgehen? Ja?« Erika Schröder wandte sich ihrer Tochter zu. »Das ist doch Daniel Kessler, oder? Den du früher immer so toll fandest.«

»Unter diesen Umständen dürfen Sie Marie gern treffen«, sagte Gudrun laut in den Raum. »Jederzeit. Heute Abend geht es gut.«

»Heute, morgen, übermorgen – Sie können sie holen kommen, wann immer Sie wollen«, rief der Vater.

»Ich gehe dann mal deine Sachen packen«, feixte ihre Mutter, blieb aber zumindest sitzen.

»Will Marie mich denn treffen?«, fragte Daniel.

»Aber klar«, rief ihr Vater. »Wie wäre es gleich mit heute Abend?«

»Klingt gut«, antwortete Daniel, und seiner Stimme entnahm Marie, dass er die ganze Angelegenheit wohl eher amüsant als zum Davonrennen fand, auch wenn sie sich absolut sicher war, dass er aus einem ganz anderen Grund angerufen hatte. Wegen der Möbel. Und der Wohnungsauflösungen. Garantiert nicht, um Marie auszuführen.

»Sagen wir gegen acht?«, fragte Gudrun in Richtung Hörer.

Britta nickte emsig. »Acht klingt gut.«

»Acht ist eine hervorragende Zeit«, wusste auch Olaf Schröder beizutragen.

»Also gut, dann um acht«, sagte Daniel oder besser das, was von ihm aus dem Hörer kam.

»Bis später«, flötete Erika Schröder und wandte sich gleich darauf an ihre Tochter. »Zieh dir was Ordentliches an – nicht diesen Abriss-Look, in dem du immer rumläufst! Und rasier dir die Beine. Weißt du, Männer mögen Frauen, die sich auch mal ein bisschen Mühe geben.«

»Mama«, sagte Marie müde. »Er ist immer noch dran.«

»Kein Problem, Marie«, rief Daniel aus dem Hörer und lachte. »Ich rasiere mir heute mal nicht die Beine, wenn es dich nicht stört.«

19

Das kann sie unmöglich anlassen«, sagte Gudrun laut. »Ihr Hintern sieht darin aus wie einer dieser Flachbildfernseher.«

»Sie sagt, es ist kein richtiges Date«, gab Britta zu bedenken.

»Papperlapapp«, meinte Maries Vater. »Man sollte immer sein Bestes geben, einem Mann zu gefallen.«

»Ts.« Seine Frau starrte ihn missbilligend an. Sie trug ihren Kuschelhausanzug aus Nickistoff.

»Also, wenn er sie so sieht, wird er sie nicht mitnehmen.« Annette schüttelte abschätzig den Kopf. Sie hatte nicht darüber reden wollen, wie ihr Telefonat mit Mustafa verlaufen war, aber sie war inzwischen auffällig auf Krawall gebürstet. »Erst recht nicht heiraten.«

»Besser gar nicht erst heiraten, als später sitzengelassen zu werden«, gab Britta zu bedenken.

»Sitzengelassen zu werden ist allerdings billiger als zu heiraten.« Gudrun legte den Kopf schief und betrachtete das Hinterteil ihrer Nichte eingehend. »Am günstigsten ist immer noch erben.«

Annette hob theatralisch die Hände. »Da spricht der Profi.«

Marie seufzte laut hörbar auf. Seit knapp fünf Minuten stand sie nun im Flur an der Haustür und wartete auf Daniel. Sie hatte sich dem Anlass entsprechend angezogen: die alte Jeans, den ollen Kapuzenpullover und ihre alten, ausgelatschten Turnschuhe. Sie war ungeschminkt und hatte sich die Haare zu einem Zopf zusammengebunden. Nur nicht overdressed sein. Sie hatte sich schon einmal gründlich bei Daniel geirrt, als sie davon ausgegangen war, dass er sie zu einem Date hatte ausführen wollen. Bestimmt wollte er sich auch heute nur wieder als Kumpel mit ihr treffen – wie immer in der letzten Zeit. Zumindest in der letzten Zeit vor dieser endlosen Sendepause. Zumindest wollte er mit Sicherheit kein Date. Ansonsten hätte er das ausgesprochen. Aber das hatte er nicht. Egal, was die anderen sagten, sie würde sich nicht die Blöße geben und aufgedonnert auf ihn warten. Nein, diesmal würde sie die Verhältnisse klären, mit einem einfachen, aber praktischen Look, den es garantiert in keiner Frauenzeitschrift, dafür aber in der Mitarbeiterzeitung vom Baumarkt um die Ecke zu bewundern gab – deshalb hatte sie sich besonders viel Mühe gegeben, möglichst unaufgeregt auszusehen. Was allerdings nur für ihr Äußeres galt.

»Ich weiß, was ich tue«, zischte sie in die Runde.

»Das wage ich zu bezweifeln«, sagte Annette im Hintergrund. Sie und der Rest der Mischpoke schienen geradezu auf Maries Untergang zu lauern.

»Hast du schon mal einen Mann zu einer Abendverabredung getroffen?«, mischte sich nun auch ihr Vater wieder ein. »Ich meine, einen richtigen.«

»Natürlich hat sie das«, giftete Annette. »Als sie meinen Leonard getroffen hat, sah sie ja auch … na ja, nicht gut, aber immerhin halbwegs öffentlichkeitstauglich aus.«

Was hatte Wilhelm Busch gleich wieder empfohlen? *Bist du wütend, zähl bis vier, hilft es nicht, dann explodier.* Marie zählte im Geiste hoch. *Eins …*

»Man kann nur hoffen, dass dieser Daniel auf so eine Aufmachung steht«, sagte Gudrun, die Marie bis eben noch sehr gut hatte leiden können. »Andernfalls wird sie wohl noch ein Weilchen hier wohnen bleiben.«

Zwei …

»Aber er ist ja bloß Schreiner – vielleicht mag er dieses Outfit ja«, sagte Annette. »Für einen Staatsanwalt wäre das natürlich nichts.«

Drei …

»Vielleicht lädt er sie ja sowieso nur zum Dönermann ein. Da würde der Pullover notfalls noch gehen.«

Vier …

Das Telefon klingelte. Britta, die sich selbst aus unerfindlichen Gründen zur schröderschen Vorzimmerdame befördert hatte, flitzte wie immer sofort ins Wohnzimmer. Aus der Ferne hörte Marie, wie sie abnahm und ihren Namen sagte.

»Das ist bestimmt Daniel, der die Verabredung abbläst. Er hat sie durchs Flurfenster gesehen und macht jetzt einen Rückzieher.«

»Nein, Gudrun«, knurrte Marie, »er hat *euch* durchs Flurfenster gesehen und macht jetzt einen Rückzieher.«

»Uns? Aber wir sind doch angemessen angezogen.« Olaf Schröder sah an seinem Bademantel hinunter. Dann wurde seine Stimme weicher. »Ich weiß, Schätzchen, du willst so was nicht hören, aber meinst du wirklich, das sind die richtigen Klamotten für eine Verabredung?«

Marie drehte sich wütend zu ihm um. »Woher weißt du, dass es eine Verabredung ist? Woher wisst ihr, dass er mich ausführen will, hmm?« Sie funkelte Gudrun, Annette, ihre Mutter und ihren Vater nacheinander an. »Es ist ein Treffen unter Freunden. Und dafür donnere ich mich nicht auf. Da würd ich mich bloß lächerlich machen.«

»Er ist dir wichtig«, schlussfolgerte Erika Schröder messerscharf. Verdammt, Mütter und ihr siebter Sinn. »Du willst dir nur nicht anmerken lassen, dass du ihn magst.«

»Mit Verlaub, das ist die vollkommen falsche Herangehensweise«, kommentierte Olaf Schröder die Erkenntnis seiner Frau.

»Ach, das sagst du, der ausgewiesene Liebesexperte, oder was?« Gudrun sah ihren Bruder von der Seite an. »Was weißt denn du bitte von der Liebe?«

»Mehr als du offensichtlich«, ereiferte er sich, wobei er den Kopf leicht in den Nacken legen musste, um seiner Schwester in die Augen blicken zu können. »Du verstehst dich ja nur aufs Heiraten.«

»Immerhin, da bin ich Fachfrau.« Sie lachte.

Marie steckte die Hände in den Bauchbeutel ihres Pullovers. »Wisst ihr was? Es ist mir scheißegal, was Daniel will. Ich sag die Sache ab.« Sie wollte sich gerade auf den Weg zum Wohnzimmer machen, wo die Ladestation des Telefons stand, da stellte sich ihr Gudrun in den Weg – ein ernst zu nehmendes Hindernis.

»Hiergeblieben, junge Dame! Ich werde nicht zulassen, dass du die vielleicht einzige Chance auf ein bisschen Glück, die sich dir hier in diesem Kaff bieten wird, einfach so wegwirfst. Mag sein, dass Daniel nicht das Gleiche von dir will wie du von ihm. Na und? Überzeug ihn davon, dass du ein echter Hauptgewinn bist.«

»Überzeugen?« Marie starrte ihre Tante an. »Man überzeugt doch niemanden von sich.«

»Aber natürlich tut man das. In eurer Generation seid ihr so furchtbar romantisch, aber genau das ist euer Hauptproblem. Ihr denkt, zwei Menschen sehen sich und verlieben sich auf der Stelle ineinander, oder sie tun es nicht, dann sind sie eben nicht füreinander geschaffen. Aber das ist kompletter Blödsinn, wenn ich das mal so sagen darf. Und außerdem ist es ziemlich feige. Man riskiert nichts, wenn man bloß immer alles auf das elende Schicksal schiebt. Und man bemüht sich nicht.« Sie sah vorwurfsvoll an Maries Aufzug hinab. »Wie man an deinem Beispiel eindrucksvoll erkennen kann. Du hast Angst davor, verletzt zu werden, deshalb willst du deinem Daniel nicht zeigen, dass du dich für ihn interessierst. Du machst keine Werbung für dich, weil du dich nicht offenbaren willst. Und was hast du davon? Daniel wird denken, du wärst nur an einer Freundschaft interessiert. Und hinterher weinst du dir im stillen Kämmerlein die Augen aus, weil er dich wie einen seiner Kumpels behandelt.«

Marie wollte schon entgegnen, dass es eigentlich längst so weit gekommen war. Daniel behandelte sie bereits wie einen Kumpel. Und nicht mal wie einen von den besseren. Aber Gudrun war noch nicht fertig.

»Glaub mir, Marie, damit kenne ich mich ausnahmsweise wirklich aus. Ich weiß, dass ihr hinter meinem Rücken Witze über mich reißt, weil ihr denkt, ich hätte die Männer der Reihe nach verschlissen. Na und? Wer lebt, macht sich die Hände schmutzig. So ist das nun mal, wenn man was riskiert. Lieber alles wagen und hinterher am Boden liegen, als immer nur auf Nummer sicher gegangen zu sein und bloß halb gelebt zu haben. Eine Beziehung ist Arbeit, von Anfang bis Ende. Ihr mit eurem Nicht-Bemühen, ihr werft doch alles hin, bevor es überhaupt angefangen hat.«

Marie starrte ihre Tante an. So ernst hatte sie Gudrun noch nie erlebt. Das machte ihr Angst, irgendwie, besonders besorgniserregend fand sie aber das, was Gudrun gesagt hatte. Sie hatte mit jedem einzelnen Satz voll ins Schwarze getroffen. Seit Marie denken konnte, tat sie sich schwer, einem Mann gegenüber echtes Interesse zu bekunden. Vielleicht war ihr das mit Bernd leichter gefallen, weil es in seinem Fall so schnell gegangen war, dass sie kaum Zeit gehabt hatte, um sich Fragen zu stellen. Gut, die Fragen waren dann im Nachhinein gekommen. Was Marie aber eher in ihrer Meinung bestärkt hatte, dass man lieber einmal zu viel als einmal zu wenig hinsehen sollte, ehe man jemandem sein Herz auf einem Silbertablett servierte.

Trotzdem – was Gudrun gesagt hatte, hatte irgendetwas in ihr ausgelöst, auch wenn es sich unangenehm anfühlte. Als wäre sie sehr unsanft aus ihrer Komfortzone geschoben worden und in einem Bereich gelandet, den sie bisher tunlichst vermieden hatte. Aber wieso nicht mal was anderes versuchen? Sie konnte schließlich nicht gerade behaupten, dass sie mit ihrer Masche bis dato wahnsinnig viel Glück gehabt hätte.

Sie sah an sich hinab. »Ich bin total falsch angezogen.«

»Genau«, jubelte ihre Mutter im Hintergrund. »Schnell, lauf in den Wohnwagen und zieh dich um.«

Marie wollte gerade die Haustür aufreißen, um ums Haus herum zum Wohnwagen zu rennen und sich umzuziehen, da kam Britta mit aschfahlem Gesicht in den Flur zurück.

»Britta, was ist passiert?«, rief Maries Mutter. »Du siehst aus, als wärst du dem Tod begegnet.«

Sie lächelte schief. »Wisst ihr, wer das war?« Sie sah in die Runde. Das Telefon hielt sie immer noch in der Hand. »Das war Jörg. Jutta ist ausgezogen. Sie sagt, er wäre ein herrschsüchtiger Egomane mit Mutterkomplex und ohne Manieren. Und jetzt …« Sie atmete ein paarmal tief ein und wieder aus, als würde sie sich erst sammeln müssen, bevor sie weitersprechen konnte. »Jetzt bittet er mich, zu ihm zurückzukommen. Er sagt, er hat den Fehler seines Lebens begangen. Er sagt, er kann nicht ohne mich leben. Und die Buchhaltung kriegt er alleine auch nicht hin.«

Sie starrten Britta an – und dann stellte Marie urplötzlich fest, dass Britta kein bisschen wütend aussah. Sondern irgendwie … erleichtert.

»Und … findest du das gut?«, fragte sie vorsichtig.

»Gut?« Britta sah Marie überrascht an. »Nein. Das ist doch eine Unverschämtheit! Kaum hat seine Neue die Flucht ergriffen, ruft er bei mir an und versucht wieder sein Glück. Das ist ja wohl das Allerletzte – da hätte ich wirklich mehr von ihm erwartet, ganz im Ernst.« Sie schüttelte den Kopf. »Das ist so würdelos. So erbärmlich.«

Annette schlug die Hände zusammen. »Britta! So hab ich dich ja noch nie erlebt!« Sie breitete die Arme aus und lief freudestrahlend auf ihre Mitbewohnerin zu.

Auch Gudrun nickte anerkennend. »Männern und Bussen … Ich kann es gar nicht oft genug wiederholen.«

»Und was hast du zu ihm gesagt?«, wollte Erika wissen.

Britta löste sich aus Annettes Umarmung und richtete sich gerade auf. »Ich hab ihm gesagt, dass er sich zum Teufel scheren soll. Die Scheidung ist eingereicht, und ich werde garantiert keinen Rückzieher machen. Einen Mann, der mich nur will, weil er die Buchhaltung allein nicht auf die Reihe kriegt, den brauche ich nicht.« Sie tippte sich an die Stirn. »Ich bin doch nicht so weit gekommen, um mich jetzt wieder in mein altes langweiliges Leben zurückziehen zu lassen.« Britta grinste. »Nein, nein, ich habe andere Pläne.«

Bevor sie aber dazu kam, diese Pläne der versammelten Meute mitzuteilen, und noch ehe Marie endlich zum Tabbert laufen und sich etwas anderes anziehen konnte, ertönte die Türklingel.

»O Gott, das ist Daniel!«, rief Maries Mutter und machte sich daran, am Kapuzenpullover ihrer Tochter herumzuzupfen, während ihr Vater durch den Türspion nach draußen schaute. Gudrun schubste ihren Bruder zur Seite und riss die Tür auf.

»Aaah, Sie sind bestimmt Daniel«, sagte sie und zerrte ihn am Arm herein. »Nur reinspaziert, wir beißen nicht.«

»Äh, hallo.« Daniel sah sich verwirrt im Flur um. »Wartet ihr auf irgendwen?«

Sein Blick fiel auf Marie, die es natürlich nicht schnell genug geschafft hatte zu flüchten. Notfalls in den Keller. Als sie einander in die Augen sahen, verschluckte sich Maries Herz, setzte kurz aus, nur um dann in doppelter Geschwindigkeit weiterzuschlagen.

Verdammt. Er hatte sie wirklich zu einem Date eingeladen, dämmerte es Marie. Jedenfalls sahen die dunkle Jeans, das helle Hemd und der dunkelblaue, schlichte Wollmantel darüber so gar nicht nach seiner üblichen Arbeitsmontur aus. Auch der Strauß Astern sprach eine, nun ja, recht unmissverständliche Sprache.

Marie sah erneut an sich hinab und konnte sich gerade noch davon abhalten, sich öffentlich eine runterzuhauen. Nur mit Mühe konnte sie sich beherrschen, nicht sofort die Beine in die Hand zu nehmen und schnellstens so weit zu laufen, wie sie nur konnte.

Sie dachte an Gudruns Worte: lieber alles wagen, als immer nur halb zu leben. Und weil das noch nicht ausreichte, zerrte sie auch gleich das Mantra von Frau Dr. Müller-Friese wieder an die Oberfläche ihres Bewusstseins: Begrüßen Sie mit Euphorie das Leben und die Möglichkeiten, die es Ihnen bietet.

Dann also auf in den Kampf.

»Hallo, Daniel«, sagte sie und ging einen Schritt auf ihn zu. Sie erwartete nicht, dass er sie herzlich begrüßte, doch er überraschte sie, indem er sich nach vorn beugte und ihr einen Kuss auf die Wange hauchte. Verdammt, er roch zu allem Überfluss auch noch gut!

»Hi. Du siehst« – er musterte sie von oben bis unten – »anders aus, als ich erwartet hätte. Waren wir nicht verabredet? Bin ich zu früh dran?«

»Mein Fehler«, schmetterte Gudrun dazwischen und wurde nicht einmal rot, als sie erklärte: »Ich hab Marie die falsche Uhrzeit genannt. Sie hat erst um halb neun mit Ihnen gerechnet.«

»Ach ...« Daniel starrte den Strauß in seiner Hand an. »War der Lautsprecher nicht an während des Telefonats? Komisch, mir war so, als wärst du mit im Raum gewesen«, sagte er schnell und drückte dann Maries Mutter die Blumen in die Hand. »Bitte schön.«

Maries Herz machte einen verärgerten Hopser. Sie gab sich alle Mühe, ihre Gesichtszüge nicht entgleisen zu lassen.

»Sie wollte sich eigentlich gerade umziehen gehen, aber dann bin ich dazwischengekommen«, behauptete Maries Vater jetzt und schlenkerte eine Bademanteltroddel hin und her. »Sie wäre längst fertig, aber ich hab sie noch in einer dringenden Angelegenheit sprechen müssen.«

»Eine familiäre Angelegenheit«, warf Erika Schröder zur Erklärung ein und gab den Strauß an ihre Tochter weiter, nur um die Verhältnisse klarzustellen.

»Oookay«, sagte Daniel gedehnt. Man konnte ihm nur zu deutlich am Gesicht ablesen, dass er bloß Bahnhof verstand. Er starrte auf die Blumen in Maries Händen. »Dann würd ich sagen, ich warte einfach kurz, während du dich umziehst?« Er lächelte sie an, was ihr Herz prompt mit einer weiteren Schlagzahlerhöhung kommentierte.

Meine Güte – so gut hatte er zuletzt in der Oberstufe ausgesehen, da war Marie sich sicher. Die dunklen Haare hatte er mit irgendwas Pomadigem frisiert, was aber nicht – wie man es hätte erwarten können – schleimig, sondern im Gegenteil sogar verdammt gut aussah. Er war frisch rasiert, und in seinen Augen blitzte ein Funkeln, das Maries Knie in eine marmeladenweiche Substanz verwandelte.

»Denkst du, ich kann dich mit der Meute hier allein lassen?«, fragte sie vorsichtig.

»Na klar kannst du das«, antwortete Erika Schröder, hakte sich kurzerhand bei Daniel unter und führte ihn aus dem Flur ins Wohnzimmer. Gudrun und Annette folgten den beiden und tuschelten aufgeregt miteinander, während Britta sich Marie zuwandte.

»Wenn du magst, komme ich mit. Vielleicht brauchst du ja einen schwesterlichen Rat.«

Marie nickte – Britta wäre zwar nicht gerade ihre erste Wahl gewesen, wenn es um Ratschläge aller Art ging, aber ihre Möglichkeiten waren offensichtlich begrenzt, obwohl sie in einem Haus voller Menschen lebte. In Windeseile waren die beiden im Wohnwagen im Garten angelangt, wo Britta sich an den wenigen Kleidungsstücken zu schaffen machte, die Marie in einem der Oberschränke verstaut hatte.

»Du solltest hübsch aussehen, aber nicht aufgetakelt, das würde nicht zu dir passen«, sagte sie mit vor Nervosität zitternder Stimme, während Marie sich aus der derangierten Hose pellte. »Das hier ist gut.« Sie hielt einen grünen Feinstrickpullover hoch. »Und dazu die dunkle Jeans.« Sie zeigte auf einen Kleiderberg in der Sitzecke, zog die Hose heraus und schnupperte daran. »Ja, einmal geht noch.«

Marie hatte den Kapuzenpullover abgestreift und war gerade drauf und dran, in ein Top zu schlüpfen, das sie unter dem Pulli tragen konnte.

»Sag mir bitte, dass du geduscht hast«, bat Britta.

»Jahaaa«, sagte Marie genervt. »Los, Hose her.«

Sie schlüpfte in die Klamotten, die Britta ihr hinhielt, dann löste sie das Zopfgummi aus ihren Haaren und begann, sie zu bürsten.

»Ich bin gleich wieder da«, rief Britta und hastete aus dem Wohnwagen. Zwei Minuten später war sie wieder zurück und zog etwas aus ihrer Hosentasche. Es waren zwei glänzende Ohrringe mit tropfenförmigen grünen Steinen. »Die wollte ich dir eigentlich erst an Weihnachten geben. Aber jetzt ist vielleicht der bessere Moment. Ich finde, sie passen wunderbar zu deinen Augen.«

»Britta …« Marie war sprachlos. »Die sind wunderschön! Danke!«

Sie lächelte. »Ich hab's dir ja schon mal gesagt. Ich hatte nie eine Schwester.«

Marie zog die Ohrringe an, dann betrachtete sie sich in dem kleinen Spiegel über dem Porta Potti. Perfekt. So gut hätte sie es allein nie hingekriegt, vor allem nicht, wenn sie mehr Zeit gehabt hätte. Dann hätte sie fünfmal die Kleider gewechselt, sich dabei Frisur und Make-up ruiniert, um am Ende so wie immer loszuziehen. Stattdessen sah sie sich im Spiegel einer hübschen jungen Frau gegenüber, deren Wangen vor Aufregung leicht gerötet waren. Ihr Outfit war zeitlos schick, ohne aufgedonnert zu wirken, klassisch, aber nicht bemüht. Genau das Richtige für ein Date, bei dem man gefallen, aber eben nicht auffallen wollte. Und die Ohrringe passten in der Tat ganz hervorragend zu ihren Augen – und zum Pullover sowieso.

»Also, ich würd dich vernaschen heute Abend«, sagte Britta kichernd und öffnete die Tür des Wohnwagens. »Und das will etwas heißen, immerhin bin ich ja Spezialistin für Süßwaren!«

Marie lief zurück zum Haus und folgte den lachenden Stimmen aus dem Wohnzimmer. Dort fand sie Daniel auf dem Sofa umringt von Gudrun, Erika und Olaf vor. Sie hielten Sektgläser in den Händen, und offenkundig war die Stimmung blendend.

Als Marie über die Schwelle trat, verstummten sie.

»Gütiger Gott!«, rief Olaf Schröder, was Marie überaus peinlich war. »Was man alles aus dir rausholen kann …«

Maries Mutter knuffte ihren Mann in die Seite. »Olaf, blamier sie nicht.«

Sagt gerade die Richtige, dachte Marie.

Gudrun nickte anerkennend, aber erst jetzt traute sich Marie, in Daniels Augen zu blicken. Sie leuchteten. Und dieses Leuchten erfüllte Marie mit einer tiefen Zufriedenheit.

»Wollen wir?«, fragte er, sprang auf und hätte fast sein Sektglas fallen lassen. Marie war nicht entgangen, dass ihm die Röte ins Gesicht gestiegen war.

»Äh, Moment«, rief Olaf Schröder, stand ebenfalls auf und steckte eine Hand in die Bademanteltasche. »Ich hab noch was für euch. Als kleine Finanzspritze. Oder als Bezahlung – weil du sie ausführst. Das kannst du halten, wie du willst.« Er lachte, als er den Fünfzigeuroschein aus der Tasche zog und ihn Daniel mit einer vertraulichen Geste in die Hand drückte.

Daniel wirkte mehr als verdattert. »Das ist wirklich sehr nett«, sagte er zögerlich, »aber nicht nötig.«

Doch Maries Vater winkte ab. »Ehrensache, mein Junge.« Dann schob er ihn und Marie mit je einer Hand auf dem Rücken zum Wohnzimmer hinaus. »Macht euch einen schönen Abend, ihr zwei. Und gebt nicht alles auf einmal aus.«

Draußen im Flur schlüpfte Marie schweigend in ihren Mantel. Sie war zu verdattert, um überhaupt etwas sagen zu können. Sie fing Daniels Blick auf, der irritiert, aber auch irgendwie belustigt zu sein schien. Immerhin war ihm der Humor noch nicht abhandengekommen, und das war im Hinblick auf ihre Familie klar von Vorteil.

Als sie endlich angezogen unter dem Vordach vor der Haustür standen, hatte sich das gesamte Verabredungskomitee im Flur versammelt: Olaf, die Hände zufrieden in die Taschen seines Bademantels versenkt, Erika strahlend daneben. Britta stand hinter Gudrun und versuchte, einen Blick auf Marie und Daniel zu erhaschen, was aufgrund von Tante

Gudruns raumgreifender Fülle jedoch nicht möglich war. Sogar Annette war da.

»Tut nichts, was ich nicht auch täte«, rief Gudrun, und Marie zog schnell die Haustür hinter sich zu.

Eine herrliche Stille umfing sie. Das Einzige, was sie noch hörte, war die Aufregung, die in ihren Ohren rauschte. Sie drehte sich zu Daniel um. »Und, wohin gehen wir jetzt?«

Er lächelte sie unsicher an. »Ich habe keine Ahnung.«

»Du … was?«

In Maries Kopf überschlugen sich die Gedanken. War das nun doch kein Date? Hatte sie das mit der Verabredung etwa von Anfang an doch richtig verstanden, und nur ihre beknackte Familie hatte ihr eingeredet, dass da mehr zu holen wäre als nur eine platonische Beziehung? Aber warum starrte Daniel sie dann so an? Und warum war er so angezogen, ganz anders als sonst?

Er lachte. »Ich hatte wirklich keine Vorstellung davon, was mich heute Abend erwarten würde. Ich wusste nicht mal, ob wir uns treffen würden, um über Möbel zu reden, oder ob du dir vielleicht wünschst, dass ich dich fein ausführe. Aber ehrlich gesagt«, er klang unsicher, »bin ich immer noch nicht viel schlauer. Ich wollte es von deinem Outfit abhängig machen. Bei Frauen erkennt man das ja immer ganz gut. Aber, na ja, die Verwirrungstaktik mit dem Kapuzenpullover ist voll aufgegangen.«

Marie fehlten die Worte. O Gott, wie peinlich! O Gott, wie peinlich! Wie Leuchtreklame lief der Satz vor ihrem inneren Auge vorüber. »Dann wolltest du gar kein Date?« Die Enttäuschung plumpste in ihrem Inneren wie ein Hinkelstein in die Tiefe.

»Doch, doch«, sagte Daniel und schlug die Augen nieder. »Aber ich wusste nicht, ob du eins willst. Du hast dich gar nicht mehr gemeldet seit deinem Termin in Koblenz. Und überhaupt – seitdem ich dich mit diesem Typen hier gesehen habe, warst du irgendwie anders.«

»Anders?«

»Ja. Du hast dich mir gegenüber anders verhalten. Nicht mehr so natürlich, irgendwie … verschlossener.«

»Aber doch nur, weil du mich wie einen deiner Kneipenkumpels behandelt hast.«

»Hab ich das?« Er stutzte. »Das ist mir gar nicht aufgefallen.«

»Ja. Du hast mir auf die Schulter geklopft. Und in meiner Gegenwart über Fußball geredet. Und so.«

Marie sah, wie Daniel an der Unterlippe nagte. »Tja, das hab ich wohl getan, weil ich nicht wusste, wie ich sonst mit dir umgehen sollte.«

»Warum hast du dann angerufen, heute Nachmittag?«

Er grinste schief. »Ich wollte wissen, wie's dir geht. Mir ist heute Morgen eingefallen, dass du ja gar kein eigenes Handy mehr hast und dich vielleicht deshalb nicht meldest.« Er trat einen Schritt näher. Sehr nah, wie Marie auf einmal fand. Doch alles andere als unangenehm nah.

»Du siehst wirklich hübsch aus heute Abend.« Daniel hob die Hand und berührte ihren Ohrring. »Hoffentlich hast du dir die Beine rasiert.«

Die Leuchtschrift in ihrem Hirn änderte den Text: O mein Gott, wie aufregend! O mein Gott, wie aufregend!

Daniel seufzte. »Ich weiß ehrlich gesagt auch nicht, was ich wollte. Dich sehen, ja. Du hast mir in der letzten Woche echt gefehlt.« Mit der Hand, die eben noch den Ohrring berührt hatte, streifte er ihren Hals. Er stand so nah vor ihr, dass sie seinen Atem auf ihrer Haut spüren konnte, wenn er sprach. Wie hypnotisiert starrte sie ihn an. Wieso war ihr noch nie aufgefallen, was für einen ausnehmend schönen Mund dieser Daniel Kessler hatte?

Und dieser Mund verzog sich jetzt zu einem Lächeln. »Verdammt, ich würd dich gerade echt gern küssen.«

Aus ihrem tiefsten Innern entsprang ein Kribbeln, ein wohlig-warmes Gefühl. An der Hormonbar wurde eine Extrarunde geschmissen, und die Endorphine schienen einander durch ihre Adern zu jagen. Jede Zelle fing wie auf ein unsichtbares Zeichen an zu vibrieren.

»Küssen?« Hoffentlich war das wie Fahrradfahren, bat Marie im Stillen: unverlernbar. Sie dachte an die Reihenfolge, die sie vor Wochen einmal für sich festgezurrt zu haben glaubte: Job, Wohnung, Mann. Merkte doch niemand, wenn sie ein bisschen schummelte. Die Abmachung hatte sie schließlich bloß mit sich selbst getroffen.

Daniel sah wieder auf seine Schuhspitzen. »Mhm.«

Sie musste grinsen. »Macht man das nicht eigentlich erst am Ende eines Dates?«

»Ja. Und das ist in genau« – Daniel sah auf seine Armbanduhr – »drei Stunden und vierunddreißig Minuten. Um zwölf muss mein Babysitter heim. Wir haben also keine Zeit zu verlieren.«

»Okay, bleib genau so stehen«, sagte Marie. Sie schlich zum Flurfenster und warf einen Blick hinein. Dahinter war es dunkel. Es lauerte niemand hinter der Glasscheibe. Sie ging an der Haustür vorbei zum Küchenfenster. Auch dahinter war alles duster. Nur ein entferntes Glimmen verriet, dass die Meute sich ins Wohnzimmer zurückgezogen hatte. Marie lief zurück zu Daniel und blieb wieder vor ihm stehen.

»Was war das denn?«, wollte er wissen.

»Nur ein Kontrollgang«, erwiderte sie und trat noch einen Schritt näher auf ihn zu. Das Kribbeln in ihrem Innern wurde stärker. Sie atmete Daniels Geruch ein. Er duftete nach einem dezenten, aber sehr männlichen Parfüm. Nach frischer Wäsche. Und irgendwo, im Hintergrund, nach Holz.

»Und jetzt?« Er sah ihr in die Augen, und das Herz rutschte ihr in die sprichwörtliche Hose.

»Jetzt machen wir das, was zwei Teenager aus der Gegend eben machen, die sich weder bei ihm zu Hause noch bei ihr treffen können.«

Er strich ihr mit der Hand über die Wange und sagte leise: »Sie fahren an die Tanke, kaufen Bier und machen dann im Auto rum?«

Marie legte die Arme um Daniels Hals. »Genau. Aber in umgekehrter Reihenfolge.«

20

Wer war denn eigentlich dieser Typ von neulich?« Marie, die auf der Rückbank des Kombis in Daniels Armen lag, drehte sich zu ihm um – so gut es eben ging, wenn sich einem ein Kindersitz in den Rücken bohrte. »Das war Leonard Jung, Annettes Sohn.«

»Steht er auf dich?«

Sie zuckte mit den Schultern.

»Dem würd ich am liebsten eine Abreibung verpassen.«

»Achtung, er ist Staatsanwalt.«

»Oh, vielleicht doch lieber nicht.« Er lachte. Dann beugte er sich zu ihr hinunter und küsste sie. Ein weiterer Stromschlag fuhr durch sie hindurch.

Marie war erschöpft. Seit zwei Stunden saßen sie jetzt schon in Daniels Passat. Mittlerweile waren die Scheiben vollends beschlagen. Sie waren gar nicht dazu gekommen, das Bier zu trinken, das sie an der Tankstelle in Bruchweiler gekauft hatten, denn im Großen und Ganzen hatten sie ununterbrochen rumgeknutscht. Ein Wunder, dass sie überhaupt so weit gekommen waren – auf die Lichtung im Wald in der Nähe des Klosters, mit Ausblick auf die Steinbachtalsperre und die Wildenburg. Von der in der Dunkelheit und durch die beschlagenen Scheiben allerdings nichts zu erkennen war. Was dazu führte, dass sie sich nur umso intensiver miteinander beschäftigten. Die hübsche Umgebung, die dunklen Tannen und die sanften Hügel um sie herum konnte man sowieso nur bei Tageslicht angemessen bewundern.

Maries Lippen fühlten sich an, als wären sie mit Schmirgelpapier bearbeitet worden, dabei küsste Daniel genauso weich, wie Maries Widerstand inzwischen war.

Man schlief beim ersten Date nicht miteinander. Ob diese Dating-Regel aber auch für die gefühlt vierhunderttausendste Begegnung galt, war Marie nicht klar – so was stand nämlich nicht in den einschlägigen Frauenzeitschriften. Fakt war: Das ständige Aufheizen und dann wieder Abkühlen ihrer Gefühle hatte sie zu einer Art tickenden erogenen Zeitbombe gemacht. Es fehlte nicht mehr viel, und sie würde den Kindersitz in ihrem Rücken und ihre guten Manieren vergessen und sich auf Daniel stürzen.

»Komm mit zu mir«, flüsterte er, als hätte er ihre Gedanken gelesen. »Oskar schläft bestimmt schon. Der kriegt überhaupt nicht mit, dass du da bist.«

Oskar. Daniels Sohn. *Richtig.* Da war noch was.

Schlagartig schrumpfte Maries Lust, verzog sich in die hinterste Ecke ihres Körpers und schmollte. »Ich glaub, das geht mir ein bisschen zu schnell«, sagte sie leise.

Als sie die Enttäuschung in Daniels Gesicht sah, hätte sie am liebsten alles zurückgenommen. Aber was gesagt war, war gesagt, und wieder holen war gestohlen.

»Schnell? Wir kennen uns seit siebzehn Jahren. Ich finde nicht, dass wir es überstürzen.«

»Aber ich kenne deinen Sohn doch gar nicht. Am Ende kommen wir nicht miteinander klar, und was dann?«

»Mist«, sagte Daniel und ließ sich in den Sitz zurückfallen. »Ich hätte die fünfzig Euro von deinem Vater nehmen und verschwinden sollen. Und die Wette mit Maik habe ich auch verloren.«

Marie starrte ihn an. War das sein Ernst? War das alles nur Show gewesen? Hatte er sie allen Ernstes nur ins Bett kriegen wollen?

Daniel sah sie mit undurchdringlicher Miene an. Dann breitete sich ein Grinsen auf seinem Gesicht aus. »Hallo? Das war ein Witz.« Er küsste sie.

»Nicht komisch.« Trotzdem musste auch sie grinsen und drehte in gespieltem Ernst den Kopf weg.

Daniel hob die Hand, legte sie auf ihre Wange und zog sie zu sich, um sie erneut zu küssen. »Ich weiß.« Seine Hand ging ihren Rücken entlang auf Wanderschaft, und Marie hatte ihre liebe Not, sich nicht irgendein öffentliches Ärgernis zuschulden kommen zu lassen.

»Okaaay, wir hören jetzt auf der Stelle auf«, sagte Daniel plötzlich, drehte sich von Marie weg und versuchte, eine andere Sitzposition zu finden. »Komm, wir laufen viermal ums Auto, zum Abkühlen«, schlug er vor und riss die Tür auf.

»Du kannst noch laufen?«, fragte sie lachend.

Daniel krümmte sich draußen leicht zusammen und jammerte: »Nein.« Er blieb in der geöffneten Tür stehen. Kalte Luft strömte ins Innere, aber Marie war so aufgeheizt, dass es eine Wohltat war.

»Also, mir ist egal, was du davon hältst, aber ich werd dich jetzt zu mir nach Hause mitnehmen.« Er legte sich die Hand auf die Brust. »Ich schwöre, es wird nichts passieren, was du nicht willst.« Dann legte er sich die andere Hand auf den Schritt und verzog das Gesicht. »Auch wenn ich Todesqualen leiden werde.«

Marie wurde heiß und kalt. Dann noch kälter. Der Wind war eisig. Ehe sie sichs versah, saß Daniel auch schon wieder hinterm Steuer und ließ den Motor an. Er drehte sich über den Sitz nach hinten. »Ist das okay, Little Miss Scared?«

Sie nickte. Sie wollte ja mit ihm mit. Die Stunden auf der Rückbank von Papas Kombi waren doch irgendwie gezählt, selbst wenn der Kombi inzwischen Daniel gehörte. Dennoch hatte sie ein bisschen Bammel. Was würde als Nächstes passieren? Wenn sie bei Daniel angekommen wären? Würde sie sich wohl fühlen, wenn sie wusste, dass nur ein paar Zimmer weiter ein Kind schlief?

»Ich kann dir ansehen, wie du denkst«, lachte Daniel. »Das ist das Problem mit diesen schlauen Weibern – sie denken immer alles kaputt.« Er beugte sich nach hinten und zog sie zu sich. »Nächster Halt: Schreinerei Kessler. Bitte anschnallen.« Dann gab er ihr einen weiteren Kuss, setzte sich wieder gerade hin und fuhr los.

Während der Fahrt schwiegen sie beide. Daniel hatte das Autoradio angeschaltet, in dem zu Maries größter Überraschung ein alter Klassiker von Nina Simone lief. Ausgerechnet *Feeling Good.* Konnte sie nicht gerade behaupten. In ihrem Innern schwirrte so vieles durcheinander, dass Marie gar nicht wusste, wem sie zuerst zuhören sollte.

Zum Glück waren sie schon nach wenigen Minuten da. Marie schlug das Herz bis zum Hals. Daniel stieg aus, lief um das Auto herum und öffnete ihr die Tür. »Wenn ich bitten dürfte?« Er hielt ihr die Hand hin, und sie ließ sich aus dem Wagen helfen. Kaum war sie auf die Füße gekommen, drückte Daniel sie gegen die Karosserie. Sie spürte seinen Körper an ihrem, seinen hungrigen Mund auf ihrem Hals. Er fasste in ihre Haare, streichelte ihren Nacken. Marie erschauderte.

»Na komm, dir ist kalt«, sagte er. Leider hatte er ihre Reaktion vollkommen missverstanden. Aber so war das manchmal in der Liebe. Der Kopf tat das eine, das Herz das andere, und dazwischen herrschte ziemlich viel Verwirrung.

Daniel ging vor ihr her auf ein Einfamilienhaus zu, das Marie bereits von den Besuchen der Schreinerei kannte, die sich linker Hand auf dem Grundstück befand. Im Haus selbst war sie seit jener Party in der achten Klasse nie wieder gewesen und konnte sich auch nur mehr an den Stehblues mit Thorsten Wollenschläger erinnern und daran, dass Markus Bischoff einen halben Liter grünen Wackelpudding ausgekotzt hatte – und zwar direkt auf die kesslersche Sofalandschaft. So was vergaß man nicht in Langweiler.

Die Sofalandschaft war inzwischen eine andere, stellte Marie schnell fest. Und überhaupt – hier erinnerte sie rein gar nichts mehr an früher, was nicht nur an dem überall herumliegenden Spielzeug lag. Sie ließ ihren Blick schweifen, nahm verstohlen die Küche in Augenschein, die gut bestückt aussah, vor allem aber so, als würde darin wirklich gekocht. Im Wohnzimmer fanden sich diverse Hinterlassenschaften eines Kleinkindes, vor allem Schnuller, Bagger und eine ganze Armee aus Kuscheltieren. Die Räume waren geschmackvoll eingerichtet, ganz anders, als sie es erwartet hätte. Honigfarbene Jugendstilmöbel, kombiniert mit modernen IKEA-Teilen, alles in entsättigten Farbtönen. Unaufdringlich. Gemütlich. Eben wie ein ganz normales Zuhause einer ganz normalen Familie – in der man nicht sah, dass die Mama fehlte. Marie schluckte schwer.

»Oh, hi«, rief da eine Stimme vom Sofa. Maik, Daniels Azubi, war auf der ausladenden Couch eingeschlafen. In der Hand hielt er eine Autozeitung. »Muss eingepennt sein«, murmelte er entschuldigend – bis er Marie entdeckte. »Oh. Du hast Besuch.« Maik starrte sie an, als wäre sie von Kopf bis Fuß grellgrün und hätte riesige gelbe Glupschaugen.

Sie hob die Hand. »Hi, ich bin Marie.«

»O-okay«, stotterte Maik, »ich wusste nicht, dass du und sie … Ach, egal.« Er kam hastig auf die Beine. »Ich geh dann mal.«

»Danke, Maik. Auch fürs Aufpassen.«

»Kein Thema.« Maik, der sich urplötzlich niemanden mehr anzusehen traute, schlüpfte in seine Schuhe und verschwand.

Daniel dimmte das Licht an einem Regler in der Wand. »Wollen wir uns setzen?« Er zeigte auf die ausladende Couch.

Marie nickte, zog sich die Schuhe aus und folgte ihm zur Sofalandschaft, wo sie sich in einigem erotischen Sicherheitsabstand neben ihm niederließ.

»Stimmt was nicht?«, wollte er wissen.

»Nein, nein, alles okay. Ich finde nur, wir sollten auch ein bisschen reden.«

Er grinste. »Gut, reden wir. Versaute Sachen oder in echt?«

»In echt«, gab Marie mit einem Lächeln zurück.

»Was willst du wissen? Du weißt doch sowieso schon alles von mir.«

»Stimmt doch gar nicht.« Sie schlug die Augen nieder. Es fiel ihr nicht leicht, ihm diese Fragen zu stellen. »Wo ist eigentlich deine Mutter? Kann sie sich nicht manchmal um deinen Sohn kümmern?«

Marie konnte sich noch gut an Frau Kessler erinnern, eine freundliche, unscheinbare Dame, die man sommers wie winters immer nur mit Röcken gesehen hatte – Gott allein wusste, wieso. Sie hatte im Betrieb ihres Mannes gearbeitet und war ansonsten, wie es in der Gegend üblich war, daheimgeblieben, um sich um den Nachwuchs zu kümmern, ihren einzigen, vergötterten Sohn Daniel. Das zumindest war die garantiert nicht mehr tagesaktuelle Information, die Maries Gehirn ihr zur Verfügung stellte. Allerdings bemerkte sie sofort, wie sich ein Schatten über Daniels Gesicht legte.

»Sie ist in einem Pflegeheim. In demselben, in dem Frau Berenz liegt, unsere alte Lehrerin. Erinnerst du dich?«

Marie stutzte. Daniels Mutter konnte doch erst maximal Mitte fünfzig sein. Frau Berenz war dagegen schon in biblischem Alter.

»Sie hat Alzheimer.«

»Frau Berenz?«

»Nein, die ist dement. Meine Mutter ist an Alzheimer erkrankt. Aber sie leben im selben Heim, im Alten- und Pflegeheim St. Anna. In der Demenzabteilung. Oskar und ich fahren sie zweimal die Woche besuchen.«

Marie war entsetzt. »Das ist ja furchtbar!«

Daniel grinste. »Sie freut sich eigentlich immer über unsere Besuche, auch wenn sie meist nur Oskar erkennt.«

»Das meinte ich nicht«, sagte Marie leise.

»Ich weiß.« Er rückte ein Stückchen näher. Dann legte er seine Hand auf ihre und begann, sie zu streicheln.

»Aber dann habt ihr ja wirklich niemanden«, flüsterte Marie. »Oskars Mama ist ja auch nicht mehr da.«

Daniel zuckte mit den Schultern. »Wir kommen zurecht, Oskar und ich. Ehrlich, mach dir mal keine Sorgen, wir sind ein eingespieltes Team. Das heißt natürlich nicht« – er kam noch näher und berührte mit seiner Nasenspitze Maries Wange –, »dass es nicht noch ein lauschiges Plätzchen bei uns gäbe.«

Seine Lippen wanderten an Maries Wange entlang bis zu ihrem Ohr. Sofort löste sich ein Funkenregen in ihrem Gehirn und rieselte die Wirbelsäule hinab. Hitze stieg in ihrem Innern auf. Sie schloss die Augen und genoss seine Berührung.

Dann fiel ihr wieder ein, dass nur wenige Meter weiter sein Sohn schlief. Sie schlug die Augen wieder auf, setzte sich aufrecht hin und sah Daniel an. »Willst du mir erzählen, was mit Oskars Mama passiert ist?«

Er seufzte. »Klar. Also, nein, eigentlich nicht. Wir reden nicht oft über Stefanie. Aber du willst es wissen, und du hast ein Recht darauf, es zu erfahren.« Er straffte die Schultern. »Wie schon gesagt, kam sie nicht klar mit der Mutterschaft. Sie fand es schrecklich, hatte Schwierigkeiten, sich um Oskar zu kümmern, konnte ihn nicht stillen, nicht füttern, nicht wickeln. Es war, als wäre alles, was andere Frauen fühlen, wenn sie ein Kind bekommen, aus ihr herausgesickert. Sie hat unendlich darunter gelitten. Ich bin eingesprungen, so gut ich konnte. Meiner Mutter ging es damals schon nicht mehr besonders gut, sie hatte Probleme, sich zu orientieren. Ich konnte sie unmöglich mit einem Neugeborenen allein lassen.«

Marie schluckte. Sie und ihre leicht gestörte Familie hatten Annettes Eskapaden für ein Drama von Shakespeare gehalten. Was aber war dann Daniels Leben? Eine griechische Tragödie?

»Ich habe dann ganz pragmatisch entschieden – meine Mutter musste ins Pflegeheim. Ich habe eine Haushaltshilfe engagiert, die sich vormittags um Oskar kümmerte, und währenddessen war ich in der Schreinerei. Nachmittags und abends war ich Papa. Ich habe nonstop gearbeitet und stand ehrlich gesagt schon kurz vor einem Zusammenbruch, das kannst du mir glauben. Na ja, und nach drei Monaten war ich dann plötzlich allein. Stefanie ist einfach gegangen, Hals über Kopf abgehauen. Nach Australien erst, ein Jahr, danach war sie noch in Asien.« Er seufzte. »Im Nachhinein glaube ich, dass sie eine postnatale Depression oder so was hatte, aber ich hab es einfach nicht geschafft, mich auch noch um sie zu kümmern.«

Wer könnte es ihm verübeln?, dachte Marie.

»An einem Samstagvormittag vor einem Jahr bin ich Stefanie dann auf dem Markt in Idar-Oberstein begegnet. Sie hatte sich kein bisschen verändert. Na ja, sie sah glücklicher aus als früher. Wir standen da, haben uns angeschaut, und ich dachte, sie wird doch jetzt wohl irgendetwas tun. Immerhin saß Oskar im Buggy vor ihr und hat sie angestarrt. Er muss sie von den Fotos erkannt haben, denn er hat sofort angefangen zu weinen. Kein Wunder, da steht diese rothaarige Frau und glotzt ihn an und macht keinerlei Anstalten, auf ihn zuzugehen.« Daniel fuhr sich mit der linken Hand übers Gesicht. »Sie ist einfach gegangen. Hat sich umgedreht und ist verschwunden.« Er sah Marie an. »Sie hat sich nie bei uns gemeldet, obwohl sie nur ein paar Kilometer entfernt wohnt. Vielleicht will sie nicht, vielleicht kann sie nicht. Ist mir inzwischen aber auch egal. Mittlerweile ist das okay für mich, ich hab es akzeptiert. Sie hat einen neuen Freund, hab ich gehört, lebt in Idar-Oberstein und arbeitet in einer Kanzlei als Rechtsanwaltsgehilfin. Ich gönne es ihr, wirklich. Aber wenn ich ihr begegne, schwappt immer dieses Gefühl in mir hoch, dass sie mich einfach sitzengelassen hat. Dann kommt einfach alles wieder in mir hoch. Es ist wie Liebeskummer, nur schwärzer und schlimmer.«

Marie zog, ohne es zu bemerken, die Hand zurück, doch Daniel fiel es sofort auf, und er legte seine Hand auf ihre.

»Hey, nicht so, wie du jetzt denkst. Ich will nichts mehr von Stefanie. Vermutlich wären wir heute ohnehin nicht mehr zusammen. Sie war eine Jugendliebe, und dann lief das alles irgendwie aus dem Ruder.« Er stupste Marie an. »Guck mich mal an.«

Sie zierte sich. Sie wollte nicht, dass er in ihren Augen sah, wie sehr seine Geschichte sie erschütterte. Dann gab sie sich einen Ruck und drehte den Kopf in seine Richtung.

»Du musst dir keine Sorgen machen. Stefanie hat mir das Sorgerecht übertragen. Sie wird niemals hier auftauchen und versuchen, mir Oskar wegzunehmen oder wieder ihren alten Platz einzunehmen. Okay?«

Marie nickte. »Okay.« Dennoch war ihr unwohl zumute. Daniels Vergangenheit war wirklich alles andere als eine heitere Gutenachtgeschichte. Wenn man da die Augen schloss, wurde einem regelrecht schwindlig. Das Leben hatte ihm böse mitgespielt, aber irgendwie hatte er es geschafft, dabei nicht unterzugehen. Vielleicht hatte Oskar, sein kleiner und ganz entzückender rothaariger Sohn, ihm dabei sogar geholfen. Vielleicht war es aber auch Daniels Art, sich nicht einfach den Gezeiten auszuliefern.

Aus den Tiefen des Hauses drang gedämpft ein Ruf. Das musste Oskar sein, der quengelte. Daniel blickte zur Decke und seufzte. »Ich geh mal schnell nach ihm sehen. Bin gleich wieder da. Mach es dir schon mal gemütlich.«

Er gab ihr einen Kuss, dann verließ er das Zimmer.

Marie blieb einen Moment nachdenklich sitzen. Was Daniel ihr erzählt hatte, hatte sie nachhaltig beeindruckt. Verängstigt. Verstört. Er war so tapfer, so stark. Ihr wurde ganz flau im Magen, sowie sie daran dachte, wie sie ihm eines Tages erzählen würde, was ihr so Schlimmes widerfahren war. Mein letzter Freund wollte eine polyamore Beziehung führen. Die Spülmaschine war kaputt, deshalb musste ich aus der WG ausziehen. Ich finde keinen Job, weil ich etwas studiert hab, was kein Mensch braucht, meine Wenigkeit inklusive. Mein Vater, der sich, auch wenn es nicht so aussieht, bester Gesundheit erfreut, und meine Mutter – übrigens weitestgehend klar im Oberstübchen – sind enttäuscht von mir, weil ich mein Leben nicht in den Griff bekomme.

Und raus bist du.

Sie stand vom Sofa auf. Links von ihr an der Wand hingen unzählige Bilder, die Oskar und Daniel in den letzten drei Jahren zeigten. Oskar als Säugling. Oskar als Kleinkind. Oskar im Sandkasten und mit schokoverschmiertem Mund und mit zahnlosem Lächeln. Oskar im Schwimmbad. Oskar auf dem Tretrad. Marie krampfte es das Herz zusammen. Die Fotos zeigten einen glücklichen Jungen, und trotzdem war dem Betrachter sofort klar, dass etwas – oder besser: jemand – fehlte. Daniel gab sich sichtlich und obendrein erfolgreich Mühe, die fehlende Person auf den Bildern zu ersetzen. Trotzdem war offenkundig, dass in Oskars Leben eine entscheidende Rolle unbesetzt geblieben war.

Und jetzt hat Daniel mich ausgesucht, damit ich diese Leerstelle fülle. Oder nicht? Warum sonst hat er mich mit hierhergebracht?

Lauf!, murmelte die alte Angst, die sich in Maries Innerem mittlerweile breitgemacht hatte. Lauf! Es gäbe kein Zurück. Das würde nur schiefgehen. Und dann bist du die zweite Frau, die sich aus Oskars Leben stiehlt.

Ohne dass sie das Gefühl gehabt hätte, eine bewusste Entscheidung zu treffen, trat Marie an die alte Küchenanrichte, die gegenüber dem großen Esstisch stand. Dort lagen Stifte und Papier. Sie kritzelte eine Zeile auf ein Blatt aus dem Notizblock, dann riss sie es heraus und legte es auf den Esstisch.

Eine halbe Minute später stand sie vor dem Haus auf der Straße und sah hinauf zum ersten Stock. In einem Fenster brannte Licht. Dort klebten Bilder von kleinen Bärchen, die ihr freundlich zuwinkten, doch Marie winkte nicht zurück. Sie machte auf dem Absatz kehrt und verschwand in der Nacht.

21

Marie erwachte von einem Kratzen, das ihr bekannt vorkam. Wie feines Schleifen über Papier. Irritierenderweise kam es nicht von draußen, sondern aus dem Innern des Wohnwagens.

»Hier bist du also – allein«, sagte eine Stimme, die Marie ebenfalls nur zu gut kannte.

Marie hob vorsichtig den Kopf. In zwei Metern Entfernung am Tisch saß Gudrun, die in ein Kreuzworträtsel versunken zu sein schien. Zumindest füllte sie fleißig irgendwelche Felder aus. Doch Marie ließ sich nicht so leicht täuschen. Ihr war vollkommen klar, dass das Kreuzworträtsel nicht viel mehr wert war als die Alibizeitungen, in denen Privatdetektive auf Parkbänken blättern.

»Morgen, Gudrun«, brummte sie unwillig und vergrub ihr Gesicht wieder im Kissen.

»Lief das Date nicht gut?«, fragte Gudrun betont unbeteiligt.

Marie stöhnte. »Geh weg. Das ist mein Wohnwagen.«

»Der deines Vaters.« Gudrun kritzelte weiter. Offenbar hatte sie gerade ein Lösungswort herausgefunden, denn sie lächelte selbstvergessen. »Wie würde er sagen? Morgenstund hat … Na ja, ich wollte auch nur sehen, wie es dir geht. Gestern Abend bist du ja sehr spät heimgekommen.«

»Was du alles weißt«, nuschelte Marie in die Daunen.

»Na, und wie ich dann hier reinkomme, stelle ich fest, dass hier eine ganz formidable Ruhe herrscht. Beinahe schon paradiesisch, wenn man von deinem Schnorcheln einmal absieht. Du solltest dich mal untersuchen lassen, Kindchen. Vielleicht hast du Polypen.«

»Ich hab keine Polypen.«

»Wie dem auch sei.« Gudrun blätterte die Seite ihres Kreuzworträtselheftchens um und widmete sich der nächsten Aufgabe, ohne Marie auch nur eines Blickes zu würdigen. »Die Familie möchte gern erfahren, wie es war.«

»Wie was war?«

Gudrun warf ihr über die Lesebrille hinweg einen vielsagenden Blick zu. »Dein Mund ist ganz rot.«

Marie presste die Lippen zusammen. »Geh weg«, sagte sie erneut und hatte große Mühe, nicht in Tränen auszubrechen. »Ich will allein sein.«

»Es lief wohl nicht so gut«, schlussfolgerte Gudrun. »Na, dann lass ich dich erst mal in Ruhe.«

Marie hörte Schritte auf dem Boden, und der Camper wankte, als sich ihre Tante davonmachte. Dann endlich hatte sie das Gefühl, wieder allein zu sein. Ihr war so schwer ums Herz, dass sie bezweifelte, je wieder aufstehen zu können. Wie von einem bleiernen Anker aus Traurigkeit am Boden gehalten, blieb sie auf der Matratze liegen und bemerkte, wie sich eine heiße Träne aus ihrem Augenwinkel stahl.

Sie hatte es vergeigt. Daniel hatte ihr sein Herz geöffnet, so wie sie selbst es eigentlich beabsichtigt hatte, und sie war einfach gegangen. War abgehauen, verschwunden in der Nacht. Hatte ihn allein gelassen in seinem Haus, das er eingerichtet hatte für sich und seinen Sohn und eine Frau, die sich hoffentlich irgendwann trauen würde, es mit ihm und seiner Geschichte aufzunehmen.

Sie hatte nicht beabsichtigt, ihn einfach so sitzenzulassen. Aber am gestrigen Abend hatte die ganze Sache plötzlich keinen Sinn mehr ergeben. In ihrem Bauch hatte die Angst die Kontrolle übernommen, und heute – an diesem trüben Novembermorgen – fühlte Marie sich benommen und benebelt und nicht entschlossen genug, um alles wieder rückgängig zu machen.

Ich werde ihm nie wieder unter die Augen treten können, dachte sie, als sie sich ihren Kapuzenpullover überstreifte. Er wird so enttäuscht von mir sein, dass er mich zukünftig ignorieren wird. Es wird wieder so sein wie früher in der Schule: Er wird mich ausblenden, und ich werde zur Außenseiterin. Nur dass ich diesmal weiß, warum. Ich kann nur hoffen, dass er mich wenigstens noch die Möbel abholen lässt.

Sie lief über den nassen Rasen zum Haus, schob die Tür auf und schlich hinein. In der Küche lehnte Gudrun an der Küchenzeile und aß ein Stück Marmorkuchen.

»Pfft«, sagte sie mit vollen Backen und schluckte mühsam. »Sag das nicht deinem Vater. Der macht die ganze Zeit schon so blöde Anspielungen.«

Marie nickte. »Keine Sorge. Ich sag kein Wort.« Sie machte sich an der Kaffeemaschine zu schaffen. Wieder musste sie an Daniel denken. Jetzt, in genau diesem Moment, hätte sie bei ihm sein können. Aus seiner Kaffeetasse trinken. Unter seiner Dusche stehen. Erneut stiegen ihr Tränen in die Augen.

»War's denn wenigstens ein bisschen schön?«

Sieh mal an, dachte Marie. Gudrun konnte ja doch flüstern. Sie nickte. Dann schüttelte sie den Kopf, ohne ihre Tante anzusehen.

»Hat er sich nicht benommen?«

Marie lachte auf und zog die Nase hoch. »Doch. Hat er.« Sie drehte sich leicht zu Gudrun um. »Aber ich hab Schiss gekriegt. Da war dieses Haus, das irgendwie nur auf mich zu warten schien. Und dann dachte ich auf einmal: Vielleicht will ich das alles gar nicht. Vielleicht will ich nicht die Ersatzmama für einen Dreijährigen sein, der nicht mein eigenes Kind ist. Vielleicht kann ich noch nicht so erwachsen sein.«

»Er hat einen Sohn?«

Marie nickte und erzählte ihrer Tante von Daniels Geschichte. Die zeigte sich deutlich weniger beeindruckt, als Marie insgeheim gehofft hatte.

»Man wächst in alles rein – nicht nur in Kleidergröße 46«, sagte Gudrun mit einem weisen Lächeln.

»Aber ich womöglich nicht. Ich könnte scheitern. Und dann würde ich ihn enttäuschen, genau wie seine Ex. Die ist auch einfach so abgehauen.«

»Du könntest es ja aber anders machen.«

Marie ließ sich noch einen Kaffee aus der Maschine. Als das infernalische Mahlwerk endlich wieder Ruhe gab, erwiderte sie: »Vielleicht. Aber wenn es mir nicht gelingt?«

Gudrun schob sich noch ein Stück Kuchen in den Mund und sagte mit vollen Backen: »*Fferie,* iff hab mir nie waf für den Rückweg aufgehoben. Iff würde ef an deiner Ftelle wenigftenf verfuchen.«

Marie nahm einen Schluck Kaffee. Da erst merkte sie, dass ihre Hand zitterte. »Würde ich womöglich sogar – aber ich bin gestern Nacht einfach so abgehauen. Ich hab es mir mit ihm verscherzt, ein für alle Mal.« Sie legte eine Hand auf den Arm ihrer Tante. »Danke, dass du dich so bemühst. Ich schätze, ich bin ein hoffnungsloser Fall.«

Sie seufzte und verließ die Küche. Im Flur begegnete sie ihrem Vater, der sie von oben bis unten musterte, sich aber jeglichen Kommentar und jede Frage verkniff. Stattdessen zog er einen dünnen Briefumschlag aus der Tasche seines Bademantels. »Ich glaube, das hier kommt vom Ludwig Museum.«

Marie nahm das Kuvert entgegen. Eine Absage auf nüchternen Magen war wirklich das Letzte, was sie in diesem Moment gebrauchen konnte. Trotzdem stellte sie ihre Tasse auf der kleinen Anrichte in der Diele ab und riss den Brief auf. Mit wachsendem Entsetzen überflog sie die Zeilen. Dann sah sie auf. Ihr Vater stand immer noch vor ihr und machte ein Gesicht, das sie nicht deuten konnte.

»Die wollen mich haben …«

Olaf Schröder sagte erst mal gar nichts. Erst nach einer ganzen Weile fragte er: »Und warum ausgerechnet dich?«

Sie zuckte mit den Schultern. »Vielleicht war ich ja das geringste Übel.«

Er seufzte. »Ach was … Wo ist das noch mal?«

»In Koblenz.«

Er nickte nachdenklich. »Dann würdest du vermutlich dort hinziehen.«

»Mehr als eine Stunde Fahrzeit. Ja, ich denke, ich würde da hinziehen.«

Ihr Vater nickte wieder nachdenklich. Dann legte er einen Arm um sie. »Mariechen, du musst wissen, was das Richtige für dich ist.«

Marie verschlug es die Sprache. »Hallo? Wer sind Sie? Und was haben Sie mit meinem Vater gemacht?«

Er lächelte verlegen. »Sogar ein alter Hund lernt hin und wieder einen neuen Trick.« Dann wurde er wieder ernst. »Überleg es dir. Du kannst so lange bleiben, wie du willst. Vergiss das nicht.« Mit diesen Worten schlurfte er davon.

Marie stand wie vom Donner gerührt da. Sie konnte nicht glauben, was gerade passiert war. War das wirklich ihr Vater gewesen? Der Mann, der sie in den vergangenen Wochen drangsaliert und gepiesackt hatte, wo es nur ging?

Gudrun kam mit einem triumphalen Grinsen im Gesicht, einer Kuchengabel in der einen Hand und einem Teller, auf dem ein umgekipptes Stück Käsesahne lag, in der anderen Hand aus der Küche geschlendert. »Jeder kann sich ändern«, sagte sie und grinste. »Jeder.« Dann ging auch sie davon und ließ Marie ratlos im Flur stehen.

Waren jetzt eigentlich alle verrückt geworden?

Der Tag zog sich hin wie Kaugummi. Marie wusste nicht, wohin mit sich, also schlich sie von Zimmer zu Zimmer, starrte aus dem Fenster oder zur Zimmerdecke und fragte sich, was sie jetzt tun sollte. Zum Ludwig Museum, das wusste sie, wollte sie nicht. Es war absurd: Vor ein paar Wochen noch hätte sie einen Mord begangen, um endlich an eine Festanstellung zu kommen, aber inzwischen war alles anders.

Sie war anders.

Und, na ja, auch ihr Umfeld. Die seltsame Eröffnung ihres Vaters lag ihr schwer im Magen und leistete dort dem Kummer wegen Daniel Gesellschaft. Daniel, der sich nicht meldete – natürlich nicht. Warum sollte er auch? Ihr Einzeiler auf dem Zettel war unmissverständlich gewesen. »Es tut mir leid.« Nicht mehr, nicht weniger. Schnörkellos, wenn man sich die Mühe machen wollte, irgendwas Nettes darüber zu sagen. Rückgratlos, wenn man ehrlich war.

Immerhin waren die anderen guter Laune. Annette hatte Mustafa tatsächlich überreden können, auf ein Versöhnungstreffen vorbeizukommen und mit Marie und ihrer Familie zu Abend zu essen. Marie vermutete insgeheim, dass ihre Eltern die Hoffnung hegten, dass er Annette wieder mit nach Wiesbaden nehmen würde – Grund genug für Erika Schröder, wie ein ADHS-Huhn durchs Haus zu flattern, herbstliche Deko auf dem ausgezogenen Esszimmertisch zu verteilen und zwischen Backofen und Spätzlepresse aufgeregt hin- und herzuspringen. Auch Britta war nicht untätig. Sie backte einen Ricotta-Käsekuchen. Mittlerweile ging sie sogar so weit, von »ihrem« Kuchen zu sprechen. Offenbar gab es diesbezüglich Pfründe zu verteilen.

Selbst Maries Vater schien irgendwie gut drauf zu sein. Zumindest hatte er mal wieder richtige Klamotten an. Der Bademantel war in die Wäsche gewandert, vermutlich sogar von allein, und Olaf Schröder saß in Jeans und einem blauen Pullover in seinem Sessel und las Zeitung. Seine Schwester leistete ihm in seltener Eintracht auf dem Sofa Gesellschaft und blätterte in einer Illustrierten, von deren Titelseite Uschi Glas herunterlächelte.

Als Marie am späten Nachmittag ins Wohnzimmer geschlichen kam, sah ihr Vater kurz auf. »Na? Hat sich die Stimmung gebessert?«

Marie schüttelte den Kopf.

»Dann bist du noch nicht so weit«, sagte Gudrun weise, ohne dabei von ihrer Zeitschrift aufzublicken. »Du solltest dir trotzdem was Ordentliches anziehen. Es könnten schließlich überraschend Gäste kommen, und dann?«

»Dann steht man da im Bademantel. Ohne Unterhose und ohne Ehrgefühl. Ich weiß, wovon ich spreche«, sagte ihr Vater und seufzte leise.

Da Marie keine bessere Idee hatte, wie sie die kommenden zwei Stunden bis zum Abendessen verbringen sollte, schleppte sie sich hinauf ins Badezimmer, verriegelte die Tür und ließ die Wanne volllaufen. Eine Viertelstunde später lag sie im heißen Wasser und ließ ihren Tränen freien Lauf. Sie war so eine Idiotin! Die Erkenntnis schmerzte noch mehr als alles andere: dass sie es aus freien Stücken verbockt hatte. Diesmal hatte sie keinen bescheuerten Bernd dazu gebraucht, diesmal war sie ganz alleine schuld. Vor allem daran, dass sie sich nicht traute, einfach zu Daniel zu spazieren und zu sagen: Na gut, dann lass es uns probieren. Ich würde mich bis zum Rest meines Lebens grämen, wenn wir *uns* unversucht gelassen hätten.

Sie war so versessen darauf gewesen, sich mit ihren eigenen Ängsten zu beschäftigen, dass sie das Nächstliegende einfach zertrampelt hatte. Und was war das Ergebnis? Den Job, den sie haben konnte, wollte sie nicht mehr. Sie wohnte in einem Wohnwagen. Und den Mann, der ihr wichtig war, hatte sie auf eine Art und Weise vor den Kopf gestoßen, dass ihr schier das Hirn davon schmerzte.

Sie dachte in einem fort an Daniel. Daran, wie gut es sich mit ihm angefühlt hatte. Neu, aufregend und gleichzeitig vertraut und völlig selbstverständlich. Wollte sie das wirklich aufgeben, noch ehe es richtig losgegangen war? Wegen eines dreijährigen Jungen?

Durch die geschlossene Tür hörte sie die Klingel. Irgendjemand öffnete die Eingangstür, und kurz darauf war aufgeregtes Stimmengewirr zu hören. Offenbar war Mustafa gekommen. Dass er aber gleich Krach für drei machte? Ach, vermutlich war das nur Annette im Liebestaumel.

Marie tauchte ab. Unter der Wasseroberfläche war es schlagartig ruhig, und sie hörte nur noch das Gluckern in der Leitung und das Wasser, das gegen den Badewannenrand schwappte. Als ihr die Luft ausging, kam sie wieder hoch. Im selben Augenblick klopfte es an der Tür.

»Marie? Mach auf, ich muss pinkeln, und Mama besetzt das untere Klo.«

»Tina?« Marie wischte sich das Wasser von den Ohren. »Was machst du denn hier?«

»Äh, das sollte eine kleine Überraschung sein«, rief ihre Schwester, und Marie stellte verwundert fest, dass Tina irgendwie nervös klang.

»Ich kann dir nicht aufmachen, ich liege in der Wanne.«

»Mann, Marie, ich mach mir gleich in die Hose!«

Marie seufzte, dann stieg sie aus der Wanne und hechtete triefnass zur Tür, schloss auf und machte sich blitzschnell auf den Rückweg. Sie war noch nicht ganz im Wasser, da riss Tina auch schon die Tür auf.

»Endlich!«

Sie kam rein, schloss ab und zog den Reißverschluss ihrer Hose auf. Dann ließ sie sich auf der Toilette nieder, und kurz darauf plätscherte es in die Schüssel.

»Du hättest doch auch aufs Potti gehen können«, sagte Marie trocken.

Tina zeigte ihr einen Vogel.

»Um was für eine Überraschung handelt es sich denn?«, wollte Marie wissen. »Bist du schwanger oder so? Sei mir nicht böse, wenn ich mich nicht freue, aber das käme gerade nicht so gut bei mir.«

Tina seufzte, während sie Papier von der Klopapierrolle riss und ordentlich zusammenfaltete. »Nein, keine Sorge. Im Gegenteil.«

»Was ist denn das Gegenteil von schwanger?«

»Nicht schwanger.«

»Ah. Super Überraschung.« Marie zog eine Grimasse.

»Papa hat gesagt, du hast Liebeskummer.«

Marie ließ sich wieder unter Wasser sinken. »Ich will nicht drüber reden«, sagte sie blubbernd ins Wasser.

»Warum denn nicht?« Tina stand von der Toilette auf und drückte die Spülung.

»Ich will einfach nicht.«

Ihre Schwester zog den Reißverschluss ihrer Hose wieder zu und trat an die Badewanne. Neben dem Wannenrand ging sie in die Hocke. »Es ist wieder dieser Daniel Kessler, oder?«

»Wieso wieder?«

»Den fandest du schon immer toll.«

»Fand ich gar nicht.«

»Na, wohl.«

»Blödsinn!« Marie bespritzte ihre Schwester mit ein bisschen Wasser.

»Aber sicher. Deswegen hat es dich ja immer so gewurmt, dass er dich nicht beachtet hat.«

Marie dachte nach. So hatte ihre Schwester das damals also wahrgenommen? Verrückt, wie unterschiedlich Erinnerungen ausfallen konnten.

»Hast Muffensausen gekriegt, was?«

»Boah, ich bring Gudrun um!« Marie schlug mit der flachen Hand auf die Wasseroberfläche, dass es nur so spritzte. Nicht allein, dass man sich unentwegt in ihre Angelegenheiten einmischte – jetzt wurde auch noch über sie getratscht.

»Reg dich ab. Sie hat nur gesagt, du hast kalte Füße bekommen, weil er ein Kind hat. Das kann ich gut verstehen.«

Marie sah sie zweifelnd an.

»Doch, echt. Ich weiß auch nicht, ob ich das könnte.«

»Hmm. Und was mach ich jetzt?« Sie sah Tina an. »Sag's mir, schlaue Schwester, die immer alles richtig macht. Was mach ich jetzt?«

Tina starrte die Schaumkronen auf der Wasseroberfläche an. »Sie hat leider auch keine Antwort darauf, deine schlaue Schwester, die immer alles richtig macht.« Dann lächelte sie schief. »Erinnerst du dich noch an Rübezahl?«

Marie nickte.

»Ist dir eigentlich klar, dass er dich immer lieber mochte als mich? Mich hat er andauernd gebissen.«

»So ein Quatsch, der war doch total handzahm.«

»Ja, zu dir! Was meinst du wohl, warum ich mich nicht um den Stalldienst gerissen habe? Das Vieh war verrückt nach dir. Deswegen hat es ihn auch dahingerafft, als du aufgehört hast, dich um ihn zu kümmern. Du hast ihm das Herz gebrochen.«

»Ich versuche immer noch, die Pointe zu verstehen«, gab Marie zurück.

»Ach, nicht so wichtig. Ich geh dann mal wieder. Und beeil dich, es ist Besuch da.«

Sie verließ das Badezimmer, und Marie stieg aus der Wanne. Während sie sich die Haare föhnte, dachte sie über das Ludwig Museum nach, dann über die Möglichkeit, weiter nach schönen Möbeln zu suchen, diese zu restaurieren und damit Geld zu verdienen. Ob man sich davon ernähren konnte? Oder gar eine Familie? So sie die denn wollte. Oder war das nur ein Hirngespinst? Der Tagtraum einer Fast-Dreißigjährigen in einer ernst zu nehmenden Quarterlife-Crisis?

Nachdem sie geföhnt, einigermaßen zurechtgezimmert und angezogen war, verließ sie das Badezimmer und ging nach unten. Aus dem Esszimmer drangen fröhliche Stimmen, die Marie verrieten, dass zumindest schon der Aperitif verkostet worden war. Sie betrat den Raum und sah sich um. An einem Tischende saß ihre Mutter. Rechts von ihr an der Längsseite steckten Annette und Mustafa verliebt die Köpfe zusammen. Daneben kam Tina. Die beiden folgenden Plätze waren leer. Am kurzen Ende des Tischs, gegenüber ihrer Mutter, hatte Olaf Schröder Platz genommen, der mit Britta in ein Gespräch vertieft war. Neben ihnen saß Gudrun, die in ihr Handy dröhnte. Rechts von ihr war ein weiterer Stuhl frei, und daneben erblickte Marie einen fremden Rücken.

»Ah, da ist sie ja!«, rief Annette plötzlich und reckte ihren Hals. Sie sah den Mann an, der ihr genau gegenübersaß – der Rücken, der Marie irgendwie bekannt vorkam, den sie aber nicht zuordnen konnte.

Der Mann drehte sich zu ihr um, und Maries Fassung fiel in sich zusammen. »Was machst du denn hier?«, entfuhr es ihr.

»Hallo, Marie, ich freu mich auch sehr, dich zu sehen«, sagte Leonard und lachte unbekümmert, stand von seinem Stuhl auf und kam auf sie zu, nahm sie in den Arm und drückte sie fest an sich. »Ich kann nichts dafür, meine Mutter hat mich herzitiert«, flüsterte er ihr ins Ohr.

»Ich dachte, jetzt, da das mit diesem Daniel nicht geklappt hat«, sagte Annette laut, als hätte sie sich denken können, was es da zwischen Leonard und Marie zu flüstern gegeben hatte, »wär es doch schade, wenn zwei einsame Herzen nicht zueinanderfänden.«

»Mama«, sagte Leonard vorwurfsvoll und drehte sich zu seiner Mutter um. »Die Sache ist durch. Aber es ist schon okay, ehrlich«, sagte er eilig zu Marie und lächelte, und wieder einmal musste Marie unwillkürlich die zahnärztliche Glanzleistung bewundern, die offenbar an ihm vollbracht worden war. Ein vorbildliches Gebiss. Selbst wenn man von der Materie keine Ahnung hatte.

»Kommt, setzt euch. Wir können gleich anfangen«, erlöste Maries Mutter ihre Tochter aus der unangenehmen Situation.

Sie trat an den Platz links von Leonard, der offenbar für sie reserviert war. Wie unauffällig, diese Sitzordnung, dachte sie, seufzte in sich hinein, und wieder fiel ihr Daniel ein. Wie gemein das Leben doch war. Da wurde sie neben Leonard plaziert, obwohl es sie schon glücklich gemacht hätte, mit Daniel in einem Raum zu sein.

Apropos. Sie sah zwischen Leonard und Mustafa hin und her. »Macht dir das gar nichts aus? Ich meine, dass deine Mutter …«

Leonard lachte. »Dass meine Mutter sich endlich nicht mehr von meinem Vater nach Strich und Faden betrügen lässt, sondern ihr eigenes Leben lebt? Nö. Macht mir gar nichts aus.«

»Hast du denn davon gewusst?«

»Na klar.« Er sah zu Mustafa hinüber. »Ich wusste von Anfang an Bescheid. Aber das hat meine Mutter natürlich nicht geahnt.« Er grinste, und Annette lief zu Maries Erstaunen rot an.

Wieder klingelte es an der Tür, und Maries Blick fiel auf die beiden freien Plätze. »Wer kommt denn noch?«, fragte sie in die Runde. »Doch nicht etwa Hans-Dieter? Am Ende hat er doch noch einen Job für mich.« Sie lachte kurz auf.

Gudrun kam hastig auf die Beine. »Das sind meine Überraschungsgäste am heutigen Abend«, rief sie und lief aus dem Wohnzimmer.

Ganz schön viele Überraschungen für ein Familienfest, dachte Marie. Ihre Schwester zwinkerte ihr zu und nickte dann mit dem Kopf in Richtung Leonard, der sich mit Mustafa unterhielt.

Den findest du gut?, gab Marie ihr mit Blicken zu verstehen.

Tina nickte. Sie schien sichtlich angetan zu sein. Zum Glück bekam niemand am Tisch was davon mit. Alle waren in angeregte Gespräche vertieft. Marie beugte sich zu Tina vor.

»Und was ist mit Kai?«, flüsterte sie.

Ihre Schwester wollte gerade antworten, als etwas, was sich in Maries Rücken abspielte, Tinas gesamte Aufmerksamkeit auf sich zog. Ihre Augen wurden groß, dann machte sich ein Grinsen auf ihrem Gesicht breit. Auch Annette und Mustafa starrten an Marie und Leonard vorbei zur Tür.

»Ah, da sind die beiden ja«, rief Olaf Schröder, stand vom Stuhl auf und eilte den Neuankömmlingen entgegen. »Gudrun hat schon gesagt, dass ihr uns heute mit eurer Anwesenheit beglückt. Na, kleiner Mann? Wer bist denn du? Da hast du aber eine hübsche Latzhose an«, sagte er freundlich. Dann änderte sich schlagartig seine Stimmlage. »Hallo, Daniel. Schön, dass Sie kommen konnten.«

Maries Mund war schlagartig staubtrocken. Es gab nichts, was sie hätte sagen, was sie hätte tun können. Sie wünschte sich ein großes Erdloch, in dem sie versinken oder sich begraben lassen könnte. Wie furchtbar unangenehm das war! Das konnte auch nur ihrer indiskreten, unhöflichen und jede Grenze des Anstands überschreitenden Tante Gudrun einfallen. Verdammte, elendige Mischpoke! Klammheimlich hinter ihrem Rücken bei Daniel anzurufen und ihn einzuladen – das war echt das Allerletzte.

Sie nahm im rechten Augenwinkel eine Bewegung wahr, die sie aus den Gedanken riss. Leonard hatte sich von seinem Stuhl erhoben. Hoffentlich prügeln die sich jetzt nicht, dachte Marie panisch und wandte sich um.

Das Erste, was sie sah, war Daniel. Er stand da, mit Oskar auf dem Arm, der in seiner Latzhose zum Anbeißen aussah. Daniel selbst trug zwar keine Latzhose, verschlug Marie aber trotzdem den Atem. Ihre Blicke trafen sich, und er lächelte verlegen. Dann sah er kurz zu Boden, hielt einen Moment inne und blickte wieder auf, diesmal in Leonards Gesicht.

Der hielt ihm die Hand entgegen. »Ich bin Leonard. Und du musst Daniel sein.« Er klang freundlich – gar nicht so, als würde er ihm sofort eins auf die Zwölf geben. Vielleicht hielt ihn aber auch nur der kleine Oskar davon ab, der selbstvergessen an seinem Bagger herumspielte. »Ich hab schon viel von dir gehört. Du machst mir also das Frollein Schröder abspenstig?«

Als Tina dazwischenrief: »Es gäb da noch eine zweite«, stellte Marie zu ihrem Erstaunen fest, dass Leonard ihr über die Schulter einen schüchternen Blick zuwarf und leicht errötete.

Daniel ergriff Leonards Hand und schüttelte sie. Dann sagte er in die Runde: »Danke für die Einladung. Wow, hier ist ja wirklich etwas los!« Er sah die beiden leeren Plätze. »Sind die für uns?«

Erika Schröder kam prompt herbeigeflitzt und führte ihn um den Tisch herum. »Ja, gleich hier, zwischen Tina und Olaf. Ist das okay?«

Daniel sah Marie an, die immer noch wie versteinert auf der Stelle stand. »Ja. Schöne Aussicht.« Er verzog dabei keine Miene.

»Hach.« Britta seufzte und klatschte in die Hände. »Wie schön!«

»Kinder, es geht los«, rief Maries Mutter. »Hilf mir doch mal in der Küche, Schatz.«

»Welcher Schatz?«, fragte Tina.

»Egal – irgendeiner.«

»Ich kann nicht, ich bin beschäftigt«, sagte Olaf Schröder, der gerade dabei war, Oskar ein Lätzchen umzubinden. Mit wachsendem Erstaunen beobachtete Marie, wie liebevoll er mit dem kleinen Mann umging. Er goss ihm einen Schluck Apfelsaft in einen Plastikbecher ein, den Daniel aus seiner Schultertasche geangelt hatte. Daniel indes konzentrierte sich darauf, Marie nicht anzusehen, sondern folgte stattdessen mit leicht abwesendem Gesichtsausdruck einem Gespräch zwischen Gudrun und Britta. Hier und da warf er einen vorsichtigen Blick in Maries Richtung, und jedes Mal kam es ihr so vor, als würde er damit kleine Bömbchen in ihrem Innern zünden.

»Du bist mit Schatz gemeint, glaube ich«, sagte Marie in Tinas Richtung, die sich inzwischen jedoch Leonard zugewandt hatte und ihn über seinen Beruf und die Arbeit am

Landesgericht ausquetschte. Na ja, von Annette und Mustafa war ohnehin nicht viel zu erwarten, also stand Marie auf und lief zur Küche. Dort wartete ihre Mutter bereits mit einem riesigen Topf heißer Grießklößchensuppe und elf tiefen Tellern auf sie. »Na endlich! Hilfst du mir mal, die Suppe zu verteilen?«

Während ihre Mutter kellenweise heiße Suppe in die Teller füllte, balancierte Marie je zwei davon ins Esszimmer und stellte sie rundum auf den Tisch. Als alle versorgt waren, nahm sie neben Leonard Platz, der allerdings kaum mehr von ihr Notiz nahm, sondern schräg über den Tisch an Marie vorbei ein angeregtes Gespräch mit Tina führte, die sich weit über ihren Teller beugen musste, um bei der Lautstärke auch nur annähernd etwas zu verstehen.

»Ping, ping, ping.« Erika Schröder hatte am Kopfende Platz genommen und mit dem Messer gegen ihr Weinglas geklimpert. Schlagartig wurde es ruhig.

»Ich möchte mich bei euch bedanken, dass ihr heute Abend unsere Gäste seid. Es ist schön, wenn das Haus mit Leben erfüllt ist. Ich habe die vergangenen Wochen mit euch genossen – *fast* immer.«

Britta zwinkerte Olaf Schröder zu, Annette gab ihrem Mustafa ein Küsschen. Tante Gudrun verdrehte die Augen, nahm einen großen Schluck Wein und stellte das Glas mit so viel Schmackes auf der Tischdecke ab, dass ein bisschen Wein über den Rand schwappte.

»Trotzdem will ich heute Abend eine kleine Ankündigung machen«, erhob Erika Schröder erneut die Stimme. »Mein Mann und ich haben in den letzten Tagen viel miteinander gesprochen, und es wird Zeit, euch mitzuteilen, zu welchen Ergebnissen wir gekommen sind.«

Jetzt trennen sie sich am Ende doch, schoss es Marie durch den Kopf, und sie ballte die Fäuste. Die Damen hatten es allen Ernstes geschafft – sie hatten Erika dazu gebracht, den kranken Olaf in die Wüste zu schicken. In die sprichwörtliche allerdings – denn er verreiste ja nicht gern.

Erika Schröder lauschte kurz der gespannten Stille am Tisch, dann ließ sie die Bombe platzen: »Morgen werden Olaf und ich zu einem zehntägigen Spontan-Urlaub aufbrechen. Wir fliegen nach Griechenland.«

»Mama!«, rief Marie erleichtert und wollte trotzdem kaum ihren Ohren trauen. »Das ist ja toll. Ihr verreist? Und dann auch noch last minute?«

»Das habt ihr ja noch nie gemacht«, sagte Tina und klang unverkennbar beeindruckt.

»Eben. Deswegen bin ich gestern in ein Reisebüro gefahren und hab für mich und Papa gebucht. Einfach so. Er ist ja sowieso noch krankgeschrieben. Und das Mädchen passt auf meinen Laden auf.«

»Sie hat mich einfach damit überrollt, eure Mutter«, sagte Olaf mit einer resignierten Geste. »Ich hatte keine Chance. Obwohl wir doch im Februar schon auf die Kanaren fliegen.«

»Klasse«, rief Gudrun. »Wir kümmern uns ums Haus, da müsst ihr euch wirklich keine Sorgen machen.«

»Genau darüber wollten Olaf und ich mit euch sprechen«, sagte Erika und warf ihrem Mann einen eindringlichen Blick zu, der sich zwar wand – es war ihm sichtbar unangenehm –, doch dann straffte er die Schultern.

»Eigentlich sind wir ja nicht so – aber nach unserer Heimkehr muss endlich Schluss sein. Bis zum 15. November seid ihr alle von hier verschwunden. Man soll ja gehen, wenn's am schönsten ist.«

»Wie bitte?«, rief Gudrun.

»Aber … aber …«, stammelte Britta. »Wo es doch gerade so nett war …«

»Nett, ja, das war es. Aber allmählich ist es genug«, verkündete Erika Schröder entschlossen. Dann wandte sie sich an Gudrun. »Du hast genug Geld, um dir ein nettes kleines Apartment zu leisten, in dem du wohnen kannst, während bei dir zu Hause umgebaut wird. An Weihnachten kannst du gern wiederkommen und mit uns feiern, aber bis dahin wollen wir dich weder sehen noch hören.«

Sie lächelte, und Gudrun klappte der Mund auf und – zum Erstaunen aller Anwesenden – wieder zu, ohne dass sie etwas gesagt hätte. Stattdessen hob sie ihr Weinglas und prostete ihrer Schwägerin anerkennend zu.

»Was dich angeht, Annette«, nahm Erika den Faden wieder auf, »gib deinem Herzen einen Ruck! Frag deinen Mustafa, ob er mit dir ins Haus deines Mannes ziehen will oder, noch besser, sucht euch was Eigenes und verkauft die Hütte. Wäre doch schade, wenn die Vergangenheit weiter Schatten werfen würde. Meinen Segen habt ihr jedenfalls.«

Auch Annette schwieg, doch Mustafa beugte sich spontan über den Suppenteller seiner Angebeteten zu Erika hinüber und drückte ihr kurz die Hand.

»Britta, meine Liebe«, sagte Erika Schröder dann. »Mein Mann war dir jetzt Stütze genug, denke ich. Ich möchte ihn gern wieder für mich alleine haben. Deswegen wäre es schön, wenn auch du dir eine eigene Wohnung suchtest. Ich bin mir sicher, du findest einen anderen netten Herrn, der dir dabei helfen kann, die Kisten mit deinen leckeren Kuchen zum Marktplatz zu transportieren.«

»Aber, aber … Erika!« Britta rang nach Worten, doch Maries Mutter ließ sich davon nicht aus der Ruhe bringen.

»Die Einzige, die hier so lange bleiben darf, wie sie will, ist Marie. Und Tina natürlich – aber die ist ja schon ausgezogen.« Sie drehte sich zu Marie um. »Wir werden dich nie auf die Straße setzen. Trotzdem hoffen wir natürlich, dass du deinen Weg gehst – notfalls auch erst einmal vom Rosengarten aus und mit ein wenig elterlicher Starthilfe.« Dann warf sie einen Blick auf ihren Teller. »Und jetzt lasst uns essen, bevor diese vorzügliche Grießklößchensuppe kalt wird. Wohl bekommt's!«

22

Erika Schröder hatte noch nicht einmal den ersten Löffel Suppe zum Mund geführt.

»Ähm, wenn wir schon bei Geständnissen sind …«

Tina stand von ihrem Stuhl auf und stützte sich mit den Händen auf dem Tisch ab, atmete einmal tief durch, dann hob sie den Kopf und sah erst ihren Vater, dann ihre Mutter an.

»Kai und ich legen eine Beziehungspause ein.«

»Was?« Erika Schröder ließ den Löffel fallen. Er platschte in die Suppe, und es spritzte in alle Richtungen. »Was soll denn das bedeuten?«

»Das darf doch nicht wahr sein«, murmelte ihr Vater.

»Wer ist Kai?« Gudrun sah sich rechts und links nach ihren Tischnachbarn um, doch niemand reagierte.

Erika knetete die Hände. »Warum denn das? Seine Mutter kann doch so gut Bridge spielen!«

»Und sein Vater – der ist doch so ein hohes Tier bei der Bank.« Olaf Schröder stützte die Ellenbogen auf dem Tisch ab und legte den Kopf in die Hände. »Was ist nur mit meinen Mädchen los …«

»Eigentlich wollte ich euch das beim letzten Mal schon sagen, aber irgendwie ging hier alles drunter und drüber, und da dachte ich, ich warte lieber noch …«

»Wie aufmerksam«, knurrte ihr Vater. »Der Weg zur Hölle … na ja.«

»Das ist allerdings noch nicht alles, was ich euch sagen

wollte«, fuhr Tina halbwegs ungerührt fort. »Das war sozusagen nur die Randnotiz. Die Ouvertüre.«

»Ach du lieber Himmel …«

»Womit hab ich das nur verdient?«

»Wer ist denn nun dieser Kai?«

»Mama, Papa, ihr müsst jetzt stark sein.« Tina sah abwechselnd zu jedem Tischende. Die anderen taten es ihr gleich. Kurz sah die Tischgesellschaft aus wie das Publikum bei einem Tennismatch. »Ich habe meinen Job gekündigt und werde am Mittwoch zu einer Weltreise aufbrechen.«

Es war mucksmäuschenstill. Alle waren viel zu geschockt, um spontan auf diese Nachricht zu reagieren. Die eine Tochter war immer noch nicht aus dem Gröbsten – sprich: aus dem Elternhaus – heraus, da warf die andere die Brocken hin, um die Welt zu bereisen. Da bekam selbst Marie ein wenig Mitleid mit ihrem Vater. Und jetzt begriff sie auch, warum Tina in letzter Zeit so anders gewesen war als sonst. Und auch ihre Andeutungen ergaben plötzlich einen Sinn. Nur die Rübezahl-Metapher, die hatte sie immer noch nicht kapiert.

»Wer ist Kai?«, wollte Gudrun immer noch wissen, erhielt aber keine Antwort.

Marie sah verstohlen zu ihrer Mutter hinüber. Erika Schröder starrte fassungslos auf ihre Grießklößchensuppe, die mittlerweile nicht mehr dampfte und sicher nur noch lauwarm war. Dann sah sie zu ihrem Vater. Der gab sich im selben Moment einen Ruck, stand ebenfalls von seinem Stuhl auf, nur um sich gleich wieder hinzusetzen.

»Ich weiß, was ihr jetzt sagen wollt«, sagte Tina vorsichtig. »Ihr seid enttäuscht von mir, dass ich sämtliche Sicherheiten in den Wind schieße. Aber ich hab das durchgerechnet, und ich hab mir das auch wirklich gut überlegt. Ich bin nicht glücklich gewesen, weder in meinem Job noch mit Kai.

Und ich bin erst sechsundzwanzig. Das kann es doch noch nicht gewesen sein.« Sie senkte den Blick. »Ich erwarte nicht, dass ihr mich versteht. Und ich erwarte erst recht nicht, dass ihr mich unterstützt. Ich hab genug Geld gespart, um mich ein Jahr lang locker über Wasser halten zu können. Und sogar für die erste Zeit danach sollte es reichen.«

Das konnte Marie sich denken. Tina, die alte Sparfüchsin, hatte zeit ihres Lebens ebenso viele Pfennige zur Seite gelegt, wie Marie ausgegeben hatte. Kein Wunder, dass sie sich eine einjährige Weltreise leisten konnte. Aber was würden ihre Eltern dazu sagen? Marie traute sich kaum, es zuzugeben, aber ein ganz klein bisschen stolz war sie nun doch auf ihre schlaue Schwester, die fast immer alles richtig machte. Sie würde ausbrechen und alles hinter sich lassen, was sie unglücklich gemacht hatte. Das hätte ich ihr gar nicht zugetraut, gestand Marie sich ein.

»Ehrlich gesagt«, ergriff jetzt endlich Olaf Schröder das Wort. Dann räusperte er sich, hustete kurz und fuhr fort: »Ehrlich gesagt hab ich mich schon gefragt, wann Maries schlechter Einfluss auf dich überschwappen würde.«

»Wie bitte?« Marie starrte ihren Vater entgeistert an.

»Ist doch wahr. Wie soll die Kleine denn vernünftig bleiben, wenn du ihr Vorbild bist?«

Marie schnappte nach Luft. »Also, ich glaub, mein Schwein ...« Ihr fehlten die Worte. Und dann fing sie jetzt auch noch an, genau wie ihr Vater diese blöden Floskeln ...

»Wisst ihr, jeder Teenager hat mal eine Phase, in der er gegen seine Eltern rebelliert«, fuhr ihr Vater fort, als käme er gerade von einer Fortbildung bei ProFamilia. »Bei Marie dauert diese Phase fast schon zwanzig Jahre an. Tina hatte diese Phase nie. Ich dachte, vielleicht kommt das dann im Studium – war aber nicht so. Dann ging das Studium fließend ins Berufsleben über, und ich hab mich immer gefragt, ob dir das nicht fehlt: mal ein Jahr auf der faulen Haut liegen, so wie deine Schwester es gemacht hat. Bei diesem freiwilligen sozialen Jahr. Oder während des Studiums …«

»He!«, entfuhr es Marie.

Er winkte ab. »Reg dich nicht auf, Mariechen, ich mein es doch nicht so.« Dann wandte er sich seiner Frau zu. »Also, wenn du mich fragst, Erika: Ich finde das gut, wenn Tina eine Reise macht. Ich weiß zwar nicht, ob sie gleich ein ganzes Jahr dauern muss, und auch nicht, ob es gleich die ganze Welt sein sollte – aber bitte. Sie wird schon wissen, was gut für sie ist. Und Reisende« – er hielt kurz inne – »ernten die dicksten Kartoffeln.«

Ein Strahlen legte sich auf Tinas Gesicht. Sie lief auf ihren Vater zu und fiel ihm sichtlich berührt in die Arme. »Danke, Papa«, hauchte sie.

Erika Schröder wischte sich ein Tränchen aus dem Augenwinkel. »Ach, meine Kleine. Dass das ganz furchtbar gefährlich ist, darüber bist du dir hoffentlich im Klaren?«

»Ich hab mich natürlich informiert«, sagte Tina, »und meine Route nach Empfehlungen des Deutschen Auslandsdienstes entworfen. Ich fliege in keine Länder, für die es eine Reisewarnung gibt, und werde mich in Südamerika, Afrika und Asien nur innerhalb von Reisegruppen bewegen. Außerdem werde ich mich jede Woche melden. Ist das okay für euch?«

Ihre Eltern nickten und zuckten zugleich mit den Schultern, was nach Resignation, einer kleinen Prise Enttäuschung, aber auch der Hoffnung aussah, trotzdem richtig reagiert zu haben.

»Also, *ich* werde mich *nicht* jede Woche melden«, sagte plötzlich Britta und stand ebenfalls von ihrem Stuhl auf. »Nachdem ich jetzt ja ohnehin bald vor die Tür gesetzt werde, kann ich es euch auch gleich erzählen: Ich hatte ohnehin vor auszuziehen.« Sie sah mit selbstbewusstem Blick und vorgerecktem Kinn in die Runde. »Ich habe einen Platz am renommierten Institut de Pâtisserie in Paris ergattern können. Dort werde ich einen dreimonatigen Lehrgang besuchen. Danach plane ich, eine eigene kleine Konditorei zu eröffnen. Wo genau, weiß ich allerdings noch nicht.« Sie hielt inne. »Wahrscheinlich aber eher nicht in Langweiler. Außer Käsekuchen wissen diese Ureinwohner hier ja sowieso nichts zu schätzen.«

»Britta, ich bin so stolz auf dich!«, rief Annette und hob ihr Weinglas. »Hat sonst noch jemand eine Ankündigung zu machen?« Sie sah neugierig in die Runde.

Marie warf einen Blick quer über den Tisch. Daniel sah sie unverwandt an, doch den Ausdruck in seinen Augen konnte sie nicht deuten. Lag Enttäuschung darin? Sicher. Aber was noch? Ein kleiner Funken … Hoffnung? Sie hatte nicht die Gelegenheit gehabt, ihm zu erzählen, dass das Ludwig Museum ihre Bewerbung angenommen hatte. Und nicht nur hatte sie keine Gelegenheit dazu gehabt – sie wollte diesen Job auch gar nicht mehr.

»Niemand? Nein?«

Oskar rülpste leise und brachte damit die Anwesenden zum Lachen.

»Gut. Dann lasst uns endlich essen. Prost, Kinder. Schön, dass ihr da seid!«

»Und schön, wenn wir wieder weg sind«, warf Gudrun ein und kicherte.

»Ganz genau.« Olaf Schröder sah sehr zufrieden aus.

Sie löffelten ihre Suppe, und in den kommenden Minuten legte sich eine gefräßige Stille über den Tisch. Jeder schien seinen eigenen Gedanken nachzuhängen und die köstlichen Grießklößchen und Offenbarungen der vergangenen Stunde zu verdauen.

Als sie fertig waren, half Marie ihrer Mutter, die leeren Teller in die Küche zu tragen. Auch Tina und Leonard machten sich nützlich und gingen Erika beim Anrichten des Feiertagsbratens mit Spätzle und brauner Soße zu Hand.

Marie trug nacheinander die voll beladenen Teller ins Esszimmer. Als nur noch ihre Portion fehlte und sie ein letztes Mal durch den Flur in die Küche lief, packte sie plötzlich jemand an der Hand und zog sie in die Garderobennische neben der Toilette.

Daniel.

Plötzlich war er überall. Sein Mund, seine Hände, sein Atem. Er drückte sie gegen die aufgehängten Jacken, umfasste Maries Gesicht mit beiden Händen und sah sie an. »Du störrisches, stures Mädchen«, sagte er mit gesenkter Stimme. »Du kannst mich nicht einfach so sitzenlassen. Nicht, nachdem ich dir das alles erzählt habe.«

»Ich weiß«, seufzte Marie, und Tränen stiegen ihr in die Augen, ohne dass sie es hätte verhindern können. »Es tut mir so leid«, flüsterte sie. »Ich war einfach überfordert – das war alles zu viel für mich: die Fotos, dein Sohn, das Haus ...«

Er stand vor ihr, schüttelte den Kopf. »Hör mal, ich gebe uns hier eine echte Chance, weil ich glaube, dass wir das hinkriegen könnten. Und weil ich verdammt noch mal wirklich verknallt in dich bin.«

Maries Magen machte einen Looping. Dann noch einen. Dann wurde ihr schlecht.

»Überleg dir gut, was du willst«, sagte er leise. »Ein weiteres Mal werde ich dir nicht hinterherlaufen.«

Frauen und Bussen, dachte Marie, soll man nie nachlaufen.

Er wollte sich schon abwenden, doch diesmal war sie es, die ihn davon abhielt. Sie schmiegte sich an ihn.

»Okay«, antwortete sie leise und zog ihn noch näher zu sich heran. »Okay, okay, okay, du hast recht. Ich hätte nicht gehen dürfen gestern Nacht. Es ist nur so …« Sie zögerte. »Ich kriege mein eigenes Leben schon nicht auf die Reihe. Ich habe fürchterliche Angst, das von dir und Oskar auch noch durcheinanderzubringen.«

»So leicht lasse ich mich schon nicht durcheinanderbringen«, sagte Daniel. »Dass du eine Chaotin bist, das weiß ich schon seit Jahren. Und gegen ein bisschen Abwechslung habe ich gar nichts einzuwenden.« Er legte den Kopf schief. »Okay?«

»Hast du dir das auch wirklich gut überlegt?« Marie lag neben ihrer Schwester auf dem eins zwanzig breiten Festbett im Tabbert und versuchte, Schlaf zu finden, doch daran war natürlich nicht zu denken. Der Abend war so aufregend gewesen, dass sie gar nicht wusste, mit welchem Gedanken sie zuerst anfangen sollte.

Sie freute sich für Annette und Mustafa, die es endlich beide ernst miteinander zu meinen schienen. Annette hatte im Eifer des Gefechts entschieden, noch am selben Abend aus dem Rosengarten auszuziehen. Leonard, Musti und sie waren in diesem Augenblick wohl immer noch damit beschäftigt, ihr Gepäck aus Tinas Zimmer auf ihren Cayenne und Leonards Sportwagen zu verteilen – eine logistische Meisterleistung, die wohl mehr Zeit forderte, als sämtliche Beteiligten erwartet hatten.

Auch auf Britta war Marie in gewisser Weise stolz. Endlich hatte sie eine Richtung in ihrem Leben gefunden.

Gudrun, die so war, wie sie nun mal war – ein Unikat und damit genau richtig, laut, ungestüm und voller Leben –, hatte es ihr besonders angetan.

Und obendrein war sie vollkommen verblüfft von Tina.

»Klar hab ich mir das gut überlegt. Du kennst mich doch.«

»Ich *dachte*, dass ich dich gut kenne. Aber plötzlich entpuppt sich meine Spießerschwester als Globetrotterin und wirft ihr langweiliges Leben hin. Was passiert als Nächstes? Papa erklärt, dass er nach Kuba auswandert und eine Strandbar eröffnet? Und jetzt rutsch endlich mal rüber, du nimmst mir den ganzen Platz weg.«

»Was kann ich denn dafür, dass du so breit bist?« Tina rutschte ein Stück zur Seite.

Marie knuffte sie in die Seite. »Pass bloß auf, du halber Meter, sonst setzt's was.«

Tina lachte. »Und dann? Willst du mich verklagen? Das kannst du dir doch gar nicht leisten.«

»Stimmt.« Marie grinste. »Aber ich kenne einen Staatsanwalt.«

Sie schwiegen eine Weile. Dann sagte Tina leise: »Vielleicht ist meine Kündigung die letzte Chance auf ein anderes Leben.«

»Wie meinst du das?«

Tina zuckte mit den Schultern. »Wenn man erst mal in einem halbwegs bequemen Alltag angekommen ist, mit festen Tagesabläufen, erfolgreicher Karriere, Bausparvertrag und so, dann ändert man ja doch nichts mehr. Man hat viel zu viel Angst davor, das alles zu verlieren – oder es loszulassen und dann später wiederhaben zu wollen. Ich steh noch ganz am Anfang, ich bin noch keine Verpflichtungen eingegangen. Keine Hypotheken, kein Ehering, keine Kinder …«

»Kein Kai?«

Tina machte ein unschlüssiges Gesicht. »Ja, vielleicht auch mal kein Kai, ich weiß es nicht. Aber so, wie es in den letzten Monaten war, will ich nicht die übrigen vierzig Jahre verbringen.«

»Fünfzig. Du wirst bestimmt uralt, weil du nie geraucht hast.«

Tina lachte. »Stimmt.« Dann sah sie zu ihrer Schwester. »Und was ist mit dir? Wie es scheint, muss man dir eine Brücke über deinen eigenen Schatten bauen.«

»Ich verstehe kein Wort …«

»Na, wenn Gudrun nicht so beherzt eingegriffen hätte, würdest du doch immer noch Trübsal blasen.«

Das war nicht von der Hand zu weisen. Anfangs war Marie tatsächlich sauer gewesen, dass schon wieder über ihren Kopf hinweg entschieden worden war. Mittlerweile hatte sie jedoch begriffen, dass sie es ohne die freundliche Unterstützung ihrer gestörten Familie wohl niemals geschafft hätte, über ihren Schatten, vor allem aber über ihre Sorge zu springen, das Ganze mit Daniel könnte sich zu einem Desaster entwickeln. Und so hatte sie Daniel zum Abschied ins Ohr geflüstert, dass sie am nächsten Tag zu ihm kommen würde.

»Hast du dir das auch wirklich gut überlegt?«, wollte Tina nun wissen.

Marie stutzte. »Moment mal, war das nicht meine Frage?«

Ihre Schwester lachte. »Ja, war sie. Aber bei dir und Daniel ist sie wesentlich angebrachter.«

»Das stimmt.« Sie seufzte. »Nein, das habe ich mir nicht gut überlegt. Aber ganz im Ernst, ich will ihn ja auch nicht gleich heiraten. Ich suche eine WG. Ein Zimmer bei netten Leuten, mit denen ich weder verwandt noch verschwägert bin.«

»Und da suchst du dir ausgerechnet Daniel als Mitbewohner aus?«

»Warum denn nicht? Also, so schlecht ist die Idee doch nicht. Wenn man eine WG gründet und Mitbewohner sucht, muss man ja auch seinem ersten Eindruck vertrauen – du machst ja kein Assessment-Center oder vereinbarst ein vierwöchiges Probewohnen. Du beschnupperst dich, und wenn du meinst, dass es passt, ziehst du zusammen.«

Tina zog die Augenbrauen hoch. »Ich würde das Assessment-Center bevorzugen. Man weiß doch sonst nicht, wen man sich ins Haus holt. Gott sei Dank musste ich ja nie in einer WG wohnen …«

Marie lachte. »Das ist gar nicht so schlimm, ehrlich nicht. Und spätestens seit meiner letzten Erfahrung würde ich es vermutlich sowieso mit jedem aushalten. Ich muss sogar – ich meine, schau mich an: Ich lebe in einem Kaff im Hunsrück in einem Wohnwagen. Meine Möglichkeiten sind begrenzt.«

»Aber Daniel ist doch nicht nur eine Möglichkeit.«

»Nein. Ich mag ihn.«

»Sicher. Du magst ihn.« Tina klang spöttisch. »Mann, Marie, dir läuft die Verliebtheit fast aus den Ohren raus. Du solltest mal sehen, wie du ihn anschmachtest.«

»Tue ich gar nicht.«

»Wohl.«

»Gar nicht.«

»Wohl! Ich hab immer recht.«

»Verdammt.« Marie drehte sich auf die Seite, so dass sie ihre Schwester ansehen konnte. »Ist das wirklich so?«

Tina verdrehte die Augen, soweit man das im Dämmerlicht beurteilen konnte. »Jahaaa. Schnapp ihn dir. Der steht voll auf dich.« Sie gähnte. »So, und jetzt pennen.«

»Okay.« Marie lag noch eine halbe Minute da, dann sagte sie: »Tina?«

»Hmm?«

»Du bist echt okay.«

Tina legte im Halbschlaf eine Hand auf den Arm ihrer Schwester. »Du auch«, nuschelte sie, dann schlief sie ein.

23

Das Kassettendeck hustete, als hätte es sich verschluckt. Dann erklang ein langgezogener Ton, der sich nach wenigen Sekunden als Melodie entpuppte. »I'm driving home for Christmas …«

Marie umfasste das Lenkrad fester. Sie saß in ihrem mintfarbenen Panda, der wie schon vor drei Monaten zum Bersten voll war. Nur war jetzt auch der Beifahrersitz belegt: Dort stand der Wäschekorb, in dem Marie die wenigen Dinge, die sie je ausgepackt hatte, auf die Schnelle aus Wohnwagen und Badezimmer zusammengeklaubt hatte. Ihr Herz schlug bis zum Anschlag. Ihr war kalt und heiß zugleich.

»Kriegt sie es hin?«, hörte sie ihren Vater fragen, der neben dem Wagen auf dem Bürgersteig stand. Neben ihm bibberte Erika Schröder in der Novemberkälte. Obwohl die Sonne schien und der Himmel strahlend blau war, war es erbärmlich kalt. Maries Mutter hatte die Strickjacke eng um sich geschlungen und kuschelte sich in den Arm ihres Mannes.

»Klar kriegt sie das hin«, sagte Tina. Auch sie war mit nach draußen gekommen, um sich von Marie zu verabschieden. Gudrun und Britta standen in der offenen Tür des Hauses und warteten, dass sie endlich in die Gänge kam.

»Okay. Ich fahr dann mal«, rief Marie und drehte den Zündschlüssel um.

Der Motor klackte. Einmal. Zweimal. Dreimal.

Marie drehte den Schlüssel wieder zurück in die Ausgangsposition. Chris Rea hörte auf zu singen. Sie versuchte es noch einmal. Leiernd ging die Musik wieder an: »… driving home for Christmas …«

Der Motor keuchte wieder kurz, doch mehr passierte nicht.

»Das Scheißauto springt nicht an«, rief Marie mit zunehmender Verzweiflung. Da hatte sie sich endlich einen Ruck gegeben und war bereit, alles auf eine Karte zu setzen – und nun legte ihr das Leben einen weiteren Stein in den Weg. Als wäre es nicht schon schwer genug gewesen, sich zu überwinden.

Ihr Vater beugte sich vor und fragte durch das geöffnete Fenster: »Wann warst du denn zuletzt mit diesem Wagen unterwegs?«

»Na, im August. Als ich angekommen bin.«

»Kind!« Er schüttelte den Kopf. »Die Batterie ist leer. Das ist doch klar wie … Egal.«

»Was machen wir denn jetzt?« Marie wurde von Sekunde zu Sekunde nervöser. Sie wollte zu Daniel, aber sie konnte nicht. *Das* könnte der Soundtrack meines Lebens sein, dachte sie. Hab ich mich mal entschieden, wendet sich alles auf einmal wieder gegen mich.

»Wir geben dir Starthilfe«, sagte Olaf Schröder und nickte seinen Damen zu. »Kommt alle her, wir müssen Marie anschieben.«

»Wir auch?« Britta machte große Augen.

»Ihr auch.«

Gudrun und Britta seufzten, dann kamen sie über die Steinplatten hinaus auf die Straße. Wenn sie freie Sicht durch die Heckscheibe gehabt hätte, hätte sie ihre Schwester, ihre Mutter, den Vater, Gudrun und Britta sehen können, die sich hinter dem Auto aufstellten und zu schieben begannen. So aber sah sie nur Tina und ihre Mutter in den Außenspiegeln, die angestrengt das Gesicht verzogen und ächzten.

»Was ist denn da so schwer?«, fragte Tina. Sie klang kurzatmig.

»Das ist Marie. Sie hat zugenommen«, keuchte ihre Mutter.

Langsam setzte sich der Panda in Bewegung.

»Lenken, Marie, lenken!«, brüllte ihr Vater. »Und du musst den Schlüssel umdrehen!«

Sie zündete. Zuerst erklang die Musik. Mittlerweile hatte ihre Familie sie fast zwanzig Meter weit geschoben. Dann erwachte mit einem Stottern der Motor zum Leben.

»Er ist angesprungen!«, rief sie, streckte den Daumen aus dem Fenster und warf einen Blick in den Außenspiegel. Mitten auf der Straße stand ihre seltsame, liebenswerte Familie mitsamt den mehr oder weniger unfreiwilligen Zuwächsen und winkte ihr außer Atem nach.

Die Straße machte einen Knick, und dann sah Marie nichts mehr. Sie schaltete in den zweiten Gang und fuhr den Rosengarten entlang. An der Kreuzung von Rotem und Grünem Weg hielt sie die Luft an. Bitte, liebes Auto, geh nicht aus. Da Sonntag war, war nicht viel los in Langweiler und weit und breit kein weiterer Verkehrsteilnehmer zu sehen. Maries Herz schlug im gleichen Rhythmus wie der knatternde Motor, und ihr war flau im Magen.

Lieber alles wagen, als nur halb zu leben, erinnerte sie sich, dann drückte sie das Gaspedal durch und überquerte die Kreuzung.

Wie sie den Grünen Weg entlanggekommen war, ohne einen Unfall zu bauen oder einen Herzinfarkt zu bekommen, wusste sie nicht mehr, als endlich die Schreinerei Kessler in ihr Blickfeld rückte. Sie hielt vor dem geschlossenen Hoftor an, machte den Motor aus, zog die Handbremse und atmete tief durch. Bevor sie die Tür öffnete, warf sie einen hektischen Blick in den Rückspiegel. An ihrem Hals waren rote

Flecken zu sehen, und die Farbe ihrer Wangen verriet nur zu deutlich, wie aufgeregt sie war. Marie stieg aus und atmete die kalte, frische Novemberluft ein.

»Da ist Parkverbot«, rief eine Stimme von weiter oben.

Sie sah hinauf. Daniel stand auf dem vorderen Balkon des Hauses, die Arme lässig auf die Brüstung gelegt. Neben ihm konnte Marie die kleinen Hände von Oskar sehen, die die Streben der Balkonbrüstung umfassten. Er drückte sein Gesicht durch die Lücke dazwischen und schaute sie mit großen Augen an. Sofort machte ein Teil von Maries Innereien einen Luftsprung.

»Mein Auto ist im Eimer«, sagte Marie mit einem – wie sie hoffte – entwaffnenden Lächeln. »Ich glaube, ich brauche Ihre Hilfe.«

»Meine Hilfe?« Daniel verzog sein Gesicht. »Das ist aber gerade ganz schlecht. Ich warte nämlich auf jemanden.«

»Oh.« Sie legte den Kopf schief. »Auf wen denn?«

Daniel wandte sich seinem Sohn zu. »Möhre, weißt du, auf wen wir warten?«

»Marie!«, krähte Oskar begeistert durch die Brüstungslücke hindurch.

»Wollen wir zu ihr runtergehen?«

Oskar nickte, und Marie sah, wie Daniel ihn auf den Arm nahm und durch die große Balkontür verschwand. Zwei Minuten später öffnete sich die Haustür, und Oskar stürmte nach draußen auf den Hof. Er beachtete Marie gar nicht, sondern stürzte sich begeistert auf seinen kleinen Tretbagger, mit dem er sofort unter viel Getöse über den Hof ratterte.

»Das ist mal wieder typisch«, sagte Daniel, der ebenfalls ins Freie trat. »Den halben Vormittag hat er nur von dir gesprochen, aber jetzt ignoriert er dich.«

»Männer«, entgegnete Marie und verzog das Gesicht. »Nie kann man es ihnen recht machen.«

Er kam langsam auf Marie zu. Er hatte die Hände in den Hosentaschen vergraben. »Vielleicht ja doch.« Sein Blick fiel auf den Panda, und er sagte lachend: »Junge, Junge, was da alles reingeht. Willst du hier etwa einziehen?«

»Ehrlich gesagt …« Marie senkte den Blick. »Also, ehrlich gesagt … ja.«

Daniel fiel regelrecht die Kinnlade herunter, und Marie stellte erschrocken fest, dass er ernsthaft entgeistert aussah. Ob das wirklich eine so gute Idee gewesen war?

Andererseits … Jetzt war sie schon so weit gekommen. Jetzt einen Rückzieher zu machen würde auch nicht gerade glaubwürdig wirken.

Sie holte noch einmal tief Luft und sagte dann: »Bei meinen Eltern kann ich nicht mehr bleiben. Du hast sie ja erlebt.«

Daniel zog die Schultern hoch. »Das stimmt, aber …« Er sah wieder zu dem Panda hinüber. »Als ich gesagt habe, dass ich gegen ein bisschen Abwechslung nichts einzuwenden hätte, hab ich eigentlich was anderes gemeint … Ich dachte, du kommst erst mal bei mir vorbei, und nicht, du bringst gleich deinen kompletten Hausstand mit.« Er lächelte schief.

Marie sah erst in das Innere ihres Wagens, dann in Daniels Augen. Sie seufzte. Alles auf eine Karte. Auf den Herzbuben.

»Du hast doch ein großes Haus …«

Er zog die Augenbrauen hoch. »Findest du nicht, dass das ein bisschen schnell geht?«

»Doch.« Sie musste ein Grinsen unterdrücken, als sie sein irritiertes Gesicht sah. »Aber wenn man eine WG gründet, kann man sich die anderen auch nicht erst wochenlang angucken. Man muss rein aus dem Bauch heraus entscheiden.«

»Eine WG? Du willst mit mir eine *Wohngemeinschaft* gründen – mit getrennten Zimmern?«

Er schien tatsächlich ein kleines bisschen erleichtert zu sein. Auch wenn Marie fand, dass sie über die getrennten Zimmer noch mal reden mussten.

»Nicht *nur* eine WG.« Sie seufzte. »Es wäre schon ein bisschen mehr. Ich würde mich am Haushalt beteiligen. Und vielleicht manchmal sogar auf Möhre aufpassen. Ich möchte einen Schritt nach dem anderen machen, aber erst mal muss ich einen gewaltigen Sprung nach vorne tun, sonst komm ich nie voran.« Sie sah ihn an, mit festem Blick, wie sie hoffte. »Und deshalb hab ich mich gefragt, ob es vielleicht möglich wäre, es einfach mal zu versuchen. Ich bin wirklich WG-erfahren – wirklich *sehr* WG-erfahren. Ich brauche kaum Zeit im Bad, bin reinlich und höre keine laute Musik. Außerdem kann ich gut Kuchen vom Bäcker holen.«

Daniel trat näher an den Zaun. »Fräulein Schröder. Sie sind eine Person mit ungeahnten Talenten. Das gefällt mir.« Er zog sie zu sich heran, so nah, dass ihre Nasenspitzen sich berührten.

Marie starrte seinen Mund an. Sie wusste nicht, wann sie zum letzten Mal etwas so sehr begehrt hatte. Das wurde allmählich zum Fetisch.

»Hast du in nächster Zeit schon etwas vor?«, wollte er von ihr wissen und strich ihr eine Haarsträhne aus dem Gesicht.

Sie stellte sich auf die Zehenspitzen und drückte ihre Lippen auf seine. »Von welchem Zeitraum sprechen wir?«

»Weiß nicht …«

Er küsste sie wieder. Sein Mund war warm und weich, und die Berührung brachte Maries ohnehin schon schwaches Nervenkostüm in arge Bedrängnis.

»Das heißt …«

»Ja?«

»Warst du eigentlich schon mal auf Sizilien?«

Danksagung

Kein Buch wird von einem Menschen allein geschrieben. Es tragen viele Personen dazu bei, dass aus einer Idee für eine Geschichte ein Manuskript und schließlich das wird, was Sie gerade in der Hand halten.

Zunächst einmal möchte ich dem Droemer Knaur Verlag danken, Steffen Haselbach und Andrea Müller – vor allem aber meiner Lektorin Sabine Ley, die sich voller Engagement in das Projekt geworfen und es mit ihren vielen tollen Ideen zu dem gemacht hat, was es jetzt ist. (Danke, dass Gudrun noch einziehen durfte!) Ich danke Leena Flegler für ihre vorzügliche Redaktion und meinem Agenten Oliver Brauer, der mir sogar verzeiht, dass ich immer »Oli« zu ihm sage, obwohl ihn eigentlich niemand so nennen darf.

Meinen Eltern danke ich dafür, dass sie mich nach meinem geisteswissenschaftlichen Studium und dem Volontariat wieder bei sich haben einziehen lassen. Ich weiß, das war ein Schock für euch. Und ihr hattet große Sorgen, dass ich für immer in meinem Zimmer unter dem Dach bleiben würde, vor allem du, Papa, hast meinetwegen vermutlich schlaflose Nächte gehabt. Ich finde, du hast es mit der maximalen Fassung getragen, die man von einem Vater von drei Töchtern erwarten kann. Mama, ich danke dir dafür, dass wir bei euch immer, immer, immer einen vollen Kühlschrank und den größten Platz im Herzen finden, den man sich als Kind wünschen kann.

Danke an meine beiden Schwestern! Ihr seid kein bisschen wie Tina. Nicht mal ein winziges Stück. Ihr habt ja auch nie voltigiert. Und einen Rübezahl hatten wir auch nicht. Ihr seid zwei ganz hervorragende jüngere Schwestern, und auch wenn ich es nicht immer zeige, bin ich sehr froh, euch zu haben. Trotzdem werde ich es nie vergessen, dass ihr damals behauptet habt, ich wäre schuld, als ihr Mamas Badeperlen mit den Fingern zerdrückt habt, bis das Öl an den Badezimmerwänden hinunterlief. Vermutlich werdet ihr euch deswegen auch noch in weiteren Büchern von mir wiederfinden. Aber wisst ihr, über welches Zitat ich bei meinen Recherchen für dieses Buch gestolpert bin? *Rache ist eine Speise, die kalt am besten schmeckt.* Ist aus *Der Pate.* Ich hoffe, es schmeckt euch.

Wenn ein Mann sich traut, es mit dieser wahnsinnigen Familie aufzunehmen, gibt es nicht viel, was man noch sagen kann. Ich danke dir. Für alles, vor allem für dich.

Am meisten möchte ich aber den Frauen danken, die mich zu diesem Roman inspiriert haben. Ich finde es bemerkenswert und großartig, wie ihr euer neues Leben meistert, auch ohne den Mann, den ihr einst geheiratet habt und der euch die Liebe bis zum Ende versprochen hat. Ihr habt die Erfahrung machen müssen, dass dieses Ende manchmal mit Schrecken und fast immer überraschend kommt, aber ihr macht mit erhobenem Haupt das Beste draus. Dafür bewundere ich euch.

ANDREA HACKENBERG

SCHNUCKEN GUCKEN

ROMAN

Immer stand sie auf der Seite der Schwachen und Entrechteten. Jetzt steht sie knietief im Dispo: Billi Sander, Umweltaktivistin und frisch gefeuerte Enthüllungsreporterin, landet da, wo sie nie wieder hinwollte: zu Hause in der Heide. Um wieder zu Geld zu kommen, heuert Billi im Feuilleton der Lokalzeitung an. Unter Laienschauspielern, Freizeit-Van-Goghs und korrupten Landespolitikern stellt sie schließlich fest: Die Heide ist tatsächlich eine Kulturlandschaft. Und ihr Ex-Freund sieht besser aus, als sie ihn in Erinnerung hatte …

KNAUR

ANNA STEIN

FRÄULEIN KUBITSCHEK PFEIFT AUF DIE LIEBE

ROMAN

Charlotte glaubt nicht an die Liebe. Sie braucht keinen Mann für alle Lebenslagen, sondern nur für die eine, die man im Bett einnimmt. Sie will das Leben tanzen – am liebsten zu Swing-Musik in Berliner Clubs. Wenn sie die Männer am nächsten Morgen nur in Schlüppis bekleidet aus ihrer Wohnung schiebt, fühlt sich die 93-jährige Nachbarin Elise bestätigt: »Dat Fräulein Kubitschek ist een ganz schönes Luder und hat keen Charakter.« Charlotte hingegen nennt die miesepetrige alte Schachtel nur »die fiese Elise«. Als ihr Haus luxussaniert werden soll, müssen sich die Streithähne zusammenraufen, um sich gegen ihren Vermieter, den Halsabschneider Sattkowski, zu verbünden. Zu allem Übel stellt der auch noch einen neuen Assistenten ein – den »French Bauleiter« Arthur. Er sorgt nicht nur für großes Chaos, sondern wirbelt auch Charlottes Lebensphilosophie gehörig durcheinander.

KNAUR